BAPTISTE

DU MÊME AUTEUR

UN RUBAN NOIR

Actes Sud, 1995 ; Babel, 1997 ; J'ai lu, 2000

VIE ET MORT D'UN CRABE

Actes Sud, 1998 ; Librio, 2001

VINCENT BOREL

BAPTISTE

roman

deuxième tirage

SABINE WESPIESER ÉDITEUR
11, RUE JEAN-DE-BEAUVAIS, PARIS V
2002

C'est assez parlé des choses sérieuses,
Il faut un peu parler des gayes

Brantôme

PROLOGUE

M. de Lully, qui depuis un an ne paraissait plus devant le roi, mourut en sa propriété de campagne, à la Madeleine de La Ville-l'Évêque, un peu après 7 heures, au soir du 22 mars 1687, fête de saint Paul confesseur, en sa cinquante-cinquième année. C'était un homme noueux et ardent, un moricaud d'assez mauvaise mine dont le visage en imposait par le sombre feu et par l'audace qui brillaient en ses yeux, assorti de cet air d'incertitude qui régnait sur toute sa personne. C'était un composé des plus rare qui se soit jamais rencontré.

Sur la fin, la gangrène lui avait rongé la jambe droite jusqu'au genou et la goutte mangé le pied gauche jusqu'à la cheville. La débauche, cette mauvaise amie qui l'accompagna tout le long de son existence, ne laissa de lui qu'un cadavre bouffi jusqu'au bassin.

La nouvelle de son douloureux trépas courut aussitôt partout. Le soulagement fut immense, comme l'avait été sa gloire.

– Enfin le voilà donc crevé, ce chien de Florentin, cette outre vineuse, cette baudruche infatuée ! s'exclama Guillaume Dumanoir, l'ancien roi des violons et chef de la ménestrandise, que la tyrannie de Lully avait relégué dans une étroite maison de la rue aux Fèves, sur l'île de la Cité. Ce pauvre hère vivotait là assez chichement. Avec ses confrères violons, il réunit quelques sous pour trinquer à la mort de Lully.

Marc-Antoine Charpentier put donner sa musique de *Circé* et André Campra ses ballets. De joie, Delalande fit aussitôt retentir un *Te Deum*. Les théâtres de France jouèrent à nouveau de la musique avec plus de deux voix et deux instruments sans avoir à payer une amende aux sbires de Lully. Le Florentin mort, ses confrères eurent toute latitude pour faire sonner leurs œuvres comme ils l'entendaient.

Mais, fort curieusement, que l'on sonnât à Marseille, à Lyon ou à Rennes, que les œuvres fussent signées Pierre Gautier, Marin Marais, André Campra ou François Couperin, partout ce que l'on entendait n'était rien d'autre que du Lully. Plus ou moins bien imité, plus ou moins bien arrangé, copié, décalqué ou improvisé, c'était toujours lui, Jean-Baptiste de Lully, qui, du pays des morts, imposait sa loi.

À Versailles, sur les parquets obséquieux, les langues courtisanes mêlèrent l'éloge et la rancœur. Sur la tête de Lully, que commençaient à manger les vers, cent serpents, comme sur le chef de Méduse, sifflèrent un discordant concert.

Son élève, Pascal Collasse, accouru en hâte aux pieds du roi pour réclamer sa part de la succession Lully sur l'Académie royale de musique, entama cette déploration :

– Ah sire ! personne n'a eu plus de science, ni de savoir en son art. Mais alors que ceux qui l'ont précédé n'ont acquis de la réputation que pour en avoir bien observé les règles, il s'est particulièrement distingué en ne les suivant pas, en se mettant au-dessus des recettes et préceptes avec un goût aussi exquis qu'universel. Majesté, quelle perte !

L'autre élève, Lalouette, qui avait jadis volé au Florentin les plus belles pages de son opéra *Isis*, mêla ses larmes au faux bourdon de Collasse :

– Jamais valeur plus franche et plus naturelle ne se déclara parmi les vivants ! Quand il voulait plaire, c'était avec tant de discernement, d'élégance, de politesse, de noblesse, que cela coulait comme de source. Sire, le saurait-on remplacer !

– Personne non plus ne porta si loin l'invention, l'exécution, les agréments et la magnificence dans les fêtes dont il savait surprendre et enchanter, et ce dans toutes les espèces imaginables. Ah Majesté, souvenez-vous de l'*Idylle de Sceaux* !

M. de Louvois, qui avait si durement lutté contre le Florentin afin de l'empêcher de parvenir à la noblesse, le remerciait post-mortem des places que Lully lui attribuait en sa maison d'opéra.

Racine varia l'éloge, glissant de l'estime à la perfidie :

– Jamais on ne vit si continuelle et si vive imagination, certes, mais uniquement propre à être son bourreau et le fléau des autres. Que d'orgueil en un seul homme, extraordinaire impudence qui lui faisait regarder les gens d'un tel air que même les plus osés se tenaient cois !

Boileau, le reprenant, assombrit encore le thème :

– Jamais tant d'épines et de vilenie dans le commerce, de sordide avarice, de calculs bas et honteux, de faux serments, de rapines, de violences, jamais encore tant de morgue, de prétentions adroitement conduites, jamais tant de subtilités d'usages et d'artifices, jamais tant de bassesse, une bassesse sans mesure !

Enivrés par cette verve fielleuse que prodiguaient les plus fins esprits du royaume, les courtisans, les uns après les autres, se mirent à aboyer aux basques du défunt :

– De là sa cour rampante aux commis, aux valets, aux officiers, de là cette attention obséquieuse aux désirs des ministres, ce raffinement abject de courtisan auprès de Votre Majesté, de là encore ces hauts et bas continuels avec le reste de vos sujets !

– Un homme dénaturé, un père égoïste, un mari trompeur, un maître vicieux, un voisin odieux ; sans amitié autre qu'intéressée, sans amis et incapable d'en avoir ; soupçonneux, avide, inquiet, ne laissant rien passer, scrutant tout. Ses yeux y étaient sans cesse occupés, aidés d'une vivacité maladive et d'une pénétration confondante.

– Et quelles colères ! Et cette propension à se porter aux derniers excès, même sur des bagatelles, difficile en tout et rarement d'accord avec lui-même.

– La haine et l'avarice étaient ses maîtresses, qui le gouvernaient toujours !

– Avec cela un homme dont on avait peine à se déprendre

quand il avait entrepris d'obtenir par l'éloquence, l'insinuation et la flatterie naturelle ce qu'il ambitionnait.

– Par ailleurs parfaitement ingrat des plus grands services et ignorant toute reconnaissance.

– Un cœur bas, un bouffon ténébreux qui n'a, de sa vie, renié être un frère en Sodome, ce vice odieux qu'il nous rapporta d'Italie. En descendant aux Enfers, ce nouvel Orphée, que tout Paris pleure, n'eût de sa lyre charmé Charon pour ramener Eurydice, mais bien plutôt pour enfoutrer Pluton.

– Ce fut un paillard, un pingre, un mâtin qui tout dévore. Sa femme, ses enfants et tout le genre humain, petits et grands dans leurs prières, peuvent enfin dire le soir et le matin : « Seigneur, par vos bontés pour nous si singulières, merci de nous avoir délivrés du Florentin ! »

– Basta ! Basta, messieurs les courtisans ! Achevez là vos saintes simonies ! Petit duc, ce portrait n'est pas pour moi, et c'est trop d'éloges que de m'attribuer ce qui siérait bien mieux à Vendôme ou à Condé. Cessez donc vos discours venimeux, MM. Racine, Boileau, de La Fontaine, Molière, vous, mes ennemis aussi bien que mes thuriféraires, Saint-Évremond, Perrault, Bauderon de Sénécé, Titon Du Tillet, Le Cerf de La Viéville et même toi, Voltaire, qui ne m'as point connu, cessez, vous dis-je ! Vous plagiez messieurs. Vos éloges et vos perfidies ne sont que radotages.

Combien de centaines en avez-vous tissé sur un même métier, variant l'hyperbole et la bassesse en fonction du rang et des largesses, pillant au passage ce que d'autres avaient déjà pris à de plus anciens ?

Que savez-vous de moi, maîtres Aliboron, vipères à perruque, pinailleurs de grands discours ? Qu'êtes-vous donc pour me juger ainsi ? Vous croyez-vous au-dessus de tout reproche, vous qui hantez, langue pendante et patte servile, tout comme je l'ai fait, les antichambres du plus grand des rois afin de lui arracher rentes et prébendes ? Que m'insultez-vous ? Que me dénigrez-vous ?

Oui, je suis florentin et ma particule est d'emprunt. Je suis, comme vous dites avec mépris, de *dubiæ nobilitatis*. Douteuse noblesse ? Eh quoi, MM. de Seignelay, de Louvois, de Retz, vos aïeux n'étaient-ils pas de simples Colbert, Le Tellier, Gondi ? Le tiers de la noblesse française étant de basse extraction, je puis bien moi aussi m'être fait donner un peu de M. *de* Lully.

Nos titres, nous les avons achetés. Tous nous sommes, ou nous avons été (puisque désormais la bienveillante nature m'exempte de vivre au côté de l'astre vivant), part de ce vaste système qui gravite autour de Louis.

Combien de trompettes, de tambours et de hautbois n'ai-je fait sonner pour soutenir ses plaisirs comme les vôtres, travaux qui ne nous furent pas toujours un agrément. Et Louis est triomphant par-ci, et que sa gloire par-là, et que ses justes lois et que ses grands exploits rendent sa mémoire éternelle, *et cætera*, *et cætera.* Nous l'avons écrit ensemble, nous l'avons chanté, nous l'avons dansé aussi.

Te souvient-il, Racine, qu'à Sceaux, chez Seignelay, fils aîné de Colbert enrichi, tu tissas ces ridicules rimes dont on rit encore : « Que le cours de ses ans dure autant que le cours de la Seine et de la Loire » ?

Et toi, oublieuse Fontaine, que de difficultés n'as-tu pas rencontrées pour versifier sur les accords de celui que tu ne méprisais pas encore assez pour le surnommer le Florentin. Te souvient-il d'ailleurs que tu faillis à cette tâche, malgré le bruit des pistoles que nous devions partager ensemble ?

Comme moi, vous avez courbé l'échine, vous avez dépoussiéré de vos plumes les parquets du plus arrogant des palais. Dieux de carton, rois illusoires, princes affligeants, ministres fielleux, confrères imbéciles, sotte engeance des villes comme des champs, combien je vous hais !

Du Parnasse où votre fatuité d'académistes s'est plu à m'élever, comme je vous contemple et vous méprise. Nous sommes si dérisoires malgré qu'on en dise. Autant que j'ai fait souffrir sous mes lois j'ai souffert sous les vôtres, surtout les Tiennes, Majesté, pour qui j'ai ouvré les plus beaux divertissements, aiguisé mes plus douces harmonies afin qu'avec galanterie tu puisses lutiner toutes les corbeilles de France, celle de la lingère comme celle de la princesse.

Jeunesse du prince, source de grandes fortunes ? Certes, et j'en ai profité comme il se doit, hypocrite seigneur, roi qui jadis te disais mon frère, à qui j'ai appris la chaconne, la courante et surtout le sourire. À présent, dessous mon laurier, au côté du véritable Apollon, je te regarde et ricane. Tu es malade et tu t'ennuies, ton fondement n'est qu'une fistule purulente et la goutte des viandards ronge ton pied. Adieu, entrechats ! Maintenon la Guenon chaque jour de ses guimpes un peu plus t'ensorcelle. Je m'en réjouis : puisse-t-elle lentement t'en étouffer ! Que les souffrances de ton cul n'arrêtent pas de si tôt leur cours.

Sont-ce les âmes des protestants, torturés et massacrés par tes dragons sur ordre de Louvois qui, de l'au-delà, contre toi se vengent ? ou les mânes des libertins que tu fais brûler en place de Grève ? Du Parnasse, le délicieux Théophile, poète que tu récites dans l'alcôve et méprises au pied de la chaire, te fourragerait-il le fondement d'une plume trempée dans l'eau-forte ? Ah, que tes douleurs durent autant que nos plaisirs !

C'est pourtant à toi, Louis triomphant, qu'un an avant de rejoindre les champs Élysées je dédiai ma belle *Armide*. Mais tu ne voulus point la recevoir, cerné que tu es par les vipères, les cérastes, les furies et les dévots. C'est pour toi que, malgré ce mal dangereux venu avec la débauche, du tréfonds de mes chairs pourrissantes, j'ai tissé mes derniers accords, moi le méprisable violoneux de Florence devenu l'égal des princes.

Ah, mon Renaud de jadis, toi qui te perdais avec tant de délices dans les plaisirs de l'île Enchantée, ton Armide te fuit.

Mais, comme toute fée que son destin d'éther oblige à ne pas mourir, je te survivrai. Tout lâche que tu sois mon perfide cœur te suivra ! Fuyez plaisirs, fuyez-le et perdez tous vos attraits. Détruisez de Louis l'immonde palais. Que ses peuples assemblés contre lui s'unissent. Partons, et s'il se peut, que nos amours funestes soient ici pour jamais dévoilées. N'oublie pas, Louis Dieudonné, ce que nous avons été.

LIVRE PREMIER

I

La basse obstinée du moulin paternel est la première à m'avoir éveillé des limbes où patientent les petits enfants avant que de naître. Un, et deux, et trois, battue grondante et par moments irrégulière, selon ce que lui dicte le débit de l'eau. Pulsation humide qui monte du tréfonds de la maison et me parvient jusqu'au travers des langes étroitement serrés. Balancier de l'eau et du bois auquel se rajoutent les deux grinçantes notes du berceau que Nina, ma nourrice, pousse du pied dans la chambre claire qui regarde l'Arno.

Ses eaux de Toussaint étaient grosses de ma naissance, ce 29 novembre de l'an 1632, à Florence. En fin de nuit, leur grondement couvrait les cris de la Caterina, ma mère, et à 9 heures ce lundi, comme pour saluer ma venue, leur débord arracha deux aubes à la plus grosse des roues. Je ne sais si c'est par terreur respectueuse pour les eaux déchaînées où se baptisent les prophètes, ou en l'honneur du saint patron de la cité médicéenne, que l'on me prénomma Giambattista, fils de Lorenzo et petit-fils de Maldo Lulli, meuniers.

Des années plus tard, on se gaussera d'une telle ascendance. Les libelles diront que j'eus un bluteau pour berceau et que j'y fus assez remué pour être de bonne farine. Mais les horions tombèrent en cadence sur la face de qui m'osait faire tel compliment.

En cette cour de France, aussi méprisante pour les opportunistes qu'oublieuse de ses origines, je me devais d'avoir honte de mes aïeux. Désormais débarrassé de ces mondaines contraintes, je sais que je suis redevable à mon moulin natal, sur le port des Ognissanti, rive droite de l'Arno à quelques centaines de pas du Ponte Vecchio, des premières leçons de ce que je ne savais pas encore être musique.

Que de sons en notre masure ! Le bruissement soyeux de la longue cascade qui rompt le cours du fleuve d'un quai à l'autre, les ris du fleuve dévié par vannes et abées en de multiples canaux, la grondante plainte de l'eau qui chute, les graves syncopes des palettes taillées dans l'imputrescible châtaignier lorsqu'elles plongent dans l'eau limoneuse, le grincement du moyeu, l'aigu dialogue des roues dentées, le babil des grains dans la trémie, leurs cris sous la meule, le ronflement crescendo-decrescendo du granit broyant le froment.

Et les chants ! Ceux des apprentis cadençant l'envoi des sacs de la rue à la réserve, leur charge et leur décharge qui ne sont qu'une longue portée de pas et de voix ; le trottinement, au petit matin, de quantité d'ânes chargés d'orge et de blé, l'aigrelet concert de leurs clochettes qui s'amplifie au passage de la porte

Santa Lucia ; le pépiement des mésanges à l'aube et les jurons des matrones au grand matin, les cris des métiers de rue qui modulent à l'infini le miel de la langue toscane, les syllabes flûtées des fileuses de soie et de leurs dévidoirs, si ingénieux qu'une seule femme, en les faisant tourner, tord et tresse cent fuseaux à la fois ; les volées diatoniques des cloches enserrées en nos fins campaniles, les berceuses de Nina au crépuscule, lorsque retentit l'appel des martinets ; et, le soir venu, les amoureuses plaintes des courtisanes aux blonds cheveux qui se font écho sur le pas des portes où vacille l'invite de la lanterne.

Un autre rejeton de même farine, fils de boulanger, français celui-là et de trois ans mon cadet, mon futur compère, Philippe Quinault, écrira, pour notre *Atys* à venir, que l'hymen vient quand on l'appelle et l'amour vient quand il lui plaît. Que, comme l'eau qui tombe goutte à goutte, l'amour perce le plus dur rocher.

Si l'amour ne m'a guère intéressé que par ses artifices littéraires, sa licence, à mes yeux de cet affect la plus viable essence, m'a bien plus attiré. Auprès des dames que l'on entasse dans le ghetto de Vénus, derrière notre paroisse de Santa Lucia nel Prato, j'ai appris assez tôt ces agréables choses que nature commande. Sitôt sorti des mamelles de Nina, j'ai commencé de hanter leurs rues. D'abord en accompagnant mon cousin Vergilio, mon aîné de six ans, à la porte du lupanar, puis en le suivant vers de plus intimes appartements.

Je n'ai pas le physique d'un Adonis, ma peau est brunâtre, ma taille petite, mon cou large et mon nez retors. On susurre, dans la famille, que la bisaïeule de ma mère aurait aimé un Turc, comme il en débarque sur la côte pisane pour d'épisodiques razzias. Mais celui-ci aurait été converti à de plus douces guerres par les beaux yeux de mon ancêtre.

Vergilio rectifiait :

– Après le viol de rigueur, elle fut ravie par un si solide argument et lui d'un œil si ardent.

D'où la noirceur de ma peau et ce physique assemblage qui fit très tôt beaucoup sourire. Je ne m'en offusquai guère, j'appris plutôt à tirer parti de ma semi-laideur. J'entre, on me regarde, on plaisante ? Autant en rire. Ainsi ai-je appris la grimace heureuse.

Les lits des demoiselles étaient pleins d'hommes bien vêtus et bons vivants, peintres, sculpteurs, artisans, jardiniers, luthistes, chanteurs, tous rejetons de cette race créatrice que Florence paraît produire d'abondance et exporte comme ses draps, ses soies, ses banquiers et ses princesses bonnes à marier.

Au moulin familial et dans les rues de Florence, j'entendais conter tant d'histoires de gamins partis de bien plus bas que moi et qui, par un talent naturel, avaient acquis assez de gloire et d'argent pour jouer les princes à la cour, que je ne songeais qu'à suivre leur exemple. J'aimais me cacher dans la garde-robe et lorgner les ébats amoureux, observant les cent manières qu'a la lance d'amour de jouer avec la motte de Ninon, positions que je m'empressai de singer, une fois la bourse déliée, la semence répandue et le client repu.

Mes prestations de petit bouffon lubrique avaient bien du succès. On connut vite les impudentes pitreries de Battista le fils du meunier. Un peu trop même. Mon père, qui venait de placer Vergilio comme officier de bouche chez notre grand-duc Ferdinand, de Médicis forcément, et le deuxième du nom, désespérait de voir son fils, déjà si dissipé, lui succéder derrière la meule.

Après avoir tancé mon cousin pour sa petite vertu et sa malévole influence, il m'obligea à délaisser ces rues vénales pour l'Église où j'apprendrais sans doute quelque chose de plus sérieux.

Mal lui en prit : le temple auquel il me destinait se révéla ne pas être celui de la piété mais sembla par trop convenir à des goûts dont on dit qu'ils offensent la nature. Là, officiait un jeune moine du nom de Bonaventure, franciscain de son état et bon musicien. Il me prit en affection, me donna une guitare et m'enseigna la tablature. Cet homme, me voyant à huit ans déjà bien déluré, ne fustigea point mes ardeurs. Au contraire, du manche de l'instrument ses mains glissèrent bien vite vers l'aiguillette de mon haut-de-chausse, qu'il délaça avec soin. Ainsi me fit-il goûter quelques chatouillis proprement masculins auxquels j'avoue n'être depuis que trop porté.

C'est un reproche fait à nous autres Italiens, et depuis fort longtemps, que de nous attribuer ce vice auquel on a même donné notre nom. Je ne sais si nous y avons plus de facilité qu'aucun autre peuple d'Europe, mais, pour ma part, j'ai toujours été comme affolé par la lumière si particulière qui baigne les corps sur les bords de l'Arno.

Ces portefaix demi-nus, ces servantes aux mollets galbés, à la poitrine où perle la sueur, ces hardis seigneurs aux jambes moulées dans la soie chatoyante, ces artisans battant d'un bras musculeux le fer ou la pâte à pain, tout invite à de païennes extases sous l'argent d'un soleil qui transfigure. Les stucs subtils de ces corps hissés au-dessus d'eux-mêmes par la lumière toscane m'apprirent l'émotion physique, ils suscitèrent en moi le violent désir de leurs bombements, de leur épaisseur, de leurs déliements. Comme si le Créateur avait ici placé l'harmonie ; comme si, à Florence, Il avait soudé l'endroit et l'envers de l'humain en un parfait équilibre.

Ici, la beauté coule en farandoles, elle s'enfle de carnavals. Une aptitude innée à la joie à partir d'un rien : une épaule tendue, une veine courant sous le cuir rude, l'indéracinable et naïve convoitise qui guide chacun vers l'autre, tout paraît vouloir attiser d'insatiables ardeurs. Le désir à chaque rue sait nous surprendre. Pourquoi s'en défendre ? Ghiberti, Cellini, Donatello, Buonarroti lui-même, eussent-ils pu cueillir ailleurs l'humaine beauté autrement qu'en la cité de mon enfance ?

Jamais je ne haïs frère Bonaventure pour son geste hardi qui me semblait n'écouter que la nature. Éveillé par ses soins à des plaisirs que la prudence me soufflait de tenir secrets, j'étais tout aussi ardent à l'étude de plus classiques instruments. J'apprenais avec beaucoup de facilité. Outre la populaire guitare et le luth, meuble plus noble, le frère m'enseigna le chant et le violon.

D'un étui tout râpé il sortit ce que je pris d'abord pour une guitare miniature. Il me disait le tenir d'un vieux Juif de Mantoue, Salomone Rossi, qui lui avait enseigné l'art complexe de l'archet et du madrigal. Je fus aussitôt fasciné par cet outil que l'on tient entre les bras comme un poupon mélodieux.

Il naît entre le corps d'érable, le boyau tendu et le crin chevalin qui le frotte une étincelle, âpre et crue au premier abord, puis de plus en plus riche d'harmoniques lorsqu'on s'y adonne. Toute la voix humaine est là, en cette alliance d'arbre et d'animal longuement mûrie, comme le jambon dans son grenier se bonifie aux caprices du vent.

S'il est dit que le violon demande de l'assiduité, en quelques mois seulement, le manche, la touche, la table, les cordes et mes mains s'unirent en un pacte que je ne pense devoir qu'à un bienheureux démon.

À huit ans je commençai à pratiquer, avec une aisance qui stupéfia frère Bonaventure, les sonates de son vieux maître Salomone, mort misérable sous les murs de Florence, deux ans avant ma naissance, quand la peste avait ravagé le duché de Mantoue et qu'on l'eut banni, lui et deux mille autres de ses coreligionnaires, pour avoir, paraît-il, empoisonné les sources de la cité.

Ce Salomone avait transmis à frère Bonaventure la tolérance et le refus de la ségrégation en toutes choses. Le disciple du pauvre d'Assise avait reçu avec amour et humilité l'enseignement du fils de Moïse. Dans les leçons que Bonaventure me donnait se mariaient indifféremment les flamboyantes polyphonies flamandes du bougre Nicolas Gombert, le chantre préféré de Charles Quint, et l'intime prière du chant synagogal.

Leurs cœurs d'hommes nés au siècle précédent, dans une péninsule encore renaissante, étaient fascinés par la Kabbale, Platon et Marsile Ficin. La virtuose extravagance de l'âme libre était leur unique credo. Et, pour le Juif comme pour le chrétien, nous étions tous nés de la musique.

– S'il n'y avait pas eu le chant, me contait Bonaventure, Dieu n'eût point créé le monde. Il a donné voix à toutes les créatures afin qu'elles célèbrent à jamais Ses louanges. Que les chants aient fait défaut, et Il ne se fût jamais donné la peine de nous inventer.

Pour tout héritage, Salomone avait laissé à Bonaventure quelques manuscrits qu'il avait pu sauver de sa bibliothèque mantouane au moment où les Juifs avaient été bannis de la ville. Avec ces pages, j'entrai plus avant dans l'art violonistique en pratiquant Biagio Marini, Marco Uccellini, Andrea Falconieri, auteurs qui sont la gloire de Venise, de Parme et de Naples.

La sonate d'église et celle de chambre, le style réglé et le fantastique, le difforme et le glissé, le tremblant et le piqué, le coup d'archet qui imite la lyre, la trompette, la guitare et même la castagnette, j'avalais tout, voulais tout connaître, tout jouer, tout posséder.

Autant j'aimais à faire tomber de la guitare les gouttes sonores et chercher en ses chœurs des plaintes brisées, autant le violon m'emplit encore d'une fureur que j'ai peine à dominer. Il me commande plus que je ne le dirige, il m'échauffe et je puis passer trois heures avec lui pour ne le quitter qu'à regret.

Alors, les mains toutes collantes du sucre, du miel et du blanc d'œuf dont on l'enduit pour l'assouplir, l'odeur de ses résines orientales que la sueur sublime m'emplissant le nez, ses vibrations courant encore sous ma peau jusque dans mes os, c'est toute son âme résonante qui m'imprègne d'une permanente ivresse.

Je commençai à commettre cent extravagances de ma façon, gigues, gaillardes, caprices, pavanes, attrapant dans la rue ces airs que le populaire chante et qui m'enchantent, habitude d'oreille que j'ai depuis gardée. Car la bonne musique ne s'invente pas, je jurerais plutôt qu'elle s'écoute dans l'air qui passe puis se distille en notre esprit, comme à notre insu.

Le bonhomme Rossi ne me démentirait point. Après tout n'est-ce pas de lui, au travers d'un cordelier libertin en qui chantait la voix du Juif, que je tins mon apprentissage et mes premières ardeurs musicales ?

Enfant de chœur à la belle voix, je me fis aussi remarquer dans la chorale de Santa Lucia nel Prato. C'eût pu être la fois de trop. Un seigneur napolitain de passage s'enticha de mon juvénile soprano et offrit à mon père de faire sa fortune, et la mienne, en protégeant à vie mon joli timbre grâce à la petite opération. Mais une mue précoce et le peu d'engouement qu'avait le frère Bonaventure pour les trop graciles castrats, alors de plus en plus à la mode à la tribune et sur la scène, où là il préférait la vraie femme, me permirent d'échapper de peu à la castration. Mon destin, sur lequel se penchaient les Muses et la coquine dévotion de Bonaventure, était ailleurs.

Dans cette Florence bien trop emplie de curiosités pour que je restasse tout le jour à m'enfariner au moulin, mes jeunes années furent de plus en plus vagabondes, au grand désespoir de père et mère.

Tout le long des processions, sur les places, les comédiens ont leurs tréteaux. Plus que la pompe des notables et les courses des princes, ce sont eux que j'affectionne, ces pantalons, ces trivelins, ces matassins, ces arlequins, ces grands dégoiseurs de ritournelles avec leurs voix qui criaillent et se moquent, travestis à la poitrine de paille, fausses femmes au cœur aussi retors que celui d'une courtisane, moines paillards à la tonsure comme peau de cul, bourgeois aux grosses fesses et au front cornu, amuseurs pour le bien public mais pauvres hères trop honnis et si souvent excommuniés une fois levé le masque de cuir fatigué et le costume aux damiers rapiécés.

Qu'importe, la foule depuis toujours les réclame et sans cesse les acclame puisqu'ils sont les seuls à oser lever le rideau sur les coulisses de l'humaine comédie. J'admirais leur faconde extraordinaire lorsqu'ils contrefaisaient, mais était-ce vraiment mensonges ?, les tromperies du mari priapique, les roueries de la fausse prude, les finasseries de l'amant indolent.

J'étais de leur côté, je voulais être comme eux, auprès d'eux, quoi qu'il m'en coûtât et quoi qu'on pensât, chez moi, de ces gueux. Car, avec leurs yeux, je comprenais parfaitement ce que je voyais et entendais au moulin : mon père qui disparaissait dans l'appentis au moment de la sieste, tout comme Nina ; les oraisons, plus longues que de raison, de Caterina ma mère avec ce noir dominicain à la face de carême qui la confessait à Santo Spirito. Et les finasseries notariales de l'oncle Guglielmo, ce Lucquois à la bouche toujours pleine de nue-propriété, de viager et d'hypothèques, qui lorgnait de si près les biens de ses cousins Lulli de Florence, puisque mère avait la toux bien trop sanguinolente pour son âge et père le dos par trop cassé.

Quant au religieux paillard, inutile de dire qui il me rappelait. Mais frère Bonaventure, outre qu'il n'avait ni la fausse bedaine ni la lippe baveuse du moine à tréteaux, possédait du moins douceur et honnêteté. Jamais le cordelier n'avait à mon égard caché son jeu et je lui sais gré de m'avoir, dès le jeune âge, appris à mépriser l'hypocrisie, à cultiver le plaisir tel qu'il vient, sans honte et sans remords, et à regarder le monde tel qu'il est, et non comme on voudrait le voir.

Avec les comédiens et le cordelier, ce fut Vergilio, mon cousin de lupanar, qui acheva de m'enseigner les coulisses du monde, cette grande machine à jouir dont le pouvoir est aux mains de qui en connaît les exactes ficelles. Ce fut la nuit de ma douzième Saint-Jean Baptiste.

Ce soir-là, outre la beuverie publique qui jaillit des fontaines où le vin remplace l'eau, on ouvre à tous le palais Pitti et ses jardins. On danse dans les salles, on envahit les allées verdoyantes qui sont, en ce pays-ci, la merveille des merveilles.

J'ai dit plus haut que mon père, l'un des fournisseurs des cuisines princières, avait réussi à placer Vergilio comme officier de bouche auprès du grand-duc Ferdinand II. Il appartenait à la charge de mon malicieux cousin d'aider au fonctionnement de ces fantasques jardins que Michel de Montaigne et Olivier de Serres, Français ébahis, ont tant vanté de retour de leurs voyages. Du domaine enchanté, Vergilio connaissait la subtile mécanique et il voulut en partager les petits secrets avec moi, de même qu'il m'avait initié au secret des corps copulants.

Assis sur la pente de la colline, les jardins de Boboli forment un ensemble de diverses pièces qui sont autant d'appartements à ciel ouvert traversés d'allées droites et de pentes douces. Aux carrefours scintillaient les étangs de poissons d'or, de carpes rubis ; entre les buis odorants s'élevaient les volières en colonnes constellées d'oiseaux du Pérou. Ces solistes exotiques lançaient les rares mélodies que leurs gosiers avaient apprises à l'extrémité du monde connu.

Le datura ouvrait sa trompette, lâchant une odeur ensorcelante. Dans la moite tiédeur de la nuit de juin, des cercles enivrés se perdaient sous les berceaux tissés d'arbres à parfum – cèdres, cyprès, orangers, citronniers, chèvrefeuilles, rosiers – dont les branches jointes restituaient les senteurs ravies par l'ardeur du jour.

Mais l'opulent jardin avait son envers, sa fabrique secrète. Des clefs de diverses grosseur en main, Vergilio me fit pénétrer les arcanes de ce labyrinthe touffu. Une porte, dérobée par un taillis d'ifs, nous fit entrer dans un rocher en apparence gelé, qui, de près, se révéla être une habile croûte en débris de pierre ponce. Je découvris alors un dédale de parois humides où s'opéraient les trucs du jardin magique. Souvent percé de multiples oculus, il n'y avait qu'à appliquer le regard à ces formes creuses pour avoir les yeux des grotesques du jardin.

J'étais ce Bacchus bedonnant, nu sur sa tortue, pointant la tête hors de la muraille et Vergilio ce vieil homme chenu assis sur son cul, bras croisés. Par de petites vannes, mon cousin commandait à son front et à son poil calcifié de dégoutter d'une eau qui ruisselait en sueur et en larmes perpétuelles.

Par les souterrains où couraient de grosses conduites de cuivre, Vergilio me guida jusqu'à la maîtresse fontaine constituée de deux grandes effigies de bronze, le Temps découvrant la Vérité. La plus basse prenait l'autre entre ses bras tandis que la figure femelle, demi-pâmée, la tête renversée, rendait l'eau par la bouche avec une telle force que le trait d'eau s'en élevait à dix mètres au-dessus du bassin.

Mais de l'intérieur nous créâmes plutôt Pan découvrant la Lubricité, jouant du débit de l'eau pour raccourcir ou augmenter le jet principal selon notre caprice, faisant jaillir l'eau des tétons admirables et baver de jets syncopés la bouche vénérable. Les exclamations de surprise et les rires qui nous parvenaient à travers le bruissement des eaux laissaient assez entendre que notre moquerie était parfaitement reçue par-delà l'aquatique apparence.

D'une infinité de petits trous cachés sous l'herbette, nous fîmes surgir, de sous les pieds et aux visages des noceurs, des traits d'eau si menus qu'ils paraissaient comme invisibles. Ils s'en allèrent émouvoir des chemises qui n'attendaient que cette plaisante pluie pour s'arracher.

Aux alentours, toute sorte d'animaux de métal se mirent à rendre de l'eau par l'aile, l'ongle, l'oreille et le naseau. Serpents, crapauds, sphinges, ourses, louves, cerfs, éléphants, dragons formaient un concert à ma mesure.

Alors que dans les orgues d'église la mélodie procède du vent des soufflets, ici, m'enseigna Vergilio, l'harmonie se crée par le moyen du torrent qui tombe avec violence dans une cave ronde dont il agite l'air, le contraignant à sortir par de multiples tuyaux.

J'installais mes poings aux barres d'une sorte de carillon aquatique. À ma fantaisie je pouvais contrefaire le son des trompettes et des cornets, imiter le chant des oiseaux par de petites flûtes en bronze et des ocarinas de céramique. Par d'autres ressorts encore, je remuais les ailes d'un faux hibou qui, surgissant du sommet de la roche, paraissait effrayer les autres mécaniques en leur imposant silence.

Quel cacophonique concert orchestrâmes-nous dans les bosquets, déclarant la guerre, battant le rappel de tous les oiseaux de la Création ! Tantôt les plus gros tuyaux crachaient le son du canon, tantôt les nasards lâchaient un fracas plus puissant que cent arquebusades. Et partout, à la lueur des flambeaux, saccadés, syncopés, affolés, éclataient les jets d'eau qui embuaient l'air du jardin d'arcs-en-ciel plus multicolores que ne l'est le naturel après la pluie.

Quelle magnifique et omnipotente fête commande celui qui connaît les coulisses et dirige l'orchestre ! Plus encore qu'à la vue des tréteaux des comédiens, plus encore qu'avec le diabolique violon entre les doigts, je compris alors que là serait ma place, dans l'ordonnancement de la fête. Je serais pour toujours le partisan de ce côté-ci des apparences.

À cet instant, la mi-nuit sonnant aux campaniles, tomba, comme venue du ciel, la voix, esprit de cristal s'imposant à la bruissante fantaisie des eaux. Ni trémolo d'ange ni écho d'un succube avernal, mais tremblement voluptueux de tous les sens assemblés.

Ses notes tenues longtemps, si longtemps, étaient plus denses que nuit, plus prégnantes qu'odeurs de jardin, plus cristallines que pierre de lune. Tout se suspendit au chant de cette sirène mélancolique qui tissait ses notes avec les perles d'un chitarrone.

Envoûtés, Vergilio et moi-même cessâmes aussitôt notre cacophonie hydraulique, attirés vers la terrasse éclairée aux flambeaux, comme convoqués par cette symphonie dépouillée qui éteignait peu à peu libations et étreintes, de même que le lever de l'astre nocturne fait pâlir les étoiles.

Là, drapé dans une toge couleur de mûre, immobile et comme magnifié par les bras de pierre du vaste bâtiment, un être solitaire déclamait en chantant un sombre texte qu'il jetait en avant de ses mains, nobles oiseaux soutenant l'infinie tristesse du lamento.

Il était ce que j'avais bien failli être, n'eût été la bienveillante prudence de frère Bonaventure : un *castrato.* Mais non pas l'une de ces voix acides sortie d'un androgyne sans âge et sans forme comme il en traînasse tant aux tribunes des églises, mais un être d'une beauté à laquelle seule une créature pensée par Dieu, ou par Lucifer, peut prétendre.

– Atto, c'est Atto ! s'émerveilla Vergilio.

Atto, l'Amphion de nos jours, Atto Melani, dix-huit ans à peine et déjà la gloire de son siècle. Quatrième enfant d'une portée de sept engendrée par l'illustrissime Melani, grand sonneur des cloches de la cathédrale de Pistoia, Atto, empêché dès l'âge de six ans, possédait outre sa voix orphique une grâce peu commune. Grand, bien bâti, ses longs cheveux noirs retombant sur de larges épaules et une ample poitrine qui, à chaque inspiration, semblait contenir plus d'air que le soufflet d'un forgeron.

Il venait d'être engagé à grands frais par Matthias de Médicis, frère cadet du duc régnant, aussi amateur de musique que son aîné l'était des sciences.

En cette nuit ouverte au populaire, nous n'eûmes aucun mal à nous glisser dans l'audience qui se pressait sur la terrasse. À peine gardée par quelques hommes en armes, nous aperçûmes de loin la famille grand-ducale : Madame, née Vittoria Della Rovere, belle comme la nuit dans sa robe de satin vert de mer, bien trop proche du fringant Matthias, son beau-frère, dont les regards ne cessaient de courir de la bouche d'Atto à la blanche gorge de la dame, sous les yeux indifférents de notre grand-duc Ferdinand, ce soir comme chaque soir objet de l'attention de tout ce que Florence comptait de joueurs.

– Ira ? n'ira pas ?

– Lui viendra-t-il enfin l'envie de donner un héritier à la Toscane ?

Car tout le monde savait que, quoiqu'il eût épousé l'une des plus belles personnes d'Italie, il ne l'honorait guère. Et, lorsque enfin ils couchaient ensemble, tout l'État était soit aux prières, soit aux paris, ou les deux, tant cela n'arrivait que rarement.

Il préférait des cornues plus alchimiques à celle dont on disait qu'en sa faveur les Grâces avaient dû abandonner les cieux pour venir clamer aux mortels : venez, dévotieux, venez tous consacrer l'autel de la grande-duchesse !

Avec le chimique, Ferdinand, protecteur de Galilée, cultivait aussi l'hypocondrie. Il ne portait sur son chef que trois calottes malgré la chaleur de la soirée. Son habitude était d'en porter jusqu'à sept, l'une sur l'autre empilée. Il les ôtait ou les mettait selon ce que lui ordonnait son astrologue-barbier, lequel l'avait persuadé que les cirons d'où viennent les humeurs malignes pénètrent le haut de la tête par le tuyau du cheveu, puis de là s'en vont ronger la cervelle, ce qui cause ces fâcheux écoulements de nez dont on meurt si l'on n'est saigné deux fois la semaine.

Mais ce n'étaient que des larmes qui coulaient des yeux du poupin Ferdinand, comme elles nous vinrent à tous lorsque Atto déploya un peu plus la grande lamentation de Barbara Strozzi : « Sul Rodano severo », ce succès qui exaltait toute l'Europe depuis deux ans, depuis que, de l'autre côté des Alpes, Richelieu avait fait tomber la tête d'Henri Coiffier, dit Monsieur Le Grand, marquis de Cinq-Mars.

Nous frémissions aux accents que la *signora* Strozzi avait su trouver pour évoquer ce funeste 12 septembre 1642. Note après note, l'âme transie, nous vivions le supplice de l'amant de Louis XIII, ce triste sire aussi peu empressé à réchauffer la couche de sa reine Anne d'Autriche que ne l'était notre alchimiste à occuper celle de sa belle Vittoria.

Devenu grande scène en musique, l'horrible attentat divisait le public entre tenants du genre romanesque et garants de la raison d'État. Les uns étaient attendris par le sort réservé au malheureux jeune homme, les autres défendaient l'Éminentissime qui avait su si justement mettre un frein à l'ambition démesurée de cette linotte à qui le pouvoir était monté à la tête et dont la conjuration eût pu ruiner le royaume de France.

Atto représentait le calvaire du jeune Henri suivi par l'ombre funeste d'un cardinal perclus de tumeurs hémorroïdaires, le bras droit pourrissant d'un furoncle mal fermé, semi-cadavre que l'on acheminait sur terre par le moyen d'une machine portée par vingt-quatre hommes.

Le pouvoir vocal du castrat rendait la scène aussi visible qu'une gravure d'almanach. Le cardinal était devenu une créature infernale, attachée à sa proie comme une furie lamentable, remontant d'Aigues-Mortes jusqu'à Lyon pour conduire Cinq-Mars au supplice. On ne sait qui souffrait le plus, de la victime ou de son juge, si mangé de douleurs que, pour lui permettre d'entrer dans les maisons où il tentait en vain de se reposer, on rompait les murailles et on arrachait les croisées aux fenêtres des chambres lorsqu'il devait être logé à l'étage supérieur.

Le long du Rhône sévère tout un peuple, à la fois terrifié et respectueux de l'implacable Éminence, s'agenouillait au passage du funèbre cortège, flotte morbide que suivaient deux compagnies de mousquetaires, l'une deçà, l'autre delà du fleuve.

Fondus en ce Cinq-Mars qui avait surtout eu le tort de n'en plus pouvoir des bizarres caresses d'un monarque, lequel le voulait chaque soir oindre de la tête aux pieds d'huile de jasmin, nous sortions de geôle et apercevions la capuche du bourreau. Atto, de sa voix si pure, imprégnait tous nos sens de cette épreuve si dure. Ses forte rendaient la surprise de ce prince qui croyait si peu de mourir, un sourd trémolo traduisait le combat que Cinq-Mars souffrait en lui-même afin que sa peur ne soit sentie du dehors.

Nous nous renforcions de son étonnant courage lorsque, sobre, il grimpa les marches tendues de noir. Quelques rapides traits descendants inscrivirent en nos veines la harangue que la *signora* Strozzi avait placée dans ce cœur déjà glacé par les griffes de la mort.

Nos yeux humides saluaient, comme ceux de Cinq-Mars, les proches qu'il reconnaissait aux fenêtres. Nos mains ôtaient au bourreau les ciseaux qui allaient couper ses cheveux. Saisis d'une dernière coquetterie, nous voulions qu'on n'en coupât qu'un peu derrière et nous retirions le reste devant. Nous refusâmes le bandeau et, les yeux grands ouverts lorsqu'on nous frappa, nous tenions si fermement le billot qu'il fallut le dernier accord d'un luth archimourant pour nous retirer d'une si sublime transe.

Alors nos cœurs, plus troublés que les flots de la Seine et du Rhône, dont on dit qu'ils remontèrent leur cours à l'instant où tomba la jeune tête, restèrent suspendus à nos lèvres. Et ce fut une éternité de pleurs qui suivit la prestation d'Atto.

Je ne sais ce qui alors me prit. Possédé d'un enthousiasme presque sacrilège après de si bouleversantes harmonies, indifférent au babil de Vergilio qui voulait, comme tous, faire sa cour aux Grands après cet instant d'émotion partagée, je fendis la presse mondaine, tout occupée à féliciter le dieu castrat, et me précipitai vers les musiciens.

J'avais encore dans l'oreille les notes descendantes que la *signora* Strozzi avait placées sous le rémanent cri de Cinq-Mars : « Oh Dio, per qual cagione ! » Sans autre raison que la fureur poétique, je saisis un violon et d'un archet rageur commençai à redresser cette basse oppressante, inversant son thème vers plus de lumière, plus de gaieté, plus de splendeur. Je l'imaginais ainsi, clair, jaillissant, indestructible.

La tête de Cinq-Mars, le beau, le preux, l'insouciant favori du roi ne tombait plus, une gloire flamboyante l'emportait dans son iridescence par-dessus les fleuves et les monts. Je n'imaginais pas qu'avec son envol c'était ma propre gloire qui allait s'enflammer.

Insouciant du public et des musiciens, lesquels, d'abord interloqués, laissèrent agir ce petit noiraud qui, par ma foi, ne s'y prenait point mal, je commençai à varier le thème, cherchant dans sa simplicité un *ostinato* à faire éclore, variant des intervalles nouveaux, festonnant des accords sur chaque note, de la ronde inventant deux blanches, de la blanche ensemençant noires puis croches, de plus en plus vite chargeant d'ornements virtuoses la mélodie originelle. Des conversations retombèrent, des têtes se tournèrent, des curieux s'approchèrent.

Comme si toute la science de Salomone et la tactile discipline de Bonaventure n'eussent attendu que cet instant pour se fondre, et de leurs langues de Pentecôte m'emplir de feu, j'inventai au fur et à mesure un jeu que mes maîtres ne m'avaient point enseigné, mes doigts entreprenant des sauts prodigieux, l'archet virevoltant comme l'abeille du poète selon Platon.

Un fleuve puissant descendit en mon corps, son fluide délia mes articulations. Ce n'était plus ni le violon ni sa technique ni moi-même qui chantaient, mais un esprit soudain libéré dont la fureur m'emplissait de la racine des cheveux jusqu'au bout des orteils. Il me fallait donner corps à ce charme sorcier, utiliser plus encore que bras et mains : je réclamais d'être entièrement habité.

Je commençai à danser tout en jouant, doublant chaque variation de pointes et d'entrechats, semant parmi les convives mon jeu ardent. Les musiciens reprirent leurs instruments, ils se mirent à mon improvisation, l'un sur son tambour, l'autre aux cistres, un troisième sur ses castagnettes charpentant ma mesure. Dessus de viole, ténor de viole, basse de viole et *violone* se firent l'écho du thème par mes soins chantourné, lui donnant l'impulsion d'une chaconne, obsédante, répétitive et comme hypnotique.

On n'y tint plus, on se mit à claquer des mains ; du bout du pied on hasarda quelques pas, puis, comme possédé, autour de moi on se mit à danser. La lyre, cette fée subtile, répandit son glacis de clochettes en croches multiples, de plus en plus fournies, denses, rapides. La bombarde se mit à hoqueter plus fort qu'un crapaud en amour et la chalémie mêla son souffle au cornet, plus bêlante que brebis au sortir de l'étable.

Plus on dansait plus on s'abreuvait et plus la fièvre envahissait la terrasse. Rires, cris, vivats, tout se mêlait et se répondait en échos que la musique, ordonnée par ma volonté ivre d'elle-même, imposait à tout le monde. C'était moi qui de ma gigue, comme un derviche tourneur, l'ancêtre turc resurgissant d'évidence par le sang, barattais cela. Les valets abandonnèrent leurs poses rigides pour entrer dans la danse, les cuisiniers, attirés par tant de mouvement, sortirent de leurs antres gras en frappant leurs marmites de cuivre. Aux fenêtres du palais, les femmes de chambre montrèrent des têtes hilares, claquant leurs doigts, frappant les carreaux et commettant de la croupe cent impertinences. Même les petits chiens des nobles dames rajoutèrent l'aigu de leurs jappements à la folle cadence. Vittoria se mit de la partie, voletant autour de son noble époux qui en perdit deux calottes sur trois.

Les prélats frappaient du pied, tressautant comme le populaire. Sur la main du nonce les bagues s'entrechoquaient, les demoiselles de compagnie gigotaient sous leurs jupes et Matthias ne se tenait plus de rire en voyant toute l'assemblée saisie d'une pareille frénésie. Atto se mit de la partie, improvisant un friselis de notes piquées par-dessus le burlesque ballet. Puis, d'une note si haut perchée que les carafes en furent émues jusques aux bouchons, l'illustrissime castrat mit un fortissimo final à ma chaconne endiablée.

C'est à ses pieds que j'achevai mon tourbillon, rouge comme un poivron et court d'haleine, les doigts gourds d'avoir ainsi travaillé l'instrument. Tout sourire, Atto vint me cueillir sous le menton, et me dit, l'œil allumé de malice :

– *Ragazzo*, comment te nommes-tu ?

– Giambattista, pour vous servir.

– Mon garçon tu as le diable au corps et possèdes la musique comme nul autre. À moins que ce ne soit elle qui te possède. Qu'est-ce donc qui t'a pris ? Sais-tu bien ce que tu nous as fait là ?

Soudain confus du tapage, et réprimandé du regard par Vergilio qui se voyait déjà donner les étrivières pour avoir laissé ce sien cousin s'amuser ainsi, je bafouillai, revenant sur terre :

– Veuillez m'excuser, seigneur...

– Allons, allons ! N'aie pas honte de ta fougue. Mais que nous as-tu joué là, enfant ?

– Euh... une chaconne, je crois.

– Et des meilleures. Comment dis-tu te nommer déjà, petit bruneau ?

– Battista. Giambattista Lulli.

– Eh bien, en ton honneur, nous nommerons cette folie... la *battistina* !

Un même cri sortit de toutes les bouches.

– Vivat ! Vivat la *battistina* ! Vivat Lulli !

Ce fut le premier triomphe du Florentin. Moi qui avais un instant craint d'avoir commis un scandale, je fus porté comme un héros. En cette douce nuit où s'allumaient partout les feux en l'honneur de mon saint patron, on me fit bien des caresses. Comme j'aimais cela !

Cette renommée ne fut pas éphémère. Au carnaval de 1646, passa chez les Médicis, de retour d'une campagne contre les infidèles, un Français, et pas de n'importe quelle extraction, qui prit intérêt pour ma personne. Roger, chevalier de Malte, était fils d'une des plus puissantes familles de France : les Guise. Il avait été en partie éduqué à Florence où il avait suivi en exil son original de père, Charles de Lorraine, pair de France, duc de Guise, de Joyeuse, prince de Joinville et comte d'Eu, fils aîné d'Henri le Balafré, celui-là même qu'Henri III fit assassiner à Blois.

Chef d'une illustre lignée catholique, ligueuse et rebelle à toute autorité autre que la sienne, Charles avait indisposé le cardinal de Richelieu par ses hauteurs et ses cabales, bien qu'il se fût fort bien conduit au siège de La Rochelle. De conspiration en conjuration, et sentant que l'air de France devenait malsain pour lui, il avait demandé à Louis XIII l'autorisation de se rendre au pèlerinage à Lorette, en Italie, où l'on adore la maison de la Sainte Vierge. Le roi l'y envoya pour deux ou trois mois, au bout desquels il désirait ardemment son retour pour éclaircir quelque ombrage qu'il avait juste sujet d'avoir de sa conduite. Charles fit le pèlerinage en famille et profita de la royale autorisation pour ne jamais revenir. Il était mort à Cuna, d'une surabondance de crus siennois, le 30 septembre 1640.

Roger, l'un de ses fils, était de ces cadets dont on fabrique les chevaliers de Malte. Partagé entre les plaisirs et les combats qu'il lui incombait de mener contre les Turcs, il était un cousin de

Mlle la duchesse de Montpensier, fille aînée du frère cadet du roi Louis XIII, Gaston d'Orléans. Cette princesse du sang avait demandé à son parent de trouver, en la féconde péninsule, un petit Italien qui puisse la distraire et lui apprendre notre langue, tellement à la mode depuis le règne des Valois.

Sur les conseils d'Atto, expert en intrigues musicales comme en plaisirs politiques, Roger jeta son dévolu sur ma personne, remarquée depuis cette fameuse *battistina*. Il demanda à La Guérinière, son maître d'hôtel, de me négocier avec mes géniteurs. Le bonhomme se rendit au moulin des bords de l'Arno et ne tarda pas à convaincre mon père, moyennant une bourse bien remplie, de céder ma personne au chevalier de Guise.

– Tant que vous ne lui coupez pas les *coglioni*, lui avait-il répondu en acceptant.

Père et mère, qui voyaient bien l'irrésistible attrait qu'exerçait sur moi la musique, furent trop heureux de voir cesser mes vagabondages au tréteau des théâtres. À leurs yeux j'étais bien parti pour devenir l'un de ces gueux, l'une de ces engeances de ruisseau qu'on nomme un baladin. Contre cent sequins et l'assurance de me voir appartenir, à quatorze ans, à l'illustre maison des Orléans, ils me cédèrent. C'est ainsi qu'en moins d'un quart d'heure, et par un marché assez honnête, la France entra dans ma vie.

On imagine sans peine mon excitation. J'allai dire adieu à frère Bonaventure qui, sentant que Fortune souriait à son protégé, me céda le violon sur lequel j'avais appris.

– Va mon fils, me dit-il, qu'il t'accompagne et que de son vieux corps tu fasses naître autant d'airs et de mélodies que ceux que je t'ai enseignés. Tu sais déjà bien des choses en musique, qu'il te garde et te soit toujours propice !

Nous pleurâmes d'abondance et, en me laissant filer, il me gratifia d'un baiser on ne peut plus paternel.

Ainsi moi, Giambattista Lulli, petit bouffon florentin de quatorze ans d'âge, violoneux éduqué par un franciscain que Savonarole et tous les dévots eussent brûlé, héritier musical d'un vieux Juif de Mantoue que n'importe quelle ménestrandise eût jugé aussi inapte qu'hérétique, je quittai ma ville originelle le 2 mars de l'an de grâce 1646, avec fort peu de regrets, si ce n'est celui des bons soins du frère Bonaventure qui allait, je n'en doutais pas, vite trouver un remplaçant à son jouvenceau.

Je me fis une place dans la régale, parmi les quatre cents caisses de vin doux, les deux mille barils destinés à la flotte française, les cent veaux de lait, les cinquante bœufs, les deux cents moutons et agneaux, les cinq cents jambons et la substantielle quantité de volailles, pigeons, faisans, perdrix, fromages, fruits confits, caisses de chocolat, de tabac et d'autres cassettes de remèdes que le chevalier Roger ramenait d'Italie.

Dans ces cadeaux offerts par les Médicis à leurs bons cousins de France, en sus de la dizaine de valets de la suite du chevalier de Guise, rhabillés du plus beau drap, je piochai quelques friandises, confitures de miel, de cédrats, de limons, si recherchées à travers l'Europe et dont j'espérais faire bon usage à mon profit. Rapine du pauvre aide sa pauvre mine.

Trois jours plus tard, ce caravansérail caquetant, braillant, bêlant et odorant s'embarquait à Livourne. Votre serviteur contempla une dernière fois les rivages de sa mère patrie, avec son violon et ses chausses pour tout bagage, à destination de cette orgueilleuse contrée où le caprice d'une fille de France le réclamait, de même que l'on demande, pour se divertir, un singe, un ours, une aiguière ou des pierreries.

Beaucoup, dans votre pays, eussent dès ce jour voulu que je ne connaisse rien de mon métier. Mais vous savez à présent que, comme Rome s'imaginant subvertir la Grèce mais étant par elle conquise, le petit Italien, suivant la tradition d'une multitude de ses congénères – musiciens, danseurs, peintres, politiciens et princesses à marier –, avait en lui assez d'armes pour séduire la fille aînée de l'Église.

Faut-il rappeler que nous ensemençons la cour de France depuis vos guerres d'Italie, Louis XII et Charles VIII, soit, si ma mémoire est bonne, pas loin de deux cents ans ? Et encore, j'en oublie Pétrarque, Dante, Boccace et Christine de Pisan.

II

En cinq jours, les vents du golfe de Gênes nous ayant été favorables, nous ralliâmes Marseille après une traversée sans encombre ni barbaresques, quoiqu'un incident me revienne de ce rapide voyage, petit événement qui fut moins un drame qu'un symbole, celui de la condition de la gent artistique en ces temps, exemple que j'aurai à cœur, par la suite, de corriger pour mon plus grand profit.

À mi-chemin de la plaine liquide, nous croisâmes et échangeâmes force politesses, le temps d'un souper, avec la flotte du duc de Brézé, jeune parent du défunt Richelieu lequel, suivant l'ordre de la nouvelle Éminence Jules Mazarin, s'en allait porter bataille sur les rivages d'Italie, une parmi tant de parties belliqueuses que se livraient alors la France et l'Espagne.

Il ne m'appartient pas ici de développer les embrouilles diplomatico-militaires qui allaient aboutir à la défaite et à la mort du jeune duc et de ses troupes, ravagées par l'incurie, les fièvres et les canons sur les plages d'Orbitello, d'autres mémorialistes ont fait de cet art leur métier, mais dans ce chassé-croisé de galères et de régales, notre troupe s'égaya fort de l'attitude d'un poète que je devais bien pratiquer plus tard : Isaac de Benserade.

La mer détestait ce rouquin qui rendait bruyamment sa pitance par-dessus le plat-bord pendant que l'on soupait à la table de Lorraine. Isaac, pensionné du duc de Brézé, s'apprêtait à le suivre dans les combats navals, avenir qu'il cherchait à éviter en vociférant, entre deux haut-le-cœur :

– Ventredieu, où est-ce donc que je me fourrerais ?

Brézé rajoutait à son malheur présent l'imagination d'une terreur future en lui expliquant qu'à fond de cale les coups de canon tirés à fleur d'eau sont autrement plus dangereux.

On rit beaucoup de ce barbouillé pusillanime. Un long moment, il supplia le chevalier Roger de le prendre à son bord afin de le ramener en France. En vain : on n'appartient qu'à la main qui vous nourrit. Mais je ne me gausserai pas plus avant de la couardise d'un poète de cour, cet esclave de luxe, car quel honnête homme, à moins d'être constitué comme l'un de ces nobles querelleurs, ou l'un de ces mercenaires que la mort nourrit, pourrait aimer la guerre, quand il n'a plus à la versifier du confort d'un salon mais bien plutôt à craindre ses arquebusades qui, demain peut-être, emporteront sa tête et ses rêves ?

Dans le port de Marseille nous fûmes accueillis par deux extravagantes qui se promenaient, habillées en femmes turques, dans le mistral fort. Le chevalier eût bien voulu éviter Mme d'Iodée et sa fille, mais notre caravansérail florentin ne pouvait passer inaperçu, tout comme le burlesque accoutrement de ces dames, lesquelles ne portaient point de rubans, avaient des sangles à leurs souliers et des nœuds de cuir doré à leurs jambes au lieu de jarretières.

Brunes toutes deux, elles étaient enveloppées de draps de dentelle vert de mer et aurore. Accueillir en mauresque un chevalier de Malte était déjà assez cocasse, mais Mme d'Iodée, qu'avait intimement connue feu son père M. de Guise, fit mieux encore. Elle le harangua avec force compliments alambiqués où le provençal, l'italien, le français, le grec et le latin cousirent un méli-mélo de choses fort doctes.

Elle convoqua d'une même haleine Aristote, Platon, Zoroastre, Mercure Trismégiste et beaucoup d'autres messieurs qui n'étaient pas de la connaissance du chevalier, et encore moins de celui du public accouru à cet exotique spectacle. À l'audition de cette impressionnante théorie de vieux sages, Roger répondait par autant de révérences, comme s'il se fût agi d'une lignée d'ancêtres méconnus que la savante dame évoquait pour exalter sa gloire.

Je vins à la rescousse du pauvre chevalier qui n'y entendait goutte, lui débrouillant cette livresque généalogie dont la fréquentation, grâce au frère Bonaventure, ne m'était pas tout à fait étrangère. Il y avait eu d'autres livres que musicaux dans sa bibliothèque. Par ailleurs, mon florentin entendant mieux le provençal que celui de Roger, je trouvai là, dans cette traduction improvisée et quelque peu hasardeuse, le moyen d'une langue intermédiaire entre l'italien et le français.

Le soir, comme en ce pays de Marseille on danse l'été comme l'hiver, il y eut grand bal chez Mme d'Iodée. On s'y trémoussa sur la matelote au son des fifres et des tambourins. La maîtresse du logis, surprise qu'un simple page ait ainsi dénoué son savant parler, m'entretint quelques instants de sa tendre amie Madeleine de Scudéry dont le salon, à Paris, connaissait des conversations encore plus élevées.

– Là, petit page, vous pourrez à loisir apprendre à parler « phébus », la précieuse langue des doctes.

Après avoir vendu, puis converti en lettres de change la majeure partie de la régale médicéenne, ce qui était plus prudent comme nous l'allons voir, nous laissâmes derrière nous la Provence et ses folles demoiselles pour nous diriger vers Paris.

Aussitôt franchies les limites de cette belle province, le vert céladon des campagnes se mit à pleurer des larmes d'écarlate. Nous venions de pénétrer sur les domaines de la guerre que, jusqu'alors, je n'avais pas connue en mon duché de Florence, miraculeusement épargné par ce cavalier de l'annuelle apocalypse.

Car c'était pour moi un spectacle nouveau que celui de la guerre. Si François Ier et Charles Quint avaient, au siècle précédent, vidé leurs impériales querelles sur notre sol, mis Rome à sac et dressé nos podestats et principions les uns contre les autres (certes, me direz-vous, il ne fallait que peu les y pousser), depuis lors le duché de Florence avait joui d'une paix relative qui suffisait à notre pente riante et prospère.

Aux portes de ma cité je n'avais jamais vu que champs de melons et d'asperges, abondance et gras troupeaux. Quant à nos arbres, ils ne portaient pas ces fruits sinistres que la guerre accrochait alors aux arbres de l'Europe.

La guerre de Trente Ans n'y finissait plus de finir. Elle ravageait les États germaniques, rongeait Bourgogne et Franche-Comté, brûlait le Sud, du Portugal à la Catalogne. Elle s'était rallumée entre l'Espagne et la France, au nord elle incendiait les Flandres et flambait en guerre civile dans l'Angleterre excisée par Cromwell. Guerre autour de la Baltique, guerre presque éternelle des chrétiens contre les Ottomans, guerre *mare nostrum*, guerre plus récente de catholiques contre protestants, d'empire contre royaumes, de grand État contre plus petits États, batailles récurrentes des seigneurs entre eux, meurtres, rébellions, viols, séditions...

Pendant les quinze jours que dura notre remontée vers Paris, le royaume de France m'apparut grillé vif par les hordes de reîtres sporadiques dont l'épée de Roger nous protégeait à grand-peine. Ce printemps de France marquait le retour de la saison des armes. Les combats renaissaient, enkystés comme un mal endémique dont les bubons, année après année, suppurent.

J'avais beau distraire la valetaille par mes saillies, le pouvoir des armes glaçait nos rires d'une rémanente horreur. Mes tours de Trivelin et de Pantalon étaient de bien pâles consolations devant de si funestes spectacles. Jour après jour la guerre se glissait en notre équipée, dans les gestes, dans les sens et les regards. Nous ne pouvions ignorer ces êtres hâves qui mouraient aux places des villes, corps dénudés entassés le long des voies, cadavres auxquels les corbeaux dévoraient de préférence les yeux et le périnée.

Son ombre glacée était perceptible jusque dans les musiques que nous échangions le soir à l'auberge, si nous avions la chance d'en trouver une, car le plus souvent nous dormions sous les étoiles, gardés par la croix de Malte et cernés par les loups. Les sourires de mon violon avaient bien du mal à surmonter la mélancolie du luth français. Combien les préludes sombres et les graves sarabandes étaient compréhensibles en ces territoires endeuillés, lourds de tant de générations assassinées. Qui pouvait encore ici se souvenir du visage de la paix ? Sur quels accords autres que mineurs les âmes auraient-elles pu s'accorder ?

La guerre était, de l'intérieur du carrosse casse-cul, un spectacle qui se déroulait comme une fresque atroce. Ce sanglant théâtre me permit de parfaire mon apprentissage du français. Je montrais par la portière ce que l'italien dit *assassini* et *soldati* tout occupés à s'*imboscare* dans leur *casamatta.* On me renvoyait assassins et arquebusades, embuscades tendues sous les casemates où se terre la *canaglia* des fantassins attaqués par les *squadroni* de soldats. L'art de la guerre, de la cour et du discours tendait un pont entre nos langues étrangères.

Les caprices du temps m'apprirent les bourrasques de la *tramontana* infiniment discourtoise. J'improvisais en français les bases langagières de mon métier, celui d'un *buffone burlesco* cabriolant en *cadenza*, perché sur un caisson, baissant son caleçon dans le carrosse pour initier quelques feintes *carezze* sous une camisole de guirlandes enamourées, lorsque toutes les belles *creature*, laissant tomber la façade de leur *gabinetto*, font divinement résonner les *concerti* entrelacés du page et du *cameriere*, goûtant les entrechats du *ballo* des baladins, chiennaille et bidets sous le balcon du carrousel où s'ânonnent *stanze* et *sonetti, et cætera* !

Ce fut ainsi que, cahin-caha sur les routes tragiques, mon comique apprivoisa, *via* l'italien, le latin, le patois et une franche camaraderie, un français, certes de cuisine, mais qui me suffit pour être bien entendu de la compagnie.

Maintes fois notre burlesque carrossée dut se détourner de sa route, ou rebrousser chemin, car la peste fermait les villes et rôdait dans les vallées. Enfin nous atteignîmes la fameuse cité de Paris. Que de différences entre la ville capitale et son royaume, et quel soulagement que l'abri de ses remparts une fois franchie la porte Saint-Antoine. Nous venions de traverser un pays ravagé par toutes les plaies d'Égypte, où pour survivre les paysans s'enfouissaient en villages souterrains, et voici que soudain, dans l'entonnoir allant s'étrécissant de la rue Saint-Antoine, nous fûmes submergés par la bruyante multitude de quatre cent mille âmes enserrées dans un corset de murailles.

Ici point d'empreinte belliqueuse, n'était une grondante nervosité aux barrières pour payer l'octroi. Le nerf de la guerre se prélevait là, sur ces embouteillages de troupeaux encombrant les rues, sur ces tombereaux de légumes et de fruits amenés des riches propriétés avoisinantes qu'un édit, récent, celui « du Toisé », venait de taxer fortement.

Des robins à la bonne panse et des commères se pressaient au pied de la maison professe des jésuites que nous laissâmes sur notre gauche. Je suspendis les souvenirs de ma natale Italie au romain retable de la façade de Saint-Paul-Saint-Louis tandis que l'on se dirigeait vers le Louvre. Mais quelle perte de temps avant d'atteindre ce quartier ! Trois cents carrosses embarrassaient les rues étroites, les bagarres de préséance éclataient à chaise comme à cheval, les gens bousculés éclataient de cris féroces en cette françoise langue qui, ainsi hurlée, tient à la fois du racloir et du heurtoir.

Au milieu des hennissements, des emportements, les lourds convois de bœufs attelés transportaient des monceaux de pierre blonde. Les charrois s'enfonçaient comme ils le pouvaient dans les dédales sombres comme les bois pour s'en aller servir la construction de grands bâtiments en dur, des hôtels dites-vous, qui calmaient de leur superbe l'archaïque structure des rues.

Chantier où dans une juxtaposition bizarre s'érigeaient ces bâtis modernes inspirés de nos symétries ultramontaines, avec leurs hautes et larges fenêtres rythmées à l'antique par l'enjambement des frontons généreux et des combles d'ardoise. Le tranchant de leurs toits bleus était modelé par des faîtages de plomb aussi œuvrés que les pinacles, voussures, ogives et arcs-boutants des nombreuses églises d'un âge pourtant récent, Saint-Merri, Saint-Gervais, Saint-Jacques-de-la-Boucherie, Saint-Jean-en-Grève, qui abritaient encore sous leur dentelle l'épineux zodiaque de la forêt gothique.

Cacophonie de camaïeux gris et bleu, blanc et brique, loin de la clarté de nos perspectives dévoilées. Je songeai qu'un Bernin, un Borromini, un Maderno, architectes dont on parle beaucoup à Rome, feraient ici de belles affaires. De leurs équerres courbes, *barocco* comme nous disons en Italie, ils soulageraient les étouffements de cette cité restreinte où les ponts, plus surchargés d'habitations que trois de nos Ponte Vecchio, portaient leurs murailles d'échoppes et de peuples jusqu'au ciel traversé de nuages atlantiques. Leurs ombres pressées assombrissaient encore le limon d'un vert mourant qui se devinait sous la flottille des barges, rangées en épi le long du fleuve, puisé et bu à même son cours.

Il nous fallut deux heures pour aller de la forteresse de la Bastille au palais des Tuileries, résidence de ma maîtresse, Anne-Marie-Louise d'Orléans, dix-neuf ans, duchesse de Montpensier et cousine de Louis Dieudonné, le petit roi pour lors âgé de huit ans.

Presse dehors, presse dedans. Là, dans la grande galerie, ce ne fut pas une princesse que je vis, mais plutôt un train affairé, comme oppressé d'une commission urgente. Un tourbillon de manches, de soie, de singes et de chiens entretenait les rubicondes vapeurs d'une solide fille au nez grand et aquilin, à la bouche un peu enfoncée, à l'œil bleu et doux, quoique autoritaire. Ce profil mou, ce visage long, cet air haut, qui, sans avoir l'air glorieux, attirait le respect plutôt qu'il n'en faisait manquer, fut ma première rencontre avec le cachet des Bourbon.

À son habitude, mon teint noiraud me fit remarquer.

– Ah chevalier mon cousin, est-ce là le petit Italien que vous nous ramenez ? Il est bien olivâtre pour un Florentin. Grand-maman n'avait pas ce teint de Maure, c'était un lys. Mais cela ira. Comment le nomme-t-on ?

– Lulli. Giambattista Lulli.

– Baptiste suffira. Le Giam est de trop. Les Jean sont pour les rois et les saints, pas pour les violons. Vite, qu'on le mette dans ma bande. Prenez-le à l'aubade. Pour le bal, nous l'entendrons plus tard.

Puis, se retournant, crispée, vers sa suite enrubannée :

– Dieu que cela presse... Allons mes filles, je n'y puis plus tenir. Qui eût dit qu'une saignée puisse frapper si bas. Vite, vite...

La blonde gaillarde reprit son train pressé dans la grande galerie, suivie de ses filles, chiens, singes et valets. En lui faisant ma révérence, j'eus à peine le temps de présenter le pot de confiture que j'avais dérobé au chargement de la régale, et que l'une de ses caméristes prit à la volée.

On me laissa là, quelque peu décontenancé par tant d'affolement. Je fus remis aux soins de Cabannes, premier valet de sa chambre. Plus tard, tandis que l'on me coupait ma livrée, lys d'azur sur champ d'or, il m'expliqua que Mademoiselle était fort pressée d'un lavement qu'elle venait de prendre pour de pures raisons de diplomatie palatine.

En effet, ce matin, Mme la princesse de Condé n'ayant pu se rendre à la messe puisqu'elle s'était fait saigner, Mademoiselle s'était trouvée dans un grand désarroi, l'étiquette ne lui permettant pas d'assister seule à l'office.

Le moyen de surseoir à ce paradoxe de la bienséance ? Commander et se faire administrer un lavement chez la princesse pendant que l'on travaillait le bras de celle-ci à la lancette, puis courir le rendre dans ses appartements, tout en espérant qu'entre deux portes la reine mère, Anne d'Autriche, ne croiserait pas Mademoiselle pour lui tirer quelque explication sur son absence à la messe.

Ma première leçon en cette cour fut de connaître que les princesses y avaient des saisons que la raison ignore. Je m'abstins de sourire : Cabannes m'avait conté l'affaire de ce bouillon des deux sœurs avec une telle gravité ! Mais je me réjouis en mon for intérieur d'avoir offert à Mademoiselle cette confiture de miel aux lys de Florence dont les vertus apaisantes sur le côlon sont attestées par Galien. Ma cour irait de source.

Pour cent cinquante livres [1] l'an, je fus donc pris comme garçon de sa chambre. Et puisque nous sommes sur ce chapitre de l'argent que, tout le long de ma carrière, et plus encore après ma mort, l'on m'a reproché d'aimer avec une rapacité devenue proverbiale, je dirais qu'effectivement, cent cinquante livres n'est pas une vilaine somme pour un débutant.

Une servante en gagne vingt, un maître de l'hôtel trois cents et un comédien quatre mille. Pour la dépense, un mouton vaut trois livres, un bœuf quarante et un habit de dame, avec rubans et diamants, mille livres, quant au pédant qui ici savantise, ce ne sera qu'une livre la leçon.

J'eus donc, dès mon arrivée, la chance certaine d'entrer au service de celle qui était, et restera jusqu'à ses derniers jours, le premier parti et la plus riche héritière de ce royaume.

Avec cinq cent mille livres de rente annuelle, le comté d'Eu, les pays d'Auge et de Domfront, de Champigny-sur-Veude, de Châtellerault, de Saint-Fargeau, de Bresse, de Beaujolais et des Dombes dans son escarcelle, celle qui était aussi la Dauphine d'Auvergne pouvait entretenir grand train en son palais des Tuileries et s'attacher ce qu'il y avait de meilleur. Dont moi.

Je commençais bien : le logis m'était offert. Sous les combles certes, mais j'eus pour mes premiers matins une jolie vue sur le jardin des Tuileries, avec, dans le lointain, les frondaisons du

1. 1 livre = 30,50 euros (source : Pierre Goubert, *Mazarin*, Fayard, 1990).

cours la Reine d'où provenaient, dès l'aube, les notes des duels à l'épée qui se répercutaient jusque dans les bois de Chaillot. En plus du lit, pour lors une assez mauvaise paillasse, le couvert était aussi mis aux cuisines. Avec les six autres garçons de la chambre et valets de pied, nous mangions à une table autre que celle des servantes et des laquais, pour lesquels mes compagnons professaient un mépris certain, singeant envers ces gens de basses œuvres, et qui nous servaient, l'attitude que les Grands, là-haut, avaient avec leurs commensaux.

On le voit, ce premier établissement fut bien contraire au rôle de mirliton que de médisants biographes ont voulu inscrire à tout prix dans la mémoire de la nation. Qu'on se le dise : je n'ai jamais récuré une seule casserole bien que mangeant en cuisine ; quant au titre d'attaché à la chambre, ce poste ne me fit jamais vider les pots des affaires matinales mais me permit souventes fois de faire vider les miennes par d'autres.

Si j'étais par contrat employé pour inculquer un peu d'italien à Mademoiselle, ce que le chevalier de Guise avait déclaré à mon père en m'engageant, je m'aperçus assez vite que cela n'intéressait guère Marie-Louise. Elle ne voulait rien savoir des leçons et avait horreur des doctes mélancoliques comme des pédants ennuyeux. De l'Italie seuls la passionnaient les romans du Tasse et de l'Arioste, *La Jérusalem délivrée* et le *Roland furieux*.

Mes premiers soirs auprès de son intimité furent occupés à lui lire les stances fleuries du *Roland*. Elle se berçait de ces aventures sues par le cœur, et que je lui apportais en langue originale : Angélique poursuivie par Médor, les preux chevaliers prisonniers de l'île de la fée Alcine, Rodomont enjolivant sa bataille de Paris, Astolphe parti sur la Lune retrouver la raison de Roland qu'un magicien tenait enfermée dans une larme de cristal, et vingt autres péripéties.

Travail ma foi peu éprouvant, mais donnant fort soif. Gourmande de fricassées, de stances et de confitures, le solide tempérament de Marie-Louise retardait son sommeil. On était enfin récompensé de ses peines lorsqu'elle se mettait à ronfler d'un basson indigne d'une Enfant de France. De la ruelle à l'antichambre, cela faisait bien pouffer l'étiquette et c'était à grand-peine que je m'empêchais de créer un grotesque duo des incontinences de son dodo.

Mademoiselle rêvait de Roger, de Renaud, de Roland et d'Amadis, héros nouvellement francisé d'un fameux roman d'Espagne. Ces romanesques rescapés de la légende carolingienne étaient la matière de notre imaginaire, de celui de nos maîtres comme de celui du populaire. Ces prénoms continuaient d'arborer la teinte chevaleresque, toujours à la mode en ces précieux jours. On s'était cependant lassé de l'épée, par trop voyante. Ce fer, ce dard, s'était enveloppé de la robe des vers amoureux, tout comme la gorge des dames aimait parfois se cacher sous la cuirasse et les armes.

Bien que le chevalier son cousin portât du Roger, Mademoiselle et lui ne galantisaient pas pour autant. Elle se voyait plutôt en

Bradamante, la blonde guerrière travestie en chevalier, la dame dont le courage le disputait à la grandeur d'âme pour sauver son Roger des dragons, des hippogriffes et d'autres hordes sarrasines. Bradamante : la chaste demoiselle qu'un chemin de délicieux écueils devait marier au plus grand des héros. Et quoi de plus grand et de plus héroïque que ce suprême de héros : un roi ?

Mademoiselle était frénétique avec ses chevaux et partait dès l'aube chevaucher dans la forêt. En avant beuglait la rauque meute des cent brunos du Piémont offerts par son bon cousin le roi d'Angleterre.

Cette amazone fière de son sang, le premier du royaume, possédait aussi, par un divin naturel, l'orgueil de Diane chasseresse. Son âme guerrière n'espérait, comme grand amour, que le seul trône. Ma royale pucelle, qui se savait destinée à la couche des rois pour en enfanter d'autres, aspirait à des noces illustres.

Soir après soir, nous eûmes, comme prétendants successifs, le roi d'Espagne puis le roi de Hongrie, l'archiduc putatif des Pays-Bas et quelques moindres souverains d'Allemagne et d'Italie. Lorsque la diplomatie des mariages s'enlisait, nous nous rabattions sur Louis, le petit roi de France, ou sur son frère Philippe, respectivement huit et cinq ans. Noces consanguines certes, mais le moyen de penser autrement lorsque l'on se prénomme Marie-Louise ?

Hautains avec les Grands, nous songeâmes en passant au prince de Galles, en exil avec sa mère Henriette, fille d'Henri IV, à la cour de France depuis qu'Oliver Cromwell avait soulevé l'Angleterre contre son roi, Charles Ier. Mais cela ne se fit point car ce prince ne dînait que de pièces de bœuf et d'épaules de mouton, alors que nous n'aimions que les ortolans. Nous sûmes alors qu'il n'avait pas le goût assez délicat, ce qui rendait par avance l'alliance furieusement ennuyeuse. J'ai écrit *nous* car si la capricieuse Mademoiselle ne fut jamais une maîtresse bien rude, nous partagions tout de sa haute existence, étant absolument sous ses ordres.

Les soirées étaient dévolues aux lectures et aux intrigues matrimoniales mais il en allait tout autrement des journées car, si Mademoiselle était douce et plutôt familière avec nous, ses gens, à son service l'on ne chômait guère. Depuis cette première entrevue sur fond de lavement, je me permettrais même de dire que les six années que je passai sous sa dépendance ne furent qu'une longue courante. De jour comme de nuit, qu'il soit paix ou qu'il soit guerre, à sa cour toujours l'on dansait. Pas un seul instant, même les plus intimes, qui ne se vécût au son des violons. Cette Bourbon, fort appliquée aux bagatelles, disposait d'une bande de six musiciens pour lui jouer les danses nouvelles et jusqu'au bout du carnaval lui donner souvent le bal.

Dès le surlendemain de mon arrivée, en ce mois de mars 1646 qui marquait le temps des masques et des fêtes, je fus immédiatement essayé à l'aubade.

Cabannes vint rapporter aux violons de Mademoiselle que la reine mère, Anne d'Autriche, qui les avait souvent ouïs, s'était adressée à sa nièce en ces termes :

– Madame, votre musique est trop bonne pour n'en faire part à personne. Allez donner la sérénade à Mme de Rambouillet, elle a encore de ces étranges langueurs de froide chaleur, peut-être la guérirez-vous.

– Mais je ne la connais point si familièrement que de lui faire sonner, avait commencé par s'excuser Mademoiselle.

– Qu'importe, répliqua la reine, donnez-lui-en la surprise. Envoyez sonner sous les fenêtres de sa Chambre bleue. Allez ma fille, allez donc régler vos histoires d'eau !

Ce désir de la reine mère était un ordre. Je n'eus que le temps de sortir mon violon de son étui pour courir, avec la bande des six violons, à l'hôtel de Rambouillet, rue Saint-Thomas-du-Louvre, édifice des plus moderne, et le premier avec des escaliers construits de côté pour disposer d'une grande suite de chambres. Les portes en vis-à-vis et les larges fenêtres laissaient passer sans obstacle le flot de la lumière.

Mais « l'incomparable » Arthénice fut aussitôt avertie de notre venue. Elle fit semblant de ne pas savoir qui c'était. À peine avions-nous entamé la sarabande qu'elle envoya faire mille civilités et jeter une dizaine de pistoles par la fenêtre. Elle vint ensuite nous proposer d'aller chez la princesse de Conti : on y fut. Laquelle s'en trouva ravie et dit qu'il fallait que la reine entendît cela. De son côté, la reine Anne d'Autriche, en son jardin des bords de Seine, ne voulant pas faire semblant de savoir qui c'était, dit qu'elle était fort obligée à ceux qui avaient bien voulu lui donner un si agréable divertissement.

La tête commençait à me tourner de tant de vraisemblables semblants. Ce ne fut pas de refus que, pour une couple d'heures, nous levâmes le pied au cabaret du *Bel Air*.

Un bonhomme à mine de réjoui, et qui tenait la partie vocale dans la bande, fut le seul, parmi les musiciens de Mademoiselle, à se présenter : il s'appelait Michel Lambert. Il me présenta sa belle-sœur, Hilaire, à qui il apprenait le chant. Mais les autres, les violons, firent mine de ne pas me voir. N'eussé-je connu notre commune profession, je les eusse pris pour quelque assemblée notariale, avec cette raideur dans le pourpoint qui suintait la morgue, alors que Lambert, désinvolte, tachait sa livrée or et azur en buvant d'abondance.

Constatant mon désarroi, Lambert commença par me débrouiller ces entourloupettes nobiliaires tout en essuyant sa bouche de ses manches.

Paris n'avait que peu d'eau. Mademoiselle, qui aimait fort les chansons dans les jardins, s'était permis de détourner l'aqueduc de l'hôtel de Rambouillet pour installer un jet d'eau qu'il lui avait pris fantaisie d'avoir sous ses fenêtres. Ladite adduction avait fort incommodé le niveau des bassins de « l'incomparable » Arthénice, la reine des Précieuses, demoiselles qui aimaient les procès de galante manière.

– Notre concert raccommodait leur chicane aquatique. Paris a si peu d'eau, Baptiste, qu'on y trinque en conséquence, conclut Lambert en lampant un autre verre de blanc de Suresnes.

Ce fut ainsi que la face couperosée du bon Michel, sa bouche lippue et ses cheveux noirs, tonsurés par une calvitie débutante, entrèrent dans mon existence pour n'en plus jamais sortir, puisque Lambert deviendra mon beau-père. Mais j'anticipe quelque peu.

Pour lors, après nous être restaurés d'un copieux pâté de lapin et d'une bouteille par personne, Michel, Hilaire et moi-même attaquâmes l'après-dînée en belle humeur, ce qui n'était pas le cas des autres musiciens. La pause finit sans qu'ils eussent seulement bronché. Leur corporation de boucs à pointe et de moustaches en sourcil acheva de laper son vin en silence. Leur réserve, qui déglutissait, laissait transpirer bien pire que de la méfiance.

Après ces politesses hydrauliques, Mademoiselle, pour qui la musique était un divertissement fort diplomatique, envoya faire ses compliments à Monsieur le Grand Condé. Cette affaire étant plus sérieuse que la précédente, elle nous rejoignit en personne devant l'hôtel du prince.

En entrant chez ce grand seigneur, nous rencontrâmes des cornets à bouquins qui avaient joué le plus agréablement du monde dans la cour. Condé envoya dire qu'on fît boire tous les ménétriers. Nous passâmes un vaste appartement où l'or des boiseries étincelait dans les miroirs biseautés. Des laquais nous guidèrent vers une antichambre où fut servi un vin rouge non coupé d'eau. Près d'une fenêtre, un certain Regnault préluda magnifiquement une allemande sur son luth.

Michel, en grand chambellan des subtilités nobiliaires, me débrouilla cette nouvelle situation. Si nous venions jouer céans c'est que Mademoiselle désirait s'excuser d'avoir, par le passé, su si mal se prévaloir de l'avantage qu'elle avait d'être la cousine de Condé. Elle avait fortement détesté son cousin, mais cette aubade allait leur être l'occasion d'ouvrir enfin leurs cœurs.

Dans la pièce adjacente, nous les entendîmes s'avouer l'aversion qu'ils avaient eue l'un pour l'autre. Il lui confessa qu'il avait été ravi de sa petite vérole de l'an passé, et qu'il avait souhaité avec passion qu'elle en fût marquée de quelque belle difformité.

Elle lui dit avoir désiré avec tout autant de passion qu'en bataille un mauvais coup l'estropiât pour jamais et que, lorsque la reine Anne priait pour ses succès militaires au Val-de-Grâce, elle faisait les cornes dans son dos afin d'augmenter les malheurs du prince.

Tous ces éclaircissements, déclarés à haute voix pour qu'on les perçût et les rapportât, réjouirent fort la compagnie. On finit par beaucoup d'assurances d'amitié de part et d'autre, puis Condé dit à Mademoiselle :

– Mais madame, j'avais céans des cornets à bouquins. Je ne les entends plus. Les auriez-vous donc congédiés ?

– Non monsieur mon cousin, répondit-elle.

– Vraiment madame, si j'eusse su votre venue, je les eusse fait jouer plus fort.

– Mais monsieur, voudriez-vous les entendre avec quelques violons ? On tâcherait d'en avoir. Hé, Lambert, dit-elle, voyez donc si vous trouveriez des violons.

Aussitôt nous autres, qui gouleyions dans l'antichambre en faisant mine de n'y point être, entrâmes, nos instruments ronflant de la meilleure façon. Les deux belles personnes jouèrent les surpris. Ce n'était là que façon d'ouvrir galamment le carnaval.

Deux courantes plus tard, notre bande traversa la rue pour rejoindre le palais du Luxembourg où devait avoir lieu le bal. Les portes s'ouvrirent grandes devant les deux augustes querelleurs, dûment masqués. Une horde de laquais, chandeliers en main, se rangea le long de murs où pas un chambranle, angle, ressaut, encoignure, n'était épargné par la feuille d'or. Les guirlandes de cornes d'abondance jetaient leurs fruits autour de peintures sorties des ateliers de Poussin, de Bourdon, de Rubens.

Mon cœur battait la chamade. J'avais l'impression que toute cette opulence n'était là que pour m'accueillir moi, le petit Baptiste. Je fis ronfler mon violon avec encore plus d'ardeur mais, d'un geste, Lambert imposa le silence à notre bande. Par une autre porte surgit une harmonie bien plus puissante que la nôtre : c'était l'imposante troupe des Vingt-Quatre Violons du roi qui venait à l'encontre. Elle se rangea devant nous, rejetant notre petite bande vers l'encoignure des fenêtres.

– C'est la règle, me glissa Michel. Au bal de la cour, les Vingt-Quatre ont la préséance sur tous les autres violons.

– Mais alors, à quoi servirons-nous ? lui demandai-je.

– Peut-être à jouer dans une quelconque antichambre, si un grand seigneur le désire. Nous venons d'accompagner Mademoiselle en musique, à présent nous avons le droit de rester avec elle, mais pas de jouer. On ne s'en plaindra pas, mon petit. Suis-moi, et ouvre tes yeux, car tu ne vas pas le regretter !

Alors les Vingt-Quatre attaquèrent une pavane empesée, à mon goût par trop fournie en violes et violons. D'une voix volontairement cérémonieuse, Michel me glissa :

– Baptiste regarde : voici la cour !

À peine avait-il prononcé ces mots que parurent, surgies des portes soudain ouvertes, plus de couleurs que je n'en eus jamais imaginé. Bleu couleur de roi, bleu de fève cuite, gris de ventre de biche, de panse de nonain, orangé feuille-morte, amarante et nacarat, vert naissant et vert de pré, jaune doré, d'aurore, de serin, orme argentin, blanc jus de nature... Toute la science du chromatique brillait sur les dentelles, les rubans, les longues plumes teintes et les tissus. La lumière d'ambre, venue d'une infinité de chandelles dont les reflets se répercutaient en autant d'appliques de cuivre, rehaussait encore l'éclat de cette forêt multicolore.

Ce fut ainsi que la cour de France vint à mes yeux, et tout de suite j'en fus intéressé. Lambert remarqua mon intérêt ébloui.

Lui qui avait déjà vécu le règne de Louis XIII et celui de Richelieu, et que le mélange du blanc de Suresnes et du rouge bu chez Condé rendait de plus en plus bavard, m'initia aux Grands.

Sous les masques et les cheveux poudrés d'iris, de Chypre, d'Espagne, il me démêla la lignée et le rang de ces augustes personnes qui, présentement, commettaient assaut de révérences les unes envers les autres.

Je connaissais déjà Condé le fils, dont le justaucorps isabelle s'accordait si bien à la jupe tilleul poudré de Mademoiselle ; je le revis en pleine galantise, enserrant non pas quelque belle, mais un jeune homme vêtu de feu, d'or et d'argent.

– Eh bien, Michel ! Ils me semblent bien intimes, ces deux-là !

– Le prince est fort épris de son cousin, Gaspard de Châtillon. Ces mœurs-là sont, chez les Condé, une affaire de famille.

Michel, me tirant vers un autre coin de la salle, me fit reconnaître, en deux vieillards à l'œil lubrique, Condé le père, d'un pourpre de face grattée, et César de Vendôme, d'un rose faveur de putain. Le premier reluquait les laquais dont il aimait branler la pique et le second fendre les juvéniles derrières. Les jeunes pages s'écartaient d'eux comme l'on fuit la peste.

– Ah, ce César ! Henri IV, son Vert Galant de père, n'a jamais pu le guérir de cet appétit pour les ragoûts d'Italie !

– Il n'y a pas de mal à cela, Michel. Mais qui est celui qui sifflote sous son masque ? Sa bouche, petite et molle, ressemble beaucoup à celle de Mademoiselle.

– Cet azur du temps perdu ? C'est son père, Gaston d'Orléans, un perpétuel intriguant. Il siffle quand sa tête travaille et crie à la migraine quand tout lui va mal.

– Et là-bas, ce nabot au bouc en saillie qui flotte de l'un à l'autre ?

– Cet inquiet qui guette les appas de Mme de Longueville, sa sœur et son incestueuse passion ? Le prince de Conti, son petit frère. Méfiance, Baptiste. Ne t'en approche jamais, c'est une bête venimeuse. Mais regarde, non loin de lui, celui qui tournicote sous le masque d'un noir de racleur de cheminée. C'est l'autre amant de la fameuse amazone : La Rochefoucauld, un glorieux sentencieux.

– Mais où vois-tu cette Mme de Longueville ? Il y a ici tant de jupons...

– Voyons voir, où est passée notre pétroleuse normande... cette gorge, couleur de baise-moi-ma-mignonne, est bien trop plate pour être la sienne. Je tiendrais plutôt pour celle de Mlle de Guerchy, ou pour celle de la Saint-Mégrin, à moins qu'elle ne soit à la Tiembrune, toutes filles d'honneur de la reine. Tu les identifieras à la présence perpétuelle de leur chienne de garde, Mme Du Puys, la duègne au bonnet d'un jaune-faute-de-pisser. À moins que cette gorge ne soit à Mme de Motteville, avec son masque couleur de Judas ? En ce cas la reine mère ne doit guère être loin de son indispensable et bavarde dame d'honneur.

– Alors, cette Longueville, où la verrai-je ?

– Là-bas, près de la torchère, c'est bien elle, vêtue en velours d'un mauve de fleur mourante. Je la reconnais : elle dépasse toutes les autres d'une tête. Son port est le plus altier de la cour.

– Plus que la reine elle-même ? En Italie on dit tant d'éloges d'Anne d'Autriche. Où est-elle ? Montre-la-moi !

– Sa Majesté ? Vois-tu ce demi-masque dont le jour hypocrite ne devrait pas trop offusquer la religion ? Eh bien c'est elle. Dévote mais pas jusqu'à s'interdire les plaisirs du carnaval. À côté d'elle, avec sa cape vert merde d'oie, c'est la maréchale de Témines. Elles doivent bavarder de l'odeur des boues de Paris dont la maréchale, une originale, raffole tant qu'elle ouvre les fenêtres de sa chambre lorsque les boueurs travaillent sa rue.

– Et ce grand front jaune pâle, tout cornu de cheveux noirs ?

– C'est Mme de Guéméné, trente fois dévote et trente fois libertine. Mais place : voici Dom Moricaud de Corinthe l'évêque *in partibus*, M. le coadjuteur Jean-François-Paul de Gondi et son camail rouge fiammette. Il vient sans doute chauffer les oreilles de sa plantureuse maîtresse de quelque nouvelle prétention.

– Il me semble une personne capable d'envoyer un pays au diable rien que pour obtenir un cardinalat !

– Bien senti, mon garçon, car cet homme est un prince de l'intrigue. Comment donc l'as-tu si bien deviné ?

– Nous autres Florentins avons assez l'habitude des faux ecclésiastiques, c'est une spécialité des Médicis. À l'autel le jour, au lupanar le soir.

– C'est le cas de Gondi. Il se dit que, hier soir, il a jeté sa croix au visage de sa maîtresse, et elle un chandelier, puis qu'ils conclurent la dispute avec beaucoup d'énergie.

– Ce petit bouc saillant cette solide bête ? Dieu, quel couple !

– Sans doute auront-ils eu saillie de dévotion !

Je ris un peu trop fort. Deux masques se retournèrent aussitôt. Michel, saisissant au passage une nouvelle coupe de vin, m'attira contre le mur.

– Ris, mon ami, mais sous cape. Les masques sont aussi dangereux qu'ils peuvent être complices. Tiens, regarde de l'autre côté de la salle. Vois-tu ces cheveux jaune paille qui tombent sur cette peau flapie ? C'est l'un des plus grands dangers de cette cour : Mme de Chevreuse, la reine des ambitieuses. Il y a trois ans à peine, elle intrigua contre la reine, son ancienne meilleure amie. Mazarin l'envoya en exil, lestée de neuf cent mille livres. Eh bien, la voici déjà revenue, et elle continue ses intrigues.

– À l'oreille de qui murmure-t-elle donc ?

– Ce colosse qui a la moitié plus de tétons qu'il n'en faudrait, certes bien blancs et bien durs, mais qui ne s'en cachent que moins aisément ? C'est Mme de Montbazon, un autre fort caractère de cette cour.

– Et ces deux beaux gentilshommes qui s'approchent d'elles ?

– Henri d'Aramitz et Athos de Sillègue, d'anciens mousquetaires qui furent deux illustres héros sous le règne du feu roi. On les soupçonne d'intriguer en faveur du duc de Beaufort, le petit-fils du Vert Galant, pour qui le trône reste légitime. C'est le roi des Halles, dit aussi l'amiral du port au Foin, la bête noire du cardinal. Mazarin se doute bien de telles menées, mais, vois-tu, le carnaval, pour les Grands comme pour le cardinal, rime avec trêve générale.

– C'est partout pareil. Et dis-moi, qui est cet œil de corsaire ?

– Celui avec un bandeau pourpre ? Catho la Borgnesse, première femme de chambre de la reine. Elle couve de son œil unique les badineries de sa fille convoitée par le marquis de Richelieu.

– Fils du cardinal ?

– Mieux encore : son neveu. Un riche héritage, de quoi plaire à la petite-fille d'un fripier des Halles, une Bellier qui se fait maintenant donner du Mme de Beauvais. Mais ce sont gens à fréquenter : plus que les Grands ils savent amener l'argent dans leurs poches, alors qu'ils sont nés sur le pavé.

– Et ces jeunesses pleines de mouches de taffetas noir qui papillonnent devant la cheminée ? Tiens, prenons la passionnée...

– C'est la jeune Sévigné.

– L'assassine ?

– Charlotte de Prie.

– L'évaporée ?

– La comtesse de Fiesque.

– Le baiser ?

– La comtesse de Vertus.

– Et ce vieux monument ?

– Mme Pilou, vingt mille livres de rente et tant de saillies qu'autour de ce vieux pot les dames confient plus de choses qu'elles n'en diraient ailleurs. Mais tu connais donc la langue des mouches ?

– Je reconnais les signes des courtisanes de Florence.

– Modère tes comparaisons, mon petit Baptiste, si elles venaient à t'entendre...

Deux laquais s'écrièrent, voyant soudain se démasquer la vieille couleur de veuve réjouie :

– Bon Dieu, le cul de guenon que cette laide femme !

– Voyez-vous, chers enfants, ce cul est aussi beau qu'il l'était à quinze ans, et il en a plus de soixante-huit. Parmi toutes ces beautés à moucher, je suis bien la seule de France à pouvoir dire cela !

Et la vieille ouvrit le bal la première en sautant comme une sauvageonne, un flambeau en main, pour le branle de la torche, lequel se danse en rond. Les jeunesses s'élancèrent à sa suite.

Aux tables d'hombre et de lansquenet, où se buvaient de sophistiquées liqueurs, Michel m'apprit le chancelier Séguier, vêtu d'un drap d'occasion bien élimé pour le mieux pourvu de tous les ministres partisans.

– Retiens ce nom de partisan, c'est ainsi qu'on appelle les véritables financiers de ce royaume, toujours à court d'argent pour ses guerres et encore plus aux abois pour ses fastes. Ce

Séguier vient de s'adjuger l'enlèvement des boues de Paris. Eh oui Baptiste, chaque fois que tu chieras ici, ton cul lui donnera un écu !

Deux hommes en noir, la mine basse, mais l'œil alerte, se tenaient dans un coin, observant les jeux de cartes.

– Voici Colbert et Fouquet. Le premier est l'intendant du cardinal, on le dit assez fort en économie. Le second est un galant, fort joueur et qui sait s'entremettre. Un filou, mais une pâte d'homme.

Des bourgeois riches à millions, ou en passe de les obtenir, tentaient vainement, cartes en main, de ruiner un homme de taille moyenne, à l'allure pateline, au bouc soigné, fardé si subtilement qu'il n'y paraissait rien, vêtu d'un incarnat retenant si bien la lumière qu'elle semblait rejaillir de ses yeux noirs, un peu fatigués, mais qui ne perdaient rien de ce qui se tissait et s'ourdissait dans le mélange faussement désordonné des familles, des intérêts et des galanteries empressés autour de son fauteuil à bras.

– Ne paraît-il pas avoir appris dès le berceau le trafic de finesse, cet homme en habit rouge ? Le reconnais-tu, toi l'Italien ?

Qu'il jouât la courte, la longue, la cirée, la pliée, l'ensemencée, la poncée, l'attrapée, la ripoussée, qu'il fasse le tour du petit doigt, de la manche ou du chapeau, les cartes marquées de cent façons semblaient n'avoir aucun secret pour lui.

– C'est Mazarin !

Au miroir, celle que le *on* général déclarait sa maîtresse, la cantatrice Margherita Costa, vêtue d'un tabis safran et d'un velours gris ramier, lui retournait, par afféteries des doigts sur la dentelle ourlant sa gorge, le secret du chiffre adverse.

– Ah ce cardinal ! Il ne danse pas mais oblige tout le monde à danser autour de lui. C'est l'épicentre de la cour. Vois comme on tourne, on susurre et marmonne autour de ton compatriote cher Baptiste, vois comme on cherche son regard, comme on l'évite aussi, mais comment vers sa personne toujours on revient. C'est l'astre discret de ces fêtes, le plus luxueux et le moins voyant parmi tous ces augustes mortels qui goûtent tant de plaisirs... « Que les dieux mêmes, se mit à chanter Hilaire, les dieux n'en ont point de plus doux. »

Soudain, à l'opposé des tables de jeu, il y eut force criailleries, un bruit de verre cassé, suivi du claquement d'une gifle. Un murmure général s'éleva, ponctué de quelques rires. Une Mademoiselle rouge pivoine, son masque arraché, se précipita vers l'escalier.

Hilaire hésita un instant, puis acheva son couplet. Les Vingt-Quatre reprirent son thème pour couvrir la rumeur. La chanteuse de cour, inquiète, rejoignit Michel autour duquel s'était regroupée la bande des violons de Mademoiselle.

– Que s'est-il passé ?

– Une dispute entre Mademoiselle et son père Gaston, murmura Michel. Sans doute auront-ils encore abordé une question matrimoniale.

– De là à se souffleter en public ! dis-je.

– Depuis que tu es arrivé, tu as pu voir à quel point Mademoiselle ne se laisse pas conduire. Elle a son caractère, et ne porte pas non plus son père dans son cœur.

– Je ne lui donne pas tort, ce n'est qu'un pusillanime, lança Hilaire.

– Trêve de commentaires ! Il nous faut quitter les lieux. Messieurs, rangez vos instruments et suivez votre maîtresse.

Mais à la porte Condé rattrapa Michel et Hilaire. Il vint leur dire que le cardinal les priait de bien vouloir rester car il désirait jouir d'eux pour quelques trios avec sa chère cantatrice italienne. Quant aux violons, qu'ils suivent donc la princesse outragée.

– Va Baptiste, rentre, nous nous verrons plus tard ! Nous devons obéir.

Dégrisé par l'événement, je retrouvai à l'extérieur les violons qui commencèrent à me serrer de très près. Sans la présence de Lambert, leur animosité devint aussitôt de l'agressivité.

– Ah, le voilà ce faquin d'Italien !

– Pour qui se prend-il ? Sont-ce là des façons de jouer ?

– Tu as raison, Mazuel ! On va lui apprendre le style français, à ce moricaud prétentieux !

Deux violons me retirèrent mon instrument tandis qu'un troisième se plaçait dans mon dos, avec l'évidente intention de me lier les bras. Mais j'étais un gosse des rues de Florence : avec souplesse, je me retirai de son début d'étreinte et envoyai un coup de pied dans les *coglioni* de l'adversaire le plus proche.

Le dénommé Mazuel voulut me décocher un coup de poing. Comme ses confrères, cette andouille n'avait pas voulu se présenter à moi ? Il allait donc apprendre mon pied. L'esquivant, je lui bottai le cul. Il roula par terre, je me précipitai pour lui administrer une déculottée.

Les cris des gardes, qui encourageaient la lutte, attirèrent un petit groupe de valets.

– Hé, venez voir ! Les violoneux se moulinent entre eux ! Diantre, la belle mêlée !

Mais un page alla immédiatement dans la salle de bal alerter le chef des Vingt-Quatre Violons, un dénommé Louis Constantin.

Celui-ci accourut pour apaiser la bagarre.

– Allons messieurs, vous n'êtes pas des soldats ! Cessez, vous dis-je ! Au nom de M. saint Julien, saint patron de notre ménestrandise, arrêtez immédiatement !

À ce nom, les violons s'écartèrent, me laissant tout enragé, seul au milieu de leur groupe. On ne se battait plus, mais un cercle menaçant continuait de m'entourer.

– Que se passe-t-il ? demanda Constantin. Quelle est la raison de cette querelle ?

– Il y a que, depuis ce matin, celui-là ne joue pas selon nos règles, voilà ce qu'il y a ! Ce faquin n'est que discorde et prétention. À peine arrivé, et déjà il veut jouer au-dessus de tous les autres ! cria Mazuel.

– Ce qui est impossible ! reprirent les autres.

– Et inaudible !

– Scandaleux !

– Puisqu'il nous cherchait, il nous a trouvés ! Une bonne raclée lui remettra les idées en place !

– On n'est pas à Florence ici, mais à Paris. Et nous y sommes maîtres de sonner comme nous l'entendons !

Je ne dis rien, mais crachai au pied de celui qui venait de parler. Il voulut se précipiter, Constantin l'arrêta.

– Buron, cela suffit ! Nous allons nous expliquer, mais de bagarre il n'est pas question. On nous regarde...

Les fenêtres du palais s'étaient ouvertes. Après la gifle de Mademoiselle, voilà que ses violons se battaient dans la rue. Décidément, quelle soirée riche en actions ! Et quelle conclusion musclée pour une première journée d'aubade ! Car, pour être franc, elle s'était fort mal passée, et se fût déroulée encore plus violemment, n'eût été la présence de Michel Lambert qui m'avait pris sous son aile.

Hautains depuis la pause au cabaret, les notaires violoneux avaient d'abord pris en mauvaise part ma distraction, tout occupé que j'étais à jouir du babil jacassier de Lambert. Puis, sans crier gare, je m'étais mis, chez Condé, à varier tout naturellement sur les graves airs français que jouaient les violons. J'avais voulu leur montrer ce qu'était la danse telle que je l'entendais. Aidé par le vin, et par ce naturel enthousiaste qui m'avait poussé à improviser la *battistina*, j'avais bousculé leur mesure posée et leur harmonie sévère.

Je ne me doutais pas que je contrevenais au sage agencement de leur musique à cinq parties, stricte hiérarchie établie par le traité de Philibert Jambe de Fer depuis cent cinquante ans.

J'avais trouvé que leur jeu restait immuablement en sa place, avec, en outre, des ornements à n'en plus finir, comme autant d'excroissances inutiles. Leur monotonie m'avait agacé. Cela n'était point de la danse, mais de la paralysie. Il y manquait de la variété, de la folie, une avancée, une motion... Car je considère que l'on danse comme l'on dialogue, de gestes contraires et répondants, selon ce qui procède des nerfs venus du cerveau par les sept accouplements qui sont les tuyaux et les organes du sentiment. Ma danse ne concevait qu'émotion et mouvement, pas ces harmonies tout juste bonnes à faire tapisserie. J'étais bien trop rhapsode, bien trop chien fou. Conséquemment, je fus vite interrompu. Il n'y eut pas de place pour une *battistina* ni quelque autre folie de ma façon.

– Trop d'inventions, aucun usage raisonné ! statuèrent entre eux ces gens qui manquaient d'audace et raclaient sans renâcler, selon l'usage et ses ordonnances.

Puis la cour était entrée, avec ses Vingt-Quatre Violons, qui avaient fait taire ceux de Mademoiselle. Non seulement je ne connaissais pas le style français, mais en plus j'ignorais les règles de ces musiciens organisés dans la confrérie de la grande ménestrandise, paroisse Saint-Julien-des-Ménétriers. Et, en cette guilde regroupée depuis le XIVe siècle, les disputes de préséance et les prétentions étaient plus féroces que celles du carreau, du dais et du tabouret qui agitaient la cour.

Qu'allais-je donc imaginer avec mes grotesques italiens et mes chaconnes de théâtre ? Personne ne me connaissait et voilà que, déjà, je voulais commander et jouer les dessus ? Dans ce pentacle magique qu'était l'harmonie des violons français, celle que le père Mersenne, correspondant de Descartes, cet ennuyeux, assimilait à l'harmonie même de l'univers (voyez la prétention !), j'étais l'orgueilleux grain de sable, l'insupportable « novelleté », le chiffre impair.

– Un impertinent oui ! L'Italien, cessez immédiatement vos prétentaines !

– L'Italien a un nom et un prénom, messieurs : Baptiste ! Baptiste Lulli !

– Bouseux, oui !

– *Vaffanculo !* Et j'accompagnai ce juron très italien d'un geste qui ne nécessitait aucune traduction.

– À l'amende ! À l'amende ! Il est interdit de jurer !

– Une amende ? Et pourquoi cela ?

Leurs règles ne concernaient pas celui que Florence avait porté en triomphe, cette nuit où ma lumière avait vaincu l'ombre.

Dans la cour du Luxembourg, la bagarre reprit de plus belle. Constantin courut chercher Lambert qui seul semblait capable de calmer les esprits. Il utilisa alors un argument imparable : que tout ce petit monde, par trop échauffé, aille noyer sa dispute à la taverne. On discute souvent mieux la chope à la main. Ce que la communauté et moi-même, sur ce point d'accord, fîmes aussitôt.

Lambert me conseilla de payer quelques tournées. Je fis mine d'accepter, par cette libéralité, un armistice. Les violons, qui étaient grands buveurs, pensèrent qu'ainsi je courbais l'échine.

Le vin mollissant les passions, Michel Mazuel, le plus violent de tous, se fit docte et s'ingénia à me démontrer quelle était ma juste place.

– Qui es-tu donc, Lulli ? Un Italien, soit, issu de ce peuple qui, à Crémone, donna sa forme au violon. Tes compatriotes, venus avec les premiers Médicis, nous ont apporté cet instrument, nous le reconnaissons volontiers...

– Mais quoi ? renchérit Jean Buron. Qui est ton père ? Et le père de ton père ? Ici l'on est violon de père en fils : les Dumanoir, les Constantin, on peut en remonter le lignage jusqu'à Henri II, pour le moins. Mais toi ?

– T'imagines-tu qu'être recommandé par le seul caprice d'une princesse du sang puisse suffire ?

– As-tu seulement effectué les six années d'apprentissage chez un maître, étape que les statuts de notre profession rendent obligatoire ?

– Et si, comme il est évident, tu ne les as pas contractuellement accomplies, as-tu seulement dans ton escarcelle les mille cinq cents livres nécessaires à l'achat de l'auguste charge ?

– D'ailleurs il n'y en a pas à pourvoir, nous autres vivants, lança Jean Buron.

– As-tu seulement été entendu par Louis Constantin, chef de notre confrérie et seul accrédité pour attribuer le brevet requis ?

– Bien sûr que non ! dit Constantin. Je ne te connais pas. Tu n'es qu'un rebecquet, un violoneux, tout juste bon à entreprendre des noces, à jouer dans les cabarets et autres lieux infâmes. Alors, avant de prétendre nous apprendre à jouer, fais tes preuves, l'Italien ! Sinon tu finiras comme Concini !

À la suite de ce qui ressemblait bien à une menace, je me dressai d'un bond, prêt à une nouvelle castagne. Mais Michel posa une lourde main sur mon poignet. Je me rassis.

– Lambert, raconte-lui comment a fini Concini. Qu'il sache où est sa place. Cela le fera réfléchir...

Je me calmai, écoutant Michel conter le destin de cet Italien que je ne connaissais pas.

– Il y a trente ans de cela, feu la reine Marie de Médicis s'était entichée d'un couple d'aventuriers italiens, Concini et sa femme Leonora Galigaï, tous deux ramenés de Florence dans sa corbeille de mariage. Ces deux Italiens en firent beaucoup, amassèrent trop de richesses et finirent par accéder à la particule. C'est ainsi que Concini et Galigaï devinrent maréchal et maréchale d'Ancre. Ce Concini était un fin politique qui méprisait fort les princes. En cela il n'avait pas grand tort. Il les appelait les *coglioni* de mille livres. Louis XIII, qui haïssait tout ce qu'aimait sa mère, ne pouvait pas le sentir. Excité par son favori Luynes, il fit abattre Concini de six coups de pistolet au cours d'un guet-apens. On enterra Concini tard la nuit, sous les orgues de Saint-Germain-l'Auxerrois, où les pierres furent si promptement refaçonnées qu'il ne paraissait point qu'on les eût touchées.

– Mais le lendemain, continua Mazuel, quelqu'un ayant éventé l'endroit, on s'amassa sous la tribune de l'instrument. On commença par cracher sur la tombe, on trépigna dessus, on gratta les jointures avec les ongles, on descella, on découvrit le corps par les pieds, on l'attacha avec les cordes des cloches au buffet de l'orgue. Alors commencèrent les réjouissances. Vous souvient-il, messieurs, de ce que l'on chantait ?

– « Naguère sardine, aujourd'hui grosse baleine, c'est ainsi que la France engraisse les petits poissons italiens. »

Excités, les violons reprirent le refrain.

Mazuel sortit un poignard et fit mine de découper quelque chose.

– Ah ça, Concini avait la viande froide, mais on l'a bien dépecé !

– Et l'orgue s'en trouva fort dérangé, conclut en ricanant Jean Buron. Alors, l'Italien, garde-toi !

Les violons quittèrent la table avec arrogance, sûrs d'avoir remporté la victoire. Michel garda le silence en attendant qu'ils fussent tous sortis. Puis, avec bien plus de douceur, il me donna ce conseil que je n'ai, depuis, jamais oublié.

– Écoute bien ces frénétiques, Baptiste. Quand tu les entendras, eux et les rues de cette ville, vermiculer sur l'Italien, tu devras être prudent, très prudent. En ce pays, courbe l'échine et tends l'oreille. Observe d'autant plus que tu parleras peu. Ne découvre jamais tes intentions, attends plutôt que les autres dévoilent les leurs. Deviens Mazarin, ce parangon de prudence.

Je lui trouve du talent et de l'adresse, mais je suis bien le seul. En France, il n'est pas bon être un étranger.

C'est ainsi que Baptiste, l'Italien importé, devint obéissant et accepta de jouer à celui qui ne savait rien. Ce fut cela, ou ne pas être admis français. Mais, pendant que je trinquais de mauvaise grâce avec les violons associés, mes oreilles polluées par leurs prétentions, je m'étais juré de faire payer à ces maîtres Aliboron leur mépris. Car je n'en étais pas quitte pour autant. On allait bien voir qui, demain, serait le roi des violons de ce pays !

III

En attendant ce couronnement que je me faisais fort de connaître, je parlais le moins possible l'italien, excepté les stances du *Roland furieux* sur demande de Mademoiselle. J'écoutais bien plus s'exprimer, et chanter, le français.

J'affectionnais particulièrement la compagnie de Michel et d'Hilaire. Le ténor et la soprano s'étaient beaucoup rapprochés depuis la mort de Gabrielle Dupuy, femme du premier et sœur de la seconde. Elles étaient toutes deux filles du tenancier de ce cabaret du *Bel Air*, rue de Vaugirard, où Michel et Hilaire avaient aussi leurs habitudes dînatoires et leur coucher.

Le foyer Lambert gardait auprès de lui la petite Madeleine, cinq ans, née de ce premier mariage que la mort avait enterré en dix-huit mois seulement. Michel ne se contentait pas de perfectionner l'art vocal d'Hilaire, qui disposait de belles notes et de trilles aisés. Le vin aidant, il en devenait à chaque leçon plus amoureux et se mettait alors à lui conter bien des sottises.

Hilaire lui répondait de tout l'éclat de ses belles dents. Aussitôt Michel, rubicond, et Hilaire, enflammée, flûtaient de doux entrelacs sur l'air : « Pardonne ma bergère / Pardonne mon berger / Aimons-nous désormais / Aimons-nous pour jamais. »

À leur écoute, j'entrais plus avant dans les subtilités de ce chant français, bien différent de celui que j'avais naturellement accoutumé en Italie. Tendresse et propreté de l'articulation, finesse du souffle : par comparaison j'en vins à trouver le chant italien trop rogue, avec un pathétique de théâtre où l'artifice avait tendance à manger le naturel. Nos vocalises me paraissaient des trompettes comparé à la voix ductile, intime, de Michel. Cette nouveauté éveillait en moi des humeurs contradictoires, tristes et gaies d'un même souffle, où cependant la syllabe ultime n'attend que l'envoi poétique pour sourire.

Voix subtile comme le pâle azur de Paris où les nuages se jouent des humeurs du soleil en de changeants dialogues, alors que l'Italie connaîtrait plutôt des fronts orageux sous une lumière exacerbée.

Autant m'agaçaient la lente tapisserie des violons français, leurs broderies infinies, autant j'étais sensible à la sobre dramaturgie qui habitait la couleur des mots de sons si doux, diphtongues pastel scandées par le sifflement des accords pluriels. Quelle suave musique que ce français qui coulait, soyeux, à mes oreilles ! Un Léthé aurait dit les Anciens, dont le sfumato imprimait en mon cœur cette langueur que Robert Burton, le docteur d'Oxford, anatomise comme *melancholy gay*.

Si, de tempérament, j'étais plutôt remuant et sautant, faisant deux fois plus de bruit qu'un autre, *gay* en somme, je penchais aussi vers une humeur qui, quoique douce et sans douleur, mettait mon âme à nu. J'attrapais alors ce que, en parler musicien, on appelle la gamme mineure. De mes demi-tons je tombais de degré en regret, les mêmes qu'avait égrenés le luth, le soir, dans les campagnes mangées de guerre, lorsque notre troupe se serrait autour de la croix de Lorraine pour se garder des reîtres. Improvisations sur un cantique ou sur un chant populaire, ce qui souvent était la même chose, mélancolie douce et polie où le silence parlait autant que le plein. Musique pour des temps convalescents.

Mais, au *Bel Air*, le vin blanc me donnait aussi l'envie d'entremêler la frénésie de la danse à ce sourire voilé. Qu'il garde ses pastels mais qu'y brille la grivoiserie. De l'or sous ces rythmes. Chaconne que diable ! *Battistina !* Folie à l'italienne ! Quand allais-je pouvoir placer cela ?

L'étincelle qui m'allumait l'œil en écoutant Michel et Hilaire improviser était autre chose qu'un bas intérêt. Je voulais tout apprendre de cette touche française dont la volupté grave parlait si bien à mon cœur danseur. Ce que sentait Michel, qui me prenait de plus en plus en affection.

Cependant, pour plaire aux violons et à leur ménestrandise, il fut décidé que je serais renvoyé à l'école, française évidemment.

– Allez apprendre la véritable harmonie de l'univers à la tribune d'un orgue de Paris, avec des maîtres aussi savants qu'incontestables. Alors nous en reparlerons, monsieur l'Italien, de vos fantaisies !

L'histoire de Concini en tête, ce ne fut qu'à reculons que je repris le chemin des orgues. On m'envoya apprendre auprès de MM. Gigault et Metru, à Saint-Nicolas-des-Champs. Indifférent à ces deux vieilles barbes, je fus plus attentif à la facture française, ample et riche, à ses sons pleins, à ses jeux d'anches furieusement populaires. J'aimais le truculent cromorne et les babillantes trompettes, l'harmonieux rhume des nasards, toute cette chamade de tuyaux coniques et cornus, diablerie de joie coffrée à l'intérieur du meuble, derrière les grands tuyaux qui se dressent en montre, comme les voiles ondulées d'un navire immobile.

J'appris à coupler les jeux de cet organisme si différent des orgues italiennes, tout en façades planes et discrètes. Alors que les instruments de Florence sont construits pour accompagner le seul chant des fidèles, les orgues françaises contiennent d'abondantes symphonies. Encore faut-il que l'organiste y ait quelque talent. Mais, en cette église, je n'eus que trop mon compte de plain-chant, de fugue et de contrepoint, et encore donné par bribes, car je fus plus souvent employé par les deux augustes à actionner les énormes soufflets de leur machine qu'à me perfectionner à l'art des claviers. Ils étaient jaloux de leur savoir et se méfiaient horriblement de ce petit Italien à la peau trop sombre. Leurs leçons avares n'étant qu'une redite de celles, bien plus aimantes, de Bonaventure, je les écoutais avec force désinvolture.

Mais les orgues de Paris n'étaient pas l'unique propriété de vieillards rébarbatifs. De temps à autre, selon ce que la camarde récoltait dans leurs rangs, des remplacements se révélaient heureusement nécessaires. Derrière l'hôtel de ville, un superbe instrument demanda ainsi un nouveau titulaire. On ouvrit un concours afin de pourvoir la tribune de Saint-Gervais-Saint-Protais. Cette sorte d'événement attirait les foules. J'y courus et devins aussitôt amoureux de cette nef spacieuse où les vitraux projetaient leurs tapisseries diaphanes sur la pierre couleur de miel.

Au-dessus de la grande porte, l'orgue était une ravissante commode de bois blond qui donnait un air de salon au saint lieu. L'église était emplie d'une presse toute mondaine. On allait procéder à l'audition du troisième postulant, un dénommé Louis Couperin, originaire de Chaumes-en-Brie. Un homme fort élégant, M. de Chambonnières, qui tenait la charge du clavecin de la chambre du roi, avait extrait Couperin et ses deux frères, François et Charles (le père de ce François dit le Grand qui concerte désormais avec moi au Parnasse), de leur campagne afin que Paris goûtât les harmonies que composait Louis, vingt et un ans et tête pensante de la fratrie.

Chambonnières, à cet instant posté sur les premières marches de l'escalier en colimaçon conduisant à la tribune, ne tarissait pas d'éloges sur son protégé. Indifférent aux fuguettes que développaient ses concurrents, il vantait alentour les mérites du jeune Louis.

– C'est un vrai moderne que cet homme, un ami de M. Froberger, l'étonnant claveciniste dont vous avez sans doute entendu parler. Celui-ci l'a d'ailleurs mis en contact avec les toccatas de l'éminent Frescobaldi. Du clavecin du premier, il débride l'inquiétude ; de l'orgue du second, il libère l'architecture. À mon avis, aucun autre Français n'a jusqu'à présent réuni deux goûts si différents en un style aussi personnel. Il brise tous les carcans, il...

Le plein jeu de l'orgue lui coupa la parole. S'éleva alors une fantaisie extraordinaire, âpre et vertigineuse. Louis Couperin venait de prendre les claviers. Il escalada toutes les chromatiques avec un aplomb dans sa marche de pédalier qui ne le cédait à aucune facilité. Point de douceur, rien que de l'implacable. Sa volonté avançait au mépris de toutes les règles, parcourant des champs harmoniques que l'on ne foulait pas sans superstition.

Je fus sidéré par tant de nobles *Duretez*, puisque c'est ainsi que se nommait cette fantaisie. Ce fut un choc que cette pulsation tendue, décidée, qui ne s'embarrassait de rien pour conduire ses modulations, au mépris de toutes les lois que mes deux barbes de Saint-Nicolas-des-Champs doctrinaient. Cet organiste-là osait et ne faisait qu'oser. Si Metru et Gigault enseignaient à suivre les stricts modes ecclésiastiques, le protégé de Chambonnières n'obéissait qu'à son tempérament, choisissant dans les intervalles obligés de préférence ceux qui, justement, ne l'étaient pas. Il y avait proprement un *diabolus* dans sa musique.

Bousculant Chambonnières, je me précipitai dans l'escalier pour voir de plus près l'être qui produisait une musique tellement sidérante. Quel homme, ravi à l'œil des peuples par la petite commode du positif avancée au-dessus de la nef, sculptait de la sorte tous les vents du royaume ? Qui bousculait ainsi toutes les conventions : un ange ou un démon ?

J'aperçus un front noble et sévère encadré par des cheveux abondants et bouclés, d'un noir si foncé qu'ils en luisaient et rendaient pâle la teinte pourtant fort sombre de son pourpoint. De ses manches, ourlées d'une discrète dentelle, sortaient des mains d'ivoire où un bleu treillis de veines dessinait d'admirables appoggiatures. Ses mollets puissants assenèrent au pédalier un long point d'orgue qui dura une éternité. Enfin, comme s'il prenait appui sur toute la machinerie, il leva d'un même élan ses pieds et ses mains de l'instrument, laissant résonner les ultimes harmoniques des tuyaux sous la voûte encore frémissante.

Son regard croisa alors le mien. Je palpite encore en évoquant ses yeux de chat, calmes et intenses. Louis inclina son front en un discret salut et me demanda, d'un baryton troublant si, par hasard, je pouvais manier les soufflets de l'instrument.

– Le jeune apprenti de cette église ne me donne pas assez de souffle. Mon ami, sauriez-vous y pourvoir ? J'ai besoin de puissance pour entonner le *Pange Lingua.*

Le souffle, le vent, ce verbe qui point ne se voit ! Je me glissai aussitôt dans les coulisses de l'instrument pour actionner les soufflets sans lesquels l'orgue reste un monument muet. Je calai mes pieds dans les sangles des énormes bourses de cuir, entamant cette gymnastique immobile qui foule l'air comme se foule le raisin dans la cuve. Je lui donnai la pression d'air nécessaire, j'ouvris pour lui les divins poumons de l'orgue. J'y mis une rage telle que les rats, friands du cuir et du bois des soufflets, déménagèrent illico. De l'autre côté de la machine, sur ses claviers, Louis dressa un portique monumental, entonné par tous ces tubes tendus qui crachaient cent fois plus de son que les Vingt-Quatre réunis.

À nos pieds, l'audition d'une telle intempérance dérangea d'autres rats. On se couvrit les oreilles, on toussa rageusement, on se signa. Mais, autour de Chambonnières, des adeptes formèrent un pieux silence, tout à leur enthousiasme intérieur.

Choqué ou emporté, chaque esprit ne pouvait qu'être dominé par l'extraordinaire motion de son style *fantasticus*. Tandis que sonnaient les bourdons, les prestants, les flûtes, les quintes, les clairons et les larigots de l'orgue, je songeai un effectif absolu, où chaque corps du métier musical se fondrait au lieu d'être séparé en fonctions et privilèges spécifiques. L'orgue de Louis mêlait tout un orchestre en étages. Mais qu'en serait-il de divers autres placés dans des bosquets ? Non plus des orgues hydrauliques, comme ceux des jardins italiens, mais des concerts d'instruments disséminés partout dans la fête, des foyers de plaisir, cent *battistine*.

J'entendais ensemble, dans ma rêverie sonore, les hautbois, les trompettes et les timbales de cette Grande Écurie qui joue pour la remonte des chevaux du roi et les transports de la cour, le souffle profond des dulcians, le naseau du cornet et le souffle agreste des flûtes de bois que l'on entend aux entrées des villes ; et encore les amusantes musettes du Poitou, les tambourins, les fifres provençaux, sans oublier la trompette marine et la flûte à l'oignon, ainsi que les violons qui seraient par moi réformés.

Il y avait dans Paris de quoi orchestrer le plus beau divertissement du monde, mais la tradition régnait en tout, morcelant les rôles et empêchant ma muse de danser.

Louis accouplait le nasard de trois pieds et le bourdon de huit tandis que je levais et abaissais mes pieds attachés aux soufflets énormes, pompant l'air comme l'aube du moulin tire à elle l'énergie de l'eau. Né pendant la crue d'un fleuve, je retrouvais en ces instants toute la puissance des flots déchaînés. Trois temps. Levée, battue, entre les deux une suspension infime où la vague passée aspire la vague à venir, incessant rythme qui avance et se perpétue, basse obstinée dont la redite avale le temps et le contraint à danser. Je battais une musique si absolue qu'elle branlait jusqu'aux cercles des astres. Mon concert spirituel était un concert universel. Les dieux et les rois, le monde même, avanceraient au rythme de ma chaconne.

La crue baptismale, riche du limon arraché à la terre d'automne, inondant de sa promesse les fruits à venir, m'inspirait des visions de Sagittaire, mon signe natal. Les harmonies de Louis le coloraient d'une robe brune et d'une flèche verte : la terre et son printemps. Un zodiaque me tournait dans l'oreille, un alpha et un oméga, comme celui qui réside en mon nom, car je suis Lulli, celui qui est lu et celui que l'on lit. Et je soutiendrai mon orgueil jusqu'à cette déraison puisque les chants, pour s'entonner comme pour se préserver, se lisent aussi. C'est pourquoi je suis, en musique, celui qui est comme celui qui restera.

Louis me donnait le haut mal d'amour apollinien. J'étais exalté par cette plongée dans sa machine orgue qui me ouatait l'ouïe et m'enivrait le *cerebrum* de ses fluides invisibles, et Couperin me causa tant de plaisir aux pavillons que j'aurais presque rendu grâce à la ménestrandise de sa prime querelle puisque, ce faisant, les violons m'avaient précipité vers cet homme aux mèches de jais dont la glabre émaciation, car il ne portait pas comme eux le poil en bouc, trahissait l'interne ardeur.

Après la fantaisie et l'hymne vint la troisième partie du concours : accompagner et varier le chant des fidèles. Un Chambonnières quelque peu nerveux vint avertir Louis de calmer ses ardeurs musicales.

– Là en bas, l'on paraît quelque peu décontenancé par tant d'invention. Restez dans la tradition, mon ami, ou vous n'aurez point cette place !

En attendant que le chœur se soit disposé, nous échangeâmes quelques mots. Il me demanda où j'avais pratiqué. Je lui contai rapidement mon parcours et mes présents déboires avec les musiciens de Paris. Il s'emporta car lui non plus n'appréciait guère cette caste violoneuse qui prétendait régenter la musique en s'imbibant au cabaret de *L'Épée de Bois*, rue Quincampoix, avec troussages en cuisine et dégobillis sous la table.

– Présomptueux imbéciles ! Commande-t-on au soleil de se lever ? À la mer de vaguer ? Au ciel de trôner ?

Louis me demanda alors de jouer la troisième main à côté des siennes, afin de soutenir le plain-chant de la communauté tandis qu'il allait en varier la mélodie. Enfin on fut prêt à chanter l'*Ave maris stella*. Le petit apprenti revint à ses soufflets et je m'assis à côté de Louis, sur le banc de bois réchauffé par ses fesses. Je posai ma main droite sur le clavier supérieur. Ma main gauche, prête à actionner les jeux du monumental instrument, frôla un instant sa cuisse. Ce contact m'affola encore plus que ne m'enivrait son invention musicale.

Un sentiment que je ne connaissais pas me saisit. Tandis que les fidèles chantaient la *Vierge étoile de la mer et du matin*, nos mains ne cessèrent de se rencontrer sur les claviers. Mais un coup au cœur, une brusque tension, les séparaient aussitôt. Un soupçon de honte, couplé à une étrange attirance, formait un contrepoint délicieusement douloureux à l'hymne mariale. Et que voulait donc dire cette sueur à nos fronts soudain éclose ? Le désir de Louis avait une odeur. Sentait-il le mien ?

Un soir où l'église Saint-Nicolas-des-Champs était déserte, en descendant de la tribune de l'orgue, dans la troisième chapelle à main droite, j'avisai une compagnie de paroissiens peu ordinaires, qui n'avaient pas l'air de dire la messe, ou plutôt si, mais d'un genre assez particulier.

Ils tournaient le dos à l'autel, ils avaient étalé une nappe sur une pierre tombale et vidaient ensemble des flacons avec de faux airs de curé levant l'Eucharistie. Le geste sentait le fagot, mais après tout le prêtre aussi boit pendant la messe. Je m'approchai silencieusement pour observer les libations de ces diables qui n'étaient que de simples hommes, au nombre de cinq.

Il y en avait un très gros, et qui n'avait pas ôté son large chapeau ; un deuxième, petit et maigrichon, avec une tignasse ébouriffée et un visage de satyre. Un troisième, plus féminin, tenait un flacon avec lequel il faisait des signes de croix à l'envers. Le quatrième, d'aspect sale, la barbe mal rasée, était accompagné d'un page, qui, à vue de nez, paraissait être de mon âge. Un peu à l'écart, il montait la garde. La scène, en effet, demandait quelque prudence.

Le plus féminin des cinq but au goulot, fit tourner la bouteille, s'agenouilla et baisa cérémonieusement la pierre tombale tout en étouffant un sanglot.

– Eh bien, triste ménade, récite donc ta prière ! Dépêche-toi avant qu'un bedeau nous aperçoive.

– Oui, mes amis, j'y viens, j'y viens ! Laissez les Muses m'inspirer encore un moment.

– Ne parle pas de muse, mais de bouteille ! Des Barreaux, cesse donc de biberonner et dis ta messe à notre illustre poète. Tu fais une veuve bien geignarde, à larmoyer ainsi !

– D'Assoucy, laisse-moi, mon chagrin est trop fort.

– Allons, veux-tu que je t'aide ? Récite avec moi :

Je songeais qu'Amadis des enfers revenu,
Beau comme il était à la clarté du jour,
Voulait que son fantôme encore fît l'amour...

En marmonnant tels des moines, ces cinq étranges pénitents continuèrent un sonnet où il était question de foutre et d'amant.

Il me dit : « Adieu, je m'en vais chez les morts.
Comme tu t'es vanté d'avoir foutu mon corps,
Tu te pourras vanter d'avoir foutu mon âme. »

– Amen !

– Merdieu, dit le plus gros, je ne connais point ce mot !

– Je voulais dire amène, à propos de la bouteille ! dit d'Assoucy. Je connais les règles de la confrérie, Saint-Amant, ne t'inquiète pas !

Le dénommé Des Barreaux soupira de plus belle.

– Ah mes amis, dire que c'est pour ces quelques mots travestis qu'on a envoyé mon Théophile en prison !

– Et qu'il en est mort, le pauvre Théophile de Viau !

– Hélas, vingt ans déjà qu'il repose sous cette pierre !

– Elle est bien plus belle avec une nappe dessus ! lâcha le plus sale.

– Mon bon Tristan, toi qui soupires après la victuaille, veux-tu encore un pilon de cette oie pour célébrer sa mémoire ? C'était le morceau qu'il préférait.

– Que nenni, c'est entre mes deux cuisses qu'il aimait se restaurer ! insista Des Barreaux.

– En criant « jouissons jouissons, et ne foutons que les garçons ! ».

À cet instant, fort intéressé par ces paroles, je m'approchai un peu trop et dérangeai quelques chaises, ce qui fit un bruit d'enfer dans l'église silencieuse.

– Ah ! s'écria le petit page. Entendez l'étrange bruit. Ce sera quelque démon qui ricane !

– Non, gamin, c'est Théophile qui nous répond, soupira Des Barreaux.

– Rassure-toi, mon petit Quinault. Ce sera plutôt un gros rat, souffla Tristan la bouche pleine.

– Ah ça, je m'en vais voir qui se cache dans l'obscurité !

Le gros géant s'avança vers l'ombre où je me tenais. Plutôt que de m'enfoncer dans une encoignure, je m'avançai bravement vers cette sympathique troupe. Leurs regards me jaugèrent. Celui qui se nommait d'Assoucy parla le premier :

– Voyez ce jeune drôle qui s'est caché pour nous épier. Qui t'envoie, garnement ? Pour qui espionnes-tu ?

– Pour personne, messieurs, je descendais seulement de l'orgue lorsque je vous ai aperçus. Je trouvais curieux que l'on fasse libation sur une pierre tombale. Il est des tables bien plus avenantes que celle-ci.

– Cette pierre, sacripant, sache qu'elle sanctifie le plus grand poète de ce royaume, envoyé au trépas par l'hypocrisie de son siècle.

– Et quel est-il, ce poète ?

– Théophile de Viau, ne le connais-tu pas ?

– Non messieurs.

– Peuh ! Tu mériterais une fessée pour ton ignorance ! Jamais, depuis Ronsard, on n'a si bien chanté l'amour et les beautés érotiques qui naissent dans la solitude. Le gros bonhomme baissa sa tête massive, soudain ému. Même moi, qui ai pourtant écrit quelques beaux vers, je ne lui arrive pas à la cheville.

D'Assoucy était passé derrière moi. Il fit le tour de ma personne, puis revenant vers les autres :

– La face de ce garçon est assez vilaine, mais son cul est jeune et rebondi. J'en verrais bien plus, par ma foi.

– D'Assoucy, tu n'es qu'un bougre, le reprit Tristan.

– Oui, mais un fort bon bougre, souligna Des Barreaux.

– Qui es-tu, mon petit ange, et comment te nommes-tu ? À ton accent, je vois bien que tu n'es pas de ce pays, demanda le satyre.

– Je suis Baptiste Lulli, pour vous servir.

– Un Italien, voilà une nationalité qui m'intéresse fort. Je me présente : Charles d'Assoucy, poète, luthiste et comédien à mes heures.

– Et moi, violon, monsieur.

– Oh ! Et quand me montreras-tu ton archet, petit sacripant ?

– Charles, n'arrêteras-tu jamais de vouloir sauter sur toutes les braies qui passent ?

– Messieurs, messieurs ! Vite ! rangez tout, voici quelqu'un qui vient ! s'affola le page Quinault.

Ils plièrent la nappe, envoyèrent les os de l'oie derrière l'autel. Saint-Amant enfouit le flacon sous sa cape et enleva son chapeau, geste qui n'échappa point à d'Assoucy.

– Eh bien, mon gras poète, te voici donc si bien avec le bon Dieu, qu'à présent tu te découvres dans une église ?

Saint-Amant partit d'un gros rire :

– C'est par prudence, Charles. Mais avec celui dont tu parles, je dirais que si nous nous saluons, nous ne nous parlons point !

Mais les pas, dans l'obscurité, n'étaient pas ceux du bedeau. Ces cheveux noirs bleutés, ce pourpoint sombre, cette mine grave...

– Louis Couperin ! m'exclamai-je, aussitôt suivi par le reste de la troupe.

– Que fais-tu ici ? le questionna d'Assoucy.

J'étais surpris de le savoir connu par cette troupe de sacripants.

– Comme vous sans doute, répondit Louis. Je viens me recueillir un instant auprès du bon Théophile. Qu'il me console du fond de sa détresse...

– Et vous consoler de quoi ? lui demandai-je.

– Hélas mon ami, je viens prendre congé de Paris. Les chanoines de Saint-Gervais m'ont jugé plus audacieux que talentueux. La tribune de leur orgue sera pour plus tard. Il faudra attendre un prochain mort pour avoir la charge.

– Et M. de Chambonnières ?

– Ce n'était pas en son pouvoir. J'aurais dû suivre ses mises en garde : moins d'invention et plus de tradition !

– Quitte ta grise mine, cher Louis, proposa d'Assoucy. Viens plutôt nous accompagner dans nos libations.

– Non, laissez-moi seul. Et quittez vite ces lieux. Je viens d'entendre qu'une messe basse va être dite en cette chapelle. Pliez bagage avant qu'on vous surprenne !

– Allons, l'ange organiste, viens donc ! Nous allons donner ailleurs une plus belle messe à la mémoire de Théophile, insista d'Assoucy.

– Je ne le puis ni ne le veux. Allez, et prenez soin de ce Baptiste qui vous a surpris. Il a bien du tempérament. Enseignez-lui un peu de Paris.

– Quel dommage ! J'eusse préféré que tu viennes offrir ta bouche à nos chansons, mon beau Louis ! soupira d'Assoucy.

La remarque eut l'air d'agacer Couperin.

– Et vous, qu'allez-vous devenir à présent ? demandai-je à Louis dont la détresse me troublait.

Plus il était grave et plus il avait de charme à mes yeux.

– Je retourne à Chaumes-en-Brie !

– Laisse-le à son amertume, Baptiste. Obéis-lui et joins-toi à nous, trancha d'Assoucy. Nous allons bâfrer ailleurs.

En quittant l'église, je me retournai pour le voir encore un peu. Il me regarda de même, puis tomba aussitôt à genoux, dans la posture d'une intense dévotion, dès que retentit la clochette du curé. Je poussai un grognement rageur.

– Eh bien, petit, qu'as-tu donc ? Serait-ce notre messe qui te met dans cet état ? Ou bien serait-ce plutôt Louis qui ne vient pas ? interrogea le malicieux d'Assoucy une fois sur le parvis.

– Pas du tout ! C'est juste son attitude qui me rappelle bien des choses...

Agacé d'être ainsi percé à jour, je détournai la conversation sur les hypocrisies de ma mère, à Florence, avec son confesseur, et combien, à mes yeux, tout cela n'était qu'une farce.

– Ainsi tu te méfies de ces simagrées d'église ?

– On est rarement ce que l'on prétend être. Mais toutes ces soutanes ne cachent pas que de mauvaises gens.

D'Assoucy, bien que trop lubrique, m'était sympathique : il me rappelait un peu frère Bonaventure. Je lui en dis un peu plus sur mon bon cordelier.

– ... et je sens que ce Couperin est de la même eau. En fait je ne le comprends pas : pourquoi ne vient-il pas s'amuser au lieu de se morfondre ?

– Parce que c'est un sage qui aime trop la chair et pour cela s'en méfie.

– Crois-tu qu'il se mortifie ?

– Peut-être. Et je le lui souhaite.

– Comment cela ?

– La mortification n'est que la *via dolorosa* de la jouissance, jeune homme, mais c'est jouissance avant tout. Je sens que ce mélancolique te plaît fortement. Méfie-toi mon petit : ces personnes-là te paraissent les plus belles parce qu'elles sont les plus tourmentées. Et Louis possède cette âme sombre. Il est aussi de ceux que l'on n'atteint pas, car il est hélas loin d'être suffisamment mûr pour savoir...

– Mûr ? Pour savoir quoi ? Que veux-tu dire ?

Une étincelle alluma son œil.

– Hum... Viens, nous allons éclairer ta lanterne.

Il pressa le pas pour se rapprocher du poète à la forte carrure qui chantonnait de l'autre côté de la rue.

– Hé, Saint-Amant, un mot ! Où voulais-tu donc aller festoyer ?

– Aux *Deux Saumons*.

– Crois-tu vraiment ? Écoute-moi, j'ai une meilleure idée...

Ils eurent quelques secondes d'aparté. Saint-Amant se retourna, me jetant un coup d'œil.

– C'est d'accord. Essayons. Je fais confiance à ton flair.

Tristan, dont j'appris que le second nom était l'Hermite, bien qu'il n'ait rien d'un anachorète – excepté une bonne couche de crasse –, se mêla à leurs conciliabules. Je ne savais pas exactement de quoi ils parlaient, mais je sentais qu'il s'agissait de moi.

– Ne craignez-vous pas que celui-ci aille jaser... après ?

– Je ne le crois pas, Tristan. Je pense au contraire qu'il a déjà été introduit.

– Soit, allons-y. Je veux offrir un gros sacrifice à nos chères déités.

Avec ces quatre joyeux poètes, Saint-Amant, Tristan l'Hermite, Des Barreaux et d'Assoucy, dont la réputation m'était inconnue, nous bifurquâmes, par le Pont-au-Change, vers l'île de la Cité. Philippe Quinault, le petit page de Tristan, nous guidait avec sa lanterne.

On accédait au *Singe en Batiste*, un cabaret fort discret, par l'arrière-cour d'une maison, elle-même très en retrait sur la rue des Chantres. Ni enseigne, ni torche, ni lampe pour signaler son existence, juste le visage mal esquissé d'une guenon encastré au bas d'un mur. Encore fallait-il se pencher pour l'apercevoir, puis descendre trois marches vers un sous-sol voûté au fond duquel veillait un judas.

Je pris peur en apercevant la face horrible qui guettait derrière. Où les cinq compères m'emmenaient-ils ? Dans les cachots de quelque terrible société secrète ? J'hésitai à entrer. N'avaient-ils pas parlé de sacrifices et de déités ? Saint-Amant me poussa en avant.

– N'aie pas peur, mon garçon, ce n'est que Jacques.

Ledit Jacques poussa un grognement en guise de bienvenue. Il grimaça un effrayant rictus de sa lèvre inférieure. Au-dessus, il n'y avait plus ni chair, ni nez, juste les dents et deux trous à la place des narines. Mais des yeux très doux éclairaient le visage de ce monstre.

– Rends-lui son sourire ! Jacques n'est pas méchant. Il parle avec ses yeux. Il fut même jadis un fort beau garçon. Puis une garce, aux avances de laquelle il ne répondait pas, le dénonça comme blasphémateur pour se venger de son indifférence. On lui a coupé la langue, la lèvre supérieure et le nez. À présent, il est portier. Ce qui lui reste de face garde l'accès de notre petit paradis.

Le *Singe en Batiste* était un havre aussi secret que somptueux. Il y avait là des bustes à la romaine, des torses sculptés, quelques belles paires de fesses de l'un et de l'autre sexe, des tapisseries épaisses, des dessins licencieux et quatre chandeliers en forme de godemiché. Le long du mur, toute une rangée de flacons cachetés de cire, et au plafond une impressionnante procession de jambons, saucissons et cervelas, le plus gros vêtu comme un évêque. Saint-Amant prit place derrière le comptoir et s'occupa aussitôt d'apprêter vivres et liqueurs.

– C'est là ma place. Je suis le médecin de la confrérie.

– Où l'on ne boit jamais d'eau, pontifia Tristan. Ce liquide malsain pourrit le poumon et perfore la tripaille. Ici ne règne que le vin !

– Le vin et les garçons ! renchérit d'Assoucy en pinçant les fesses du petit Quinault. Allons messieurs, puisque ce Baptiste est entré ici, fera-t-il partie de la confrérie ? Avec un prénom comme celui-là, n'est-il pas déjà digne de notre *Singe en Batiste* ?

– Oui ! répondirent les quatre autres voix en entrechoquant leurs verres.

– Alors il va lui falloir passer les épreuves initiatiques.

– Et quelles sont-elles ? demandai-je, faussement intimidé.

Le décor étant celui d'un lupanar, je me trouvais en un terrain connu depuis mes plus jeunes années.

– D'abord, il faut que tu sois tout nu !

– On te mettra à plat ventre sur la table !

– Et le cul à l'air !

– Déshabillons-le !

Ce ne fut pas nécessaire. En un tournemain, j'enlevai mes vêtements, ne leur laissant pas même le plaisir de m'effeuiller.

– Ah, voyez ce garnement ! À peine arrivé et déjà il en redemande, s'exclama Des Barreaux.

– Il n'est guère timide !

– Je te l'avais dit, Saint-Amant. Les Italiens ont la débauche dans le sang. Foi de d'Assoucy, qui les a bien pratiqués.

– Monsieur l'Hermite, veuillez donc procéder aux ablutions de ce jeune impétrant. Amenez-lui le broc de Bacchus.

Étalé ventre sur la table et jambes écartées, ils me firent couler du vin au creux des reins.

– Ouh, que cela est frais !

Puis ils vinrent le laper à tour de rôle.

– Mais que ta chair le réchauffe amoureusement, petit drôle !

Ensuite chacun plongea son vit dans le vin de Bourgogne et me le donna à baiser. De leur verge, ils firent un signe de croix inversé, puis se postèrent devant mes quatre membres écartés. Ils pissèrent, à droite et à gauche, trois fois trois gouttes, en chantant, dans un style grégorien :

– *Et pissus est de Spiritu Sancto !*

Puis ils me prièrent de réciter, après eux, les dix commandements que voici :

– Ne résiste pas à tes sens, ne les contrarie jamais, sous peine de devenir l'ennemi de toi-même et de tes désirs. Ris ! ris toujours, car le rire est la partie essentielle de la bienséance, surtout s'il est continuel. Amis buvons !

Le broc de vin passa de main en main. On me retourna sur le dos pour m'en vider le contenu dans la bouche, que je me gardai bien de fermer.

– Nous ignorons la création, rédemption, justification, et damnation, si ce n'est pour duper nos adversaires en dévotion. Amis mangeons !

D'Assoucy me présenta une tranche d'andouille en guise d'hostie.

– Nous ignorons s'il y a, ou non, éternité, fin ou Jugement dernier. Car cela empêche la bonne digestion des mets. Amis baisons-nous !

En guise de baiser chrétien, les amis me fourrèrent à tour de rôle leurs langues dans le fondement.

– Nous ignorons toute autre divinité qu'Amour, que Bacchus et saint Prépuce, où réside essentiellement notre honneur. Amis foutons donc !

Ils répandirent du vin sur les chandeliers phalliques.

– Nous rejetons toute Providence supérieure aux choses humaines, et croyons que tout ce qui passe en ce monde ne se conduit qu'à l'aventure. Amis buvons encore !

Le reste du broc de vin me fut vidé sur la tête. Ils m'en lavèrent les cheveux.

– Nous ignorons tout autre paradis que la volupté temporelle que nous désirons connaître par tous nos sens. Amis baisons toujours !

Ils prirent une bougie du chandelier et m'en firent couler la cire dans le nombril.

– Nous ignorons toute autre vie que la présente, et croyons qu'après icelle tout est mort pour nous. C'est pourquoi nous nous efforcerons jusqu'à notre dernier jour de nous donner le plus de plaisir possible. Amis, consacrons cette sainte maxime en mangeant de la viande le vendredi !

On fit tourner le cervelas vêtu comme un évêque, qui fut mordu à tour de rôle.

– Nous ignorons que ce qui est, et se fomente sur la terre, puisse servir, un jour, à ce que les crétins disent, au ciel. Amis, conchions leur calice par notre saint fondement !

Et chacun se força d'expulser le pet le plus retentissant.

– Nous jurons et protestons de vivre et mourir en ces croyances, sous peine d'être tenus pour bigots, superstitieux, mal avisés, et d'être toute notre vie tenus en inquiétude à cause desdites stupidités. Et pour telles raisons, amis, tripotons tous les moinillons !

Chacun imposa ses mains sur les bourses de son voisin.

– Nous voulons et entendons que tous ces mots : conscience, tempérance, repentance, et autres de pareil sujet, soient tenus, tant en la substance qu'en la lettre, pour choses vaines et frivoles. Au contraire, nous voulons que les suivants aient seuls cours parmi nous : liberté, prodigalité, égalité, sodomie et mépris de la religion, et tous autres aussi conformes à notre souverain état.

– À présent, Baptiste, caresse-toi les roustons et branle-toi les tétons.

Ce que j'effectuai sous les rires, accompagné de nombreux baisers. D'Assoucy, tout roteux, conclut alors la cérémonie par cet exorde :

– Te voilà désormais l'un de nos adeptes, Baptiste. Tu es par là exempté de toute croyance. Nous t'exhortons seulement à te donner du bon temps, à passer ton âge viril en pompes et délices, ta vieillesse en banquets, bonne chère et autres voluptés surnaturelles. N'aie nulle souvenance de la mort, et ne te travaille point l'esprit à savoir s'il doit y avoir une autre vie, car c'est pensée oiseuse et poisseuse où se gaspille l'entendement.

Fort cérémonieusement, Tristan sortit d'un coffret d'argent un livre de messe relié d'un cuir couleur de vin.

– Baptiste, voici, le saint livre de notre Compagnie des hermaphrodites. Tu devras l'emmener à chaque messe à laquelle tu assisteras. Car il te faudra entrer aux églises et suivre les fêtes édictées par la marâtre catholique, la fausse dévotion étant l'un de nos principes. Mais ne prête cet ouvrage à personne, sous peine qu'Éros ne te tourne à jamais le dos ! Et maintenant, ouvre-le.

Sous la sainte croix, le livre contenait *L'Art d'aimer* d'Ovide, suivi des *Sonnets licencieux* de l'Arétin.

– Et pour la messe, tu mettras ceci...

D'Assoucy m'offrit des chausses fort larges.

– ... pour cacher au saint ministre les bandaisons consécutives à ces pieuses lectures.

Ainsi s'acheva cette messe, qui fut moins noire que rouge. La Compagnie des hermaphrodites sombra dans d'abondantes libations et encore plus d'inventions illicites à suppléer au défaut du sexe féminin.

Au matin, le petit Quinault éveilla notre arche de débauchés en allumant un mauvais feu avec les fagots qu'il était allé voler à droite et à gauche. Un étui de luth cassé servait d'oreiller à d'Assoucy. Sur la bedaine de Saint-Amant, les flegmes jaunes et séchés qu'il avait crachés pendant la gaudriole lui dessinaient une tapisserie. Tout dépenaillés, Tristan et Des Barreaux, les jambes prises dans leurs chausses abaissées, émergèrent comme ils le purent de sous la table où j'avais été baptisé au vin.

Avec sur la tête trois kilos de plomb, pour le moins, je mis un assez long moment avant de récupérer mes esprits. J'étais encore tout émoustillé d'avoir envoyé si joyeusement tous les faux-semblants de la religion cul par-dessus tête. Je me sentais bien converti, sans honte ni repentance. Et si Couperin s'était mis à genoux au premier frémissement de la clochette du curé, le vin au creux de mes reins avait gommé ce frustrant souvenir. Pourtant, le désir de ce bel ange noir me restait encore collé au prépuce.

Je pris le missel et les chausses élargies, j'allais repartir pour les Tuileries, lorsque Saint-Amant, qui retrouvait sa muse au fond d'une bouteille de vin, me salua par ce couplet de sa façon :

Chie dedans ton violon, Baptiste
Et nargue du Parnasse les Muses,
Elles sont vieilles et fort camuses !
Nargue leur archet et leur pinceau,
Car leur verve poétique veut seulement
Que je te branle la pique.

Le blasphémateur apollinien s'étouffa dans un rot avant de s'effondrer dans un nouveau sommeil.

– Reviens-nous vite, petit violon, marmonna d'Assoucy.

Je refermai précautionneusement la porte du *Singe en Batiste*. J'y avais trouvé un goût de paradis qui plaisait fort à mon tempérament. Dégrisé, mais sans remords et sans aucune peur de la mort, ainsi qu'il était dit au septième commandement libertin, je comptais bien revoir dès que possible ces taste-vérités.

IV

Aux Tuileries, les divertissements, s'ils étaient plus nobles, n'en étaient pas moins délurés. En ce palais, que sa grand-mère Marie de Medicis avait attribué à Mademoiselle comme résidence, j'assistais toutes sortes de réjouissances, des plus classiques aux plus effrontées.

Le front de ce bâtiment superbe de manières s'ouvrait au couchant sur les jardins. Le soleil plongeait dans la diversité botanique que feu la reine mère avait ramenée de son pays. Labyrinthes d'ifs, grottes émaillées par Bernard Palissy, où le violon vibrait extraordinaire, parterres de sauge, buis taillés en boules et pyramides odorantes, gravier repeigné de motifs complexes par d'inépuisables râteaux lorsque venait l'heure des fêtes aux kiosques et aux quinconces, somptueux couvert des allées de mûriers qui nourrissaient les vers à soie dans la tiède orangerie.

Le bal, en France, était le roi des divertissements. Pour les grands événements du palais des Tuileries, c'était invariablement les Vingt-Quatre qui sonnaient. Nous, les six de Mademoiselle, jouions plutôt dans les jardins où, d'un groupe à l'autre, le vent mêlait nos échos.

Mais Mademoiselle s'ennuyait vite de telles sérénades qu'elle ne trouvait pas assez extraordinaires. Elle aimait inventer des surprises. Elle était passée maîtresse en ces sortes de raffinements. Pendant une semaine, elle interdit l'est des jardins pour commander la construction d'un domaine enchanté. Qui mettait une échelle à la palissade ceinturant son secret recevait dix coups de bâton.

Elle imagina une fontaine environnée de sept grottes précieuses où se tenaient ses demoiselles vêtues en nymphes éphémères. Elles servirent une grande table couverte de très beaux fruits dont pourtant on ne pouvait manger, et des compotes de ces mêmes fruits avec des biscuits et des massepains d'amandes amères. Personne n'y mettait la dent qu'il ne recrachât tout aussitôt. Après avoir bien ri de la déconfiture de ses hôtes, elle mena sa compagnie en une autre salle où il y avait même collation, mais comestible.

Elle fit d'abord servir du lait et quelques bagatelles. Après, au son de nos violons et en cadence, ses gens mirent le couvert et dévoilèrent des galanteries à l'ancienne mode. On servit des pâtés pleins de petit oiseaux en vie qui avaient au col des rubans aux couleurs de Mademoiselle. Il y eut aussi des petits lapins blancs, vivants, avec des rubans de même couleur. Elle fit présenter, après la collation, des gants d'Espagne que l'on s'offrit dans des coffrets d'ébène et d'or. Elle n'oublia rien de tout ce dont elle put s'aviser pour divertir à qui elle voulait plaire.

Moi, seul Italien parmi les violons de Mademoiselle, je bouillais d'impatience d'être enfin reconnu. Je n'étais pas venu de Florence pour n'être qu'un singe de plus, ni pour jouer les meubles à vie, encore moins pour être mis à l'écart par mes confrères.

Un jour, je me mis nu dans le jardin. Je me passai le corps au blanc de talc et pris la pose d'une statue sur un socle vide. Je contrefis un faune rieur à cet endroit où je savais que devait passer Mademoiselle. Quelques instants auparavant, je l'avais entendue regretter qu'il n'y eût point d'œuvre sur ce piédestal. Qu'à cela ne tienne, me dis-je, elle allait l'avoir.

De retour de sa promenade, elle fut ravie que l'on eût si tôt accompli son désir.

– Est-ce un enchantement, dit-elle, que nous voyons ?

Elle ne comprit sa méprise qu'en approchant de près ma jambe qui tremblotait sous l'effort de la pose. La prétentieuse Longueville voulut aussitôt que l'on donnât le bâton à la feinte statue pour outrage à la gloire d'une princesse du sang. « La bastonnade est lot de cour », me répétait à l'envi Lambert lorsqu'il en était à la troisième pinte de blanc. Mais ses rires me laissaient penser qu'on y pouvait bien survivre. La Chevreuse et Mademoiselle furent plus amusées qu'offusquées par mon irrévérencieuse bouffonnerie. J'osai en rajouter :

– Si l'Italien est facétieux, Madame, c'est pure fantaisie. Son désir est de donner du plaisir ; de fâcher il n'a point souci puisqu'il ne veut que le bonheur de sa maîtresse. Ces mêmes Italiens donnent concert ce soir au Palais-Royal. Vous estimez suffisamment ma nation pour m'avoir fait quérir auprès de vous, je vous supplie de me laisser vous y suivre pour la retrouver un instant. Mais voyez, Madame, si l'Italien est facétieux, comme il sait aussi s'effacer...

Et, en un tournemain, il n'y eut plus sur le piédestal qu'un léger nuage de talc.

Le soir même, au concert, Mademoiselle prit prétexte d'un crachoir dont elle s'aperçut avoir soudain besoin pour se le faire mander. Elle recommanda vivement que ce ne fût par personne d'autre que Baptiste. Cela causa un scandale à la table des valets qui se disputaient cet honneur.

Pour rien au monde je n'eusse raté le grand événement qui se tramait au théâtre du Palais-Royal. En cette fin de carnaval 1647, Mazarin, dans le secret vite éventé d'un théâtre pourtant fermé aux yeux indiscrets, préparait un événement extraordinaire. Pour cela il avait appelé de Rome Luigi Rossi, le successeur de Monteverdi au titre de prince des musiciens depuis la mort de celui-ci, quatre ans auparavant.

– Ce sera inouï !

On en parlait avec des mines si entendues, des voix si basses, des regards si brillants, des emportements si extravagants, qu'on eût pu croire à quelque affaire de la plus haute concupiscence.

– Mais quelle est cette chose-là ?

– Un... mais comment disent-ils en Italie déjà, un... opéra.

– L'avez-vous vu ?

– Non, mais je l'ai ouï dire. C'est indescriptible, sublimissime, richissime, rarissime !

– Mazarinissime voulez-vous dire ! Mais cette courtisane de ses amies, la Margherita Costa, n'y tient-elle pas un rôle ?

– On lui aurait préféré sa sœur, la Checca Costa, d'un naturel plus chaste.

– Plus présentable voulez-vous dire... Ces individus ont le scandale chevillé au corps. Et je vous soupçonne, monsieur, d'être un peu du bord de ces sortes de gens. Seriez-vous donc si mazarin que de tresser tant de superlatifs à cet... opéra ?

– Non point, je suis amateur des arts, seulement.

– Et qu'y fait-on encore ?

– On y chante en parlant. Non, excusez, on y parle en chantant, comme le pratique Michel Lambert.

– Mais n'est-ce pas la même chose que ces deux choses-là ?

– Que nenni ! Voyons : le style de Lambert tient de celui de M. de Nyert qui prit lui-même à l'Italie ce qu'il y a de meilleur. C'est donc une même chose tout en ne l'étant pas. Ah, monsieur, vous me faites tant extravaguer que, sur ce point, ma pelote reste au milieu du jeu de paume !

– Eh bien, allez l'entendre, votre *Orfeo*, et vous nous en ferez votre conte pour nous débrouiller cela. Mais encore, que se passe-t-il en cette nouveauté pour à ce point embourber d'épithètes la langue d'un mien cousin depuis qu'il est revenu de Venise ? Il semblerait presque qu'on lui ait jeté un sort.

– Des merveilles monsieur, des merveilles ! La terre s'y ouvre et bave des démons. Les palais sont couverts d'or et dans l'instant se font jardins. On connaît des tempêtes effrayantes. Il y a là un Torelli, spécialiste de ce genre de prodiges, qui ordonne aux montagnes de cracher un feu vert. Il y a des chevaux aux ailes de rose qui descendent des cieux où chantent des dieux fort vifs.

– Sottises. Impossible, cela est par trop contre la raison !

– Les hommes ont voix de femme et les femmes voix d'homme.

– Comment cela ! Des empêchés ? Mais c'est infâme, monsieur !

– Assez, j'en conviens. C'est pourtant là le nouveau sublime, le sublime italien.

– Dites plutôt un sublime de Mazarin. Tout cela est mazarin, je le maintiens. Et combien cela nous coûtera-t-il, je vous le demande ? Des millions, des milliasses, la fortune de Crésus ! Nos peuples, pressurés par ce Sicilien de cardinal, ne souffrent-ils donc que pour donner le divertissement à la cour ? Scandaleux !

– Merveilleux ! Mais à la fin, en serez-vous ?

– Que non !

– Que si ! Monsieur, il vous faut connaître votre adversaire pour le bien combattre.

– Alors courons, volons, car tous nous en voulons être. Et puis ce soir c'est la royauté qui régale !

– Et demain, le Sicilien nous le fera payer au centuple !

Le moyen de faire rentrer telle curiosité dans la salle du Palais-Royal, qui, malgré ses trois mille places avait plus été conçue pour une pièce de La Calprenède, ou du cardinal de Richelieu, qui la fit construire, que pour un opéra ? On s'y installa comme on put, après avoir risqué l'étouffement, le piétinement, la bastonnade et cent autres désagréments de société.

Le premier niveau de loges était à la cour, mais elle se fit attendre ; de sorte que l'on se battit pour les emplacements restés libres. Elle ne vint qu'à reculons assister à ce caprice cardinalice, concocté par un aventurier que Richelieu avait certes nommé son successeur, mais qui, bien que cardinal, n'était ni de sang bleu ni de françoise terre.

Bien sûr la précédente Éminence avait tranché la tête à bien des pères de ces jeunes princes et princesses, ici picotant comme poules avant d'entrer dans le poulailler, exhibant une irritante indécision destinée à impatienter la reine Anne, d'avance languide des sucreries esthétiques dont la nourrissait Mazarin.

– Mais Richelieu, au moins on savait d'où il venait, même si Plessis n'est qu'une pauvre terre et Luçon un cul-de-basse-France !

– Tandis que ce Mazarin, cet aventurier qui a fait Dieu sait quoi dans son collège de jésuites, à Rome...

– Quel bas penchant, vraiment, montre la reine de France pour ce valet des papes !

– Un nouveau Concini, ma chère bonne, rien d'autre !

L'on discourut fort, l'on se fit prier, l'on afficha de longues heures son dédain, mais enfin la moitié de la cour vint compléter les rangs de ceux et celles qui, désirant faire la leur au nouveau cardinal, étaient ostensiblement arrivés en avance.

La majeure partie du premier acte se passa dans un chaos d'embarras, de préséances, de discours et de bravades. Des loges descendait la rumeur des bousculades de robes à queue déplaçant les chaises et les rires des seigneurs déjà ivres.

Plus haut encore, les laquais disputaient leur propre préséance sur les bancs malvoyants et malentendants du paradis. Et au fond, de bas en haut, partout l'on s'écrasait contre les murs et l'on se tordait le cou. Du parterre montaient les grognements de ceux qui désiraient entendre quelque chose aux récitatifs, longs, qui déroulaient l'action, touffue, précédant le premier coup de théâtre.

Quant à la vingtaine de spectateurs assis sur la scène, ils devaient connaître assez d'italien pour débrouiller l'imbroglio tragi-comique qui avait commencé avec les trompettes de louange aux armées du royaume victorieux : « Chantez tous la France par les divines mains d'Anne régie. »

Les cornets avaient sonné d'abondance, la reine ressentit un violent plaisir mammaire à cette galantise politique qui ouvrait l'opéra. Les augures avaient annoncé que l'histoire d'Orphée et d'Eurydice finirait mal. Hyménée, Endymion et Apollon s'étaient engagés, moyennant l'attribution de quelques prérogatives, à conclure les noces lorsque, en plein milieu de la cérémonie, une tempête vint éteindre les flambeaux.

Funeste présage accompagné d'éclairs stridulants et de tonnerres sur plaques de cuivre. Alors s'ouvrirent des trappes infernales allumées de bengale rouge qui bavèrent d'épouvantables momies. Les perspectives se déchirèrent sous les mains de démons volants apparus du milieu de la salle comme par enchantement.

Les bougies des lustres furent dérobées par dix adroits soufflets manipulés comme des marionnettes. La lune, couverte d'une étrange peinture, commença à luire, charbonneuse, tandis que les violes descendaient la gamme dans un noir épouvantable. La pâleur, allumée de la scène à la salle par un effet fuligineux, saisit chacun d'une frissonnante horreur. De la lumière volée surgirent d'autres spectres plus horribles encore.

Eurydice tomba raide évanouie sur une fleur de brocart surgie du sol, tandis qu'une pluie de cendres en taffetas gris volait des poutres maîtresses sur les spectateurs. Là-haut, des dizaines de mains d'enfants, agiles et discrets dans leur drap sombre serré près, tiraient les ficelles, soufflaient et rallumaient les bougies selon l'ordre des scènes. Ils étaient les anges prestes de la tribu du trucage.

Le brouhaha général se suspendit à cet authentique coup de théâtre. On but de travers, on arrêta tout, ses cartes, ses confidences et ses médisances. De très jeunes beautés de cinq ans tombèrent en pâmoison. Guy Patin authentifia trois haut mal. Ces effets, signés par la famille des Torelli, les plus excellents décorateurs et truqueurs de ce temps, furent jugés si spéciaux pour une première fois, devant un public non averti, que, prudemment, on conclut là le premier acte.

Mademoiselle, qui digérait, n'avait guère pris la peine de parfaire son italien à l'écoute des subtilités élégantes dont l'abbé Buti pavait le livret de son *Orfeo*. Mme de Motteville s'était réveillée en sursaut au moment de l'apparition des momies, et en béait toujours. La reine était transie et Mazarin plongé dans une tranquille extase qui le rajeunissait. Quant au petit roi blond que l'on avait paré d'un drap d'or, comme une idole, afin que toute l'assemblée le puisse bien voir, il dévorait la scène des yeux. Par courtoisie, on ouvrit aussi de grands yeux. Puis on se les frotta, on clappa plus que l'on n'applaudit, et l'on se remit à papoter tout aussitôt. On fit arranger les tables de jeu et les liqueurs que la surprise avait renversées. Enfin l'on retourna à ses affaires, assez ravi de cette prime émotion.

Pour ma part, après avoir risqué dix fois l'estouffade et perdu le crachoir de Mademoiselle, j'avais filé en coulisses où je trébuchai sur les cothurnes d'Atto Melani que Mazarin avait engagé sans regarder à la dépense pour chanter le rôle d'Orphée.

– Eh bien *signor* Battista, que fais-tu là ? me demanda-t-il. Tu n'es point dans l'orchestre ? Ce devrait pourtant être ta place.

Je lui résumai mes aventures musicales et lui figurai les difficultés qu'un petit Italien avait à être admis par la ménestrandise parisienne.

– Et tes maîtres ? N'as-tu point été entendu d'eux ?

Je minutai un long silence par lequel il comprit fort bien l'indifférence dans laquelle leurs hauteurs me tenaient.

– Va te trouver une place auprès de l'orchestre. Il pourrait se passer quelque événement d'importance après la représentation. Si toutefois ces *Francesi* veulent bien nous laisser achever...

Atto était venu par la malle-poste avec Pasqualini, sopraniste de la chapelle pontificale, formé à la maîtrise de Saint-Louis-des-Français, où travaillait Luigi Rossi. Ces empêchés, rois des scènes italiennes, gonflaient un peu plus la tribu ultramontaine qui affluait en France depuis que Mazarin, ancien protégé de la famille Barberini, avait accueilli le clan : le cardinal Antoine, ex-général de l'Église, son frère le cardinal Francesco, assortis de leurs huit enfants et de leurs six maîtresses, dont quelques cantatrices. Cette troupe, réfugiée aux frais du royaume, était régulièrement grossie par l'apport de quelques mazarinettes, les propres nièces de Mazarin.

On n'aurait pu se passer, outre cette famille papale et tous les *nipoti*, d'un nombre tout aussi conséquent de musiciens et d'artistes ultramontains. Ces chanteurs donnaient des concerts restreints dont se régalait Anne d'Autriche, fort portée sur l'artisterie des sentiments. Un goût royal qui remontait d'ailleurs au début de ce siècle. N'était-ce pas sous la bénédiction de l'*Euridice* de Jacopo Peri qu'avaient eu lieu, à Florence, les noces par procuration de Marie de Médicis avec Henri IV ?

Quarante-cinq années plus tard était venu Mazarin, et avec lui l'aristocrate du chant romain, Leonora Baroni, qui, de ses tendres langueurs, enflamma le cœur d'Anne d'Autriche. On avait répandu assez vite que Leonora était la maîtresse de Mazarin et qu'à trois avec la reine, la sauce était meilleure. À la vérité, on avait surtout chanté Monteverdi, Banchieri et Marazzoli. Anne avait recouvert de bijoux cette première diva avant de la congédier, la mort dans l'âme.

Puis Mazarin avait donné en très petit comité, pour habituer peu à peu les esprits, tel un Mithridate des choses de l'art, un premier opéra à machines, *La finta pazza* de Francesco Sacrati.

Cette « fausse folle » avait séduit, quoique la cour se fût un peu égarée dans l'alambiqué livret où Achille, un castrat, se déguisait en femme pour séduire sa belle que de complexes aventures avaient, elle, travestie en homme. Mais il y avait eu les machines et cela avait commencé de titiller les esprits.

Le chassé-croisé avait continué de plus belle. Anne, inconsolable de sa Leonora, avait été gâtée non plus d'une, mais de deux divas : les sœurs Checca, la fréquentable et l'infréquentable.

Enfin cet *Orfeo* vint. Mazarin, par ses agents à Rome, Benedetti et le ténor compositeur Marazzoli, avait décroché le célèbre empêché Pamfilo Miccinello. Atto avait convaincu, moyennant force deniers, la soprano Rosa Martini ; par amitié le duc de Modène s'était séparé quelques mois de Venanzio Leopardi, venu avec deux *putti* mignonnets, il Domenichino et il Marc Antonio.

Tout ce petit grand monde vêtu de rutilants costumes, juché sur ces chaussures échasses qui étirent la silhouette sur les perspectives en trompe-l'œil, attendait, fort inconfortable, d'intervenir en Junon, Charon, Pluton, Proserpine, Bacchus, Mercure, un Satyre, trois Parques, quelques Grâces, sans omettre Jalousie, Perfidie et Ignominie. Jupiter, convoqué de même, avait quelque mal à compter sa cour dans la copieuse distribution que l'abbé Buti, jésuite-espion-poète, avait inventée.

J'allai vers l'orchestre de trente musiciens d'où j'assistai à la suite. Je me glissai auprès du théorbiste. Ce luth au très long manche était tenu par d'Assoucy. L'instrument lui convenait assez bien.

– Fort joli ce *signor* Rossi, ne trouves-tu pas, mon mignon ? Pour ma part je goûte fort ce ténébreux et son art.

Il faudrait s'offrir un portrait peint par Moroni pour figurer la prestance de Luigi, ce grand homme aux boucles brunes qui portait comme un prince son pourpoint de tabis noir. Les tresses de son bouc renforçaient le feu de ses yeux pairs. Sa tension calme descendait jusque dans ses belles mains qui ne prirent ni le violon ni le clavier, mais la harpe. De l'instrument d'Orphée,

Rossi préluda le deuxième acte où l'on espérait déjà cent nouvelles extravagances.

Mais la musique qui s'éleva fut d'une tout autre sorte, et je soutiendrai éternellement que ce furent ces notes-là qui convertirent définitivement le goût de votre nation à l'art de mon pays.

Ce ne fut rien de plus qu'une cantilène qui se balançait sur la vague d'une basse dansante. Sa battue discrète était ourlée d'un concert de flûtes de bois, en canon, tissant une mélodie dont on ne savait si l'on devait en rire ou en pleurer. Une vieille, en fait Vénus travestie, chanta : « Qui le croira ? » et commença à divaguer des impertinences sur la fidélité et l'espérance qui babillent trop jour et nuit à supputer comment ça va. On devait rire, mais le pouvait-on ? Dans cet air si doux, l'amour luttait avec les loups et la lumière avec l'ombre.

La harpe du *signor* Luigi guidait la récitation vocale, colorée de telle façon que le sfumato de ces humeurs troubles déroba progressivement tous les cœurs, comparable en cela à la liqueur qui s'insinue à l'insu. La récitation chantée fut brisée d'airs déchirants et brefs où les castrats envoyaient leur vocalité d'acrobate arracher des larmes au paradis. Les voix claires, juvéniles et femelles, de cette enfance perpétuée par la petite opération, tutoyaient les entrailles et donnaient des vapeurs aux femmes. La chair de poule en venait aux plus réticents.

Pour accompagner les voix, Rossi imageait un paysage continuo, capricieux et libre, simple mais savant. C'était un concours d'instruments chatoyants, quelques violons pour la moire, des *violoni* pour la pourpre, la harpe pour doubler les arpèges safranés du chitarrone, la brune guitare battant l'accord, la régale acide et le velours du petit orgue positif pour sonner lumière ou bien s'enfoncer, psyché, dans la nuit des passions que le clavecin pointillait de bougies freluquettes.

Sur la scène, cet autel que la perspective transformait en un nouveau monde, tout notre quotidien était convoqué et moqué : spadassins, domestiques, paysans, cavaliers, anges, démons, rois, dieux et poètes, tous dans l'opulence d'un coûteux apparat, car l'on ne saurait représenter l'empyrée, le Parnasse et l'Hellespont, sans un certain éclat. Il y faut des nuages, de la profondeur, tout le spectacle de notre branloire pérenne.

Les divinités chantèrent une farandole à cinq voix dont l'allègre passacaille fit voler bien des chapeaux. On se leva pour tanguer, on tira sur des basques pour remettre l'impertinence à sa place. Il y eut une musique de sommeil qui noya les trois mille pituites d'une capiteuse mélancolie. Les voix des Grâces décrochèrent ce cristal qui est la musique des sphères. Pluton en bordelier avernal fut redemandé cinq fois.

Le lamento d'Eurydice, par un Pamfilo désespéré, fit qu'on évacua force dames de la salle. Des âmes dévotes torturèrent leurs chapelets. On froissa quelques *Imitation de Jésus-Christ.* On se signa, on se pinça, on se toucha aussi. Dans le craquement des changements de décor, couvert par la fantaisie des cornets, on murmurait pour ou contre, mais l'on murmurait de cela, de cet opéra, puis on se laissait reprendre de longues minutes par le consort des violes.

Cela était confus et merveilleux, porté par l'impérieuse tendresse d'un Luigi Rossi dont la femme adorée, harpiste parmi les meilleures, se mourait en cet instant même à Rome. Rossi au service des princes, et qui n'avait pas reçu autorisation de retourner auprès de son amour agonisant ; Rossi de qui l'opéra était ce soir le double amer, tenu d'incarner par tout le talent possible le mythe pour lui trop vivant d'Orphée.

Rendez-moi mon bien, dieux avernaux !

Quelle cour infernale suppliait-il ainsi de sa harpe ?

Entre raccords d'instruments, poulies coincées et bis redemandés, le cinquième et dernier acte de l'*Orfeo*, déjà mis en retard par les réticentes minauderies de la cour, s'acheva à 5 heures du matin. Mazarin, après l'événement, donna en son palais une fête intime.

Le cardinal possédait, derrière le Palais-Royal, une demeure fabuleuse à laquelle le commun des mortels n'accédait pas. Là furent conviés le clan royal, le clan italien et le clan des musiciens. En tout, pas plus d'une trentaine d'élus. J'y suivis la troupe, convié d'un signe de la main par Atto.

Afin de vaquer avec discrétion aux affaires de l'État, et de pouvoir tenir avec la reine des conseils qui fussent effectivement privés (les seuls que le protocole leur permettait devant se dérouler dans une pièce ouverte à tous les regards, bien qu'éloignée des oreilles indiscrètes), Mazarin avait fait construire une longue galerie fermée qui courait tout le long des jardins, du Palais-Royal jusqu'à sa propre demeure. Ce fut dans ce tunnel discret que s'engouffrèrent les élus. Des bougies fichées dans des boules de verre jetaient leurs cercles de lumière le long du corridor. Elles dessinaient une perspective que robes, capes et courants d'air rendaient fantomatique.

C'était là insidieuse façon de préparer les esprits à la plus grande des surprises car l'on accédait aux appartements privés de Mazarin non par un escalier, mais par une chaise volante, chose qui en France ne s'était encore jamais vue, bien que ce soit un Parisien, M. Villayer, qui en fût l'inventeur.

Les uns après les autres, les invités, par le moyen de poids et de contrepoids dérobés à la curiosité, disparaissaient dans les airs après avoir pénétré dans une pièce carrée emplie de miroirs et de tentures rouges où, pour rester dans le goût orphique, deux serviteurs voilés comme des ombres tenaient en main des feux crépitants. La surprenante ascension achevée, le courtisan quelque peu déboussolé prenait pied dans la grande galerie. On y était à des lieues des salles venteuses, médiévales et assassines du Louvre.

La demeure de Mazarin était si fastueuse que même le palais du Luxembourg, voulu par Marie de Médicis, semblait par comparaison provincial. Que de trésors ! Marbres antiques, vases canopes en gypse, albâtre, jade, croulaient sous les fleurs odorantes, jonquilles, narcisses et grappes de jasmin. Des glaces grandes comme des fenêtres étaient disposées vis-à-vis de baies plus larges que des miroirs. De jour elles multipliaient la lumière et, de nuit, le reflet des tableaux entassés par ce collectionneur passionné. Il Sodoma, les frères Carache, Andrea Del Sarto, le Corrège, le Caravage, rivalisaient de couleurs et d'ombre avec la profusion de pierreries et de curiosités déversées sur les consoles en bois rares. Des colliers de perles noires débordaient de coffrets en ivoire, dans les fragiles nautiles tirés des mers chaudes étaient gravés des visages grotesques. Le saphir, l'améthyste et l'émeraude répondaient de leurs feux aux teintes acidulées de quatre grandes toiles de Pontormo. Clin d'œil à la vanité des choses de ce monde, deux diamants bleus gros comme un poing d'enfant reposaient sous un *Saint-Jérôme* en pleine flagellation.

L'Arétin, peint par Raphaël, placé au milieu de cette galerie des Glaces, contemplait, goguenard, l'invité ébahi par tant de richesses exhibées avec un si savant négligé. Seul celui qui fréquentait les appartements privés du Vatican, les palais vénitiens, ou encore les nouvelles galeries du palais Pitti, eût pu paraître blasé devant tant de magnificence. En somme, il eût fallu être italien... Les autres, les ignorants, Mazarin s'amusait à les abreuver et nourrir de faux-semblants.

Une longue table en porphyre supportait des cornes d'abondance dont les anneaux étaient en verre teint à Murano. Elles débordaient de mets biscornus. Le poulet et le pigeon étaient contrefaits avec du massepain. De faux gigots étaient préparés avec de la pâte à gâteau et des os, la vraie viande découpée en forme de poissons. Les sauces étaient des sirops. Où étaient le vrai et le faux dans cette orgie d'apparences ? Les légumes étaient en sucre et les friandises semblaient radis ou fraises. Mademoiselle, pourtant experte en galantises, fut soufflée qu'on lui présentât une tarte de fausses cerises qui paraissaient de vrais rubis, eux-mêmes simple verroterie.

Si l'on ne savait ce que l'on mangeait, on s'enivrait aussi de bizarreries liquides qui n'avaient jamais le goût que leur aspect laissait présager. Dans les carafes de cristal taillé de cent géométries reposaient une infinité de liqueurs où l'ambré était acide, le vin sirop et le muscat eau-de-vie. Puis, après tant de confusion gastrique et de vins traficotés, fut servi ce jus obscur, cette liqueur amère, que l'on craignait et estimait plus que le vin : le café. Italienne nouveauté que la chaire dénonçait comme une invention du diable, plus discutée qu'un cru d'excellent bourgogne, plus recherchée que le famosissime chocolat.

À cause et pour la préservation de toutes ces raretés, Mazarin n'ouvrait guère son palais enchanté. Tant de richesses eussent pu lui faire reprocher de confondre les poches du royaume avec les siennes. On l'aurait jalousé, on l'eût dépouillé.

– La musique est le plus beau meuble du palais des dieux ! s'exclama le cardinal en tendant à Luigi Rossi une coupe en vermeil.

Tout échauffé par la beauté de ce qu'il avait accompli pour son plaisir comme pour sa politique, le cardinal fit mine d'oublier en quelle honteuse servitude il tenait depuis des mois le génial Napolitain.

Celui-ci, bien plus grand seigneur que ce prince de l'Église qui n'avait jamais reçu la prêtrise, ne montra aucune indignation. Au comédien du pouvoir, il opposa le pouvoir de sa comédie. J'admirai fort la manière qu'il eut de ne rien laisser paraître. Son maintien était plus celui d'un prince que d'un musicien. Rossi prit la coupe et la tendit vers la reine qu'il salua avec une grâce qui la ravit. Déjà fort troublée par les beautés dont on venait de la charmer, Anne d'Autriche le pria instamment de reprendre quelques pages fameuses de l'opéra.

J'avais pour ma part une féroce envie de mettre mes notes sur celles de Rossi. J'avais avec moi ma pochette, ce tout petit violon que tout baladin se doit de posséder et duquel il peut à tout moment rectifier une danse ou se glisser dans une improvisation. Allais-je enfin pouvoir battistiner toutes ces belles personnes, Mazarin, Anne, Lambert, Gabriel Naudé, Hilaire, Gaston, M. de Saint-Aignan, les jeunes Colbert et Fouquet ?... et plus encore Mademoiselle, celle qui avait dit que l'on m'essayât d'abord à l'aubade, mais que pour le bal, elle m'entendrait plus tard, et qui ne l'avait toujours pas demandé ?

Étaient aussi présents quelques-uns de ses violons, dont le jeune et agressif Jean Buron. Je bouillais de clore cette querelle entre style français et style italien en affirmant ma prééminence, ce dont je ne doutais point.

Atto se pencha vers Rossi et, me désignant, lui glissa quelques mots à l'oreille. Au cours de la représentation, on avait acclamé et redemandé cette belle passacaille que chante Aristée : « Amour toujours tu cours et sans cesse nous égares. » Toute la nuit les humeurs avaient vogué dans ces harmonies plutôt mélancoliques. L'heure était matinale, l'aube pointait, bientôt le soleil allait paraître. Le puissant café, cette drogue nouvelle, coulait dans les veines.

Je me saisis de la passacaille de Rossi et la transposai dans la tonalité de *la* majeur, particulièrement adaptée au violon, car elle est encline aux passions frénétiques et aux divertissements brillants. Atto, les deux Checca et Lambert brodèrent d'abord les succulents couplets de l'abbé Buti, histoire d'en remémorer la couleur, puis ils m'abandonnèrent la partie et de mon minuscule violon j'étirai cet adorable *ostinato* à la taille d'un monument.

Je passai par toutes les humeurs imaginables. Saisi par la même fièvre qu'à Florence, je dansai en jouant tour à tour le bouffon, l'éplorée, le pantalon, la hautaine, le menuet et la bohémienne. Tout en moulinant de l'archet j'improvisai cent pas différents sans jamais perdre la cadence, courte et juste. Je m'abstins des ennuyeux ornements des Français.

Sans quitter Buron de l'œil, je tins à pleine main la mélodie, ne la variant de-ci, de-là que pour guider les oreilles d'un paysage à son opposé, dansant d'un groupe à l'autre pour enflammer les sens. Mes trilles étaient passages et non arrêts. Buron écoutait avec attention et paraissait comprendre ce style qui variait une infinité de mouvements sur la basse obstinée.

J'obtins un joli succès en substituant quelques cochoncetés aux vers de Buti, pendant que j'aventurais des sauts si audacieux qu'ils valurent au patrimoine de Jules deux grandes coupes de cristal de roche qu'un tourbillon un peu trop caféiné brisa.

Ce qui n'empêcha point que je recueillisse en glissant quelques aimables avis :

– Il est rare qu'un homme danse comme celui-là...

– Il a assurément l'étoffe d'un grand baladin ! souffla Mazarin à Mademoiselle. Il vous le faudra surveiller.

Puis les premiers rayons du soleil percèrent les lourds rideaux. Leur reflet embrasa les miroirs et jeta un blême soudain aux visages maquillés où la nuit avait coulé.

On se fit peur de se voir si défraîchi, on décida sagement de fuir l'implacable vérité de l'astre du jour en rejoignant sa couche, repu de mets incertains et de musique.

On m'avait prêté l'oreille, on s'était laissé aller, on m'avait reconnu quelque capacité à charmer. Dès lors, pour ceux qui m'avaient vu et entendu ce matin-là, je devins celui qui avait joué pour l'aube des princes.

Dès le lendemain de cette historique représentation, tout Paris chanta les meilleurs airs d'*Orfeo*, lesquels se vendaient à la feuille. « Lagrime, dove siete ? » le grand lamento, par lequel Atto avait tiré des larmes à l'assemblée des trois mille, tournait dans toutes les oreilles, attendries par une si intense douceur.

Quant au cœur, de l'avis général, on l'avait troublé plus qu'il n'était possible, quoique toute cette récitation italienne fût demeurée salmigondis pour le plus grand nombre. Mais on aurait écouté des siècles ces minutes où l'émotion suspendait le plaisir par-delà l'éternité des Parques.

On en redemandait. Les violoneux du Pont-Neuf variaient les larmes d'*Orfeo*, provoquant la fortune des tire-laine. Ces larmes devinrent connues comme les « larmes du *signor* Luigi », air qui cent ans durant restera un fameux succès.

Le public ne parlait plus que de ces Enfers fuligineux au milieu des vapeurs parfumées, du char d'Apollon s'avançant dans la salle et regardant les princes, du Styx véritable ouvert par les plaintes d'Orphée. Il en voulait encore et encore. Un tel théâtre, l'opéra, ne désemplirait pas avant longtemps. On désirait être diverti. Les peuples mettraient de l'or dans la poche de celui qui en ferait payer l'entrée, ce que les entrepreneurs de spectacles pratiquaient déjà à Venise.

D'ailleurs, entre l'acte quatre et le cinquième, un dénommé Pierre Corneille était venu dialoguer avec d'Assoucy, décidément fort érudit en manières italiennes, du grand intérêt de ce théâtre à machines, comme de ce que tous deux pourraient en tirer. N'y aurait-il pas moyen de créer de fort belles choses pour la légende de Persée et d'Andromède, avec bêtes marines, chevaux ailés et tempêtes ? Quel saisissement musical ne pourrait-on inventer lorsque le monstre est pétrifié à la vue de la tête de Méduse ? En les écoutant discourir de telles fantasmagories, je me découvris alors une nouvelle ambition.

V

Si j'appartenais aux violons de Mademoiselle, j'avais cependant dispense de jouer à l'extérieur du palais des Tuileries et autorisation de me louer. C'est ainsi que je découvris Paris de fond en comble, grossissant au passage mon pécule. Comme, pour parvenir, il faut toujours tirer quelques traites d'avance sur sa fortune, entre trois livres par-ci et dix livres par-là, ma bourse commença à joliment gonfler.

Place Royale, je commençai par servir une idole hiératique en jupe de tabis isabelle, couverte de passements d'or et d'argent pardessus une robe de satin en broderie, la gorge fort ouverte, ses cheveux en serpenteau descendant jusqu'à la ceinture, un filet de perles sur la tête, au col une médaille d'agate antique et une enseigne de diamants au-dessus. Douze fois je lui rejouai le même air tandis qu'elle attendait dans son fauteuil un ambassadeur portugais qui, bien qu'habitant l'hôtel d'en face, resta coincé à la porte par l'embarras de son équipage, et finalement ne vint jamais.

Je devins l'un de ces violons trimeurs, indigne de la confrérie de Saint-Julien-des-Ménétriers. Mais, à force de jouer avec des violoneux de foire, j'appris les goûts et les mœurs de ce temps.

J'allais de quartier en quartier. Je me louais pour de grandes fêtes comme pour les deuils de personnes détestées. Une présidente fameuse, Mme Lescalopier, célébra à sa manière le deuil de sa belle-mère, Marthe Gobelin qui, avec ses fils, l'avait enfermée au couvent six mois durant. Elle donna grand bal autour du cercueil de la vieille, et fit en sorte qu'à cet événement il n'y eût que deux femmes, elle et sa fille, pour cent hommes. Elle était plus que galante et il y eut du débordement, lorsque, soûle et demi-nue, elle se mit à criailler, désignant le cadavre avec sa bouteille :

– Je vous assure que si j'étais morte et que j'ouisse un tel violon, je me lèverais pour baller. Que ne se lève-t-elle donc, la vieille carne !

Dans ces bals se commettaient honnêtement d'incivilités. Ninon de Lenclos dansa la sarabande au son de mes cordes. Je fus présent dans sa ruelle quand elle s'amouracha de Gaspard de Châtillon, qui lui préférait le Grand Condé, lequel venait à ses heures couvrir la belle. Ce fut en vain qu'elle voulut retenir Gaspard, et comme elle était plutôt d'humeur à quitter qu'à être quittée, elle s'en vengea en le poivrant si fort qu'il pissa du verre pendant quelques mois, petite galantise aussitôt offerte à Condé.

C'étaient des scènes charmantes qui se déroulaient chez la fameuse Ninon, où les galants se retrouvaient parfois à plusieurs couchés sur son lit. Elle appelait cela ses doux vendredis car rien n'était plus délicieux que de pécher le jour de la Passion du Seigneur. En ce pervers assemblage, elle nous demandait de jouer « paravent » mais les miroirs reflétaient assez pour tout connaître des postures à la mode. D'ailleurs, comptions-nous vraiment ? Nous étions des meubles vivants dont les cordes, pincées ou frottées, n'étaient admises que pour aider l'action de manches plus charnels. On se voyait en feignant n'en rien voir, délicieux mensonges qui poudraient un peu plus ces nuitées de débauche.

Un matin que Condé sortit fort en désordre de la ruelle du lit, il me démontra, cinq pistoles parlant dans sa main, qu'il appréciait beaucoup ma fausse discrétion. Je fus dès lors convié à jouer souvent, et de manière bien plus privée, pour lui et ses très intimes amis, le marquis de La Moussaye, le comte de Coligny-Saligny, le duc de Gramont, chez les baigneurs, commerces où ces hommes argentés avaient coutume de se faire nettoyer la veille de leur mariage, ou de quelque autre cérémonial réclamant que l'on parût bien décrassé.

Aller chez Prudhomme, baigneur de son état, était en vérité un code pour désigner des lieux d'une extrême licence. On y était entre hommes, assemblés dans de luxueux établissements de bains, et fort loin du protocole. Sous prétexte d'étuves, on passait le jour à jouer, manger et boire en tenue d'Adam dans d'immenses baquets de bois emplis d'eau parfumée. Une armada de solides masseurs, nus jusqu'aux chausses, lavaient et huilaient ces nobles corps que l'exercice et les campagnes militaires rendaient musculeux sous la couture de leurs cicatrices.

La laideur de Condé au si ingrat visage était vite oubliée, tant cet homme qui, aux bains, aimait être appelé la princesse de Bythinie, possédait de fortes épaules, un ventre sculptural et un torse poilu. Si poilu même que, démentant l'adage latin, *pilosus aut fortis aut libidinosus* [1], ses hommes affirmaient qu'il baissait rarement la garde.

Chez ces baigneurs très privés l'on était vite soûl et l'on se donnait beaucoup de plaisir sans craindre procès ni bûchers. L'Église aurait dû ainsi lancer ses foudres sur l'enseigne de Prudhomme, mais vu le nombre d'ecclésiastiques fréquentant un lieu si bien nommé, elle s'en garda toujours, préférant tourner ses regards vers de plus classiques bordels.

D'ailleurs nul n'aurait osé poursuivre ces beaux seigneurs pour sodomie, ils étaient bien trop au-dessus des lois. Quant à ceux qui partageaient l'orbe de leurs plaisirs, ils étaient, par l'émanation de ce droit presque divin attaché à la personne seigneuriale, exemptés de poursuites. Du moins jusqu'à la porte. Raison pour laquelle les fils de Sodome couraient ces adresses humides devenues, depuis le temps, cercles privatifs, qualitatifs et gustatifs.

Condé goûtait fort les hommes pourvus de belles cuisses, comme celles des cavaliers auxquels il s'était accoutumé à

1. Le poilu est soit fort soit chaud lapin.

l'armée. Pour ma part, guitare ou violon, je changeais de manche selon l'humeur de qui payait. Tout en jouant je me baignais et connus ainsi, dans la vapeur et le relatif anonymat de ces têtes sans perruque, beaucoup de viriles prouesses. Ce fut aussi là, au milieu de ces débauches élitistes, que je pris un goût immodéré pour le tabac de Hollande qui se fumait dans de longues pipes recourbées.

D'autres bains se pratiquaient au grand jour, le long de la Seine, durant les deux mois où la canicule s'installait sur Paris. On disait alors que l'on allait aux bains froids. La débauche n'y était pas celle que l'on pratiquait chez les baigneurs, bien que l'on se trempât parfois nu. C'était le plus souvent couvert d'une simple chemise que l'on entrait dans l'eau, vers l'Arsenal ou l'île Saint-Louis. Les sexes étaient partagés en deux bassins par une corde tendue au-dessus des flots, mais il y avait bien quelques tétons pour s'égarer en territoire interdit, et beaucoup de cris de fausse prude lorsqu'une naïade, décrochant de la corde, faisait mine de perdre pied afin d'être secourue par des mains aussi charitables que chatouilleuses.

C'était bien là le plus grand débord que pouvaient connaître les galanteries auxquelles nous autres violons prenions part, nos aubades protégées du soleil par un dais de toile et nos pieds rafraîchis par les eaux bruissantes. De là sans doute l'amour immodéré que j'ai depuis porté, dans mes ballets, aux nymphes grassouillettes comme aux fleuves moussus.

Je connus des samedis bien plus métaphoriques chez Mlle de Scudéry, celle-là même dont cette originale de Mme d'Iodée m'avait, à Marseille, recommandé le salon. Rue Vieille-du-Temple, on ne faisait pas que parler phébus. Madeleine de Scudéry épurait aussi l'amour au filtre de l'amitié tandis que nous égrenions des toccatas dans son vieux fond de cour gardé d'une maigre porte cochère et d'un méchant jardinet.

– Tous ceux que j'appelle mes amis ne sont pas de mes tendres amis, car j'en ai de toutes les façons dont on peut en avoir. En effet j'ai de ces demi-amis, s'il m'est permis de parler ainsi, qu'on appelle autrement d'agréables connaissances. J'en ai qui sont un peu plus avancés, et que je nomme mes nouveaux amis. J'en ai d'autres, que j'appelle simplement mes amis. J'en ai aussi que je puis nommer mes amis d'habitude, j'en ai quelques-uns que je nomme de solides amis, et quelques autres que j'appelle mes amis particuliers...

Suivait une pause qui suspendait tout aux sèches lèvres de cette beauté revêche :

– Mais pour ceux que je mets au rang de mes tendres amis, ils sont en fort petit nombre, et ils sont si avant dans mon cœur qu'on n'y peut jamais faire plus de progrès...

Telles subtilités n'étaient pas vaines dans le Paris cruel qui levait alors sa Fronde.

Mazarin avait bien peu d'amis, sauf la reine, Anne d'Autriche, dont il avait l'oreille, le cœur et peut-être, comme il s'écrivait tous les jours un peu plus sous le manteau, la couche. Ah, cette éternelle curiosité lubrique qui excite tant les peuples !

Anne d'Autriche, dont les fils-rois étaient encore trop petits pour régner, était l'objet de bien des jalousies. Son aîné, Louis Dieudonné, n'atteindrait la majorité royale que dans quatre ans. Et si jamais la variole ou la peste, Dieu nous en préserve, venaient à ravir les enfants royaux ? Il lui faudrait alors faire face à la grognante ingratitude des peuples et à l'incommensurable orgueil des princes, aspirant au trône selon leurs lignages et mariages plus ou moins directs. Sur la liste de cette putative accession, Gaston d'Orléans était le premier et Condé le second.

Mazarin, ministre d'importation et d'aucun sang recommandable, importunait ces princes qui se seraient bien vus ministres à la place de ce ministre assurant l'intérim d'une « belle régence » plus vite fanée qu'elle n'était éclose. Car la guerre, malgré les faits d'armes de Condé, qui, deux ans plus tôt, avait repris Dunkerque aux Espagnols, n'en finissait toujours pas et l'on n'en pouvait plus de la payer.

Son magnifique mais dispendieux *Orfeo* venait par ailleurs de lui aliéner définitivement le Parlement, la Cour des aides et la Chambre des comptes, qui lui reprochaient des dépenses jugées faramineuses. Cris fort compréhensibles puisque Mazarin puisait dans la poche des bourgeois de Paris, à savoir ces mêmes parlementaires, de quoi alimenter la guerre... et la fête ! Ne venait-il pas de renouveler la paulette, impôt qui transformait les fonctions publiques en charges payantes transmises de père en fils ? Pour ajouter à son impopularité, il venait aussi d'informer les parlementaires qu'il ne payerait pas leurs gages pendant quatre ans.

C'en fut trop. Comme l'on venait déjà auparavant de taxer les aisés et d'augmenter les droits d'octroi sur les produits entrant dans Paris, ce qui avait coûté aux bourgeois plus de cinq cent mille livres, les marchands s'émurent le 7 janvier 1648, puis explosèrent le 12 en insultant publiquement Anne d'Autriche. Le 15, la garce espagnole et son faquin italien tinrent, aux côtés du petit roi, lit de justice au Parlement. Omer Talon, cicéronesque avocat, prit prétexte de *très humbles remontrances* pour désigner les coupables, Mazarin en première ligne.

Le Parlement se déclara solidaire de tous les surtaxés, c'est-à-dire de lui-même, et convoqua, le 13 mai, à la chambre Saint-Louis, une assemblée pour réformer l'État. On voulut ériger une assemblée distincte du roi, avec pouvoir de légiférer et d'exécuter. Bref, ce fut la révolution, celle des peuples, non des astres. C'est ainsi que commença mai 48, notre fameux mai de 1648.

On éclata tout d'un coup, on s'émut, on courut, on cria, on ferma les boutiques. Les Grands, depuis vingt ans réduits à l'obéissance par Richelieu, n'attendaient que cela pour en finir avec la tutelle cardinalice. Mazarin, qui avait rêvé d'assagir ces princes en leur donnant l'opéra, obtint pire. Il avait emprisonné le duc de Beaufort et pensait avoir maté la morgue des nobles ? Le petit-fils d'Henri IV s'était évadé de Vincennes. Mazarin venait de créer, à son corps défendant, un héros d'opéra populaire.

Beaufort évadé, plus Gondi, le coadjuteur qui voulait furieusement être cardinal à la place du cardinal, excitèrent les

Parisiens à rallier la cause parlementaire. La royauté fit mine de plier en ratifiant quelques propositions de la chambre de Saint-Louis.

Le 20 août, l'étincelant Condé écrasait les Espagnols à Lens. À l'occasion du *Te Deum* de rigueur, Mazarin déploya des troupes sur le chemin que suivirent la Régente et le petit roi pour aller à Notre-Dame. Le couple tant décrié maintint la soldatesque dans les rues et ordonna d'arrêter trois des principaux meneurs du Parlement : les présidents Nicolas Potier de Blancmesnil, Louis Charton et le vieux Pierre Broussel. Les peuples s'excitèrent.

Dans la nuit du 26 au 27, de l'île de la Cité aux quartiers de la Grève, de celui des Halles à l'Université et au faubourg Saint-Germain fleurirent soudain mille deux cent soixante barricades.

Horloges déréglées, les centaines de cloches de Paris avaient des soubresauts guerriers. Elles carillonnaient pour des riens qui explosaient dans les quartiers. Des centaines de harengères, de poissonnières, de légumières, leurs mains puissantes comme battoirs, leurs poitrines massives en ballottines désordonnées, mamelles contre l'aspic des épées de la troupe, encadrées de portefaix larges comme des armoires, leurs crocs à la main, accouraient au palais haranguer la reine sur le comment du pourquoi rien ne va plus.

On exhibait vite, vite un petit roi un peu plus toiletté qu'à l'habitude, signe vivant du divin par lequel on se gardait de la colère des peuples, manipulés en coulisses par un coadjuteur qui disputait à Mazarin la pourpre cardinalice et le premier prix de l'intrigue.

Alors cette masse, d'où sortaient des têtes de furie aux paroles fleuries, se retirait moins vite qu'elle n'était apparue, flânant quelque peu dans les salles, flairant ici et là dans le palais, s'esbaudissant des tentures et des beaux meubles. Mazarin savait flatter ces réactions de fourmilière. Il caressait, il menaçait, mais jamais n'injuriait. À la fin il persuadait et empêchait qu'à l'entrée de la nuit boutiques et hôtels ne soient infailliblement pillés.

Mes bals, barométriques, se colorèrent au sang. Je n'allais plus que chez des fous. Il prit au président Aubry la vision d'avoir les violons trois fois la semaine chez lui. C'était un jaloux politique qu'on appelait Robert le Diable. Il tendait des embuscades aux laquais de ses ennemis.

Sous prétexte de leur donner de l'amusement il les priait d'entrer en son hôtel. Il avait installé une guérite à l'entrée de la salle, où tantôt son secrétaire, tantôt son valet de chambre, faisait le gué. Un soir il mit un laquais tout en sang à coups de pommeau d'épée et le traîna, mort, au milieu des danseurs. Si l'on se rebiffait, il tirait par la guérite. Un matin, on retrouva trois corps morts dans la cour. Il fit l'indifférent :

– Y aurait-il eu bataille céans ?

Sans s'émouvoir, il ordonna à ses gens d'ôter ces vilains cadavres.

L'agitation brouillait les esprits. On basculait sans cesse du tragique au burlesque. Mazarin menaçait le matin de brûler en place de Grève un imprimeur de mazarinade ? Le soir, après que la ville eut transformé en émeute ce crime de lèse-pensée, la cour, de l'encre plein ses gants, pouffait du nouveau libelle qui venait de s'imprimer. Et bien que la reine et le cardinal en fussent les cibles privilégiées, ce bel esprit frondeur, que les poètes tiraient de la folle humeur des peuples, ne laissait pas de leur arracher quelques sourires dans le secret du couloir mazarin. De guerre lasse, le cardinal esthète soupirait : *« Se non è vero, è ben trovato ! »*

La rébellion de 1648, qui mélangeait dans une même coupe le vin et le sang, mettait Mademoiselle d'excellente humeur. Elle mangeait, complotait, papotait et dansait de son lever, tardif, à 10 heures du matin s'il n'y avait pas chasse, jusqu'à son coucher, vers 4 heures de la nuit suivante. Et c'est tout son train qui suivait ses horaires et ses humeurs, de la cuisine à la bande violoneuse.

De ce côté-là, un changement s'amorça. Depuis cette aube musicale chez Mazarin, l'attitude de certains violons avait évolué. Le plus agressif, Jean Buron, celui-là même qui me voulait pendre comme un Concini à l'orgue de Saint-Germain-l'Auxerrois, s'était laissé conquérir par le jeu à l'italienne. Nous commençâmes à échanger nos styles et nos façons de jouer sans nous bagarrer.

Mademoiselle aussi se ressouvint de mon exhibition. Elle me prêta une oreille moins distraite. Elle appréciait mes impromptus et mes *stravaganze* à la mode de Biagio Marini dont j'entrecoupais ses lectures. La folie italienne, c'était tout de même plus coulant que le passe-pied bas-breton.

L'un de ses intimes, Lord Wilmot, comte de Rochester, que lassaient aussi bien le jeu empesé des consorts à l'anglaise que celui des violons de la vieille cour, lui souffla de me laisser fonder une bande indépendante du style français, une bande à ma façon. Après tout, ces deux personnes, avec qui je partageais sinon la condition, du moins le jeune âge, étaient trop fougueuses pour s'amuser vraiment de ces musiques à l'ancienne mode.

– Ne voyez-vous point, ma bonne, combien les temps changent et nous bousculent ? rageait le lord. Laissez donc ce Baptiste bousculer un peu votre musique !

– Eh bien bousculons, mylord, bousculons !

Ainsi commença, aux Tuileries, une fronde sonore qui renvoya *ad patres* les vieilles barbes et leurs protocoles, grâce à quelques impromptus de ma façon que les Romains eussent plutôt nommés saturnales.

La première bousculade sérieuse prit les cuisines à revers, une après-dînée où nous avions assez sérieusement tété de la bouteille avec Buron et quelques mignonnets marmitons. Je grimpai sur la table et entamai un branle. Buron grimpa sur la table d'en face et répondit en écho.

Une servante, Jeanne Brioche, décrocha deux casseroles de cuivre et donna le rythme. De la broche et du fouet, les maîtres queux tapèrent sur leurs pots. L'étain rendait bien, le cuivre était divin et l'argent mieux encore.

Très vite, la farandole s'étendit. Les garçons d'écurie abandonnèrent les stalles où les chevaux frappaient la cadence du sabot contre les planches. La meute des cent brunos y alla de ses graves cornets. Un vrai charivari, fort harmonieux, envahit la cave et le rez-de-chaussée.

On entrechoqua les bouteilles, on s'arma de manches de couteau pour tirer des sons à tout ce qui pouvait en rendre, vitre ou chandelier. Personne n'empêcha la valetaille d'envahir les étages, au contraire. Mademoiselle et Wilmot, alertés par le branle général, se pâmaient de rire :

– C'est d'un plaisant de voir nos gens batifoler ainsi ! Suivons leur troupe !

Elle fit ouvrir la grande galerie et verser du vin. Là, on improvisa un bal généreux où il n'y eut plus ni rang, ni préséances, ni artifices. Le temps, devenu pichet au lieu de clepsydre, alluma un feu d'allégresse où tout ce qui avait deux pieds se démena dans le palais en se trémoussant d'importance.

Puis l'épuisement remit de lui-même tout un chacun dans son ordre féodal. Dégrisé, on garda cependant le souvenir d'une folie peu ordinaire par laquelle Baptiste fonda un peu plus sa légende de pitre.

Le palais buvait du vin ? La rue aussi. Puisque l'autorité était en berne, les peuples mirent à sac quelques cabarets et percèrent leurs tonnes. Mais la foule, aussitôt enivrée, il suffisait d'une sotte rumeur, d'un malentendu, de la langue vipérine d'un séide de Gondi, pour qu'elle sonnât l'hallali et se mît à vouloir du sang.

On respirait à la fois et la tonne et l'abattoir. D'augustes maisons devinrent des espèces de conciergeries où les maîtres perdirent la raison. Ils appelaient cela jouer à monsieur l'abbé, sinistre divertissement où l'on avait chez soi puissance de tout ordonner, surtout le pire. On faisait travailler et l'on châtiait à coups de fouet, encore plus que de coutume. Il n'y eut plus de lois.

Mme de Vervins fut la plus horrible visionnaire de ces temps sanglants. Elle mit une de ses servantes à la porte après lui avoir donné tant d'étrivières que la pauvre fille en creva dans la rue. Son Suisse n'osait ouvrir la porte sans son ordre. Pour l'avoir une fois ouverte, il en fut fouetté quatre jours durant.

Un Vendredi saint, elle fit fesser tout le jour un homme et une femme tour à tour. C'étaient des Juifs sur lesquels elle hurlait qu'elle vengeait la mort du Christ. Les barricades lui firent perdre définitivement la tête. Alors que l'on revenait de chez ce fou d'Aubry, elle nous enleva dans la rue, clamant qu'elle voulait de la musique pour s'en aller à la guerre.

Elle avait armé tout son domestique et s'était mise à sa tête, la hallebarde à la main, courant les rues en criant : « Tue ! tue ! »

Elle jurait qu'elle allait dépecer le cardinal et envoya au palais dire un million d'insanités. Elle arriva aux grilles et ne trouva autrement de gens à tuer, car tous étaient sortis par les portes de derrière. Elle prétendit qu'on l'empêchait de montrer sa générosité au peuple. On avertit la reine, qui lui fit dire qu'elle ne voulait plus ouïr parler de semblables extravagances.

Tous les violons furent relâchés, fors Buron qui était bien de sa personne. Elle prit prétexte de lui demander un concert en privé. On craignit le pire : sa lubricité était telle que lorsque quelqu'un venait qui lui plaisait, elle lui donnait à souper, puis défendait qu'on le laissât aller. Et si l'on ne couchait pas dans l'heure, on était battu.

Elle avait donné le fouet à son défunt, et avait eu un tel repentir de l'en avoir crevé qu'elle s'en était allée se mettre jusqu'au cou dans un marais. Elle prélevait aussi le sperme de ses chevaux, le séchait puis le distribuait en poudre dans le vin de ses invités. C'était, disait-elle, pour en être aimée davantage.

Le soir même, une compagnie de mousquetaires enfonça sa porte cochère, l'emmena aux Petites Maisons et délivra ce pauvre Buron qu'elle avait fouetté jusqu'au sang et violé avec un manche à balai.

La cour connut alors des accès de fièvre effroyables. En un autre bal où il y avait grande confusion de monde, on se battit pour une danse. Cette étourdie de Longueville demanda à

Mademoiselle qu'elle nous priât de jouer la courante, et non plus la figurée, cette danse du feu roi. Elle cria brusquement :

– Mademoiselle, faites donc sonner une courante !

– Je ne suis point violon, répondit-elle, je suis frondeuse comme vous, mais ne vous servirai point car vous êtes une sotte !

Elles en vinrent aux mains. La Rochefoucauld, en présence de Conti, prit en badinant la perruque de Condé et la jeta au milieu de la salle. On sortit les dards. Le sang coula.

Il avait bien le droit d'avoir peur, ce petit garçon assis sur le banc, perdu dans sa chemise sale et ses chausses bien trop amples. En entrechoquant ses jambes, il battait une marche nerveuse avec ses godillots rapiécés. Sa tignasse blonde était assombrie par les croûtes de la vermine, la crasse dessinait des zébrures de ramoneur sur son front crispé.

Il venait de pleurer et, de ses poings rageurs, me voyant venir, s'était dessiné en les essuyant deux grands yeux de hibou autour de ses iris sombres. Ils regardaient au loin, par-delà les vestiges de la chênaie de Rouvray qui effilochait ses antiques frondaisons dans Paris grandissant.

Derrière le Palais-Royal, on percevait la rumeur des madriers entassés en fracas de barricades par la foule haineuse.

J'ai toujours aimé les enfants, surtout lorsqu'ils sont tristes. Pas pour obtenir d'eux ce que Zeus fit subir à Ganymède, je ne suis pas si simple que d'user de ce vice par trop commun, mais pour la raison qu'un enfant triste est une insolence à la vie.

Parce que je savais que c'était lui et qu'il ne savait pas qui j'étais, moi, j'écoutai sa plainte. Il avait faim, on ne le nourrissait que de quelques omelettes. Je tirai de ma poche un bout de saucisse qu'il dévora à pleines incisives. Il était sale, on ne changeait ses draps qu'à chaque trimestre. J'essuyai son visage. Il était seul, convoité de chacun et oublié par tous, otage d'une mère en noir et d'un homme en rouge, eux-mêmes prisonniers d'un Paris rebelle qui obéissait à l'anarchie des princes obsédés par leur orgueil.

De lui à moi il n'y avait guère loin. Il avait dix ans, j'en avais seize. Il péta d'aise après la saucisse et n'en parut pas confus. Il fit un second pet encore plus musical. Je lui répondis d'un coup de trombe marine, ce qui le fit sourire. Je commençai alors d'improviser sur le thème.

J'étais homme-orchestre, j'avais appris à vesser puisqu'un bon baladin doit tout pouvoir effectuer, y compris l'art pétomaniaque.

De quelques ramilles de chêne je tressai une couronne conique comme celle des charlatans, puis, contrefaisant le magicien, lui déclarai doctement :

– Connais, ô enfant, le pouvoir du pois chiche et celui du haricot blanc, lesquels ventent à profusion sans jamais enfoirer les chausses. Car, de même que l'on rote à discrétion par l'exercice d'une respiration involutée, de ce même souffle, par les épaules hautement inspiré, puis roulé en une boule qui profondément comprime le diaphragme, tu sauras appuyer à discrétion sur les vents tournoyant dans le viscère...

Ses yeux pétillèrent.

– Apprends que l'art pétomaniaque égale celui d'Éole qui commande à la caverne des vents. Il consiste en la domination de l'anarchie digestive que mon art, justement, sait domestiquer, pour te servir...

J'effectuai une petite révérence, contrefaisant le courtisan, puis, en me penchant, lâchai trois coups de trompette suivis d'un coulis bien apprêté. Je contrefis face de contrit. Il commença à rire.

– Sache que le pet est un orgue intime, inné à chaque individu, qu'il soit chien, vache ou mulet. Au bout de ces souffles et soufflets, il est une molle bague qu'il faut savoir actionner, et par l'usage de maints pets apprendre à renforcer. Sur ta chaise percée à cet art tu devras t'exercer. Veux-tu une trompette de quatre pieds, contracte quatre fois tes sphincters...

Une odorante démonstration suivit.

– Un bourdon de huit pieds ? Contracte deux fois quatre...

J'enfilai une jolie gamme bourdonnante. Le petit marquait la cadence de ses godillots, riant de plus en plus.

– Le pet, enfant, est le premier de nos instruments à vent. De même que tu ris avec ta bouche, de même il est de la voix la basse obstinée. Écoute...

Je variai de l'anus le carillon de Saint-Eustache, qui sonnait à cet instant.

– C'est dans l'orchestre un instrument qui a dignement sa place, tout comme le mirliton, la flûte à l'oignon et celle des Carpates que l'on dit avoir été inventée par Pan.

– Prout, reprit-il.

– Silence, tu m'égares...

– Non continue, continue !

– Sais-tu que c'est par l'art du pet que la courtisane Imperia se fit aimer du chevalier français ?

– Raconte, raconte !

– La belle Imperia, chaste courtisane experte en l'art du pet, était en galantise avec son Amadis de chevalier. Elle avait pris des petites tripes légères, comme celles que l'on trouve aux agneaux mort-nés, et les avait emplies de vent musqué, selon l'artifice de la haute parfumerie.

– Et que faisait donc Imperia avec Amadis ?

– Poum-poum !

– Et quel bruit est-ce, poum-poum ?

– Celui que provoquent deux personnes encloses en une seule pièce lorsque l'on n'entend plus que le bruit de leurs chaises...

Et des paumes clappantes je fis naître deux cuisses qui en ventousent deux autres.

– Celui-là je le reconnais, je l'ai entendu une fois que mère et le cardinal ne parlaient plus !

Cette confession me laissa un instant suspendu. Oubliant ce que j'avais entendu, je poursuivis :

– Or donc, la belle Imperia ayant quantité de telles vessies sous elle, tenait le gentilhomme entre ses bras et se laissait aimer. La dame, détournant sa main s'en mit une petite entre les fesses et la fit éclater, ce qui se résolut en la figure auditive d'un pet mignard.

– Tut, tut, fit petit Louis.

– Le gentilhomme, l'ayant entendu, voulut retirer son nez du lit pour se donner de l'air. « Ce n'est pas ce que vous pensez, dit-elle, il faut savoir avant que de craindre... » À cette persuasion, il reçut une odeur agréable, bien contraire à celle qu'il présumait. Il reçut ce parfum avec délectation et s'enquit auprès de la dame si de tels vents procédaient d'elle, qui sentait si bon, parce que ceux qui glissaient des parties inférieures des dames françaises étaient fort puants.

À quoi elle répondit que le naturel du pays d'Italie et sa nourriture aromatique obligeaient les dames italiennes à en rendre la quinte essence par le cul, comme par le bec de la cornue.

– Vraiment, demanda-t-il, les dames d'Italie sentent-elles ainsi ?

– Attends, enfant, attends la fin de l'histoire. Il advint qu'après quelques autres bruits musqués, par circonstance de vent trop enfermé, Imperia fit un pet au naturel, bien vrai et plus que substantiel.

Amadis, accoutumé par le nez à la chasse du bon pet – de là vient le proverbe être mené par le bout du nez – plongea de l'appendice sous le drap afin d'y appréhender la benoîte odeur.

Mais il fut trompé, et recueillit une odeur si infecte, venue du plus fin endroit de l'établissement viscéral, que jamais vesse ne lui parut si puante.

– Qu'arriva-t-il ? La gifla-t-il ?

– Quelle violence, mon compère, ce n'est pas la force qui contraint les dames, mais la douce alliance. Je repris : À bout d'haleine, il s'écria : « Ô ma dame, quel maudit parfum est-ce que cela ? » Elle répondit : « Doux seigneur, c'était une petite galantise pour vous remettre en goût de votre pays français. »

Et je lui fis une ultime et venteuse révérence, avant de déposer sur ses mèches blondes la couronne de chêne.

– Enfant, te voici désormais maître aguerri en l'art subtil de la grande et ancienne pétomanie. Je te sacre roi des Vents et l'Éole de ce royal palais.

Côte à côte, nous rejoignîmes en riant la cour emplie des vents coulis de la sédition, laquelle continuait son ballet dont nous étions pour lors artifices plus qu'acteurs, lui comme divin symbole du royaume, moi attaché aux plaisirs d'une cour qui perdait la tête. De ce jour il y eut entre l'enfant-roi de dix ans et le bouffon de seize bien de la malice.

C'est tout qui débordait. Le Parlement vrombissait comme une ruche aux armes. À la galerie du palais s'éditaient non plus des mazarinades mais des appels au meurtre contre l'Italien, tous les Italiens. Les ultramontains allaient payer pour les grands frais d'*Orfeo*, ce reproche récurrent. On rangea les mazarinettes. Les Barberini s'éloignèrent à Aix-en-Provence. Atto fila vers Rome, bardé de lettres chiffrées par l'abbé Buti. Les sœurs

Costa, aux premières rumeurs, avaient déjà déguerpi. Quant à Torelli, il se jeta sous son lit et s'appela Torel.

Je connus des minutes de terreur lorsque mon accent, un soir, me trahit. À une barricade on m'arrêta. Un groupe serré, grondant comme une meute, m'aboya de dire où j'allais. Je répondis que je rejoignais les « Touileries ». Mon origine sitôt dévoilée, dix poignes attrapèrent mon drap, solide, aux couleurs de Mademoiselle, et me hissèrent sur leurs épaules, gueulant :

– À mort l'Italien, embroché sur les grilles du palais ! Et par le cul !

Je n'en demandais pas tant et pensais déjà achever ma carrière en Concini empalé, lorsque les couleurs de Mademoiselle permirent à Cabannes de me reconnaître de loin. Avec quelques mousquetaires, il me dégagea de cette rencontre qui aurait dû m'être fatale.

Dès lors je collai à la cour qui se regroupait, frileuse, défaite, pâle et tremblante, au Palais-Royal. On y étouffait, gardé de toutes parts et vivant contre son gré. Il fallut serrer les rangs.

Au début de 1649, lors de la glaciale nuit des Rois (voyez l'ironie), on partit en catimini ou presque, carrosses et chevaux n'étant point si discrets, pour se réfugier entre les murs épais du château de Saint-Germain-en-Laye, cet autre Vincennes que rendait royal la divine présence de petit Louis. Las, coucher avec un symbole est bien inconfortable ! De longs jours on dormit sous les voûtes glacées. La gouvernance se disputa pour partager trois pauvres lits et les gens du sang se partagèrent les banquettes des carrosses. Les autres s'étreignirent dans la paille pour avoir moins froid. Les Parisiens ne laissèrent sortir les meubles royaux que de longs jours plus tard.

Les seuls dont on usait encore c'étaient nos violons, encore et toujours. Les lieux portaient à la stoïque mélancolie d'un Eustache Du Caurroy, mais on ne se hasarda pas à fantastiquer le « Que n'ay-je des ailes mon Dieu ? ».

– Point de mélancolie, dit Mazarin, cela ne se savoure qu'au chaud entre coussins et tapis. Messieurs, tarentelle plutôt !

Mais il dit ce mot « coussin » avec un tel accent qu'il en fit plutôt un « cousin ». Mademoiselle, piquée qu'il eût glissé là quelque allusion aux déchirements matrimoniaux qu'elle ne cessait d'éprouver pour divers hommes de sa parentèle, s'exclama :

– Cela ne se danse que pour exorciser le démon, monsieur le cardinal ! En est-il donc un qui vous saurait mieux guider que celui qui nous a présentement menés en cette mésaventure ? Voyez donc dans quel état nous nous trouvons !

Manière agréable de manifester là son opinion.

– Non, madame, et je sais bien que ce démon-là les Parisiens aimeraient qu'il retourne rôtir chez lui, en son enfer romain, mais il nous faut d'abord protéger le roi. Il est le sauf-conduit, le vôtre comme le mien. Patience, madame, et cessez de penser à votre palais. Dansez plutôt, car le froid vous assèche le sang et vous porte au cerveau !

Le Sicilien sentait juste : quoi de mieux que quelques tarentelles pour réchauffer quand il n'y a plus de bois pour gronder sa flamme dans la gueule des cheminées monumentales ? Éclairée de rares flambeaux, la cour dansa donc, en cercle autour d'un âtre mort, cette frénésie rituelle par laquelle on rejette, au sud de l'Italie, le venin de l'araignée noire.

Puis la cour, réfugiée à Saint-Germain et lasse de dormir dans la paille et d'être mangée des puces, préféra s'installer à Compiègne. L'occupante, la reine d'Angleterre exilée dont Cromwell venait de décapiter le pauvre Charles Ier, céda la place et fut remisée dans un Louvre glacial. Ce furent deux charrois tremblants et apeurés qui se croisèrent sur la route, déplorant, hoquetait Mme de Motteville, qu'en cette année les astres fussent si funestes aux rois.

Puis vinrent quelques beaux jours où l'on se fit cette paix que l'on nomma de Rueil. La cour regagna Paris. Mais l'avril 1649 ne fut qu'une trêve, un entracte dont on profita pour vite, vite changer les rôles et les masques. À l'hôtel de ville, les Grands se disputaient le pouvoir. La Rochefoucauld faillit tuer Gondi en lui coinçant la tête entre les deux battants d'une porte. On mit cela sur le compte des courants d'air, qui, volages, rendaient les esprits girouettes. Mazarin, roi des cartes truquées et prince des habiles, joua les uns contre les autres tout au long de l'automne 1649.

Gondi, que l'on menait comme un baudet avec une carotte en lui promettant toujours incessamment sous peu son cardinalat de Retz, se rangea soudain du côté de Mazarin qui tenait le bâton, tandis que Condé se dressa contre le cardinal et son roi qu'il avait défendu. Ce prince du sang, enivré par son rôle de protecteur, s'était mis en tête de remplacer Mazarin ministre. Entre tous flottait Gaston qui ne cessait de siffloter que pour tomber de migraine en céphalée dès lors qu'il urgeait de prendre un parti.

Le 18 janvier 1650 on mit Condé en prison. Les princes de Conti et de Longueville le suivirent au cachot. Aussitôt, Mme de Longueville partit en Normandie armer ses sujets. Claire Clémence de Maillé-Brézé, princesse de Condé, souleva Bordeaux, rejointe par La Rochefoucauld qui enflamma le Poitou et le duc de Bouillon le Limousin. La contagion gagna partout.

Lecteur, si en cet instant tu perds de cette narration le grec et le latin, point ne t'en étonne, car jamais depuis les guerres de religions, le royaume de France ne connut telle confusion. Tant et si bien que, pressée par toutes ces averses et ces fausses éclaircies, la Seine déborda, noyant Paris et affamant un peu plus ses peuples. Mais l'on continua la comédie tragique, chacun étant son dieu contre le maître de l'autre.

On rapporta, on écrivit, on délibéra, on s'insurgea, on s'espionna, on se poursuivit, on se brouilla, on s'affama, puis l'on bâfra, on s'étripa, on se guérit, on s'éclaircit, on se débattit, on se trémoussa, on cria tout bas puis l'on se tut tout haut, on se moqua, on murmura, on avisa, on écrivit derechef cent mille mazarinades. Puis l'on se redéchira, on brûla, on attaqua, on se reprit, on douta, on redouta, on se fit prisonniers, on se relâcha et l'on parvint enfin à ne jamais s'assagir. Et qu'en advint-il ?

Le plus beau des chaos. Car il n'y eut plus une Fronde, mais dix frondes tournoyant à la fois. Les parlements du royaume entrèrent à leur tour dans la partie. Il devint clair que l'on ne savait plus du tout ce que l'on faisait, ni pour qui l'on était.

Mademoiselle, l'esprit empli de grandeurs héroïques, devint furieusement cornélienne. Princesse du sang, elle se rebella contre ce roi qui était de son sang et qu'elle espérait d'épouser. Elle avait le cœur aux barricades, ce qui était de son âge, mais son corps appartenait à la cour, qui, elle, faisait son âge. La reine, le roi, Mazarin et toute la suite parcoururent Normandie, Bourgogne et Guyenne pour apaiser les provinces. Les beaux jours venant, il redevenait tout à fait commode de s'affronter.

À la saison de Mars, Mademoiselle, contre son gré, suivit son monde, et moi le sien, bref le nôtre, au siège de Bordeaux, qui fut un siège imaginaire. On s'ennuya quelques semaines en haut du clocher de Saint-Surin, à regarder ce qui se passait, la reine ne permettant à Mademoiselle que de compter les bateaux montant et descendant la Garonne. L'on prit un faubourg ou deux ; il y eut peu de résistance, on en fit un bruit de timbales et de trompettes comme si c'eût été là une occasion à inscrire dans les annales. Puis, la saison commençant à se sentir d'un hiver précoce, la cour se trouva fort pressée du désir de retrouver Paris.

J'avais hâte de retrouver le *Singe en Batiste*. Mais la Fronde y avait aussi sévi, provoquant des dégâts inattendus. Alors que ce cabaret d'Hermaphrodites aurait dû s'esbaudir de tant de gaudriole politique et lâcher autant de mazarinades qu'un ventre nourri de poires prépare de pets, il en advint autrement. La manie des libelles n'était pas du goût de d'Assoucy. Il avait joué dans l'orchestre d'*Orfeo* et admirait l'habile Mazarin : il était acquis à l'Italien. Il laissait ces polémiques poétiques pour le salon de Scarron.

Non, ce ne fut pas la politique qui malmena le lieu clandestin, mais les assauts de la maladie de la mort, la seule véritable terreur du libertin. Un jour, Saint-Amant, qui vieillissait, se mit à dénigrer la muse bachique. Il se prit de bec avec d'Assoucy à propos d'un poème épique que le massif poète s'était mis en tête d'écrire. Le sujet ? Un *Moïse sauvé des eaux*.

D'Assoucy était entré dans une fureur extrême :

– Quoi ? Tresser des louanges à cette grande saucisse qui s'est desséchée quarante ans dans le désert avec son peuple d'andouilles ? Chanter la gloire d'un bégueule accoucheur de lois aussi épouvantables ? Es-tu devenu fou ? N'as-tu donc jamais lu Lévitique et Deutéronome ? Sais-tu quelles atrocités nous y condamnent ?

Pour toute réponse, Saint-Amant avait brisé sa bouteille et s'était mis à boire ostensiblement de l'eau.

– Parjure à notre foi ! Par le Saint-Prépuce, Antoine, te voilà indigne de la Compagnie !

Mais, plutôt que de gâcher leur amitié, Saint-Amant avait pris prétexte de la fatigue pour rejoindre les solitudes campagnardes. Il s'y attellerait paisiblement à la rédaction de quelques milliers de vers.

– Tant que Dieu me prêtera vie !

– Qui donc ? Qu'as-tu dit ? Antoine, sors d'ici ! Tu viens de me tuer !

Tristes et abattus, les deux compères se séparèrent, tel un vieux couple, sans dire un mot, de peur de se déchirer un peu plus.

Après Saint-Amant, ce fut au tour de Tristan de donner des signes de faiblesse épicurienne. Malade d'une vérole récurrente, l'Hermite n'était plus que l'ombre de celui que j'avais connu. Un an lui en donnait dix. Par prudence, il était allé chercher la protection du duc de Guise, cinquième du nom.

Avec cent pistoles d'assurées, il se recroquevilla dans un quatrième étage du Marais, en compagnie du petit Quinault. Il lui enseigna l'art d'écrire des tragédies. Il est vrai que Tristan l'Hermite en avait troussé d'admirables. Quinault se montrait fort habile aux vers. Prudent, le jeune garçon se dégageait de l'irréligion de ses amis pour entreprendre des études de droit, sachant bien que la lyre ne le nourrirait guère, à moins d'avoir un maître important à qui tresser des couronnes.

Pour la chicane, le petit page montra assez d'adresse. Je le croisai de loin en loin. Il me dit avoir sur le chantier une pièce qu'il voulait intituler *Les Rivales*. Mais ces temps agités n'étaient guère favorables au théâtre représenté. La pièce maîtresse, la politique, se jouait à chaque coin de rue avec de plus grands succès.

Ni les noces de Saint-Amant avec Moïse, ni celles de Tristan avec la Sainte Vierge, par laquelle le bonhomme voulait assurer son salut, ne refroidirent ma fidélité au *Singe en Batiste.* Ils partirent, d'Assoucy resta. Charles travaillait à une musique de scène pour l'*Andromède* de Pierre Corneille. Il s'était aussi trouvé un nouveau compagnon assez tapageur : Cyrano de Bergerac. Par dépit, et pour provoquer ses amis relaps, ils avaient ensemble composé un *Hymne à la Sainte Verge* dont le credo valait à lui seul tous les bûchers allumés depuis la croisade contre les Albigeois.

Je l'ai gardé dans mon missel, bien caché sous la reliure, et je le cite ici, car ce sera là le seul acte de foi que l'on m'entendra jamais professer.

Je crois en la beauté des hommes et des femmes, en la délicatesse des mets, au goût des fruits, à la mignardise des harmonieux instruments, aux voluptueux jardins, aux danses lascives, à la conversation des plaisantes compagnies, aux discours facétieux, au mépris des affaires autres que celles qui peuvent m'apporter la richesse, au soin de ma santé, à la somptuosité de mes habits, au respect et non à la contrainte, à la gaieté mais non à la tristesse.

Toutes ces choses ensemble sont mon Paradis et vivre en cette liberté ma sainteté. Le jeûne et les règles de vie sont mon Enfer.

J'appelle vertu ce qui me conserve et me donne contentement, tout le reste m'est vice.

J'ignore ce mot de religion, qui ne réunit pas mais divise d'avec soi-même. C'est une invention pour emprisonner la volonté. Tant de croyances ont donné aux hommes trop de matière à se haïr avec efficace, mais jamais à s'aimer.

Méfie-toi des faux visages des dieux. Rien n'est jamais supérieur à l'homme, ce sont inventions pour lui imposer un joug pervers.

L'homme ne s'élèvera point jusqu'aux cieux car cette contrée est déserte.

Il ne descendra point sous terre, cette demeure est trop obscure.

Il n'ira que dans la matrice de la terre, et évitera ces chimères de Foi, Espérance, Charité et Souverain Bien. Car ce qui est au-delà m'est insensible, et par conséquent un vide et un néant.

Seule la terre est ma mère, ma nourrice et mon sépulcre. Elle est ma vie, mes délices et ma fin dernière. Ce cercle doit finir par son principe.

Je ne connaîtrai rien d'autre au-delà. Si l'on en suppose un, c'est par orgueil d'esprit frustré, malcontent et mal digérant. Pourquoi donc se fantastiquer des chimères d'espérance ?

Jouissons du jour présent comme si demain ne nous concernait en rien. Et sur ce, amis, vivons bien !

À la cour, les rôles changèrent de nouveau. Mademoiselle, la princesse Palatine et cette fripée de Chevreuse, suivies par Beaufort et cahin-caha par Gaston, rallièrent Gondi, las d'attendre ce cardinalat qui seul eût pu calmer ses ardeurs. Cette nouvelle coalition demanda la libération des princes, de Condé et le renvoi de Mazarin. Le Parlement écrivit des remontrances au roi à ce sujet. Ce qui fut obtenu d'Anne d'Autriche. Elle vit tout perdu.

Cette nuit-là, j'eus le dessein de me coucher de bonne heure, n'ayant pas dormi depuis au moins trente-six mois, tant ces trois années de révolte s'étaient déroulées comme s'il se fût agi de trois semaines. Comme je me déshabillais, j'entendis une grande rumeur. Je me mis à la fenêtre des Tuileries. Un très beau clair de lune éclairait la rue. Des bateliers gardaient la porte de la Conférence pour empêcher Mazarin de fuir. En face d'eux, les soldats du roi.

Soudain les bateliers se mirent à crier :

– Le cardinal ! Mazarin s'enfuit !

Je descendis en toute hâte prêter main-forte, car un violon peut aussi être soldat, quoique ce ne soit pas son métier. Il se fit une belle bagarre. J'aidai à chasser les bateliers pour laisser passer ce Mazarin qui n'était qu'un leurre déguisé en cardinal : le vrai Mazarin, sous un autre habit, s'échappait au même instant par une porte opposée.

Sur le théâtre de la Fronde l'on rentrait et l'on sortait en impromptu. Le 2 février 1651, le cardinal avait fui vers Cologne ? Il fit un détour par Le Havre pour libérer Condé. Aussitôt revenu à Paris, ce prince s'aliéna Gondi. Les deux orgueilleux ne circulèrent plus qu'avec escorte. Seul le ridicule en vint à bout. Par une chaude nuit de juillet, Condé, qui dormait la fenêtre ouverte, entendit un charroi de vin dans la rue, crut à l'attaque et se réfugia en son château de Saint-Maur. Le héros parut pleutre à ses amants, son étoile en pâlit d'autant.

Mademoiselle était cornélienne, moi de même. Tiraillé entre mon cœur et mon devoir, j'étais un jour du côté du faquin italien, un autre jour frondeur par contractuelle obligation. C'est ainsi que j'assistai au siège d'Orléans lorsque Mademoiselle devint la plus grande folle en braverie. Elle était accompagnée de ses maréchales, Mmes de Fiesque et de Frontenac. Toutes trois jolies et spirituelles, elles dansaient, se promenaient à pied et à cheval, et se travestissaient en Suisses.

Les remparts de la ville étaient bordés de gens qui criaient « Vive Mademoiselle, les princes, et point de Mazarin ! ». Nos six violons brodèrent quelques doubles sur le refrain. Puis le marquis de Vilaine, un habile astrologue, ayant dit à Mademoiselle que tout ce qu'elle entreprendrait ce mercredi 27 mars 1652, de midi jusqu'au vendredi suivant, lui réussirait, elle s'échauffa fortement la tête. Prédiction en poche, elle clama qu'elle ferait rompre les portes, qu'elle escaladerait la ville, qu'elle prendrait les cieux d'assaut, et que, nouvelle Pallas, elle ferait en sorte que le roi et ses troupes ne rentrent jamais en Orléans.

J'ordonnai une gaillarde et elle s'en remonta d'autant. Très agitée, elle fut au bord de l'eau, où les bateliers lui vinrent offrir leurs services. Elle accepta en leur disant mille belles choses :

– De celles qu'il faut laisser croire à ces sortes de gens pour obtenir ce que l'on désire d'eux, déclara-t-elle par-dessus son épaule à ses maréchales amazones.

Ils la menèrent à une porte basse qui donnait sur l'eau, appelée la porte Brûlée. Elle fut rompue par ces hommes enthousiastes, et l'on ôta deux planches du milieu pour y ouvrir un orifice. Comme il y avait beaucoup de crotte, un valet prit Mademoiselle dans ses bras, la souleva et la fourra dans le trou où elle n'eut pas sitôt la tête passée que, de l'intérieur, retentirent les tambours et les trompettes. Les cris de la foule et le refrain reprirent de plus belle. Nous suivions derrière, couverts de boue et ornant les belliqueux slogans de nos archets furieux.

« Vive Mademoiselle, les princes, et point de Mazarin ! »

Deux hommes prirent cette nouvelle Bradamante et la posèrent de guingois sur une chaise en bois. Elle était si aise de se voir en ce plaisant état qu'elle se pâmait de rire. Portée en triomphe par les rues et les places, elle reçut de toutes parts les harangues dues à son rang.

Mais à Paris, Mademoiselle prit définitivement le parti qu'il ne fallait pas en se faisant tailler des habits comme ceux de Condé, qu'elle pensait à présent furieusement d'épouser. Elle se vêtit de ses couleurs de feu, d'or et d'argent. Ainsi colorée, elle s'en alla danser la fameuse grande gigue que l'histoire a retenue comme celle du canon de la Bastille.

En ce 2 juillet 1652, ce fut un assez plaisant spectacle de voir les dames de la place Royale se faire porter des chaises par leurs laquais sur la terrasse de la vieille forteresse où était la batterie, comme s'il se fût agi d'une scène d'opéra, tandis que mon héroïne de maîtresse tirait le boulet contre les troupes du roi afin de défendre son bon cousin Condé qui ferraillait dans les fossés.

La Rochefoucauld perdit un œil en cette guerre incivile et Mademoiselle y perdit un mari putatif, le jeune roi, tandis que son coup de canon en portait un autre, mortel celui-là, au neveu de Mazarin, Paul Mancini. Était-elle si sotte d'oublier que Louis avait atteint la royale majorité des treize ans ? On ne jouait plus de lui comme d'une poupée. Mazarin et le jeune roi : l'État, de nouveau, c'était eux, et un jour ce ne serait plus que Louis.

Condé fut déclaré criminel de lèse-majesté. Dans Paris exsangue, ses troupes massacrèrent tout de même une partie du Parlement qui lui refusait son alliance. L'hôtel de ville partit en fumée, l'une parmi les quelques fois de sa longue carrière. Beaufort, à peine nommé gouverneur de Paris, tua en duel le duc de Nemours, son beau-frère, pour une querelle de belle. Terrorisé par de tels princes, ce qui restait du Parlement organisa un conseil présidé par Gaston, lequel ne trouva rien de mieux que d'inventer de nouvelles taxes. Squelettiques, les Parisiens abandonnèrent alors les Frondeurs et réclamèrent le retour du roi.

Gondi, assagi puisqu'il venait enfin d'être nommé cardinal de Retz par lettre royale, se rendit à Compiègne pour recevoir la barrette et négocier la rentrée de la cour à Paris, où, las de tant de revirements, ses peuples tentèrent de l'étriper. Condé, passé de héros à dictateur, s'enfuit vers Namur se placer sous la protection des Espagnols, ceux-là mêmes qu'il avait battus à la fameuse bataille de Rocroi, origine de sa gloire, dix ans auparavant.

Ce fut toujours au son de nos violons qu'eut lieu le dernier repas de ma chère grande dinde. Le 22 octobre 1652, tandis qu'elle dînait aux Tuileries en dégustant une gavotte, Mme de Choisy entra, toute larmoyante :

– Ma bonne, comment pouvez-vous avoir le cœur d'entendre les violons ? Ne savez-vous donc pas que nous allons tous être chassés ? Le cardinal et le roi ont ordonné que l'on fasse le ménage. Monsieur votre père s'en est allé ramper devant eux, réclamant la clémence pour lui et Madame. Mais point pour vous.

Marie-Louise répondit, battant la mesure d'une cuisse de chapon :

– Il faut s'attendre à tout et s'y préparer. Allons, ne pleurons plus. Venez donc me coiffer, puis nous danserons !

Cette intrépide, encore échauffée de ses exploits guerriers, entendant qu'un homme dans la rue criait qu'il vendait des « Lanternes à la royale ! », elle lui cria étourdiment :

– Bel ami, n'en avez-vous point à la Fronde ?

Voyant que son étourderie allait nous faire assommer par le populaire qui ne jurait plus que par le roi, on la retira bien vite de la fenêtre pour la fourrer dans un carrosse.

Nous fûmes dormir à la halle du faubourg Saint-Antoine car il n'y avait plus de lieux où se cacher. Monsieur son père, Gaston, tout rampant qu'il ait été devers la cour, en fut chassé. S'allant retiré sur ses terres de Blois, Mademoiselle lui demanda une paternelle protection. Il l'envoya promener, lui disant que son coup de canon lui avait aliéné la Majesté, qu'elle n'avait à s'en prendre qu'à elle-même et que, surtout, elle ne devait plus compter sur personne, pas même ses fidèles.

– Quant à Blois, nenni ma mie !

Elle délogea de ses chères Tuileries, on lui ferma le Luxembourg, beaucoup de ses bonnes amies déclinèrent prévisiblement leur aide. Chassée de Paris, l'encombrante ne put rejoindre ses proches châteaux, qui, entourés par la troupe, étaient tous au pillage. Nous suivîmes, en clandestins, en fugitifs, la Marne. On fit halte à Brie-Comte-Robert, puis à Pont-sur-Seine où il y eut fricassée, confitures et bal chez Mme Bouthillier, laquelle avait encore de l'estime pour Mademoiselle.

Dans la forêt, les carrosses furent attaqués. Mademoiselle perdit quelques feuilles du manuscrit de sa *Princesse de Paphlagonie* en fuyant à travers les buissons. À 2 heures de la nuit apparut la vaste ruine de Saint-Fargeau, vieille maison sans portes ni fenêtres, avec des plafonds rompus et de l'herbe dans les chambres éventrées où dormaient les choucas. Sans lits, cela va sans dire, et sans paille aucune, cette nuit fut pire encore que celle des Rois à Saint-Germain.

Ce fut là, en cette Bourgogne ensevelie sous une première neige de décembre, que, exténué par tant de rodomontades et de vaillantises, je lui demandai poliment mon congé. Il me fut accordé. On me laissa mon violon, on me gratifia de quinze écus et d'une vieille haridelle. Je décidai de rejoindre Paris où Mazarin s'apprêtait à faire son retour tandis que l'autre cardinal, Retz, était envoyé à rafraîchir dans le donjon de Vincennes. À la fin, l'Italien était le vainqueur. Je n'en étais pas fâché. Je venais d'avoir vingt ans.

LIVRE DEUXIÈME

I

LA NEIGE avait continué à tomber au cours de la nuit. Dans l'aube blanche qui ne laissait plus rien voir des traces de carrosses et de chevaux, je pris une route indécise, laissant à ma maigre haridelle le soin de humer notre voie en la Bourgogne hivernale. Je ne connaissais rien au pays. Je n'avais ni indications ni compagnons de route. La soudaine liberté qui, la veille, m'avait dégagé des caprices princiers, me fit sentir soudain bien seul. Les tours de Saint-Fargeau une fois disparues, je m'engageai dans un paysage si désolé que je me mis à trembler, moins de froid que d'appréhension.

Un épais silence régnait sur une terre d'où tous les humains semblaient avoir à jamais disparu. Je traversai des hameaux rasés, des villages incendiés, des bourgs fantomatiques dont les charpentes noircies étaient les uniques lignes droites sur l'immensité blanche. La Fronde retombée, les hordes de reîtres impayés n'en continuaient pas moins leurs ravages abominables. Ces hommes de guerre avaient abattu les bois pour dresser leurs potences. Les avenues de gibets étaient les seules à me montrer le tracé des chemins enfouis.

Je passai sous des allées que dessinaient cent roues fichées au sommet de gros pieux. Le vent y faisait lentement gîter des squelettes plus ou moins décharnés. Les troupes de corbeaux noirs s'élevaient lourdement de ces festins infâmes dès lors qu'un bruit était proféré à moins de cent pas. Ils étaient si apeurés d'être eux-mêmes assaillis par quelque animal encore plus lâche !

Autour des villages erraient les loups. Ces pèlerins gris tournaient, nerveux sur le linceul neigeux, attendant que le redoux leur permette de déchiqueter les rares charognes durcies par le gel. Maigre pitance : à Tonnerre un seul cadavre, crevé d'avoir mangé ses frères et ses sœurs, exposait ses entrailles aux marches de l'église. Ou était-ce un temple ? Qu'importe : l'un et l'autre avaient été indifféremment détruits et chaque paroissien anéanti.

La sépulture de ces pauvres peuples c'était cette diarrhée verdâtre, figée en croûte glacée, répandue hors des boyaux de l'ultime valide à avoir dévoré, absorbé, puis vomi et déféqué les derniers morts.

De place en place, fichés sur des piques, des crânes teints d'un brun rougeâtre marquaient les zones mangées de peste. Les résidus des troupes de Condé avaient semé la contagion. Par de hasardeux zigzags, j'évitai d'autres bourgs brûlés, de nouvelles villes pesteuses, économisant le plus possible le quignon de pain rassis et le bout de lard rance reçus à mon départ du château.

Je désespérais de pouvoir enfin rallier Auxerre à Paris lorsqu'une dizaine de soldats en rupture de ban me tombèrent dessus. Ils surgirent de derrière un gros chêne, si tortillard qu'il avait rebuté jusqu'à la plus nécessiteuse des haches. Ma haridelle à bout de forces se cabra de terreur et tomba raide morte, manquant m'écraser sous le poids de ses vieux os. Allais-je finir pendu aux branches de l'arbre qui avait servi à l'embuscade de ces patibulaires ?

En cas de guerre, marchander sa survie est une nécessité. Il faut être prêt à tout donner de soi-même. Dame Vénus, ma protectrice, face à cette troupe de barbares esseulés, n'aurait pas reculé. Au contraire, en face de ces dix Mars armés, elle aurait relevé le défi et cherché à les dominer. Vaincre ce dieu belliqueux en lui retournant ses armes, tel fut le conseil qu'elle me souffla.

Afin de séduire ces bêtes féroces qui aiguisaient déjà leurs couteaux pour dévorer je ne sus vraiment qui, jusqu'à ce qu'ils mangeassent ma bête toute crue, j'avisai, dans les ballots de leurs larcins divers, une perruque blonde, peut-être rescapée du meuble de quelque dame ayant eu l'infortune de croiser ces sauvageons. Je trouvai aussi le reste d'un vieux jupon.

Pendant qu'ils s'empiffraient de chair crue, j'enfilai ces hardes fanées. Je me couvris le chef des fausses boucles. Je peignis une tresse sur mon épaule vagabonde et me mis à habiter, aussi coquet que frissonnant, la coiffe femelle. Je me dirigeai vers eux, jouant le port d'une belle personne. Inflexions langoureuses, caresses languides, je campai une belle si peu imaginaire qu'à la fin je leur agréai fort. Ils m'adorèrent, se jetèrent à mes pieds, me baisant mains et genoux.

Alors, regardant les branches du chêne où traînaient encore au bout d'une corde raidie par le froid les vertèbres d'un vieux supplice, j'implorai leur mansuétude et leur déclarai que je ferais tout ce qu'ils désiraient, à condition de ne point aller moi-même pendre à ce chêne.

Repus de viande chevaline, ils me mirent sur leurs fortes épaules qui sentaient la guerre et le suif. Ils me portèrent à l'écart, dans un bosquet que veillait le crâne d'un dogue. Là je subis des outrages que, bravache, je feindrai avoir été violents. J'y risquai dix fois une vérole que pourtant je ne pris pas, six des brigands s'avérant de fieffés impuissants. Pour les quatre autres, je fis de ma bouche le sexe qu'ils désiraient. Et cela leur fut si bon que, dès lors, de ma mort l'on ne parla mais.

Ce fut en de telles circonstances que, pour la première fois, je pris perruque. Me travestir me permit de survivre quelques jours à leurs côtés, recevant autant de quignons que je rendais de services. Je restai en leur compagnie jusqu'à l'orée de la forêt de Fontainebleau où, profitant d'une razzia, je faussai compagnie à ces dix reîtres qui, au fond, ne s'étaient pas montrés de si mauvais bougres.

Je n'avais qu'un seul but : rejoindre la rue de Vaugirard et le cabaret du *Bel Air* où j'espérais retrouver Michel Lambert et mes économies, cette bourse déjà rondelette que je lui avais confiée et que je savais cachée au fond du cellier, derrière la grosse tonne d'un goûteux juliénas.

Aux portes de Paris, je me débarrassai du jupon et de la perruque. Dans un appareil bien trop léger pour ce février glacial, les pieds nus et gelés, le cheveu pouilleux et crotté, je poussai enfin la porte du cabaret. Sous cet aspect de mendiant dépenaillé, on ne me reconnut pas. J'aurais pu signer mon entrée d'un bel accord de violon, mais celui-ci était resté en pension chez mes brigands de la braguette.

Transi, affamé, assoiffé, bref dans un état fortement délabré, je m'écroulai près de la cheminée où tournaient les poulardes. L'aubergiste, craignant déjà la rapine, accourut fourchette à la main, prompt à me la planter dans le bras, lorsque, par instinct comique, je me mis à geindre avec tant d'extravagance, couinant un italien ordurier, que cela suspendit son geste.

De la table du fond surgit Michel Lambert.

– Baptiste ! C'est bien toi ! Mordieu, et nous qui te croyions mort ! Que t'est-il arrivé ?

– Sainte Vierge ! Dans quel état est-il ? s'écria Hilaire. Vite à boire ! Joseph, fais chauffer de l'eau, le pauvre diable est tout bleu ! Et rajoute une assiette et un pichet.

Elle remercia dix fois saint Antoine, le saint des objets égarés, en me plongeant dans le baquet. J'y fus astiqué, frotté, savonné, épouillé par ses soins sous les yeux grands ouverts d'une jolie friponne de douze ans.

– Hilaire, dis-moi, qui est cette mignonne ?

– Madeleine, tu ne la reconnais donc plus ?

La poupotte de jadis était devenue une belle adolescente aux yeux bleus, à la bouche fort vermeille et aux petits tétons pointant sous le corsage.

Depuis combien de temps n'avais-je plus vu la tribu Lambert ? Il nous fallut deux brocs de vin pour dégraisser nos mémoires respectives. Le destin de nos maîtres avait été le nôtre. Michel et Hilaire étaient restés aux ordres de M. Gaston pendant que je m'en étais allé suivre sa Mademoiselle de fille du siège d'Orléans à celui de Paris. À la fin de la Fronde, tous deux avaient commencé par suivre Gaston dans son exil de Blois.

– Mais la pitance était bien maigre et Son Altesse par trop mélancolique, poursuivit Michel. Il ne cessait de radoter que la monarchie allait finir, qu'en l'état où était le royaume elle ne pouvait subsister ; que dans toutes celles qui avaient fini, les choses avaient commencé par des mouvements pareils à ceux que nous avions connus. Ses dissertations nous le rendaient insupportable. Nous lui faussâmes compagnie avant d'atteindre Chambord. Baptiste, sache qu'il n'y a jamais rien de bon à tirer des vaincus. Aujourd'hui notre avenir d'artistes est aux côtés du jeune roi.

– Et toi mon mignon, que t'est-il arrivé ? me demanda Hilaire. Comment as-tu survécu ? Le bruit courait partout que la suite de Mademoiselle avait été éventrée en pleine forêt et qu'elle-même n'avait sauvé sa vie qu'en retroussant ses jupes et en courant plus vite que ses chiens !

Je ne démentis point ces aventures, mais passai sous silence mon épisode chez les dix brigands. C'était un récit à dévoiler plutôt chez les baigneurs !

En prenant Madeleine sur mes genoux, je fis à la compagnie des contes plus épouvantablement corrects. Je fis mourir ma haridelle dans la neige. Je montrai à la jeunette comment j'avais ouvert le ventre du cheval pour plonger mains et pieds dans sa tripaille afin d'éviter le gel à mes extrémités. Je fis des lanières sanguinolentes de sa viande crue, je lui dis qu'elles seules m'avaient sauvé de la famine.

Je m'inventai aussi une cache dans les bois dans laquelle j'avais évité les bandes de pillards. Bref, je leur fis un roman outré d'assez de hauts faits pour que tout le cabaret me prenne pour un héros. Quoiqu'en cherchant bien, l'on eût dû me demander comment, bardé de tant de chair fraîche, j'avais bien pu échapper aux loups...

Mais la vraisemblance le cède à l'extravagance lorsque le conteur est habile, registre dans lequel je n'étais pas mauvais. Et puis qu'importait : tous nous ne songions plus qu'à oublier ces temps troublés. Bientôt la Fronde ne serait plus dans les mémoires qu'un méchant roman comique.

À la fin du repas, première pipe de tabac au bec, la conversation abandonna les misères de la guerre pour ne plus s'intéresser qu'aux grandeurs de la cour, laquelle avait repris ses habitudes après ces cinq années de querelles fratricides. Les temps étaient durs, le pays encore exsangue, la peste hantait les faubourgs de Paris et pourtant l'on ne parlait plus que du grand ballet qui allait ouvrir le carnaval, dans un mois. Comme si rien de tout cela ne menaçait, la cour ne voulait qu'une chose : danser. Et pour ses réjouissances, elle embauchait.

– Mazarin à peine revenu n'a guère perdu de temps. Il a réengagé Torelli pour créer décors et costumes. Ce sera le plus grand ballet qu'on ait vu depuis le Ballet Comique de la reine !

– Mais tu nous parles d'un spectacle qui a eu lieu il y a près de quatre-vingts ans, rétorqua Hilaire. Tu radotes, mon petit Michel !

– Ce fut le premier grand ballet de cour à la française, continua Michel qui n'avait rien perdu de sa pipeletterie. Tiens, encore le fait d'un Italien, Baptiste, un dénommé Baltazarini Del Belgiojoso. Mais le cardinal veut en effacer jusqu'à la mémoire par le spectacle d'une allégorie nouvelle. Benserade, qui est chargé d'en écrire les vers, m'a dit que c'est la volonté expresse de Mazarin : du passé faire table rase et produire du neuf. Isaac doit venir ici même nous présenter nos rôles : il nous en dira plus. Allons, mes amis, c'est un nouveau règne qui commence ! Il nous faut en être ! Buvons au roi ! À sa santé, et aussi à la nôtre !

Nous trinquâmes et retrinquâmes tant que ce fut une compagnie très joyeuse que Benserade salua en arrivant.

Le bonhomme n'avait guère changé. Il avait les mêmes grosses lèvres jouisseuses qui surplombaient une amorce de double menton, signe d'un début de respectabilité. Et toujours ce cheveu d'un roux irlandais dont il tirait fierté, ce que je trouvais tout à son honneur vu la diabolique réputation que l'on prêtait à cette couleur peu ordinaire. Il ne se souvenait pas de moi, le petit Italien sur la galère du chevalier de Malte. Je pris bien garde de ne pas lui rappeler le rire général que ses nausées et ses terreurs avaient provoqué lorsque nous nous étions croisés, de galère à régale, en pleine Méditerranée.

Ses accolades sentaient fort et il disait qu'il avait « les aisselles surettes, comme Henry IV, l'exemple du bon maître ». Il aimait à parler ainsi, par assonances et devises, formes qui avaient établi sa réputation dans la république des lettres. Isaac s'était acheté une petite maison à Gentilly, qu'il avait toute recouverte de blasons et de bons mots. Comme la bibliothèque du sieur de Montaigne, en somme ; mais alors que le premier la ruminait à l'intérieur, Benserade l'exposait à l'extérieur.

– Alors, mon bon Isaac, quel est le sujet de ce ballet dont les prodiges bruissent déjà du Louvre jusqu'à Vaugirard ?

– La nuit, Michel, ce sera le *Ballet de la Nuit*. Mazarin et son méchant rimailleur d'abbé Buti ne cessent de m'en rebattre les oreilles. Je les cite : « Puisque nous sortons des ténèbres de l'histoire et de la nuit du royaume, il faut en décliner toutes les facettes et préparer la plus belle des entrées à l'astre du jour. »

– Et qui est cet astre ?

– Ne le devinez-vous point ? C'est le jeune roi Louis que nous avons à charge d'exalter. Les répétitions du ballet ont débuté ce matin. Mais elles se passent assez mal. Le roi refuse tous les maîtres à danser qu'on veut lui imposer. Il les trouve soit trop vieux, soit trop ennuyeux. La perle rare n'a point encore été trouvée dans le royaume. Et il ne nous reste qu'un mois avant la première ! Voilà qui met le Louvre dans un grand émoi. Alors la reine supplie, Mazarin sue, et le roi boude.

– On le dit fort gauche...

– Il est vrai qu'il est un peu gras pour la danse. Son frère y a bien plus de facilités. Louis me semble un bon maître, quoiqu'il soit bien timide. Il aime les divertissements, mais morbleu, pour obtenir un sourire de ce renfrogné, quelle affaire ! Il ne sait que se disputer avec son cadet. Qu'on lui trouve vite fait un bouffon à sa taille !

Le lendemain matin, ce fut moi qui ouvris les volets du *Bel Air*, prêt deux heures avant Hilaire et Michel, piaffant de les accompagner au Louvre pour assister aux répétitions de ce *Ballet de la Nuit*.

Dérider le roi ? Voilà qui n'était pas si difficile lorsqu'il était jeunot. Se souviendrait-il de moi ? Quoique, pouvait-on oublier un cours de pétomanie ? Mais pour lors ma première inquiétude était de retrouver un violon, cet indispensable outil du baladin. Dans une boutique du Pont-Neuf, je ne pus dégoter qu'une pochette de répétiteur. Tant que ses cordes pouvaient donner la bonne harmonie, cela ferait mon affaire.

Benserade n'avait pas menti : le Louvre était en effervescence. On aurait cru les coulisses d'un immense théâtre. On avait réquisitionné jusqu'aux appartements nobles pour le travail des peintres, décorateurs, assembliers, charpentiers, tapissiers et autres corps de métier que réclamait cette spectaculaire monstruosité nommée ballet de cour.

Si j'avais donné beaucoup de bals dans Paris, et quelques-uns fort mémorables, jamais je n'avais assisté à un ballet de cour. Or il y a autant de différence d'un bal vulgaire à cette sorte de ballet qu'entre une pièce de verroterie et une pierre précieuse. Si au bal l'on s'amuse à paraître entre soi, au ballet royal c'est toute la cour qui paraît sur la scène d'un théâtre où elle seule fait le divertissement.

Ce spectacle allégorique, mes compatriotes italiens l'inventèrent à Florence pour plaire aux Médicis. On raconte même, sur les bords de l'Arno, que l'amant de Laurent le Magnifique, un humaniste répondant au joli nom d'Ange Politien, le théorisa pour séduire son homme. Cette belle création, toute sonnante, dansante et costumée, tressée à la gloire du pouvoir, où les dieux antiques tendent la coupe aux dieux vivants, Catherine de Médicis l'avait rapportée dans sa corbeille de mariage avec le Baltazarini Del Belgiojoso dont avait parlé Lambert, gazette de la cour. Depuis le temps des Valois, la noblesse de France adorait et ne pouvait plus s'en passer. Elle s'en était cependant privée à cause de sa vilaine Fronde, mais quel sanglant bal à l'échelle d'un royaume cela avait été !

Mazarin avait essayé d'acclimater l'opéra italien. Hélas on n'y danse guère, ce qui en diminue l'intérêt ; quant au chant, c'était plutôt une affaire de spécialistes. Alors que le ballet de cour : que de plaisirs en perspective, que de belles et nobles personnes allaient s'y exhiber ! Et surtout l'on n'y entendrait point de castrats, rien que des gosiers de pure souche française : Hilaire, Michel, de Nyert.

Par les portes largement ouvertes, des armées de petites mains, parmi lesquelles nombre de grandes dames, cousaient et créaient les innombrables costumes. Sur mannequins ou sur corps vivants se construisaient des beautés vestimentaires où le luxe le disputait à l'extravagance. Ici l'on chamarrait de dentelles d'argent des ailes de toile rouge, là on disposait des pois orangés sur des furies en velours noir. On échancrait un habit vieillot tiré des malles de Marie de Médicis pour mettre en valeur la poitrine d'une nymphette vermeille. On raccommodait la collerette d'une auguste Érato à la nouvelle mode d'Espagne, riche en broderies jaunes pour la comprimer sous les épis et les tournesols. Le point de Venise, les plumes rose et blanc couraient en vivants monceaux de l'alcôve à l'antichambre, portés entre les bras de servantes qu'ils étouffaient à demi. Des ruisseaux de perles accidentées cascadaient dans les escaliers, les majordomes apportaient les diamants dans leurs cassettes avec des mines d'ambassadeurs constipés.

Au fond des appartements de la reine mère, je vis passer le coffre brodé d'or d'Anne d'Autriche, si rempli de perles noires et de satin couleur d'ébène qu'il fallait le brancarder à quatre, telle l'arche d'Alliance portée par ses Lévites. Mais tant de richesses n'étaient pas pour Dieu, seulement pour ses créatures.

Après tout n'était-on pas entré en carnaval, qui de tout bien fait un mal et à l'Église fait la nique ?

Ces dames fourbissaient leurs épingles les unes pour les autres. Elles les avaient en bouche, par joyeuse méchanceté, brocardant l'embonpoint de l'une et la maigreur de l'autre. Elles les avaient en main pour redresser de-ci de-là les chatoyants costumes que le ballet nécessitait. Le Louvre n'était plus qu'une pièce d'eau toute babillarde de cancans où la cour, ivre d'elle-même, becquetait ses plumes et tordait son long cou pour rivaliser de faste dans les miroirs de son orgueil.

Dans la très longue galerie d'Apollon, Benserade et Buti, malgré quelques criailleries sur des détails mythologiques, s'extasiaient d'avance du spectacle qu'ils mettaient sur pied.

– Messieurs, nous aurons quarante-cinq entrées différentes. Torelli crée autant de décors à machines et l'on nous prépare cinq cents costumes. Nous prévoyons un grand spectacle qui, cependant, ne devrait pas excéder une dizaine d'heures...

Maître Poquelin, tapissier de son état, entra tout affolé et coupa leur enthousiasme poétique.

– Monsieur, il manque quinze mètres de ruban doré !

– Comment cela, du ruban « doré » ? Vous vous moquez maître Poquelin ! s'énerva Benserade. Le cardinal a dit : de l'or pour le roi et ses suivants, non des dorures ! Vous croyez-vous donc à la foire Saint-Germain ? Nous sommes à la cour, où l'on ne tolère que l'authentique. Et de toutes les matières, l'or est l'unique et le véritable sublime.

– Mais... l'argent que cela va coûter !

– Que vous importe ! Est-ce donc le vôtre ?

– Eh bien... en quelque sorte... quoique...

Le vieux Poquelin s'embourba, confus, dans un silence gêné.

Benserade, de son côté, comprit que l'on se hasardait là sur des matières qu'il serait malséant de remuer plus avant.

– Il suffit ! Allez débrouiller votre affaire avec M. Fouquet qui a maintenant intendance des Finances pour monsieur le cardinal. Il manie cela fort bien. Je suis poète, moi. Je compte les pieds, pas les écus ! Continuons, cher abbé. Après le petit ballet des Heures, il serait bienvenu d'avoir une entrée galante avec quelques bergers amoureux, lesquels diraient les vers suivants...

Il fut de nouveau interrompu par deux gamins chamailleurs, rouges et échevelés, qui vinrent se battre jusque sur la scène, poursuivis par trois valets aussi confus que furieux.

– Vos Majestés ! Enfin, montrez un peu plus de quiétude ! Sire, rendez ses plumes à votre frère ! Et vous, Philippe, lâchez donc ce carquois. C'est celui d'Apollon et vous n'êtes qu'un astre secondaire !

– Non, je ne suis pas un astre secondaire, je suis l'égal de mon frère. Il va jouer Apollon. Pourquoi donc ne serais-je que la Lune ?

– Parce que tu n'es qu'une face de lune, grosse bête !

Les royaux adolescents se battirent de plus belle lorsque entra Anne d'Autriche, en taffetas et perles noires à moitié cousues, accompagnée d'un Mazarin tout d'incarnat vêtu.

– Eh bien, petits diablotins, gronda le cardinal. Si vous nous montriez plutôt les progrès que vous avez accomplis depuis hier ! Je ne parle point pour vous, Philippe, vous avez la jambe assez leste, mais bien pour vous, Louis. Hier, vos entrechats manquaient de précision. Ils sont indignes d'un roi.

Louis fit la moue et voulut se cacher dans les jupes de la reine qui, d'un geste, le tint à distance.

– Allons mon fils, votre parrain a raison. Montrez-nous vos progrès. C'est à votre intention que nous donnons le ballet. L'avez-vous bien travaillé ?

– Il n'a pas travaillé ! Il n'a pas travaillé ! Il est allé regarder La Motte à d'Argencourt, se mit à scander Philippe en lui courant tout autour.

Tout le monde se mit à pouffer, hormis l'intéressée, une fille d'honneur de la reine dont tout le monde subodorait que la famille, ruinée, la poussait dans la couche de Louis, histoire de voir leur petite Motte bien pourvue puisqu'elle serait forcément répudiée après dépucelage.

– Et toi tu es allé tripoter le petit chose du comte de Guiche, sale vicieux !

– Ce n'est pas vrai ! Ne me parlez pas ainsi, mon frère, moi aussi je pourrais être le roi !

Philippe était d'autant plus ulcéré que le comte de Guiche, tout de parme vêtu, caressait de son pied tendu les attraits plus adultes du marquis de Manicamp, lequel s'assouplissait la croupe avant la gavotte.

– C'est moi le roi ! Je suis l'aîné ! Qu'on lui donne le bâton !

– Il suffit, explosa Anne. Taisez-vous ou je vous fais donner le bâton à tous deux !

Benserade se permit d'apaiser la royale garçonnière en proposant plutôt de répéter sous le bâton du maître à danser, Jean-Baptiste Boesset, gras rejeton du vieil Antoine Boesset, blanchi sous le harnais d'une bonne dizaine de ballets de cour à l'époque de Louis XIII.

Deux Jean-Baptiste dans la même pièce ! Voilà qui pour moi confinait au scandale ! Ce Jean-Baptiste-là était encore l'un de ces artistes de père en fils qui briguait la charge de compositeur de la Chambre du roi. Il n'avait qu'à attendre la mort de son paternel, laquelle ne saurait tarder. L'antique Antoine, déjà aveugle et podagre, moisissait dans un coin de la galerie, installé sur une chaise roulante. Son fils l'y amenait à chaque répétition, l'oreille du père devant surveiller les bonnes règles de la musique avec laquelle son fils faisait danser Sa Majesté.

Quant à moi, l'autre mais le seul Baptiste, Mazarin le Sicilien l'avait reconnu d'un coup d'œil que moi, le Florentin, j'avais aussitôt accroché, malgré le masque de poudre blanche où ce roué cachait son visage patelin. Diable d'homme qui se souvenait de toute personne qu'il avait marquée de sa faveur. N'avais-je pas joué pour l'aube des princes après son *Orfeo* ?

Fut-ce sa présence qui me conforta, ou bien mon désir naturel de transformer les choses de l'art musical dès lors qu'elles ne me conviennent pas et que je sais pouvoir en tirer un plus beau parti ? Toujours est-il que j'intervins au mépris de tout protocole. Cette impolitesse aurait fait perdre sa place à n'importe qui. Mais n'en ayant pour lors aucune, je ne risquais justement rien à oser.

Le roi avait à danser une entrée burlesque où il figurait un filou entouré de gueux, d'estropiés, de culs-de-jatte et d'autres voleurs de la cour des Miracles. C'était la quarantième entrée du ballet. La composition de Boesset était bien trop empesée pour une entrée comique. Il la dirigeait avec de grands effets de son bâton, instrument que je détestais plus que tout au monde. Car vraiment, peut-on être assez bête pour s'imaginer apprendre à danser en donnant la mesure à coups de bâton ! Cet instrument, tout juste bon à écarter les importuns et à frapper les insolents, peut-il être celui qui commande à la grâce et à la souplesse ? Ne donnerait-on le bon rythme qu'en l'assenant ? Et, accessoirement, peut-on battre celui qui s'obstine à ne le pas suivre ? On ne saurait convaincre par la violence, tout au plus peut-on contraindre par des exercices répétés. Le doux frère Bonaventure m'avait tout enseigné avec l'archet de son violon, autrement plus souple, plus enjôleur, plus harmonieux.

– Mon fils, disait-il, suis donc ma corde. Danse avec mon violon ! Et point de bâton, que diable ! L'homme n'est pas bête à ce point !

Au lieu de cette manière tout italienne, Jean-Baptiste levait et abaissait sa verge d'un air d'autant plus ridicule qu'il l'avait fleurie d'un nœud de satin bleu roi dont les ganses tressautaient mollement. Sa battue, d'une tristesse à mourir, sans une once de comique, embarrassait le jeune roi, il est vrai assez gauche. Comble du grotesque, le père impotent répondait au rythme filial en bavant des affirmations béates de sa bouche à demi paralysée par l'apoplexie.

Cette bave sénile dialoguant avec le nœud ennuyeux me suggérèrent une idée. Je sortis ma pochette et, sous le regard outré de l'autre Jean-Baptiste, je commençai à rectifier entièrement son air. Il était trop bas, je le relevai d'un ton. Il était trop lent, j'en accélérai le rythme. Il était trop simple, j'y ajoutai quelques hésitations qui dépeignaient à merveille les entourloupes d'un voleur.

J'en fis deux parties. La première bavait d'une obséquiosité malsaine, comme il convient à un larbin préparant son larcin ; la seconde contrefaisait la raideur d'une noble personne, si imbue de son rang qu'elle est incapable de subodorer les ruses du filou.

La scène en devint plus joyeuse et plus vive. De ma pochette je tirai quelques plaintes acides qui épicèrent un peu plus l'affaire. On s'était fait silencieux pour m'écouter transmuter cette matière molle en vif-argent. Dans son coin, le vieil Antoine trépignait du pied, happant l'air pour convoquer son fils rouge de colère. Les autres violons de la cour frémirent de voir Mazarin sourire et murmurer quelques mots à l'oreille du comte de Saint-Aignan, homme de guerre nommé par ses soins l'ordonnateur des ballets et des plaisirs du jeune roi. Saint-Aignan, premier gentilhomme de sa chambre, fit d'un geste de la main s'écarter du roi répétiteurs et musiciens en titre. On me céda la place. Il n'y eut plus, sur l'estrade dressée dans la galerie, que le roi et moi.

Louis était de ces adolescents encore trop gras pour se permettre des entrechats virtuoses. Il lui faudrait affiner sa taille et allonger des cuisses qui promettaient. Pour cette danse de la filouterie, d'autres aspects de sa physionomie devaient être mis en valeur. Je me glissai derrière lui, courbai ses reins d'une main, lui apprenant plus de souplesse en l'obligeant à pencher ses fesses vers moi.

Le rôle devrait être comique. Ne pouvant transformer le présent jouvenceau en colombe, je le métamorphosai en crapaud, avec cependant assez d'élégance pour que ni le public ni lui-même ne soient dupes de son attitude grotesque. Si la position était cocasse, elle était aussi indécente. On murmura fort de ce baladin fiché au postérieur du roi. Mais Louis laissa faire. Il comprit l'intention de mes gestes, remuant les reins à droite, puis à gauche, faux mendiant mais vrai coquin.

– De la douceur, sire, la cadence n'est rien sans la douceur...

Je me permis même de lui glisser à demi-mot :

– Et que traficotaient la belle Imperia et le chevalier ? Vous souvient-il, sire, de leur poum-poum ?

Louis tourna la tête et reconnut le bouffon pétomane. Dès lors il s'en remit à moi et s'abandonna un peu plus. La reine, attendrie à la vue de son auguste rejeton qui non seulement s'assouplissait, mais en plus souriait, glissa à Mme de Motteville :

– Quoi ma mie, le roi sourit *¿Pero que pasa?* Qui est ce jeune homme qui ose toucher le corps du roi sans qu'on le réprimande ? Et où est son bâton ? Pourquoi ne frappe-t-il pas ? Quel curieux maître à danser que celui-là !

La Motteville s'empressa d'aller aux renseignements tandis que je continuais ma royale leçon.

Isolés tous deux du groupe des musiciens et des courtisans, je lui appris à bien poser sa mesure, à jouer du mollet, à se reposer sur la pointe du pied, ce qui aidait son équilibre, empoté par son dodu derrière. Je lui montrai aussi quelques virevoltes que je lui recommandai de travailler quinze fois chaque jour.

Puis, sans rien demander à personne, je m'occupai des postures des autres danseurs qui allaient figurer sa suite de voleurs. Il s'agissait de Monsieur son frère et du comte de Guiche, que j'appariais dos à dos en une bourrée fantasque ; des tout jeunes marquis de Genlis, de Villequier et de Vivonne, dont je fis des gueux élégants ; des ducs de Mercœur et de Candale, tous rejetons de nobles familles placés par Mazarin auprès du jeune roi, élégants faire-valoir que je transformai en une belle troupe d'estropiés encadrant un roi voyou.

Corrigée par mes soins, cette entrée des gueux avait maintenant bien plus d'allure et de piquant que ce qu'avait prévu Jean-Baptiste Boesset. Mme de Motteville revint et parla tout bas à la reine. La touche, façon commedia dell'arte, me valut ces quelques mots d'Anne d'Autriche :

– Eh bien, Baptiste, j'espère que vous ne regretterez pas d'avoir quitté le service de notre belle cousine pour celui du roi. Vous a-t-on déjà montré ce que vous aurez à jouer dans le ballet ?

Par cette question, j'appris que j'étais dûment engagé à prendre ma partie dans le *Ballet de la Nuit.*

Ce soir-là, au cabaret du *Bel Air*, la tonne de juliénas fut mise en perce et l'on fit de tonitruantes santés. Je m'assurai que mes économies n'avaient pas bougé de place. Je versai quelques gouttes de vin dessus pour qu'elles continuent de croître, suivant une superstition de paysan toscan qui veut que le bon vin coulant sur le bon or excite les bontés de dame Fortune.

Vint le soir de la grande nuit. Le vieux Louvre, qui connaissait depuis quatre semaines la fièvre des préparatifs, bourdonnait comme une ruche gothique. On avait rhabillé les échauguettes et les meurtrières des tours médiévales de dizaines de pots à feu qui creusaient leurs silhouettes fantastiques. Effrayées par les flammes capricieuses, les volées de choucas criaient dans la pénombre. Aux fenêtres des galeries et des nouveaux pavillons de style italien, les milliers de chandelles habitaient l'obscurité de leurs lumignons. Ce fantôme d'architecture verticale et horizontale, au tracé rehaussé de lumières tremblotantes, était devenu le palais de la Nuit.

La presse, à l'entrée du théâtre du Petit-Bourbon, était bien pire que pour l'*Orfeo.* On avait choisi cette salle oblongue, plutôt que celle du Palais-Royal, car elle était attenante au Louvre, demeure du roi. Si l'opéra avait été l'affaire du cardinal, le ballet était celle du jeune monarque.

Trois heures avant la première entrée dansée, on se tirait déjà sur les basques. On se marchait dessus, il y eut des étouffés, des écrasées. Un nombre incommensurable de canons et de rubans fut arraché, ce qui fit la fortune des quelques couturières assez avisées pour courir derrière la noble meute et recueillir ses onéreux trophées.

Cette fois, personne n'avait minaudé pour venir, bien au contraire. Le ballet de la cour, c'était l'événement de l'année. En effet, le roi et ceux de son rang, s'ils y dansaient, offraient aussi ce spectacle à tous leurs peuples. Chacun venant sans y être prié, on trouvait là toutes les sortes de gens. La scène, tout en longueur, partageait le public en deux séries de tribunes, au premier rang desquelles se plaçait le nobiliaire paré de ses plus beaux atours. Il avait ainsi facilement accès à la scène et pouvait plus aisément monter dessus pour y venir danser. Quant à la canaille on l'avait postée derrière, au hasard. Personne ne s'occupait vraiment de ce public-là, les gens de qualité ne s'informant jamais de ceux qui s'entassaient derrière les gardes.

Qu'ils fussent là était suffisant pour bien meubler cette superbe place que les graveurs, papier et mines de plomb en main, esquissaient à grands traits de perspective. Dans quelques jours, ils en vendraient les plus belles vues, les scènes les plus mémorables, dans leurs échoppes, de la galerie du palais à la rue Saint-Jacques.

Il fut beaucoup question de perruques ce soir-là. Hors scène, puis sur scène. Jamais l'on n'en avait tant vu. En ce début de règne, elles faisaient fureur. Si j'en avais inventé les joies illicites avec mes brigands de la braguette, ce fut le marquis de Montauzier qui, du temps de feu Louis XIII, mit le premier la perruque à la mode. On avait trépané le pauvre homme qui cacha ainsi le vilain trou à la tête qui lui était resté.

L'artifice arrangeait aussi qui commençait à se dégarnir, vrai désastre en ces temps où, comme le biblique Samson, la virilité de l'homme se jugeait à l'ampleur de sa crinière. Les postiches furent d'abord dits *à fenêtres* car l'on glissait, par des trous pratiqués dans la perruque, le restant de ses authentiques cheveux. Puis l'on rasa en bloc, s'arrachant à prix d'or les tignasses des pendus et celles des pauvresses. Les nantis voulaient avoir d'aussi beaux cheveux que le roi, qui, pour l'instant, les portait au naturel, d'un très beau châtain clair.

Mais ce soir, dans la presse mondaine, le culte du postiche tourna à la catastrophe tant les perruques s'accrochaient partout. Ce *Ballet de la Nuit*, fut ainsi dit le Bal des Déperruqués, puis celui des Emperruquées, car, sur scène, la fantaisie de

Torelli, assortie à l'esprit coquin de Benserade, s'était amusée à travestir bien des hommes en femmes, pour la plus grande joie de Monsieur frère du roi. Seul le roi ne fut pas une femme. Il se contenta d'être successivement une heure, le jeu, un ardent couvert de flammes, un aventurier, un filou et le Soleil levant.

Cependant on ne monte pas quarante-cinq entrées dansantes sans un personnel conséquent. L'intégralité du Louvre et des Tuileries, du chien au palefrenier, de la dame de compagnie au tourneur de broche, tint sa partie, petite ou grande, dans le spectacle.

Le ballet commença par montrer tout ce qui peut advenir du coucher du soleil jusqu'à son lever. Le dieu Protée chassa dans son antre ses troupeaux marins. Des veneurs fatigués revinrent en sonnant du cor. Bergers et bergères regagnèrent leur village en jouant de leurs flûtes et de leurs musettes. Le roi et ses voleurs attaquèrent un marchand sur la route. Des épiciers fermèrent boutique, des veilleurs allumèrent des lanternes.

Une entrée chassa l'autre. Comme en une revue, les décors roulants et les chars mobiles défilaient le long de la scène sous les yeux émerveillés et les exclamations bruyantes. À peine la scène marine parvenait-elle à un bout de la salle longitudinale qu'une scène champêtre entrait par l'autre bout, créant un incessant défilé. Les artifices de Torelli déroulaient, au ciel du théâtre, des scènes contrastées qui allaient dans le sens inverse des entrées.

Ce théâtre-là avait toute l'infinité de l'univers. Benserade, sur les conseils de Gabriel Naudé, le bibliothécaire de Mazarin, s'était plongé dans l'hérétique Giordano Bruno. Les mondes tirés de ses livres hermétiques étaient un rêve où planait le mythe égyptien qui veut que le trajet de la barque solaire, la nuit, soit l'exact inverse de celui du jour.

Les têtes s'échauffaient de tant de superbes contrastes. Dans le craquement des poutres et des poulies, les instruments sonnaient, et parfois se chevauchaient, en de tonitruants désaccords. Mais l'énorme machinerie du ballet avançait, roulant, inexorable, tous les mythes anciens sous sa barque triomphale. Il y eut un ballet dans le ballet, avec un *Mariage de Thétis*. Puis défilèrent les danses des astrologues et des corybantes sous un ciel d'étoiles mouvantes.

Parvenue au milieu de la salle, la scène du sabbat culmina dans un impressionnant incendie de feux de Bengale. Une nuit d'outremer accueillit les sauts des songes agréables poursuivis par les songes funestes. Dans leurs antres fuligineux apparurent les faux-monnayeurs qui ne travaillent qu'à la faveur de l'obscurité.

Sous la scène, des hennissements de vrais chevaux annoncèrent que ces pauvres bêtes s'apprêtaient à faire entrer le clou du ballet : le lever du soleil. L'Aurore, enrubannée de quinze mètres de drap d'or, vint chanter le grand ballet des Planètes. C'était la figurante d'Hilaire, la vraie s'époumonant d'une loge grillagée, une chanteuse de cour ne pouvant paraître sur une scène publique sans déroger. Aussitôt cent flambeaux s'allumèrent ensemble et répercutèrent leurs lueurs dans les disques de cuivre. Toute obscurité fut chassée de la salle.

Réfléchi dans les prunelles émerveillées des spectateurs parut alors le Soleil de Louis, lequel commença son éclatante carrière par une gigue solitaire. Enfin, comme par magie, la scène se dégagea. Un escalier secret se déroula au pied des loges. La gent nobiliaire parée et costumée, ses dames scintillant des plus beaux bijoux des familles de France, se leva d'un même mouvement et monta sur scène danser le grand ballet final où ne figuraient que ceux du sang.

Puis toute la salle, sous le couvert des masques anonymes, vint se mélanger, sans plus de distinction de rang, dans la liesse et bientôt l'ivresse générale puisque le roi, puisant dans ses vignobles, offrait libation à tous. Le fracas des tonneaux couvrit celui des instruments qui entamèrent le branle final, lequel se dandina en une immense chenille euphorique jusqu'au matin, les dix heures de l'affaire ayant poussé à veiller fort tard.

Si Louis fut éclatant, l'autre remarqué de ce ballet, ce fut moi, Baptiste, nom que l'échotier à la mode, le sieur Loret, dans son indiscrète *Muse historique*, m'attribua dès le lendemain, et pour la postérité de mon siècle.

Courant après les costumes, avec seulement quelques minutes pour me changer entre chaque entrée, je fus successivement un berger jouant de la musette, en compagnie du marquis de Villequier travesti en bergère. En soldat je livrai ensuite un combat à deux filous dévalisant deux bourgeoises en chaise à porteurs. Ces bourgeoises étaient le marquis de Montglat et le claveciniste Chambonnières. Je figurai encore Sosie, Écho, une grâce, une sorcière, un académiste, une furie...

Mais le petit Italien s'était surtout réservé le rôle du cul-de-jatte dans la royale scène de la cour des Miracles. Je dansai toute ma partie enfoncé dans une marmite avec la seule aide de mes bras, étonnant la salle de ma virtuosité. J'improvisai des postures extraordinaires que nul n'avait notées dans la chorégraphie. Je m'ouvris ainsi quelques belles minutes de totale liberté où je devins le centre de l'attention générale, surprenant le public de mimiques italiennes dont on n'avait pas l'habitude dans le ballet de cour.

Le roi, après de longues répétitions, avait voulu que je danse avec lui dans toutes les entrées où il paraissait, et ce au mépris du protocole qui n'admettait pas de maître à danser au côté de la personne publique du roi. Mais j'avais su reprendre ses fautes avec un respect qui flattait, sans jamais le blesser, son amour-propre. Nous étions convenus d'un code discret et efficace. D'un battement de pied un peu plus accentué je le rappelais à la cadence quand il risquait de s'en échapper. Je me glissais devant lui pour préparer ses changements de pas, puis aussitôt m'effaçais pour le laisser briller aux yeux de tous.

Imagine-t-on seulement ce que c'était que de danser avec le corps du roi ? Le plaisir et le trouble qu'il y avait à jouer avec cette émanation du divin ? Au début je ne pris point garde à cette théologie spectaculaire. J'avais été vif, j'avais dit ma pensée comme elle m'était venue, j'avais laissé parler mon instinct. J'avais agi comme je l'eusse fait avec un autre, n'ayant de plus grand souci que d'obtenir le mieux. Après tout, les rois aussi ont besoin de franchise, et celui-là n'était qu'un petit jeune homme, fort timide de surcroît.

Jadis, dans les jardins du Palais-Royal, nous avions bien ri. À présent nous dansions. Quoi de plus naturel ? Je me mis peu à peu à lui créer sa musique, adaptant mes notes à ses pas. Je l'anticipais, je le devinais, je jouais avec lui. Cela le dégourdissait, lui donnait de la confiance et affermissait son jeune corps. Il devenait un adolescent joliment charpenté et je me prenais à jouir de sa beauté, tenue par le seul mouvement de ma pochette.

Je le regardais, je le dirigeais par mon jeu et mes notes. Je lançais sa jambe, je bombais son torse, j'abaissais son postérieur. Pour tous ces petits services, comme pour le plaisir que nous trouvions à danser ensemble, nous nous prîmes d'une affection de plus en plus prononcée. Notre connivence grandit. Dans l'art du ballet, qu'il aimait de plus en plus, je lui devins vite indispensable, éclipsant les autres petits maîtres en charge auprès de lui.

Le *Ballet de la Nuit* avait eu lieu le 23 février 1653. Antoine Boesset quitta cette terre fort à propos. Il laissait à son fils vingt mille livres de rente, une seigneurie de campagne, le manoir de Haut, deux maisons à porte cochère, un hôtel avec huit domestiques, dix servantes, trois laquais et un cocher. Je n'aspirais pas à moins. Le 16 mars, au nez et à la barbe de son rejeton Jean-Baptiste, j'obtins la charge de compositeur de la musique instrumentale.

Je n'eus pas à l'acheter : elle me fut offerte par le roi. Pour les biens en nature, on verrait plus tard. Mieux encore, cette place signifiait que je pénétrais par la grande porte dans la troupe des musiciens français sans subir leur examen, ni verser un seul écu. Si je n'étais pas encore leur roi, j'étais déjà prince consort.

Trois semaines plus tard, Fortune se ressouvint d'un certain Louis Couperin. Le 9 avril, il fut titularisé à la tribune de Saint-Gervais-Saint-Protais. Il allait enfin revenir de Chaumes-en-Brie. Mes chausses en tressaillirent d'aise. En serait-il de même des siennes ?

II

TOUTE LA COUR était ravie de ma nomination, Mazarin le premier, qui ne tarissait pas d'éloges sur les capacités du baladin de Mademoiselle. Que n'aurait d'ailleurs donné le bon cardinal pour contenter et aguerrir son royal filleul ? À ses yeux j'étais une partie de l'environnement italien qu'il créait autour de Louis, pour son plus grand bien. Je n'étais guère différent, somme toute, des mazarinettes, sept filles, et des mazarinous, trois garçons, qu'il avait rapatriés d'Italie au fur et à mesure que se raffermissait son pouvoir.

Cette petite cour italienne incrustée dans la française avait, tout comme l'oncle, tenu bon sous les rafales de la Fronde. Ces dix enfants, fils et filles des sœurs du cardinal, les *signore* Martinozzi et Mancini, Mazarin les mariait au fur et à mesure avec les Grands de France, les Conti, les Carignan, les Richelieu, accomplissant une prophétie courtisane selon laquelle « ces demoiselles et damoiseaux sans richesses auront bientôt beaux châteaux, bonnes rentes, belles pierreries et bonne vaisselle d'argent ».

S'il y allait de l'intérêt bien senti du cardinal, la famille royale, de son côté, n'y perdait pas au change. Neveux et nièces, mais aussi Corbetta, le royal professeur de guitare importé de Pavie, entouraient Louis d'une troupe frivole, jeune et joyeuse. Ces Laure, Victoire, Anne-Marie, Hortense, Marie-Anne, Olympe, Marie, Philippe-Julien, Alphonse, bien qu'élevés à la cour, étaient spontanés, vifs et bien plus cultivés que la noblesse française. Pour Louis et son frère, ces Italiens étaient de parfaits compagnons de jeux.

Une telle compagnie éveilla le roi et son frère à des subtilités galantes. Et pour faire ses premières armes, mieux valait des Italiennes, intuitives, que ces Françaises, infiniment plus dangereuses car trop quémandeuses.

L'aventurette avec Mlle de La Motte d'Argencourt ne dura pas longtemps. La reine finit par s'alarmer. Si elle avait demandé à Catherine de Beauvais, la fameuse Catho la Borgnesse, de dépuceler son fils, ce n'était pas pour que des parents malintentionnés intriguent maintenant autour du royal prépuce. Qu'une famille ait besoin d'argent, soit, tout le monde connaît cela, même une reine de France, mais de là à vouloir puiser dans les bourses du roi, au propre comme au figuré, voilà qui était trop risqué. S'il prenait fantaisie à son garçon, qui allait sur ses quinze ans, de convoler avec cette mijaurée ?

Le cardinal, qui était alors au château de Vincennes en train de compter et recompter les millions de livres que lui procurait Fouquet, revint dare-dare du coffre-donjon. Il fut trois heures enfermé avec Leurs Majestés. Au sortir de l'entretien, le roi ne regarda plus jamais La Motte d'Argencourt.

Nos jeunes années avaient le feu sous les jupes et les chausses. Mes royales répétitions me mettaient parfois dans des états priapiques, mais je ne devais rien laisser paraître publiquement de mes excitations, alors que Monsieur frère du roi, Guiche, Manicamp et Vivonne ne se gênaient pas pour se comporter ouvertement les uns envers les autres comme amants et maîtresses.

Je prêtais beaucoup d'attention aux chorégraphies qu'accomplissaient ces garnements de haut rang. Ils alliaient bien des mérites en leurs belles personnes. Hommes de guerre et de salon, les trois favoris de Monsieur étaient beaux et bien bâtis, doués d'un esprit acéré et libre qui ne s'embarrassait d'aucun préjugé.

Le comte de Guiche, giton du comte de Manicamp, avait de grands yeux noirs, le nez grec, un grand front et un teint admirable. Il était moqueur, présomptueux, brave et étourdi, sans autre amitié durable que celle de Manicamp, jeune homme au teint jaune et aux lèvres rouges qui tranchaient avec des yeux terriblement bleus. Son naturel négligé et sa propreté douteuse ne dérangeaient pas Vivonne dont il était l'âme continuellement damnée, épisodiquement l'amant. Ce jeune duc, de quatre ans mon cadet, était aussi le frère tonitruant de la jeunette Françoise

Athénaïs de Rochechouart, qui signerait bientôt du nom de Mme de Montespan.

Ces trois flamboyants commettaient avec Monsieur les plus grandes impiétés, notamment des concours de blasphèmes qui ravissaient mon oreille. Dans leurs parties fines, où se retrouvait la fine fleur de la noblesse du royaume, dont cet allègre esprit de Bussy-Rabutin, l'on réclamait toujours quelques violons.

La troupe des petits comtes de Monsieur corrompait de plus en plus la cour, ce dont se plaignaient les dévots qui marmonnaient leurs chapelets autour d'Anne d'Autriche. Mais notre libertinage s'en gaussait et se retrouvait, la nuit, sur les berges de la Seine, du côté des Tuileries. Le point de rendez-vous était le bien nommé pont d'Amour, construit par Concini afin d'éviter le trajet complexe, et surtout compliqué d'attentats, qui le menait jadis de son hôtel au Louvre. Là, sous l'arche sombre, nous nous mêlions à l'écart, protégés par la proximité du palais des Tuileries, solidement gardé par de beaux Suisses. Il s'en retrouvait aussi dans notre assemblée nocturne où une neutralité de chausses et de chemises, sans plus de rubans ni d'affiquets, mêlait le duc et le crocheteur, le panetier et le tailleur, le voyou et l'abbé.

C'était un lieu de plein air, un temple de râles et de ruts où les galantises, amorcées dans les antichambres, tournaient à la débauche le long des berges gluantes. Nous étions loin des rares flambeaux de la cité populeuse où grondaient les dévots. Nous, les compagnons hermaphrodites, étions gommés de la rue par les bancs de brume qui se levaient, le soir, de la Seine. Les langues fumeuses nous gardaient alors de la haine des cruciformes hypocrites.

Au cours des périodes de carnaval, nous prenions notre revanche et leur causions de grands scandales. Monsieur en premier, qui passait ce mois de bamboche déguisé en femme blonde, la queue de sa robe portée par Philippe Mancini. Sous le couvert de masques, notre troupe commettait pis encore. Ainsi, dès le lendemain du *Ballet des Bienvenus*, nous nous déguisâmes en capucins et en capucines, souillant de vin et d'autres liqueurs plus intimes les saints vêtements.

On nous vit courir tous les hôtels où il fallait être. Au passage, nous cassions quelques vaisselles et tripotions, voire plus, les plus jolis valets des meilleures maisons. Notre cavalcade impie s'achevait invariablement chez les baigneurs où il y avait toujours orgie de garçons. Certains rirent de ces capucines qui avaient les bras et les mains bien trop beaux et trop blancs pour appartenir à un ordre religieux. La majorité s'en offusqua. Aux premiers jours du carême, on ne parla plus d'autre chose que de ce scandale. Les prédicateurs prêchèrent contre la secte de Sodome. La reine s'en indigna et le roi fut gêné par cette mauvaise image. Seul Mazarin sourit de ces malices de collégiens.

Il ne connaissait que trop ces gens-là, et n'était guère dupe de l'Église puisqu'il était le premier du royaume à la duper en usurpant ses habits. Il apaisa notre affaire d'une réprimande privée où, en présence de la reine, il haussa la voix pour la forme. Puis il fit dire à ces messieurs de la chaire qu'ils s'occupassent plutôt de la secte de Jansénius que de celle de Sodome où se réjouissaient trop d'augustes personnes pour qu'on l'inquiétât plus avant.

Pendant que je passais mes nuits en mâle et mêlée compagnie, Louis, le roi, prit ses habitudes nocturnes à l'hôtel de Soissons où Olympe Mancini, devenue comtesse par un rapide mariage avec l'accommodant et désargenté Thomas de Savoie, prince de Carignan, tenait luxueuse assemblée.

Le roi aimait fort les petites joues vermillon de cette brunette à la langue acérée, mais Mazarin surveillait de près les coquetteries du roi et de sa mazarinette. Qu'Olympe fût maintenant une femme mariée était un détail somme toute mineur. Mais il aurait été imprudent de voir les filles de son clan convoler avec un roi de France. Le mariage avec quelques Grands du royaume c'était un bon placement, mais une Mancini devenir reine de France ! Ni la cour ni l'Europe n'auraient admis qu'on en vînt au mariage. Le cardinal, prince des finauds, comprenait bien que cette mésalliance entre une nièce née de rien et un Bourbon lui amènerait plus de mal que de bien. Il y avait trop à perdre. Depuis le temps qu'on lui reprochait l'impureté de ses origines !

Ainsi toléra-t-il les chatouillis d'alcôve, mais point les siestes officielles. À l'hôtel de Soissons on jouait aussi beaucoup trop à la loterie, nouveau jeu italien qui faisait fureur depuis la fin de la Fronde. Diamants, terres et millions y passaient de main en main avec tant de facilité que le cardinal, qui avait pourtant un grand faible pour les cartes, décida d'y mettre le holà.

Ce fut le moment que choisit Olympe pour tomber enceinte. Pour s'assurer de la non-bâtardise royale de ce qu'elle avait dans le ventre, Anne l'obligea à recompter six fois ses dates avec Mme de Motteville. On les déclara bonnes. Soulagement général : le roi n'y était pour rien. Carignan avait fait son devoir.

Nos jeunesses turbulentes étaient bien difficiles à contrôler. Mais le fallait-il vraiment ? Tout le monde s'accordait pour trouver le roi encore trop peu affermi, les hommes surtout, qui espéraient que d'autres affaires de cuisses finiraient par le rendre plus gaillard qu'il n'était pour lors. Certains regrettaient même qu'il n'ait pas engrossé Olympe. À chacune des nouvelles amitiés du divin jeune homme, ses œillades provoquaient un bruit non pareil entre Louvre et Palais-Royal, deux cents mètres qui étaient alors l'hyperbole de l'univers même.

J'étais moi-même assez de l'avis général car les amusements de Louis, hormis le jeu, la chasse et les billets doux, étaient encore trop puérils. Avec Monsieur son frère, il ne cessait d'avoir de grands démêlés dont les couloirs bruissaient des jours entiers. On se demandait d'ailleurs lequel, de l'aîné ou du cadet, était le plus enfant des deux. Qu'on en juge.

Monsieur, que la piété n'étouffait pas, rompait le carême dès qu'il le pouvait. Un jour, comme le roi et la reine sa mère s'en allaient à la messe, Monsieur trouva un poêlon de coq au vin. Il en prit une assiette et l'alla montrer à son frère, qui lui dit de n'en point manger.

Monsieur, qui était plus petit d'une tête, se haussa sur ses talons et dit à son frère qu'il en mangerait. Le roi répondit :

– Gage que non !

Philippe répliqua :

– Gage que si !

La dispute s'aigrit. Le roi voulut lui arracher l'assiette. En la prenant il répandit quelques gouttes de sauce sur les cheveux de Monsieur qui les aimait extrêmement.

Cela le dépita : il jeta l'assiette au nez du roi, qui d'abord ne se fâcha pas. Mais des femmes de chambre de la reine se mirent à criailler contre Monsieur. Celui-ci avait son propre parti de criailleurs : Philippe Mancini, son mignon, qui l'excita de plus belle.

Le roi se fâcha et menaça d'écraser son frère à coups de pied. Monsieur s'en alla bouder avec Philippe dans sa chambre, où ils furent tout le jour couchés sans vouloir parler à personne.

La reine et le cardinal raccommodèrent les deux frères le lendemain. Trois jours plus tard ils se redisputaient pour des rubans. Puis pour un cabinet d'ébène rayé à coups de dague ; et puis encore pour des gants d'Espagne que Louis trouvait trop parfumés et Monsieur pas assez.

Le cardinal, qui était bonne pâte, en eut cependant assez de jouer les duègnes. C'était bien suffisant d'avoir le royaume sur les bras ! Ainsi fut-il avisé de lancer la préparation d'un nouvel opéra italien : *Les Noces de Pélée et de Thétis*, de Caproli, et d'un nouveau ballet de cour : le *Ballet des Plaisirs*.

J'y figurais Pluton, une sorcière, un magicien chinois coiffé d'un grand dragon, une furie brodée d'or aux cheveux d'argent. Le roi était une furie brodée d'argent et coiffée de serpents d'or. Puis, toujours ensemble, nous frappions du tambour, déguisés en Indiens tissés de plumes d'ara, bleues, blanches et rouges.

Ce ballet m'offrit aussi l'occasion de figurer des personnages où mes amis de débauche me reconnurent facilement sous le masque puisque j'y fus un satyre, un baigneur et un débauché.

Cependant chacune des répétitions se passait de plus en plus mal. Non pas du côté du roi, qui m'accordait une confiance aveugle, mais du côté des Vingt-Quatre Violons. Nous avions dispute sur tout. J'introduisais de plus en plus de comique dans les situations, ils ne le toléraient pas.

J'inventais toutes sortes d'airs nouveaux, plus simples et plus enjoués que les leurs, ils les défiguraient. Il y eut des cris car je voulais qu'on les joue à ma façon, c'est-à-dire sans leurs infinies broderies. Elles bousculaient par des contretemps les accords de ma symphonie et rendaient mes mélodies méconnaissables.

Passe encore pour ce crime de lèse-musique. Mais que l'on imagine faire danser une personne sur d'aussi longues complexités ! Le pauvre danseur avait le temps de prendre racine, ou d'aller boire une coupe de vin entre deux entrechats, le temps que ces satanés vingt-quatre violoneux aient fini de broder *ad infinitum*, la bouche en cul-de-poule.

J'avais été assez hardi avec le roi, qui trouvait bien plus d'agrément à danser sur ma manière que sur la leur. Je n'eus aucune patience, et encore moins de politesse, avec leur style poussiéreux et leur affectation. Mordieu, je n'étais plus ce quidam à qui l'on avait donné l'amende pour avoir enfreint les règles !

Poussé au travail par les feux conjugués du tabac et du café, je cassai plus d'une fois le violon sur le dos de qui ne voulait pas suivre ma mesure. Il y eut rapidement, parmi les Vingt-Quatre, de plus en plus d'absences intestinales et de dévoiements diplomatiques. Je pus facilement convaincre le roi, qui voyait la difficulté qu'il y avait à répéter dans ces conditions, de m'octroyer la liberté de fonder ma propre bande. Il en aima l'idée :

– Je viens de rétablir la compagnie des mousquetaires du roi. Que tes violons, cher Baptiste, soient les mousquetaires de ma musique !

J'enrôlai sous mes ordres toute une génération nouvelle qui aimait mon style. Ainsi fut créée la compagnie dite des Petits Violons, qui ne détruisit pas pour autant les traditionnels Vingt-Quatre Violons. Me rejoignirent aussi le danseur Beauchamp et les violons Beaubrun, Le Roux, d'Olivet, Magny et Alais. Il y eut encore Roullé, La Caisse et Jean Buron, sans place depuis l'exil de Mademoiselle.

J'obtins un blanc-seing de Fouquet pour les payer à mon gré, avec toute latitude d'engager, ou de renvoyer, qui ne ferait pas l'affaire. Le surintendant des Finances, qui était persuadé que les rois étaient toujours assez riches pourvu que les peuples aient l'apparence de l'abondance à ses yeux, ne lésina jamais à me donner tout ce que je voulais. Fouquet aimait les livres, la musique, les beaux-arts, et par-dessus tout la flatterie, de sorte qu'après que j'eus fortement loué sa bibliothèque et son somptueux clavecin, signé Hans Ruckers, il m'établit sur la liste de ses amis, me croyant prêt à tout sacrifier pour son seul service.

Entre ma bande et l'ancienne il y avait facilement vingt ans de différence, du point de vue de l'âge, et un siècle du point de vue du style. Cela multiplia d'autant l'amertume des violons de père en fils, ces Dumanoir, Mazuel, Constantin, Boesset et Cambefort, qui se déclarèrent dès ce jour mes ennemis définitifs. Une troupe autre que les Vingt-Quatre ? Quelle révolution ! Quelle impertinence !

Les violoneux notaires ne se laissèrent pas bousculer. Ils tempêtèrent, jurèrent, intriguèrent, mais ne purent quand même aller jusqu'au procès, puisque les Petits Violons étaient le bon plaisir du roi, payés sur sa cassette. Ils coururent réclamer protection auprès des Guise, et obtinrent de monter un ballet rival au *Ballet des Plaisirs*, qu'une guerre des titres nomma le *Ballet des Plaisirs Troublés*. Mazuel, Boesset et Dumanoir, spoliés de leur droit à composer puisque je refusais systématiquement leurs airs à chanter, y firent un pot-pourri de leur rebuts, lequel d'ailleurs ne suscita aucun intérêt mondain.

Mais je ne triomphais pas pour autant. Comme l'on n'attaque pas sans conséquences plusieurs siècles de ménestrandise, le roi Louis dut faire mine de plier un peu pour ne point trop offusquer la tradition. J'appris à mes dépens que le succès, s'il est agréable, se paye aussi de contraintes. Entre bals et ballets je dus donner, gratis et sur ordre, quelques divertissements. Je jouais pour le plaisir de Sa Majesté ? Elle avait bien de la joie à le partager avec les autres souverains, ses égaux. Je dus obéir.

Lorsque la reine Christine de Suède, qui avait abdiqué, passa en France, la cour lui donna tous les divertissements possibles : comédiens, chasse et les Vingt-Quatre. Mais elle ne voulut jamais baller. Elle savait qu'elle dansait mal et ne désirait pas se prêter à cette sorte de ridicule. Alors le roi se résolut à lui offrir plus qu'un concert, un duel d'artistes. Elle en fut ravie autant que j'en fus vexé. Me mettre, moi, en compétition avec un autre ? Et pour affronter quel musicâtre ? Après cette suite ininterrompue de succès, mon orgueil était malmené et celui de mes ennemis rehaussé d'autant. Mais lorsque je sus le nom de l'adversaire, j'oubliai l'affront. Nul autre que Louis Couperin !

Ainsi donc la destinée renvoyait sur mon chemin cet ange inaccessible dont les retrouvailles, ô ironie, s'effectueraient de nouveau sous le signe de la compétition. Car le souvenir du concours pour la tribune de Saint-Gervais-Saint-Protais, de mes émois d'alors, de ma frustration aussi, ne m'avait jamais quitté, même au cœur des meilleures débauches. D'Assoucy avait raison : les plus désirables sont bien ceux que l'on ne saurait atteindre.

Et voici qu'à présent son génie, dont l'excès l'avait jadis renvoyé dans sa Brie natale, le ramenait maintenant sur ma voie. Couperin avait passé sa Fronde à parfaire quelques *Fantaisies et pièces pour le clavier.* M. de Chambonnières les avait jouées au roi, qui avait été bouleversé par cette nature étrange et voluptueuse où la mélancolie la plus noire le cédait soudain à la joie la plus suave. Par respect envers M. de Chambonnières, toujours claveciniste de Sa Majesté, le roi venait de nommer Couperin joueur de viole de la musique de sa chambre, car l'organiste touchait aussi la viole.

Christine était une reine originale qui d'abord rebutait, puis séduisait par son amitié brusque où il y avait bien du fantasque. Elle portait une jupe de soie grise avec de la dentelle d'or, un justaucorps couleur de feu avec de la dentelle d'argent, une petite traîne d'or, d'argent et de noir. Elle était blanche avec des yeux bleus, par moments doux, à d'autres rogues. Elle avait la bouche agréable, grande, ornée de belles dents, le nez aquilin et la taille petite. Sur son crâne rasé était mal disposée une perruque. À tout prendre, c'était plutôt un singulier garçon. Elle était accompagnée d'hommes uniquement et rien ne me parut si plaisant que de voir une reine sans une seule dame de compagnie. D'autant que ses hommes, de grands gaillards blonds qui arboraient des moustaches de Goths, lui composaient un avenant sérail.

Louis et moi-même fûmes placés dans un petit cabinet qui contenait un paravent, une chaise à bras et deux tabourets. Sans façon, elle se coucha, plus qu'elle ne s'assit, en jetant ses jambes par-dessus les bras de la chaise. Nous la regardions, aussi éberlués qu'amusés. Jamais une dame de la cour ne se fût permis autant de laisser-aller.

– Monsieur Couperin, savez-vous que toute l'Europe chante vos louanges ? On vous tient pour l'un des plus grands violistes, et vous monsieur Baptiste, pour un excellent violon. Regardez donc quelle est ma chance : je quitte la Suède pour réunir ici le goût français et le goût italien. Unissez vos instruments et donnez-moi bien du plaisir, je vous en prie.

Puis le chevalier Monaldeschi tendit le paravent entre Sa Majesté, nos instruments, et le sien, qu'il commençait d'avoir fort apparent.

Louis saisit le corps de la viole. Il le cala doucement entre ses genoux serrés, comme l'on pose entre ses cuisses le dos de l'être aimé. Je pris mon violon et le posai sous ma joue. Louis commença en solo, préludant gravement, sa belle tête brune penchée sur les ouïes sombres, sa main droite courant sur le manche et sa gauche tenant l'archet, car il était gaucher, particularité dans laquelle beaucoup voyaient un signe supplémentaire de l'étrange démon qui l'habitait.

Et quel beau diable, par ma foi, que celui qui hantait ces mèches folles tandis que la sueur perlait à son front, indiquant qu'il atteignait peu à peu son ascèse. Car c'en était bien une pour produire pareil concert ! Sous ses doigts, le son se déployait dans l'espace comme si l'instrument avait eu sa vie propre. Dieu, comme j'aimais cet homme et son talent ! Sa viole était un paradoxe, elle rugissait tout en ayant la douceur d'une tourterelle de Turquie, elle roucoulait avec l'impétuosité d'un torrent. Elle incarnait toute la ductilité de la voix humaine, elle babillait, se plaignait puis se lançait dans de joyeux dialogues.

Du Parnasse d'où je discours, un voluptueux frisson me saisit encore à la pensée de cet acte d'amour, de cette étreinte de sons que de l'un à l'autre nous nous donnâmes lors de cette compétition obligée. C'était bouleversant. Ni le petit Marin Marais, que j'ai plus tard pris dans mon orchestre, ni même son maître, l'austère Sainte-Colombe, n'ont possédé ce toucher qui, pour proprement parler, me faisait bander. La tension de nos cordes, crins et planches, mettait chacun de nos organes à l'unisson.

Après son prélude, j'enchaînai quelque mouvement de sonate que je tordis en traits, trilles et fusées, jusqu'à ce que ma sueur perle à son tour et que l'âcre senteur de nos talents réunis emplisse la pièce où nous nous tenions. La reine Christine fut extrêmement sensible à ce rut harmonique car, de l'autre côté du paravent, nous l'entendions furieusement se démener.

La fureur de nos archets n'attendait que cela pour se combiner. L'Italien et le Français, rivaux enamourés, semblables au chevalier Tancrède et à la guerrière Clorinde, choisirent le neutre territoire de l'Espagne pour s'affronter dans les couplets des si fameuses *Folies d'Espagne*, air célèbre depuis 1430.

Nous étions deux jeunes dieux dont la rumeur des ébats, cachés aux rois mêmes, tombait dans leurs oreilles comme cette pluie d'or par laquelle Jupiter ensemença Danaé. Nous avions plusieurs façons de varier le thème des *Folies* : raide et déclamatoire, après que nous nous fûmes accordés aux limites du silence, ou de plus en plus chantourné. Je glissai alors quelques hoquets virtuoses dans les plaintes de ce haut mal que la viole de Louis rendait si beau.

Tantôt je m'échappais de l'étreinte de ses cuisses, tantôt je plongeais en ses basses pour mieux affûter la mélodie. Nous nous éprenions, nous nous déprenions, puis nous tournions autour d'un son unique avant de jaillir en gigues divergentes. Il raclait profondément pendant que de mes pizzicati je titillais son archet. Puis ce fut mon tour de lui tendre un lit de croches où sur mon sein sa corde s'enflamma.

Duel à deux archets égaux : nous grimpions des échelons de lumière pour fulgurer des arpèges nerveux. Louis s'envola par doubles et triples croches, chevauchant seul, bien trop onaniste à mon goût, le beau torse de son instrument, abandon que je comblai par la cruelle langueur d'un déchirant saut de septième diminuée.

– Ah messieurs, poursuivez ! réclama alors la reine Christine qui passa sa tête chauve à travers le paravent.

Nos ébats la plongeaient dans des transes lubriques suivies de rêveries profondes. Elle jetait de grands soupirs, puis tout à coup repoussait son chevalier qui en bousculait les meubles.

Elle revenait alors à elle comme une personne réveillée en sursaut.

– Crénom de Dieu, encore, encore !

Nos assauts auraient bien pu ne jamais finir. Nous nous sentions d'humeur à cracher cent couplets d'une seule haleine. Seules la douleur, les crampes et le sang qui vinrent à nos durillons indiquèrent que nous ne pouvions plus continuer. Ce doux combat avait été celui de deux archanges. Blasphématoire comparaison, mais comment mieux qualifier cette guerre claire-obscure où le soleil de mon violon tournoyait autour de l'ombre de sa viole ? L'un l'autre nous nous étions poursuivis sans qu'il y eût de vainqueur.

– Est-ce donc ainsi que vous aimez, vous autres, en ce pays ? Foutredieu, quelle nation !

Elle était extraordinaire. Le même soir, les jésuites de Saint-Cloud lui offrirent une tragédie jouée par leurs élèves. Pendant le spectacle, elle ne cessa de jurer. Elle tourna les pauvres pères en ridicule, adoptant des postures indécentes et rotant tout le long. Puis cette reine des Goths parla des dévotions de Rome d'une manière assez libertine, ce qui me fut bien plaisant à entendre. Cela plut un temps à la cour, mais comme elle ne s'y plaisait pas tant qu'elle aurait dû, on lui fit dire qu'elle y avait été assez longtemps, quoique fort honnêtement. Je regrettai le départ de cette originale qui accomplissait en public ce à quoi d'autres étaient tenus de rêver tout bas.

III

Le 14 juin 1658 les armées françaises, menées par le jeune Louis encadré par Turenne, gagnèrent la bataille des Dunes et reprirent Dunkerque aux Espagnols, que défendait le cousin Condé, toujours traître à sa patrie. J'y suivis la cour et, comme elle, troquai les violons du bal pour ces instruments plus guerriers que sont timbales et trompettes. Pendant cette bataille me vint d'ailleurs l'idée d'introduire leur rumeur éclatante dans mes divertissements et mes prologues.

Hélas les timbales se voilèrent de noir. Le jeune roi, sitôt la victoire remportée, fut saisi par les griffes de la mort. Cet étourdi s'était toute la journée promené tête nue. Une fièvre continue et très dangereuse s'empara de lui : le soleil lui avait tapé sur le crâne.

En un jour, voyagée de pigeons en clochers, la nouvelle courut le royaume :

– Le roi se meurt ! Il sera bientôt mort !

Partout l'on exposa le Saint-Sacrement pour implorer sa guérison. On fut une semaine dans l'attente de son trépas. Les traitements à l'antimoine succédèrent aux décoctions d'arsenic et de mercure. En vain. Les médecins, quoique acharnés, n'avaient plus d'espérance.

J'étais affligé : le roi me traitait fort bien et voir mourir un prince si jeune cela provoque un grand effroi et de sombres réflexions sur l'avenir. Allais-je devoir retourner à Florence ? Pour quoi faire ? Des Baptiste, il y en avait d'autres place de la Seigneurie. Je doutais de pouvoir me maintenir à la cour si Monsieur montait sur le trône, car personne n'espérait vraiment en ses capacités. Joyeux drille, et d'une compagnie très à mon goût, il me paraissait cependant bien trop enfant pour gouverner. Il ne savait reconnaître ce qui était bon de ce qui ne l'était point.

Pendant cette semaine de royales fièvres tout le monde pleura d'abondance sur le sort du monarque, et plus encore sur le sien propre. Le 8 juillet une ultime ration d'antimoine provoqua un énorme vomissement qui ramena le roi à la vie. Ses yeux affaiblis découvrirent alors, au fond de la tente, une jeune fille brune qui pleurait plus fort que les autres.

L'œil droit de Marie Mancini coulait de la peur passée, et le gauche de la joie présente. Louis en fut plus ému que des cris de joie de sa mère. Tel l'oisillon qui, à sa naissance, s'éprend de la première personne qu'il aperçoit, le roi, revenu de la mort, retrouva toutes les beautés du monde en une seule personne.

Je ne lui donnai point tort. Marie Mancini, la plus délaissée des mazarinettes, était une beauté sans pareille, et si extraordinaire même que tout le monde s'accordait à la trouver... laide.

Car elle ne possédait aucun de ces appas qui signalaient alors la beauté commune. Rien de ces blondeurs opulentes qui caquetaient à la cour.

Elle était fine et brune, presque maigre, avec des membres longs et déliés, un cou d'albâtre, une bouche grande et vermeille, splendidement meublée et sans une seule dent gâtée. Des cheveux aussi noirs que ses prunelles qui cherchaient, plus encore qu'elles ne soutenaient, le regard, y compris celui des princes.

Rien d'indolent donc, mais tout d'insolent. Elle n'était pas obséquieuse mais emportée, intelligente, hardie et raisonneuse, douée d'une habileté, voire d'une effronterie, qui laissait souvent l'oncle Mazarin dépité. Le mépris que son tempérament et sa beauté hors mode lui valaient de la part des hommes fit que l'on établit Marie comme le parangon des Précieuses. Par ce terme l'on commençait à ridiculiser les jeunes filles comme elle, indépendantes et fort cultivées, que l'horreur du mariage et des couches obligées marquait du sceau d'un odieux libertinage. Pour moi, sa liberté me plaisait fort.

Sous la tente de Dunkerque, Marie la Précieuse s'était tuée à pleurer six nuits et six jours le sort du roi. À l'aube du septième, parce que dans ses yeux il rencontra les seules larmes sincères, il l'aima. Un souffle inconnu parcourut alors la cour.

On revint à Paris chanter le *Te Deum* de rigueur puis, le chaud pesant sur la ville, on s'égailla vite à Fontainebleau où il y eut furieusement du beau monde. La présence de Marie brisait le protocole. On se baignait librement dans les canaux, on chevauchait assez débraillé dans des costumes de couleur. Marie voulut grimper aux rochers de la forêt, endroit si escarpé où n'ont jamais été que les chèvres. Le roi fit quérir les Petits Violons. Je nous installai sur de gros rocs de différentes hauteurs et nous entreprîmes ce fameux morceau que je leur composai tout spécialement : *L'Air pour l'été et ses suivants.*

À la suivre, on courut le plus grand péril du monde de se rompre bras et jambes, mais on rit beaucoup. Marie arriva la première au sommet, ayant drapé ses jupes à la manière d'un garçon, ce qui laissait voir jusqu'à ses genoux.

Alors Louis, en déséquilibre sur un rocher, voyant de dessous ce chef-d'œuvre de la nature, ce miroir de la chasteté, qui même en telle posture observait l'honnêteté, eut soudain à cette vue plus de désir de la voir nue que de crainte de tomber.

Tout échauffés par un fin souper, nous retournâmes en calèche avec beaucoup de flambeaux. J'inventai là une galanterie qui eut bien du succès : je fis jouer ma musique sur l'eau, les violons assemblés sur une plate-forme flottante toute festonnée de pampres, tandis que les barques viraient alentour. L'ambassadeur anglais déclara que cette *water music* siérait bien à la Tamise.

On soupa à minuit, puis il y eut un feu d'artifice qui grilla par mégarde trois ou quatre arpents de la forêt. Marie pleura beaucoup les pins partis en fumée, arbres qu'elle affectionnait particulièrement. Le lendemain, Louis avait fait replanter les arpents incendiés avec des arbres identiques, de sorte qu'il n'y parût rien. Marie en défaillit de bonheur.

Sa sœur aînée, Olympe, enceinte de Carignan jusqu'aux yeux, boudait. Le roi ne laissait plus des monceaux de pistoles à ses loteries. Marie avait transfiguré Louis. L'adolescent maussade se transformait jour après jour. Il était devenu un homme gai, qui causait avec tout le monde. Adieu cette réserve méprisante derrière laquelle il cachait sa timidité, oubliées les querelles infantiles avec Monsieur son frère. Le soir il passait des heures avec sa Précieuse qui lui donnait des cours de rattrapage en remplissant ses poches de romans, de recueils de comédies et de poésie. Il y prenait du plaisir et de l'assurance.

Il devint aussi solide en conversation qu'un homme qui aurait beaucoup lu et en aurait eu une parfaite connaissance, ce qui jusqu'alors n'avait guère été le cas. Il décida lui-même du sujet du ballet qu'il voulait donner à Marie. Tout s'y ressentit de cette passion délicate. Il convoqua Buti, l'abbé à tout faire, et moi-même. Nous eûmes trois semaines pour développer l'argument suivant, qu'une main féminine avait griffonné avec beaucoup d'arabesques sur un parchemin fleurdelisé : « Un galant éperdument amoureux d'une jeune beauté, dont la modestie ne lui permet pas de dire le nom publiquement, ne voulant perdre aucune occasion de lui plaire, se résout à lui donner les divertissements que le Temps lui peut permettre. »

Cet argument m'inspira énormément. Sans doute parce que les amours de Louis se confondirent avec ma passion pour l'autre Louis, le ténébreux Couperin.

La reine Christine avait dix fois remercié le roi pour le fabuleux duel de Compiègne. Je crois qu'elle l'avait même un peu vexé en s'intéressant plus à son violon et à son violiste qu'aux détails de son sacre. Piqué, le roi avait donc jugé Louis des plus indispensable à ses propres plaisirs.

Je n'eus conséquemment aucune peine à le persuader de l'admettre dans mes Petits Violons. Son talent atteignait des hauteurs que seul mon intérêt pour sa personne m'empêchait de jalouser. Il était de cette aristocratie de l'art que les Grands appelaient près d'eux pour se consoler. Nocturne alliance avec le prince, pareille à celle du violiste Maugars avec le défunt Richelieu, lequel le tenait la nuit dans sa chambre, afin qu'il joue lorsque s'éveillait sa mélancolique insomnie. C'est d'ailleurs de Maugars, qu'avait connu Louis, que je tiens cette maxime dont je fis mon miel : « Observe bien la règle pour la mieux négliger. »

J'étais baladin, violon, danseur et Louis touchait à tout, y compris au luth. Il n'y a guère que la voix qu'il n'illustrât point de son talent. Non qu'il l'eût disgracieuse, j'adorais son baryton mordoré, mais ce n'était pas le timbre que l'on appréciait pour chanter les airs de cour. Il y fallait un ténor à la foi aigu et velouté qui puisse alanguir à plaisir les *jaloux transports*, les *prés charmants* et autres *forêts, lieux écartés* dont les salons de Philis et les assemblées de Climène raffolaient plus encore que des confitures de cédrats et de citrons doux.

Ce fut en l'un de ces lieux solitaires, au cœur de la forêt de Fontainebleau, qu'avec Louis nous échangeâmes pour la première fois les blanches larmes de la liqueur d'amour. Nous n'avions point de ces préventions de Précieuses qui diffèrent le passage à l'acte sous prétexte qu'il tue le désir. Comment pouvait-on souffrir à la pensée de coucher contre un homme entièrement nu ? C'était bien le seul point sur lequel je n'étais pas en accord avec leur morale.

Si Marie conduisait son royal Louis par les courtois détours du pays de Tendre, avec le mien j'étais plus pressé de conclure. Depuis le temps que nous échauffions nos instruments...

L'après-midi de septembre était tiède et poussait à la tendresse. Des gardes, postés dans les bois, dessinaient un triangle d'une lieue qui interdisait au reste de la cour le secret séjour où le roi et Marie s'étaient perdus. Nous seuls suivions les deux galants, roucoulant sur un luth et un violon, de loin en loin, par le sous-bois.

Les oiseaux, qui chantaient bien mieux que nos accords, suspendirent d'un coup notre jeu. Nous étions parvenus dans l'enclos d'une verte prairie dont la rosée entretenait la beauté.

L'orme et le saule, le tremble et l'alisier, plantés alentour, joignaient leurs rameaux sur l'émeraude d'un bassin où tremblait une eau pure.

Le beau visage de Louis, avec son menton scindé d'une fossette mignarde, avait des regards qui jetaient des dards.

Il me dit :

– Que ton teint est sombre, Baptiste, et que tes cheveux me plaisent ! Ils s'ébattent si bien dessus ton front que j'en suis jaloux quand ils te baisent !

Par Vénus, quels mots, sortis d'une bouche tant désirée, entendis-je là !

– Ami, que me dis-tu ? Ne crains-tu point que l'enfer te dévore ? Ne sais-tu pas que ce désir est aussi sublime qu'il est infâme ?

– Las, Baptiste ! Le ciel et l'enfer ne m'importent plus ! Que je connaisse ou l'un ou l'autre, je ne veux partager ce sort qu'avec toi. La peur ne saurait être plus forte que le désir que tu m'inspires.

Ainsi mon émoi ne lui était point contraire ! La vie, la jaillissante, la brûlante flamme, avait eu raison de lui. Je pris ses doigts. Je mouillai leur ivoire au cristal de ma bouche et lui soupirai, demi-pâmé :

– Prête-moi ton sein, car j'y veux boire ton odeur embaumée. Présente-toi nu, je te prie, que ton corps dans mes yeux se mire. Ils écriront dans leur miroir que dans ma grotte tu vas venir.

Il susurra à mon oreille échauffée :

– Viens, petit violon, viens mettre devant mes yeux ce garçon qui résonne en mon âme ! Je l'entends vibrer depuis que je t'ai vu. Ah Baptiste, ne nous cachons plus ! Viens mon aimé, viens m'ouvrir la nuit de ton vallon.

Sur la fraîcheur de l'odorante mousse nous desserrâmes nos braies. Puis, dans le petit lac où s'amassait l'onde, devenus deux nageurs pleins de liberté, nous dévoilâmes nos seins velus et nos larges dos.

– Ô Louis, par tous les dieux, je ne croyais pas que tu fusses si beau !

– Ô Baptiste, je n'en puis plus, mon âme est prête à s'envoler. Je m'ébranle en voyant ton visage flotter avec mes désirs !

De peur que nos soupirs ne fassent faire naufrage à nos plaisirs, nos mains cueillirent les pistils de nos fleurs. Sans cesse elles remontaient le long de leurs rougeurs retroussées. Nos mains y ôtaient moins que ce que nos bouches leur donnaient. Nos amours, en s'enlaçant, disputaient d'une même langue une cerise. Puis nos fleurs renaissaient à la place de celles que la main venait de cueillir. Tantôt mon sein, penché sur cet amant, abreuvait de lait son ivoire vivant ; tantôt Louis, couché sur ma prairie, cueillait dans sa paume mon innocente moisson. Ses beaux yeux ne luisaient que pour moi. Il jurait que j'étais son soleil et l'ennemi de sa mélancolie.

Mes doigts, atteints d'une molle oisiveté, ouvraient à ma bouche sa raie dorée. Enfin son humeur de spartiate me mit hors d'haleine, et ce fut d'un trait jailli d'entre ses cuisses vigoureuses que mon galant me traversa le flanc. Sur le bord de ce lac nos deux cœurs, amis de ces rudes plaisirs, lièrent leurs désirs pour jamais.

– Ne crains rien, mon Louis, lui dis-je, car ici Amour nous garde. À ses oreilles, ô délicieux tombeau, ce que nous avons juré ici restera un inconnu mystère.

Ce que le roi fit, ou ne fit pas, dans le sous-bois à Marie, fut publié en filigrane dans ce ballet de la *Galanterie du Temps*. Nous y montrions le roi, guitare à la main, entouré de Louis et de moi-même, ordonnant le divertissement à sa maîtresse.

Le roi y parut sous la figure de l'Amour, mais déguisé en Scaramouche, de crainte que ses ailes apparentes n'effarouchent cette beauté revêche. Puis le concert de nos instruments s'alla poser sous la fenêtre où chantait la belle. Caché par le grillage, puisqu'à la cour le corps de la femme qui chante doit rester un dérobé mystère, on devinait des couleurs.

– Ce tabis pourpre qui par moments s'appuie aux croisillons et bourrelle les jours le séparant de l'aimé, ces petits seins de velours, ne serait-ce point Mlle Mancini ?

– Quelle audace ! s'exclama la reine.

– Quel courage ! Quelle belle âme ! susurrèrent les Précieuses.

Louis publiait le journal de ses amours de façon si claire que l'on commença furieusement de s'en émouvoir. La cour jasait : convoleront-ils ? Après le ballet, le roi officialisa ses volontés matrimoniales devant un Mazarin qui prit peur de cette passion. Marie était allée trop loin, Louis ne la quittait plus du soir au matin. Anne d'Autriche s'étrangla :

– Je vous préviens, monsieur le cardinal, que si mon fils commet cette lâcheté d'épouser votre nièce, toute la France se révoltera contre vous. Moi-même je me mettrai à la tête des révoltés, et j'y engagerai de force le roi contre votre personne ! Je puis vous jurer que vous ne survivrez point à cette Fronde-là !

Tout cet affolement érotique précipita la décision de marier le roi comme il se devait, à savoir avec une personne de son rang, c'est-à-dire de son sang. Anne d'Autriche espérait sa nièce Marie-Thérèse, l'infante d'Espagne, ce qui permettrait de signer enfin la paix avec l'ennemi espagnol. Mais cette affaire était compliquée par un projet contraire de mariage entre l'infante et le nouvel empereur d'Allemagne, Léopold Ier. Mazarin fit monter les enchères en contre-attaquant avec une proposition de mariage entre Louis et la Savoie, où une tante du roi, Mme Royale, avait une Marguerite de princesse à caser.

Ordre fut donné de boucler les malles pour Lyon où les cousins de Savoie et les cousins de France devaient se retrouver pour une partie de qui-veut-marier-mon-roi. Avec les Petits Violons nous fûmes évidemment du voyage.

Louis, initié par le cardinal, commença, au cours de cette équipée, à nous utiliser comme instruments de sa politique. Dans les villes où nous passions, on donnait des bals à la mode de la cour. Pour les bourgeoises de province qui accouraient, suivies de leurs maris, il n'était rien de plus chic. Ces dames, tout émoustillées de danser entre le roi et Monsieur, se voyaient déjà appelées à la cour d'un si beau prince. Le roi profitait de leur émerveillement pour multiplier les charges, puis les mettre en vente.

Un tel, qui était parlementaire à Dijon, se voyait pourvu, entre sarabande et passepied, d'un acolyte remplissant la même fonction que lui, et qui, de plus, en devait payer le droit aussi cher. Galante manière de prélever l'impôt ! Auxerre, Tournus, Dijon puis Mâcon virent ainsi leurs officiers multipliés par trois le temps d'un bal. Le convoi royal s'alourdissait de beaux écus bien frais, laissant chacune de ces villes dans la grande consternation du nombre d'officiers dont on l'avait accru en musique.

Je passai l'hiver à Lyon, donnant le bal pour Marie et Louis, puis pour Marguerite de Savoie et sa mère, puis enfin pour les deux cours réunies qui eurent bien froid dans l'humidité de la place Bellecour.

Guiche, Vivonne, Manicamp et Monsieur, qui s'ennuyaient fort, défrayèrent la chronique lyonnaise en donnant un bal où ils traitèrent tout le monde avec des coups de pied au cul. Ce fut Guiche qui commença en tiraillant Monsieur par les basques, puis en lui bottant les fesses, juste pour rire. Cette familiarité parut si délicieusement osée à Monsieur qu'il l'adopta. En rendant sa gavotte à Manicamp, il lui botta le cul à son tour. Lequel s'en alla botter celui de Vivonne, qui s'en fut aussitôt botter le cul de M. d'Olonne. À la fin ce fut tout le bal qui se bottait les fesses en cadence.

Le lendemain, Lyon ne parlait plus que de ce nouveau divertissement où la cour avait trouvé bon de se botter le cul en public. De plus en plus garnement, Monsieur s'amusa, un autre soir, à envoyer rouler des perles sous les pieds des bourgeoises lyonnaises. Celle qui tombait était aussitôt passée par les fenêtres, heureusement de plain-pied.

Nous n'en pouvions plus d'attendre que Mazarin trompe en beauté Mme de Savoie et sa fille. Le jour, il leur laissait croire que le mariage allait advenir. La nuit, il marchandait avec Pimientel, l'émissaire espagnol, les termes de la future paix des Pyrénées qu'allait couronner le mariage de son royal filleul avec Marie-Thérèse. Mme Royale fit mine de pleurer abondamment lors de sa dernière entrevue avec Mazarin. Il déclara avoir la goutte pour abréger cette rencontre de non-recevoir.

Rentrée en larmes dans son cabinet, la Savoyarde en ressortit plus gaie, pourvue de nouveaux pendants de diamants et d'or émaillés de noir, d'une quantité d'autres pendeloques d'émeraudes et d'agates posées sur le poitrail, plus six mille livres pour la dédommager de sa figuration. Quant à la princesse Marguerite, que l'on avait exhibée sans jamais lui parler, elle reprit la route de Turin sans avoir tout compris aux finesses de cette superbe mazarinerie.

Marie fut fort soulagée que Louis ne fraye pas avec « une si laide femme qui avait le cul trop bas ». Par ce terme bien peu précieux elle résuma magistralement la tonalité générale de ce faux mariage où dansèrent tant de vraies dupes.

Partis de Paris en novembre, nous y revînmes en février, juste à temps pour le carnaval. Pour ce ballet, Mazarin s'occupa lui-même du sujet. Il nous demanda de broder sur un thème qui était une lettre de rupture, dont la principale destinataire, Marie Mancini, saisit le message. Il s'agissait du *Ballet de l'Amour malade.*

« Deux grands Médecins, le Temps et le Dépit, après une petite consultation qu'ils font sur la maladie dont l'Amour est soudain affligé, en présence de la Raison qui lui sert de garde, ordonnent pour remède le divertissement d'un ballet facétieux. »

Dans cet ambigu de ballet, de comédie et de farce, composé de cinquante numéros et présenté par une distribution internationale, je retrouvai Atto Melani, réimporté de Rome afin que, sous couvert de beaux concerts italiens, il espionne, pour le compte du cardinal, les amours de Louis et de Marie. Atto, qui jouait l'Amour, adora son rôle.

Il ne cessa de trompeter :

– Je n'ai jamais assisté pareil divertissement avec autant de commodité car, jouant l'Amour malade, je reste au lit du commencement à la fin.

Le castrat avait honteusement grossi et ne cessait de se goinfrer de sucreries. Ce rôle de matrone allongée lui seyait si bien que nous le tournâmes en ridicule. Un lavement magistral lui fut administré en scène par le roi et dix musiciens. Louis Couperin tenait le clystère, je fis les branles.

Pauvre Marie : une déconvenue ne venant jamais seule, ce fut le moment que choisit un certain Molière et sa troupe pour triompher à Paris avec une pièce nouvelle intitulée *Les Précieuses ridicules*. Cet homme, encore un autre Jean-Baptiste, avait bien de l'esprit. Mais je ne goûtai guère sa cible. Je la trouvai facile. Il fallait être un vrai mâle pour se gausser ainsi de femmes qui voulaient d'abord être libres. Certes, il y avait bien du ridicule dans le gosier de certaines Précieuses dont la mode envahissait le royaume. Mais combien plus admirable était leur désir d'indépendance, elles qu'on mariait contre leur gré et qu'on engrossait une fois l'an ! Baptiste Molière disait connaître les femmes. Mais les respectait-il vraiment ?

Je goûtai bien plus une autre comédie : celle que donnèrent les Vingt-Quatre Violons, au 54 de la rue Quincampoix, dans leur éthylique fief du Cabaret de *L'Épée de Bois*. Mes détestés notaires y jouèrent, sans le savoir, les *Violons ridicules*. Boesset, Dumanoir et Mazuel prièrent Mazarin de leur accorder un nouveau statut pour contrer, lui dirent-ils, « toutes les attaques que ce Baptiste et ses francs-tireurs de violons débauchés entreprenaient contre la sainte et illustre confrérie de Saint-Julien-des-Ménétriers ».

Avaient-ils la vue basse, ces maîtres Aliboron chantourneurs de mièvres mélodies ! Car le filou Mazarin, qui comme moi ne les portait pas dans son cœur, leur joua une autre de ces comédies de dupes dont il avait le secret. Il se proposa immédiatement de les aider à rédiger leurs nouveaux statuts. Ainsi les violons se constituèrent-ils en une corporation de douze maîtres à danser et de douze maîtres de violon, dont la direction renouvelée dépendrait bien entendu d'un roi des violons, puisqu'ils goûtaient tant ce titre.

Mais, alinéa de taille, cette fois la nomination dudit roi des violons dépendrait du seul souverain du royaume. Mazarin insista : il était bon que cette nouvelle assemblée de violons soit directement protégée par le souverain puisqu'en sa personne ils auraient le meilleur des défenseurs. Éblouis, les violons acquiescèrent, sans se rendre compte qu'ils délaissaient leur liberté, ne dépendant plus que de la volonté – dirai-je du caprice ? – du seul souverain. Et qui donc le roi, qui dansait presque tous les jours, allait-il pouvoir choisir comme roi des violons de son royaume ? Dans leur prétention et leur précipitation à se protéger de mes menées, pas tout à fait imaginaires il est vrai, ces pauvres notaires se jetaient dans ma gueule de loup. Les Vingt-Quatre Crétins ne pouvaient me préparer un meilleur terrain.

Advint alors un excès de débauche qui eût pu m'être une erreur fatale. Pour Pâques, Vivonne, qui possédait une belle terre à Roissy, située à quatre lieues de Paris, proposa à Philippe Mancini, à Guiche et à Manicamp, au beau et jeune Cavois, lieutenant du régiment des gardes, à l'abbé Le Camus, aumônier du roi mais grand débauché, et à Bussy-Rabutin, de fêter la Passion du Seigneur dans les réjouissances, ce que l'Église réprouvait, bien entendu.

Pour que cette fête soit plus agréable, Vivonne demanda, et obtint, que quelques violons de ma bande lui soient loués, ce que Saint-Aignan, pourvoyeur des plaisirs du roi, n'empêcha pas. Monsieur, retenu à la cour par la sainte obligation de faire ses Pâques, en bouillait de dépit.

En arrivant dans la demeure de campagne, fort isolée, je trouvai Mancini couché avec Le Camus, Guiche chevauchant Manicamp et Vivonne abusant de Cavois. Bussy était à la cave, où il comptait les bouteilles en s'amusant, avec deux soubrettes, à les déboucher de façon fort peu conventionnelle. Fin ivre, la joyeuse compagnie décida de courir le lièvre l'après-midi de la Passion. Affamée, elle outrepassa l'interdit qui proscrit la viande en ce saint jour et se fit servir de la hure de sanglier. Puis l'on rebut, en redoublant d'insolences. Guiche, le plus excité de tous, intercepta sur le chemin un homme vêtu de noir, assez âgé, et qui avait la mine d'un honnête homme. Guiche se mit à jouer de lui comme d'un prisonnier de guerre tandis que Manicamp, par-derrière, le pressait avec un fouet de postillon.

Il nous fit pitié. Bussy témoigna au comte de Guiche qu'il condamnait ce procédé. Tout de même, l'on n'était point aux armées ! Le bonhomme, habile, prit la parole et défendit le cuisant procédé dont il était la victime en disant que lui aussi avait été jeune, et qu'il entendait fort bien la raillerie. On lui demanda son identité. Il se nommait Chantereau, il était procureur au service de M. Mazarin.

Manicamp lui fit apporter du vin, du lièvre et du sanglier. Une jeune fille nue rassasia le cheval du procureur avec de l'avoine. On offrit la belle à Chantereau puis nos violons recommencèrent à sonner. Enfin le bonhomme, bien ragaillardi, reprit son chemin vers Paris. Mais le vin donnant soif d'encore plus de vin, Chantereau fit halte dans une auberge de Gonesse où il se mit à dégoiser sur tout ce qu'il avait vu chez ces messieurs de Roissy : les femmes offertes, les hommes ensemble, les monceaux de viande, les bouteilles, l'abbé Le Camus tout nu qui, sans nul doute, ne disait pas ses Pâques.

Le peuple, qui grossit tout et accorde bien plus de cas à son merveilleux qu'au véritable, décida de ce qui était arrivé à Roissy. La rumeur inventa cent fois plus que ce que notre innocente impiété pouvait rêver. La hure de sanglier devint un cochon que l'on avait baptisé, sacrifié puis dévoré. Les santés portées avec ce pauvre Chantereau devinrent des insultes à la famille royale. Il fut dit que l'on avait conchié le Saint-Sacrement, masturbé les filles avec le crucifix. Les côtes et les râbles de lièvre devinrent des membres de petits enfants qui auraient été dévorés.

La débauche de Roissy fut un énorme scandale. Les dévots déformèrent un peu plus la rumeur et la transportèrent, toute bouffie de leur haine, jusqu'aux oreilles de la reine. Monsieur eut bien du mal à couvrir ses mignons accusés de messe noire. Fort heureusement Mazarin, qui connaissait son Chantereau et encore mieux la façon dont on joue de la calomnie, apaisa le scandale en sacrifiant une tête, la moins en cour de toute. Ce pauvre Bussy-Rabutin paya pour nous tous. Il reçut ordre de sortir de Paris et de se retirer toutes affaires cessantes sur sa terre de Bourgogne.

Quant aux violons, nous eûmes la chance que le roi souffrît toujours des fièvres de l'amour passion. Sans autre commentaire de sa part qu'un sourcil fortement froncé, nous fûmes remis sur le chantier d'un autre ballet, celui d'*Alcidiane*. Assez effrayé par la dimension du scandale, je résolus de me faire oublier en me surpassant.

L'amour de Marie, parce qu'il était en danger, fut à l'honneur dans le *Ballet d'Alcidiane*. Ce fut pour elle, à la gloire de sa beauté et de son esprit qu'avec Benserade nous organisâmes ce somptueux voyage où, sur des thèmes tirés du Tasse et de l'Arioste, un jeune roi accomplissait le tour des mondes connus et inconnus, de la Chine à la Lune. Les désirs de Louis ne furent pas déçus. La cour connut le plus faramineux ballet jamais dansé depuis le début du siècle. Il ne comptait pas moins de soixante-dix-neuf entrées !

J'avais refusé qu'on use des habituels artifices du théâtre : tout devait être authentique. Les rubis, les émeraudes, les fils d'argent et d'or, les plumes, chaque costume, du plus illustre au plus humble, reçut un même traitement magnifique, plus encore que si toute la cour avait à marier le plus grand prince de l'univers. Mazarin refusait les noces avec Marie, mais pas le royal divertissement. Il ouvrit ses cassettes. Fouquet renchérit de pas moins de dix mille écus. Le surintendant n'était pas à cela près, il masquait au passage ses énormes dépenses pour son château de Vaux-le-Vicomte.

Sur scène on convoqua toute la cour et même les ambassadeurs étrangers. Mais cela n'était pas suffisant. Car si le roi dansait de mieux en mieux, mis à part le brillant quatuor constitué par Monsieur et ses petits comtes, sans oublier Saint-Aignan, le reste de la cour n'était pas toujours à la hauteur de mes exigences.

Je causai scandale en faisant paraître, dans un ballet de cour, la première ballerine professionnelle qui fût vue en France : Mlle Vertpré, une mignonne de vingt ans que j'avais découverte sur le Pont-Neuf où un horrible bohémien gâchait son talent en l'exhibant sur une corde où elle dansait.

Quelles jambes, quelle taille, et quelle légèreté dans les sauts ! Elle me plut tant que Couperin en devint jaloux. Mais j'achevai là notre dispute en la plaçant au milieu de notre lit.

Mon humeur se ressentit fort de la construction d'*Alcidiane*. J'avais en tête un projet très précis et ne pouvais plus supporter la médiocrité des musiques que pondaient, avec une exaspérante lenteur, les très officiels autres compositeurs de la cour. Je mis mon nez dans tout : airs à danser et à chanter, coups d'archet, attaques des hautbois, pas des danseurs, finances, contrats, paroles, intonations des chanteurs.

Je remplaçai les horribles ariettes de Boesset par les compositions autrement passionnées de Michel Lambert, qui les troussait avec tant d'aisance au bout de deux pichets. Ce fut à cette occasion que le petit père du *Bel Air* mit en chaconne la plus charmante de ses ariettes : « Ma bergère est tendre et fidèle, mais elle me préfère sa houlette et son chien. » D'*Alcidiane* date aussi notre étroite collaboration.

J'en vins aux dernières extrémités avec mes confrères. Non seulement je refusai leurs œuvres, mais les leur déchirai sous le nez, osant parfois leur botter le derrière. Monsieur riait, et m'approuvait. Il n'y avait pas jusqu'au roi lui-même, que, café aidant, je n'envoyasse balader. Un après-midi où Louis poireauta tant qu'il vint me faire dire que sa patience avait des limites, j'osai lui faire dire :

– Puisque le roi est le maître, il peut attendre tant qu'il lui plaît !

Résigné, mais amusé, il répliqua, de l'autre bout de la salle où il s'échauffait avec Saint-Aignan :

– Allons, monsieur, ayons patience. Baptiste a tout mon crédit !

Je tétanisai tout le monde, froissant bien des susceptibilités au passage. Qu'importait :

– Tous des médiocres ! hurlai-je tard le soir, quand il me semblait que rien ne suivait plus mes exactes volontés.

Je me défoulais alors dans les bras de Louis qui, de son côté, composait les sarabandes les plus troublantes qu'oreille ait jamais ouïes.

Passant sans cesse de l'exaltation à l'énervement, de l'anxiété à l'enthousiasme, j'inventai ce qui est resté ma signature dans l'histoire de la musique : la très fameuse ouverture à la française. Ce truc jaillit de mon sac à malices deux heures avant la première représentation. Insatisfait de tout, je ne savais comment lancer l'énorme machine du ballet. Ayant encore sur les lèvres l'âcre senteur des baisers de Louis et les trépidations de nos étreintes, je griffonnai sur le papier de puissants accords que l'orchestre devrait entonner le plus fortement possible.

Ainsi que deux amants qui ne se sont point vus depuis longtemps se jettent dans les bras l'un de l'autre, se tâtent, se cherchent et se respirent, les violons et les hautbois ouvrirent un grave et solennel portique préludant l'action. Puis, me ressouvenant du contrepoint ancien que m'avait enseigné Bonaventure, et que pratiquait si bien Louis sur les claviers de Saint-Gervais, je conçus un fugato très serré où cette matière sensuelle s'allégeait, aérienne, transparente. Du *gravement* l'oreille passait au *vivement*, du monumental on rentrait dans le jeu tourbillonnant des voix. D'abord deux, puis trois, puis quatre, virevoltant comme le font les planètes autour du Soleil, et les amants l'un dans le corps de l'autre.

Alors parut le roi, étincelant de topazes et de diamants, isolé au milieu des danseurs les plus émérites. Des larmes coulèrent de tant de beauté. Mazarin en oublia sa lancinante goutte au pied droit, la reine Anne les pointes douloureuses qui depuis quelques semaines lui agaçaient le sein gauche. Dans les galeries du Petit-Bourbon on se mit à trépigner, les poignets gigotaient, irrésistiblement happés par ma fugue universelle.

Au cœur du *Ballet d'Alcidiane* je plaçai un ballet en abyme. C'était le roi donnant sa symphonie – c'est-à-dire la mienne – à la cour d'Alcidiane, cette reine idéale du pays de Cathay, et qui n'était autre que la précieuse Marie. Métamorphosé, il n'était plus ce petit jeune homme timide qui dansotait du popotin en pinçant une timide guitare. Il était devenu un astre dominant les étoiles. J'avais passé toutes les musiques de mon temps au soleil de mes passions et voilà que le corps du plus éclatant des rois était sublimé par l'œuvre de Baptiste. Mais lequel au juste sublimait l'autre ?

Molière joua de nouveau devant la cour, proposant un délice de comédie qu'il appela *Le Docteur amoureux*. Louis, bravant mère et cardinal, menaça vraiment d'épouser sa belle Marie. Sitôt couronnée en Alcidiane, elle fut envoyée sécher à Brouage, sur l'Atlantique. Pendant que l'on dansait, le roué cardinal avait fait préparer son équipage. Au milieu des salines, dans un donjon, elle pleura longuement. Que pesait-elle au prix d'une paix avec l'Espagne qui allait enfin clore trente années de guerre ? Leur amour agonisant ne fit pas le poids.

Mazarin acheva l'histoire en vendant Marie au connétable Colonna. L'indépendante allait être expédiée à Rome. Louis et Marie furent réduits à mouiller force mouchoirs de batiste, moulinant plus de tirades tragiques que n'en contenaient leurs livres.

– Cruel et beau sujet de ma peine obstinée, vous m'allez quitter ! reniflait le roi.

– Ah sire, vous êtes roi, vous pleurez, et je pars ! renchérissait Marie.

Un jeune poète, nommé Racine, qui traînait dans les parages, en gratta cet alexandrin au dos d'une pièce du vieux Corneille :

– Vous êtes empereur, seigneur, et vous pleurez !

Avec une métrique nettement moins passionnée, Racine enterra ce sauvage amour et inventa sa future *Bérénice.*

À la fin de cette tragédie d'amours adolescentes, mes Petits Violons remontèrent dans leur carrosse pour aller, avec la cour brinquebalante, prendre le soleil à Saint-Jean-de-Luz. Là, sur le sable de la rivière Bidassoa, au lieu dit l'île des Faisans, Louis épousa l'infante d'Espagne, sa cousine, le 9 juin 1660. Le roi avait voulu que fussent arborées pour son mariage les couleurs de son parrain Mazarin : le noir et le blanc. Je transcrivis quelques airs de mes ballets en motets pour le mariage. Je susurrai à mon Louis, le Couperin, tandis que nous répétions le *cantus firmus* à l'orgue de la cathédrale, toute débordante de lys et d'or :

– Que Dieu, s'Il existe, me pardonne ces mélodies, car je ne les ai point composées pour Lui !

– Ne t'en inquiète pas, mon Baptiste, car je suis sûr que Dieu, qui est, danse Lui aussi...

LIVRE TROISIÈME

I

L'ANNÉE 1661 commença sous d'étranges auspices. Il y eut d'abord un hiver d'une telle douceur que les pluies, incessantes, gonflèrent les rivières du royaume. Des régions entières furent isolées comme des îles au milieu d'une immense lagune.

Puis, le 2 de janvier, commença d'apparaître dans le ciel nocturne une comète chevelue. La terreur s'en répandit dans Paris. Les Grands, leurs âmes gangrenées de péchés comme tout un chacun, s'imaginèrent que par ce signe céleste les légions angéliques étaient occupées à leur perte. Les notaires furent submergés de travail, tous les peureux décidant d'établir leur testament. Les moines frottèrent leurs mains potelées puisque c'était en leur faveur que s'effectuaient les donations.

De diplomatique, la goutte de Mazarin devint réelle. Elle s'incarna et mit la pourriture au bas de ses jambes. Le cardinal, épuisé par la politique, se traînait, atteint de douleurs extrêmes. Ses médecins, le sachant perdu, pensèrent qu'il fallait honorer son agonie par le prodige de cette comète qui présentait la plus belle queue qui se puisse voir. Mais le cardinal, n'ayant jamais accordé foi à de tels signes, eut l'esprit de se moquer de ces courtisans. Il leur répondit plaisamment :

– Messieurs, je crois que cette comète m'accorde trop d'honneur.

On fut assez vexé de la repartie.

À la fin de janvier, il quitta en gémissant les richesses de son palais parisien. Sentant sa mort proche, il ne ricana plus de l'Église et décida d'en jouer le théâtre dans les règles. Il consentit à représenter quelques crises de dévotion devant la cour assemblée.

Une litière l'emmena à Vincennes. Des flagellants à la mode espagnole ouvraient la voie, répandant des cendres sur le chemin. Les jésuites fermaient la marche. Tous psalmodiaient le *Infelix ego* du pourtant hérétique Savonarole, devenu un psaume de Roland de Lassus. Le cardinal s'offrait une sortie d'esthète.

Infelix ego, omnium auxilio destitutus,
Qui cœlum terramque offendi.
Quo ibo ? Quo me vertam [1] *?*

On allongea Son Éminence dans une pièce du vieux donjon, juste au-dessus de la chambre forte où dormaient les tonnes de lingots d'or et d'argent. Dehors, le ciel plombé continuait à

1. Ô moi le malheureux, dépourvu de toute aide, / Moi qui ai offensé et le ciel et la terre. / Où irai-je ? Vers qui me tourner ?

cracher une pluie si dense que l'on aurait cru de l'encre. Empli de cette noire et lancinante humeur, Mazarin rumina son testament.

Une nuit, alors qu'avec Louis nous étions en son logis, une chambrette dans le beffroi de Saint-Gervais, advint un événement bien troublant. Nous nous étions postés à la fenêtre pour observer la comète, une fois les nuages dissipés, lorsque soudain, éclairée par la lune rousse, une effraie tenant un serpent en son bec s'envola du cimetière, au flanc ouest de l'église.

S'il était surprenant de voir cette sorte de rapace sortir des empilements de cadavres, ces oiseaux n'étant pas si charognards, plus surprenant encore était d'apercevoir un reptile vivant en février. Les couleuvres s'éveillaient déjà dans les caveaux. Une sorte de printemps forçait la terre imbibée, du charnier montait une odeur sucrée. L'oiseau blême se superposa un instant sur l'écu de la lune. Sa proie se tordait toujours, cherchant à enserrer le cou de l'effraie. Elle parut hésiter entre droite et gauche, puis choisit à senestre, signe funeste pour les anciens.

Louis, dont l'humeur mélancolique était d'autant plus perméable aux superstitions que celles-ci étaient de mauvais augure, blêmit :

– Je crains furieusement cette année, voyant la manière dont elle commence ! J'ai tant de peur qu'elle ne me soit pas favorable !

Je le rassurai en lui démontrant que la présence de ce serpent n'était pas si étrange ; que, dans l'abri des ossements entassés dans le charnier, de nombreuses couleuvres trouvaient à manger et à se prélasser.

– Souviens-toi comme, enfant, tu étais effrayé par les nœuds qu'elles y créaient, faisant rouler les entassements de crânes. Ne me l'as-tu pas maintes fois raconté ?

Un instant apaisé, Louis s'endormit entre mes bras. Tous deux veillés par le blond sourcil de la comète, ses maux, cette nuit-là, me causèrent bien des alarmes.

Ces terreurs prenaient Louis par crises. Elles pouvaient le désespérer des journées entières. Parfois il se mettait à pleurer une couple d'heures, incapable de se mouvoir. De retour de ces errements lugubres, il improvisait une musique si sublime qu'elle me provoquait de grandes peurs. Louis était de ces esprits pathétiques qu'une fréquentation trop assidue des empyrées épuisait. Les transes qu'il y connaissait l'affaiblissaient chaque fois un peu plus. Dans ces instants, j'en voulais fortement à ce barbare génie qui me le ravissait.

Le lendemain matin, à l'endroit d'où s'était envolé l'oiseau de nuit, un homme, monté sur une échelle pour réparer une poutre pourrie, glissa et se rompit le cou. Les commères sortirent à la rescousse. En vain : le bonhomme était déjà mort.

Louis, avec un regard de terreur que je ne lui avais jamais vu jusqu'alors, s'écria :

– Ah Baptiste, vois-tu redoubler ces signes horribles ? C'est celui de la malemort !

Sa plus grande peur c'était la malemort, la mort subite, accident ou attaque, qui prend l'homme par surprise sans lui laisser le temps de préparer son départ par la confession. Sur ce point, Louis croyait bien plus que moi. Il m'étreignit avec une si forte angoisse que je dus jouer les faux doctes pour le rassurer :

– Tes appréhensions sont des vapeurs de rate qui t'émeuvent ! Tu es un sujet trop mélancolique. M'amour, éloigne-toi de ces pensées autant qu'il t'est possible. Viens plutôt manger et prendre des forces. Nous devons préparer le ballet du nouveau carnaval.

En allant au Louvre, je fis le pitre, ne cessant d'inventer saillies et contrepèteries. Je désirais tant que s'en aillent ses humeurs superstitieuses ! Comment pouvait-il céder à de tels signes ? Je l'incitai à reprendre avec moi l'air d'ouverture du ballet, afin de tresser ensemble un joyeux contrepoint aux mots par lesquels Benserade avait choisi de commencer : « Mortels, sommes-nous par trop heureux ! »

Car heureux, oui, nous l'étions. Ô combien ! La paix régnait enfin entre la France et l'Espagne. Après le mariage du roi, la cour et mes Petits Violons avaient entrepris un triomphal tour de France qui débuta dans les provinces méridionales. Au cours de cet été 1660, comme il nous fut bon ce soleil du Sud, et combien de fêtes fîmes-nous ! Dans la Ville rose, il y eut un ballet tout en rouge que l'on nomma le *Ballet de Toulouse* ; à Narbonne, les Catalans donnèrent leurs sardanes, ces curieuses danses en rond qui rappellent le branle français.

Elles se firent au son d'instruments nasillards qui réjouirent mon Louis. Il y trouva matière à de nouvelles registrations pour les jeux d'anches de l'orgue. À Carcassonne, on donna des courantes sur les remparts. On évita Aigues-Mortes, par crainte des fièvres qui y régnaient, mais le roi adora sa bonne ville d'Arles. Les restes, encore debout, des empereurs romains qu'on visita « étaient ceux de mes frères en grandeur », s'exclama-t-il. Puis il y eut Salon, Aix et ses bonnes eaux, Marseille encore, où je fis goûter à Louis les délices, pour lui inconnues, de l'eau de mer, tous deux nus dans les calanques, liqueur d'anis en bouche et sardines grillant sur la braise.

Les mois de juin, de juillet et d'août furent ceux d'une heureuse pérégrination, une vacation où les parlementaires de chaque ville offraient des festivités et des divertissements à n'en plus finir, qu'ils payaient aussi, en vertu de ce rançonnement esthétique appris par Mazarin à son filleul. Pendant ce voyage, nous fûmes souvent accompagnés d'un soleil éclatant. L'astre avait pompé les dernières humidités des inondations hivernales. Il illuminait les équipages, de plus en plus magnifiques au fur et à mesure que la présence de Sa Majesté engrossait les caisses de l'impôt, prélevé sans grogne aucune puisque partout éclatait la joie de sujets subjugués par le port d'un jeune roi si beau. Louis rendait tous ses peuples amoureux.

Pour moi, la nouveauté était partout. J'engrangeais les airs traditionnels des provinces françaises, les adaptant aussitôt dans les bals du soir. S'il était à la mode de danser la courante et la gigue, j'épiçais les ris et les jeux avec la matelote de Marseille que Mademoiselle, oui ma Grande Mademoiselle, autorisée à revenir d'exil, goûtait fort. C'était une danse suffisamment rapide pour ses larges pieds virtuoses. De la riante Provence je ramenai encore la volte et le tambourin.

En passant par l'Auvergne, je récupérai la loure ; en Poitou la musette et le menuet. La gaillarde de Millau devint la favorite de Monsieur, qui affectionnait fort cette danse rapide du bon peuple. À Béziers, la cour s'enticha du passe-pied. Les petits marquis trouvèrent de quoi briller dans ce divertissement qui s'exécute à pas glissés, les pieds se croisant et s'entrecroisant tandis que les mains restent fixes derrière le dos, tenu bien droit. Il n'était rien de plus beau pour paraître tout rubans dehors.

Pendant ce tour du royaume, mes deux Louis avaient grandi. Mon Couperin, ce Francilien qui n'avait jamais goûté la gourmande diversité des régions, emmagasinait musiques et bon air. Quant au roi, son voyage l'avait enrichi. Il avait connu ses provinces amoureuses de lui. Il avait comparé ses villes, ses métiers, ses libertés, ses coutumes, ses bourgeois et leurs ressources. Mûri, aguerri et veillé par un beau soleil, que ses astronomes et leurs lunettes, comparant leurs travaux à ceux de Galilée, s'enthousiasmaient de trouver sans plus une seule tache à sa surface depuis sa naissance ; ce roi Louis, né le

Quatorzième, était bien l'astre levant du royaume de France. Ce fut avec cette solaire métaphore en tête que s'effectua l'entrée du triomphe, sur la route de Paris à Vincennes, tous les peuples assemblés dans la campagne.

Le roi et son épouse Marie-Thérèse montèrent sur un trône de carton, entre deux colonnes tirées du garde-meuble royal. Sous celle de gauche je tins la partie de timbale ; Louis, sous la droite, dirigea les cornets à bouquins. Les peuples de Paris arrivèrent de loin, par des chemins rectilignes tout chatoyants d'étoffes. L'hommage des corps constitués rayonna ses avenues vers Louis, dont l'œil s'éprit des perspectives infinies. Sur les conseils esthétiques d'un Mazarin épuisé, dont l'intelligence avait toute la tendresse du soleil couchant, Louis commença à recevoir, de tout son être, ce que, nous autres ses artistes, ne cessâmes d'exalter. En cette place, dite dès lors des Colonnes du Trône, nous entamâmes le règne du Soleil.

Il n'y eut pas jusqu'au titre du ballet que nous préparions pour ce carnaval 1661 qui ne portât signes des temps nouveaux : c'était le *Ballet de l'Impatience.* Se pouvait-il mieux intituler ?

Nous ne le dansâmes pas longtemps. Trop impatients de le faire paraître sur scène, les ouvriers qui le montèrent avec plus de hâte qu'à l'habitude mirent le feu, par l'accident d'une chandelle renversée, à la galerie des Rois du Louvre, ainsi nommée parce que tous les couronnés y étaient en peinture. Les Valois partirent les premiers en fumée, puis Henri le Quatrième, suivi de Louis le Treizième, des appartements du cardinal et du lit d'apparat du roi.

On porta en vitesse le Saint-Sacrement de la paroisse de Saint-Germain-l'Auxerrois pour éteindre le feu. Au moment où la procession entra, il cessa. Malgré ce petit miracle, Anne d'Autriche ne vit dans cet incendie qu'un mauvais augure de plus. Toute la cour se rangea à son avis. On sortit en hâte de Paris pour s'aller loger auprès de Mazarin, à Vincennes et dans les domaines avoisinants.

Le donjon devint irrespirable de la pestilence des chairs corrompues du cardinal, la gangrène lui montant jusqu'aux genoux. Nicolas Fouquet se proposa d'accueillir le roi en ses riches maisons de Saint-Mandé. Louis lui fit grise mine, ce qui ne laissa pas de souffler au surintendant des Finances une brève inquiétude. Avec ses amis poètes, dont La Fontaine, il la noya dans les divertissements.

Sans plus de place où tenir sa cour, le roi préférait venir souper avec sa mère restée auprès du cardinal, puis s'en retournait dormir au Palais-Royal, près de son frère, lequel s'ennuyait de figurer toujours le second rôle. On se mit à lui chercher une épouse : pourquoi pas Henriette d'Angleterre ? On reprit des nouvelles de cette héritière après les années de paille et de froidure qu'elle avait subies pendant la Fronde.

L'agonie n'étant autre chose, pour l'entourage d'un puissant, que nervosité d'en finir avec une situation qui perdure, la cour attaqua mars atteinte d'une impatience redoublée. Mazarin, étouffant dans son pus, fut malgré tout pressé d'une ultime duperie. Il se fit farder, peigner, parfumer, puis, d'une voix mourante, réclama la présence de son bien-aimé filleul. Le cardinal avait quarante millions sur les bras, mis plus ou moins honnêtement de côté depuis la fin de la Fronde. Il en fit donation au roi, sachant que l'orgueil de celui-ci lui ferait refuser ce don, certes cardinalice, mais venu d'un inférieur. Ce qui advint. Les millions revinrent chez Mazarin, qui les redistribua entre ses nièces et ses plus loyaux clients.

Le roi et la cour dansèrent enfin le *Ballet de l'Impatience*. À Vincennes, le 9 mars 1661, Mazarin s'éteignit. Le roi pleura abondamment son parrain, puis sécha ses larmes. Le lendemain, il déclara qu'il régnerait seul, sans Premier ministre, ni reine mère, ni Grands du royaume, ces faux frères. Cela fut une si surprenante affaire, et qui a eu tant de retentissements, si sus et si marqués dans les histoires et les Mémoires contemporains, que je n'en dirai pas plus.

Je conterai plutôt ce qui m'advint, à moi Baptiste, l'homme des bals, dans le cabinet d'un certain Jean-Baptiste Colbert, l'homme des comptes. Il m'y fit quérir après que le confesseur théatin de Mazarin eut recueilli son dernier souffle, rassurant définitivement les impatients qui doutaient encore que la bête italienne fût bel et bien morte. Dans la cour du vieux château, les ouvriers s'affairaient au catafalque à grands coups de marteau. Il y avait urgence, la dépouille puait trop. Cette odeur me reste encore dans le nez, elle est comme attachée au souvenir de ce premier contact avec le troisième Jean-Baptiste croisé dans ma carrière, juste après Boesset et Molière.

Il n'y avait rien de fier ni de flamboyant en Colbert. À la lueur d'un chandelier à deux bougies, se leva une tête renfrognée, aux yeux creux surplombés de sourcils fournis. Des cheveux très noirs, protégés par une calotte de même couleur, tranchaient sur le grand entassement de papiers jaunes qui encadraient son visage sévère. À sa gauche, un méli-mélo de feuilles, à sa droite plusieurs piles bien ordonnées des mêmes papiers. Au milieu, des mains tachées d'encre effectuaient un tri scrupuleux.

Je fus surpris de l'accueil de Colbert. Le sachant dans les grâces de feu le cardinal, je lui avais préparé une révérence en conséquence : il interrompit mon geste en se levant pour venir me prendre les mains. Il les observa, les retourna, les scruta encore, comme étonné de n'y rien trouver, puis me les rendit.

– Point de ces courbettes obséquieuses entre nous, monsieur. Je connais l'estime que vous portait Son Éminence, comme celle dans laquelle le roi vous tient. Vous n'avez rien à me prouver. C'est moi qui vous ai demandé de venir, monsieur Lulli.

Je ne dis mot, attendant que l'homme en vienne au fait.

– Savez-vous pour quelle raison vous êtes ici ?

– Non, monsieur.

– Regardez ce fouillis de papiers.

Il désigna de la main des tables croulant sous les feuilles gribouillées de plusieurs façons : marges remplies de chiffres, colonnes codées, feuilles vierges avec le paraphe de Mazarin...

– Ce sont les papiers du cardinal. Savez-vous que vous y figurez en bonne place ?

– Comment cela ?

– Le cardinal n'aimait guère garder trace de ses pensées. Mais, concernant certaines personnes, il a laissé des ordres...

– Des ordres ? m'exclamai-je, non sans appréhension.

Une apparence de grâce peut cacher une disgrâce, règle mazarine.

– Ne vous alarmez pas, mon ami. J'aurais dû dire *notes* plutôt qu'*ordres*. Tenez, voici celles qui vous concernent. « Le sieur Baptiste... talent... nouveauté... volontaire... plaît au roi... orgueilleux... peu influençable... homme utile à garder auprès de Sa Majesté... À admettre dans le grand projet. »

J'étais soulagé. À vrai dire, je ne doutais pas que Jules me portât quelque estime, bien que n'ayant jamais entretenu avec lui des rapports autres que gestes et regards entendus.

– Vous voyez, il n'y a pas là matière à trembler. Au contraire. Venez, rapprochons-nous du feu. Ce mois de mars est furieusement humide et Vincennes bien inconfortable, ne trouvez-vous point ?

Colbert me fit asseoir à son côté, sur une banquette, face à la cheminée.

– Savez-vous ce que signifie ce grand projet dont il est question sur la feuille vous concernant ?

– Non, monsieur.

– Voici. Vous savez à quel point le cardinal estimait les artistes. Non pour leur talent propre, quoique... mais pour leur utilité à ses desseins, comme à ceux du gouvernement, ce qui dans son cas, il est vrai, se confondait souvent. Mais nous ne lui en voudrons point, il a été la pensée et la garde du royaume, ainsi que Richelieu l'avait projeté. Cet Italien a bien mené la barque française.

Je sursautai à la façon un peu dédaigneuse dont il prononça le mot *Italien.*

– Vous vous offusquez ? Il n'est pas nécessaire. Puisque notre bon cardinal est mort, il nous faut nous habituer à parler comme ces chers Français dont pourtant je ne suis pas tout à fait, ayant comme ancêtre le preux chevalier écossais Mac'Oldbeer qui servit si bien Marie Stuart... Mais laissons là ces illustres vieilleries. Voyez-vous, il se faut mettre à la mode de cette cour. Elle n'a jamais aimé les étrangers... ni leurs mœurs, comme vous le savez. À ce propos, un conseil : prenez garde aux tendres effusions que vous partagez avec M. Couperin. On vous observe, messieurs, on vous épie. La Compagnie du Saint-Sacrement ne vous porte guère dans son cœur...

– Je ne le sais que trop, monsieur !

– Surtout depuis cette débauche de Roissy où vos ennemis se sont dévoilés jusque dans l'entourage de la reine mère. Hélas, le cardinal n'est plus là pour vous protéger, vous et vos amis, de la haine des dévots. Mais je ne vous ai point fait quérir pour une leçon de morale. La discrétion est tout ce que je vous ordonne... pour le bien de M. Couperin, dont l'orgue de Saint-Gervais est fort convoité, comme pour le vôtre d'ailleurs. En cette affaire, il y va aussi de votre établissement...

– De mon établissement ?

– Oui, car nous abordons à présent l'essentiel de cet entretien, mon cher Baptiste. Puis-je vous donner du Baptiste ?

– Si vous le désirez, monsieur de Colbert.

– Non, dites simplement Colbert. Dans le privé des entretiens que je désire continuer d'avoir avec vous, vous pourrez m'appeler Jean...

Cet homme soufflait le chaud et le froid. Aux sourdes menaces succédait la plus prévenante des politesses.

– ... car de Baptiste, il ne peut y en avoir qu'un, et ce sera vous ! Oubliez ce Molière, qui restera toujours Molière. Quant à Boesset, il semble que vous lui ayez déja réglé son sort...

– Il est vrai.

– C'est justement là que nous retrouvons ce grand projet si mystérieux. Le cardinal, avant de mourir, a désigné les personnes qu'il désirait voir auprès du roi. Vous savez bien, ou vous aurez senti, que Sa Majesté ne tolérera plus d'être gouvernée par qui que ce soit, Grands, mère ou ministre. Mazarin avait prévu tout cela. Je dirais même qu'il l'a voulu. Il n'a cessé d'engager la pensée du roi en ce sens. On ne place pas *Le Prince* de Machiavel au chevet d'un roi pour le voir se laisser manipuler comme un pantin. Sa Majesté gouvernera seule. Elle en a l'étoffe et la volonté. Mais Mazarin a voulu qu'après sa disparition, notre roi soit entouré de quelques hommes de confiance, dont vous, cher Baptiste.

– Comment cela ?

– Les plus talentueux hommes du royaume auront la charge de lui bâtir une gloire éternelle. Cela a commencé avec cette belle entrée placée sous le signe du soleil...

– ... et mise en œuvre par le cardinal.

– Bien entendu. Nous n'avons été que les créatures de ce grand homme. Nous n'étions rien que par ce que nous avions l'honneur de lui être et par ce qu'il voulait que nous fussions. Aucun de nous ne tirait sa grandeur de lui-même, mais de sa seule Éminence.

Nous dédiâmes un commun silence à la mémoire de Giulio, encore tiède. Puis Colbert, son factotum, reprit :

– Quoi que l'on ait dit, ou médit, de la personne du cardinal, quoi qu'il ait fait, ou mal fait, il n'a jamais eu en tête autre chose que la grandeur de l'État et la pérennité de la monarchie. Voilà ce qu'il entendait par grand projet. Voilà ce à quoi nous allons travailler désormais. Je ne doute pas que cette idée plaise au roi. Nous allons l'embellir.

Je lus et il lut, dans nos regards croisés, le désir que nous avions de croître nous-mêmes au contact d'une si belle, si riche idée.

– Et quelle place prendrai-je dans ce grand projet ?

– Commençons par le commencement. Avez-vous récemment vu Cambefort, le surintendant de la Musique du roi ?

– Oui. Il me paraît bien vieux et bien fatigué.

– En effet. Et l'âge qui sur lui s'amoncelle ne l'épargnera pas. J'ai la charge de réorganiser la maison de la reine et celle du roi. Suivez-vous ma pensée, mon cher Baptiste ?

La surintendance ? La haute main sur l'organisation de la musique de la cour ? Avais-je bien entendu ? Mes yeux brillèrent.

– Contenez votre regard, Baptiste, il vous trahit. Mais il déclare aussi que vous me comprenez. Votre établissement ne dépend que de vous. Auparavant, répondez à cette question, et répondez-y avec la plus grande franchise : quels rapports entretenez-vous avec M. Fouquet ? Il m'est important de le savoir.

– Je n'ai d'autres rapports que de lui soutirer les fonds nécessaires aux ballets du roi.

– Soutirer, dites-vous ?

– Oui, car M. Fouquet est, je dois l'avouer, plus regardant aux dépenses des autres qu'aux siennes propres.

– Garderiez-vous des traces de vos transactions ?

– Fort peu. M. Fouquet préfère les écus au papier.

– Vous ne conservez donc aucun écrit de ses comptes ?

– Non, monsieur. Tout se règle de la main à la main.

Je commençai à trouver un peu spécieuse la ténacité de Colbert sur de tels détails comptables. Si mes regards me trahissaient, sa langue lui tendait des pièges. Le cardinal aurait bien ri des mauvais personnages que nous incarnions. Colbert le sentit et changea la nature de ses questions.

– Fouquet vous aurait-il commandé quelque musique pour lui-même ?

– Oui. Il m'a parlé, assez vaguement je dois l'avouer, de certaines fêtes qu'il aurait en tête. Il est plus intime avec Molière et Beauchamp qu'avec moi-même. Mais ils m'ont confié avoir reçu commande d'une comédie et d'un ballet pour son château de Vaux.

– En effet, le bruit m'en est parvenu.

– Molière me presse de lui composer quelques entrées pour une pièce qui s'intitulerait... *Les Fâcheux*, me semble-t-il.

– *Les Fâcheux* ! Voyez comme cela est bien trouvé ! Quel esprit a ce diable d'homme ! s'exclama-t-il.

Colbert partit d'un rire bien trop haut pour être honnête. De quel diable parlait-il : Molière ou Fouquet ?

Je fis mon courtisan :

– Ne devrais-je point ? Commettrais-je quelque erreur ? J'appartiens d'abord au roi notre maître...

– Non, au contraire, tout ce que vous m'apprenez est parfait. Jouons donc de ce mot de *Fâcheux*, mon cher Baptiste. J'aime furieusement ce titre. Ne vous fâchez donc avec personne, croyez-m'en ! Faites ce que Molière vous demande, mais ne donnez qu'un peu de votre musique. À vrai dire, le moins qu'il vous sera possible.

Un laquais entra, qui vint lui annoncer que le roi désirait l'entretenir. Colbert me glissa à voix basse :

– Accomplissez ce que je vous demande, cher Baptiste. Et tenez-moi informé des désirs de M. Fouquet. Nous nous reverrons bientôt et parlerons plus avant de nos projets, que j'espère voir devenir communs. Bien entendu, rien ne doit transpirer de cet entretien. Je pense ne pas avoir à vous marquer où sont vos intérêts, comme ceux de M. Couperin... qui ne sont point ceux du Saint-Sacrement...

Puis, se levant, il changea de ton et me congédia d'un très officiel :

– Monsieur Lulli, je suis votre serviteur.

– Et moi le vôtre, monsieur Colbert, lui rétorquai-je d'un ton encore plus neutre que le sien, s'il était possible.

Il me tourna le dos, tria quelques feuilles, dont celle où figuraient les notes me concernant, et d'une main nerveuse se mit à en nourrir le feu de la cheminée. Ainsi devins-je la créature de Colbert, et lui la mienne.

Rien ne se cache à la cour qui rapidement ne subodore. Le soir même de cet édifiant entretien, j'eus droit à des exclamations épouvantées de la part de Louis.

– Il se dit que tu frayes avec cet homme-là ! Es-tu donc fou ? Ne sais-tu pas de quoi Colbert est capable ?

Bien sûr que je le savais. Je me souvenais très bien de mon introduction à la cour, comme du descriptif de Lambert. Je revoyais cet homme en noir placé derrière Fouquet, lui-même aux aguets derrière la chaise d'un Mazarin tout à sa partie de cartes. Dans l'ombre de ces deux flamboyants, l'inquiétude du regard de Colbert révélait l'infiniment rusé, sa froideur le calculateur-né, son silence l'homme qui planifie un dessein implacable.

Pendant le royal tour de France, Colbert s'était pris de bec avec le surintendant des Finances, Fouquet. C'était à Toulouse. Colbert n'était encore qu'un adroit comptable, mais qui rendait de bien méchants offices au surintendant des Finances, en s'employant à diminuer son crédit parmi les gens d'affaires. En coulisse, Colbert était devenu l'indispensable créature du cardinal, le seul instruit des secrètes affaires de son particulier. Rapidement, Mazarin n'avait plus su se passer de cet homme discret. Le cardinal avait alors demandé à Fouquet, pour l'amour de lui, d'oublier les mots qu'il avait eus avec Colbert. Pour éteindre définitivement leur querelle, le cardinal avait, de son côté, juré sur sa vie que Colbert n'y retournerait plus. Pauvre Mazarin, il n'aurait jamais dû proférer de tels serments devant de tels hommes...

Les offres de service de Colbert étaient aussi alléchantes que ses menaces, à peines voilées, étaient inquiétantes. La Compagnie du Saint-Sacrement voulait officiellement ranimer l'esprit chrétien et développer les œuvres de charité. En vérité, elle représentait la plus noire organisation de censure et de délation dont le clergé ait jamais accouché. Cette Inquisition laïque avait de solides appuis à la cour : la reine mère et surtout le prince de

Conti, ce nabot contrefait, cet incestueux épris de sa propre sœur, Mme de Longueville, cet ancien libertin que la terreur de la vérole avait converti en un dévot odieux et opiniâtre. Tomber entre les mains de vertueux aussi tenaces que ceux-là pour crime de sodomie, c'était les galères ou le bûcher. Je n'étais pas d'assez haut lignage pour être exempt de ces condamnations. Quant à Louis Couperin, s'il était apprécié, sa faveur était moindre que la mienne.

J'avais de solides appuis, mais Colbert tentait de les monnayer. J'avais un peu de mal à saisir ses motivations. Quelles raisons avait-il d'agir ainsi ? Me lier plus profondément à lui et au roi ? Je n'avais nulle volonté de trahir Sa Majesté puisque j'étais indispensable à ses plaisirs. Que signifiaient alors ces sourdes rodomontades et cette pression, si peu nécessaires ? Devais-je en outre déclarer à Louis les menaces qui pesaient sur nous ? Cela l'aurait encore plus inquiété, lui qui ne dormait guère depuis la nuit de la comète. Sa musique seule y trouvait profit, son *Livre d'orgue* devenant considérable. De toute façon, il était trop tard. La machine infernale, mon entretien avec Colbert l'avait mise en route. Il n'y avait plus moyen de reculer. Y avais-je d'ailleurs le moindre intérêt ?

Pour couper court à toute angoisse superflue de la part de Louis, je me mis à lui interpréter différemment les signes que nous avions aperçus de la fenêtre du clocher.

– Qu'avait donc l'effraie en son bec ? Une couleuvre. Et sais-tu quelles sont les armes de Colbert ? La couleuvre, justement !

Et ne se prénomme-t-il pas Jean-Baptiste ? Ne vois-tu donc pas que c'est la Fortune qui parle, et non la malemort ?

Je me calmais en l'apaisant par des petits riens.

– Sais-tu que Colbert m'a pris les mains en entrant ? Il m'a fait l'impression d'une diseuse de bonne aventure !

Il m'apparut surtout que le noirâtre Colbert, si sûr de lui, si rigide, s'était joliment trahi en jouant les puissants. Que l'envie est une mauvaise conseillère, et qu'elle sait tromper jusqu'aux plus avertis ! Dans sa hâte à vouloir me placer comme une sorte d'espion auprès de Nicolas Fouquet, Colbert avait déclaré tout haut sa haine rentrée contre le puissant surintendant des Finances, bien qu'ils affectassent l'un pour l'autre la plus exquise politesse. Or, à la cour, ces sortes d'odeurs trompent seulement les nez les moins fins. Être un habile courtisan, c'est avoir un naseau d'avance sur la concurrence. Mais comment garder l'avantage ?

Si Colbert s'imaginait me tenir par la menace du scandale, je pouvais tout aussi bien susurrer, autour de Fouquet, les menées de Colbert à son encontre et me ranger à son parti. Cependant la méthode me déplaisait : trop immédiate, trop facile, trop dangereuse aussi. Il était téméraire de jouer un ministre contre l'autre, de plus Fouquet n'était plus un aussi bon cheval. Car le surintendant des Finances, ivre de superbe, de force et de confort épicurien, jouait mal sa partie. D'autres l'avaient déjà mis en garde. Pourtant il ne voulait rien savoir et souriait à tout.

On l'avait averti de la mort du cardinal en dernier, lui, le second ministre le plus puissant après Son Éminence ? Fouquet s'en était juste offusqué, sans panique aucune. Ce signe souverain n'était pas pour lui. Puis, lorsque le roi avait déclaré vouloir régner seul, Fouquet s'en était réjoui tout haut, déclarant que c'était autant de travail de moins pour les ministres ! Alors, entre Colbert, l'austère ambitieux voulant être surintendant à la place du surintendant, et Fouquet, l'orgueilleux aveuglé par ses cent millions et la toute-puissance de sa charge, je résolus de ne m'afficher ouvertement pour aucun des deux camps, mais plutôt de tirer de l'un et de l'autre tout ce que mon profit avait à gagner. Pour cela, il valait mieux attendre, passif, et voir venir. Quitte à se laisser un peu instrumentaliser. Pour affronter les menées d'une couleuvre comme Colbert, il me faudrait des armes bien subtiles.

Je pris mon parti :

– Louis, voici ce que nous allons faire. Nous nous garderons de Colbert, mais aussi de Fouquet, même s'il est toujours le puissant du moment. Après tout, un homme qui met un écureuil à son blason et qui inscrit *Où ne monterai-je point ?* sur l'arbre auquel il grimpe, ne peut guère aller plus haut qu'un jour il ne se brûle. Souviens-toi d'Icare et de Phaéton ! Laissons la couleuvre affronter l'écureuil. Cèle au plus profond de ton esprit ce que je te dis, et laisse-moi agir ! Aie confiance en ton Baptiste ! Je sens Fortune qui s'agite, mon bien-aimé ! Une idée assez vicieuse me traversa soudain l'esprit : Dis-moi, Louis, le sieur Colbert n'aurait-il pas un fils ?

– Si fait, un petit Jean-Baptiste. Un esprit assez remarqué au collège de Clermont. C'est un enfant de dix ans dont on parle beaucoup.

– Et de quelle façon ?

– Comme d'une tête brûlée, bien peu assidue au carême. Un fort en thème assez intrépide que son père aime par ailleurs intensément. On parlerait déjà pour lui du marquisat de Seignelay...

– Un Jean-Baptiste, dis-tu ? C'est donc une habitude, en France, que de perpétuer le prénom du père au fils ? Louis, Baptiste... Je le retiendrai, si ce sont là vos mœurs... Hum... Forte descendance ? Libertin en herbe, dis-tu ? Voilà qui est intéressant...

Des menaces, cher monsieur de Colbert ? ruminai-je intérieurement. De vous ou de Baptiste, nous verrons bien lequel sera la créature de l'autre. Je ne sache pas qu'il y ait morale plus saine que son propre intérêt, point sur lequel nous nous accordons fort bien l'un l'autre, ce me semble. J'arrachai un sourire à Louis en composant un numéro de courtisan servile. Je m'étirai langoureusement vers son pied pour lui tirer la botte tout en geignant un douceâtre « Serviteur, monsieur de Colbert ! ».

II

– Je me doutais bien qu'il serait ingrat et voudrait jouer le capable, cet orgueilleux, ce jaloux, ce parjure !

Les cris de la reine mère écartée du pouvoir résonnèrent longtemps sous les voûtes du Louvre. En vain : personne ne s'inquiéta de son dépit. Anne d'Autriche commençait à dater.

Louis XIV prit le chemin des plaisirs. Avec toute la cour il s'en fut à Fontainebleau, tournant le dos à Paris, qu'il haïssait. Sa cour était dans la joie et l'abondance. On faisait bonne chère, on jouait énormément d'argent. Les notaires étaient heureux, ils prêtaient à tour de bras des sommes faramineuses. Les patrimoines changeaient de main ; les festins, les danses, les fêtes galantes se succédaient. La surintendance des Finances payait. Le roi fit agrandir le grand canal de Fontainebleau pour y glisser en gondole.

Dès ce printemps de 1661, tout tissé de jeux et de ris, les événements s'enchaînèrent à une vitesse qui me donne encore, à y songer, vertige, joie, mais aussi terreur. Car Fortune, comme

Janus, a double visage. Sa roue met inévitablement en débâcle ceux qu'auparavant elle a portés au pinacle. Elle avance par crises brusques. Son axe tournicote comme un vieux rouet, puis ses dents accrochent une nouvelle case à sa loterie et la retiennent un instant, jusqu'à la bascule suivante.

Aux tables de jeu, l'impatience de la mort de Mazarin avait redistribué bien des cartes. Un mois à peine s'était écoulé depuis son trépas. Les joueurs qui avaient été les plus nerveux devinrent les plus heureux. Quant aux moins attentifs, souvent les plus confiants, ils perdirent tout en une seule donne.

Ainsi, le 30 mars, les violons français, qui avaient trop misé sur la bienveillance de Mazarin pour la rédaction de leurs nouveaux statuts, se retrouvèrent regroupés au sein d'une Académie royale de danse, par un ordre exprès de Colbert. Ce remembrement artistique signait la première mise en application de son grand projet. Le bon plaisir de Sa Majesté projeta de les placer, à l'avenir, sous l'unique autorité de la seule surintendance de la Musique.

Le 1er avril, les pauvres violons ne purent que jouer, un sourire contraint aux lèvres, pour le mariage d'Henriette d'Angleterre avec Monsieur frère du roi. Le bon plaisir du roi mit aussi dans la corbeille de l'épouse, que l'on appelait désormais Madame, une mignonnette fille d'honneur : Louise-Françoise de La Baume-Le Blanc de La Vallière.

Le 3 avril, pendant que j'obtenais de Fouquet les fonds nécessaires à la préparation du *Ballet des Saisons*, il me pressa de nouvelles musiques pour lui-même. Comme prévu, je lui soutirai assez de détails pour donner à Colbert un rapport précis sur les dispendieux projets du surintendant.

Fouquet voulait donner au roi un superbe divertissement en son domaine de Vaux. Les travaux s'achevaient dans la pompe, la presse et la magnificence. Tout devrait être prêt pour la nuit du 16 août. La Fontaine crachait des vers au mètre à la gloire de son ami le mécène. Mon collègue, le chorégraphe Beauchamp, répétait les entrechats. Le cuisinier Vatel inventait cinquante plats pour un festin destiné à cinq mille convives.

Les orfèvres fondaient cinq cents douzaines d'assiettes en vermeil, trente-six douzaines de plats d'argent, plus un service en or massif. Le Nôtre, d'un dernier coup de sécateur, taillait cent buis en pyramides. Le Brun achevait son allégorie de la Fidélité enlevée par le Temps au plafond de la chambre du maître. Le Vau posait les dernières ardoises sur le plus somptueux édifice qu'ait connu le royaume de Louis.

J'obéis à Colbert et, pour ces fêtes en préparation, ne donnai qu'une seule courante à Fouquet. Molière la mit dans une scène où il fit dire à un fâcheux courtisan : « Vite, vite, allons montrer ma courante à Baptiste ! »

Nommera-t-on cela trahison ? Fouquet ne me proposa aucun écu pour cette courante. En travaillant pour lui je travaillais pour le plaisir du roi, me fut-il répondu.

Comme il l'avait dit, Colbert, l'homme qui sortait de l'ombre, réorganisa la maison de la reine Marie-Thérèse, fatiguée par une série de fausses couches. Il nomma Michel Lambert maître de sa musique, sans le dire au surintendant Cambefort qu'il aurait protocolairement dû consulter. Celui-ci, qui se voyait déjà pourvu de cet ultime poste honorifique pour couronner sa fin de carrière, en conçut un déplaisir extrême. Il alla le noyer dans les larmes et la contrition, toute la semaine de Pâques, en dirigeant l'office des Ténèbres à l'église des Feuillants.

La passion de Notre-Seigneur, la rage et le grand froid de l'église s'emparèrent si furieusement de ses entrailles qu'il se coucha avec une forte fièvre le 2 mai. Toute la journée du 3 il délira, pourchassé par une horde d'Italiens castrés. Le vieux surintendant mourut dans la nuit. Le 4 mai au matin, je me présentai devant Colbert qui venait d'obtenir du roi, sans aucune difficulté, la surintendance de la Musique pour Baptiste, son baladin favori.

Fouquet, le surintendant des Finances, avait une autre préoccupation en tête : La Vallière. Le roi, entiché quinze jours durant de Madame, ex-Henriette d'Angleterre, était soudain devenu amoureux de la dame d'honneur de sa belle-sœur, et d'autant plus touché qu'il en faisait un mystère impénétrable. Fouquet aussi aimait les femmes. Rendu tout printemps par la grâce de Mlle de La Vallière, et faute de pouvoir en être aimé, il voulut se poser en confident entre elle et le roi. Or, à la cour, ces choses que tout le monde sait, la prudence incite à les dire tout bas. Dans l'antichambre du roi, ce fut Saint-Aignan qui parla à Fouquet sur son indiscrétion. Avec la dernière hauteur, il renonça publiquement à son amitié.

– Saint-Aignan est trop bon courtisan pour jouer les fiers avec un ministre s'il le pense encore bien établi... murmura-t-on aussitôt.

La rumeur de l'éclat courut les couloirs. Le soir même, le roi créait une nouvelle charge d'intendant des Finances afin d'observer les actions de son surintendant. Colbert éplucha tous les comptes de Fouquet.

Fort fâché de Fontainebleau, Fouquet, de retour à Vaux, commença à remplir les douves qui sertissaient son île de pierre d'un miroir aquatique. On acheva de détourner les sources avoisinantes pour que jaillissent cinquante nouveaux jets d'eau. Les blés des champs alentour n'eurent, de ce jour, plus rien à boire pour croître, et les peuples rien à espérer pour se nourrir lors du prochain hiver.

Le 16 août, un ciel menaçant compromit le déroulement de la fête. L'orage allait-il éclater ? Au désespoir, Fouquet envoya dire au roi qu'il fallait attendre et qu'il l'accueillerait, avec toute sa cour, pour la soirée du 17 août. Malgré la poussière, les embarras, les carrosses rompus et les essieux brisés par les ornières qu'avaient durcies deux mois d'une extrême sécheresse, la cour toute scintillante et suante ouvrit de grands yeux lorsqu'elle découvrit la silhouette de Vaux, ce château immaculé dont pots à feux et bougies à profusion dessinaient la silhouette immobile sur l'indigo du crépuscule.

J'avais reçu ordre de Colbert de ne pas quitter le roi et de ne jouer que pour lui. Nos Petits Violons avaient revêtu une toile légère, où le roux le disputait à un sobre vert d'eau. Cela nous dessinait un camouflage qui nous dissimulait dans les bosquets d'où nous donnâmes la musique à Leurs Majestés. Acteurs fort discrets nous vîmes tout et, comme notre seigneur et maître, nous appréciâmes toute chose d'un sourire adorable : la promenade dans les jardins, les eaux qui jaillirent, leurs jets se croisant au-dessus des têtes sans jamais mouiller une seule plume.

On fut au potager de La Quintinie, on descendit par les petites cascades vers le grand canal, on passa le carré d'eau à hauteur du confessionnal, on s'esbaudit des animaux, de la gerbe et de la grande cascade. On fut longuement au centre de la perspective.

Les buffets du festin surgirent comme par enchantement d'une infinité de charmilles. Il y eut combats de langoustes et de tourteaux, carnaval de baudroies et de merluchons dont les gueules de goule firent rire les dames et peur aux marquis du bel air. Un fleuve d'anguilles vivantes croisa des nacelles festonnées de carpes. Des tableaux de venaison reproduisirent Actéon dévoré par ses chiens et Mars enlaçant Vénus. Le roi lui dévora sa cuisse de jambon jusqu'à l'os. Et encore des pyramides de sorbets, des montagnes de meringues blanches comme neiges éternelles.

Un volcan de massepain explosa de confitures multicolores. Une volière de pâte d'amandes fut servie au son de flûtes imitant le concert des oiseaux. La galanterie atteignit cette soirée-là une sophistication inouïe. Louis s'extasia sur le vermeil des services de table et crissa des dents lorsque Fouquet, ayant pris un flambeau, l'éclaira mieux pour lui montrer qu'il ne s'agissait que d'or pur.

Une architecture à la perspective infinie, due à Torelli que Fouquet venait de réembaucher après la mort du cardinal, se dressa face au château. Une roche se transforma en conque d'où surgit, tout de voiles transparents, Armande Béjart. Elle couvrit le roi de tant d'hyperboles et de vers emmiellés que le jeune monarque pleura et bien des dames furent prises de haut-le-cœur.

On rit beaucoup à ces *Fâcheux* que Molière n'avait eu que deux jours pour répéter, Fouquet le pressant de rajouter sans cesse de nouvelles scènes au fur et à mesure que la liste des invités s'allongeait. Le surintendant, avant d'ordonner le feu d'artifice, fit glisser dans la poche de chacune un rubis, de chacun une émeraude. Il serait ainsi plus galant de regarder les girandoles à travers cet humble présent.

Colbert, en retrait, calculait ce que cela représentait, puisqu'il y avait des milliers d'invités :

– Le Trésor en contient donc autant ? grondait-il en cochant furieusement son petit carnet.

Le décor s'évanouit. Le jardin et le château explosèrent de fusées, grenades, chandelles et feux de Bengale. Le blanc régnait partout, l'or des soleils tournants éclipsa une heure entière l'éclat des étoiles. Enfin le château de Vaux par Le Vau parut se lever au-dessus de lui-même, fusant d'étincelles par tous ses coins. Le feu d'artifice couvrait de son fracas les timbales et les trompettes. Toute la colline, du côté de Maincy, parut en feu. On cria, on applaudit, on se pâma, on se bouscula, on en redemanda. Le bonheur de la cour était à son comble, Fouquet exultait.

Pendant que l'aube tendait son manteau iridescent sur l'horizon, l'orage qui tournait depuis deux jours sur la plaine sans s'être résolu à éclater, se rapprocha soudain de la fête. Il électrisa les velours, mit d'étranges lueurs dans l'eau des diamants, fit se raidir les mèches des perruques et broda son feu de Saint-Elme aux ardoises des pavillons. Un brusque coup de vent explosa une fenêtre.

Le roi déclina l'invitation à se reposer dans la chambre apprêtée pour lui et qui sentait encore la peinture fraîche. Il prit prétexte d'une nouvelle grossesse de la reine, restée à Fontainebleau, pour retourner immédiatement à son chevet. Ses mousquetaires s'ébranlèrent, les carrosses grincèrent, les portes claquèrent, le fer des sabots tinta sur les pavés de la cour d'honneur.

Ce branle-bas général empêcha que l'on vît l'étrange phénomène qui emplit peu à peu les collines où s'étaient éteints les feux d'artifice. Cela descendait par les allées souillées d'aliments semi-dévorés, cela rôdait sous les charmilles, piétinant les fleurs pourtant déjà bien abîmées par les bottes et les escarpins. Une tête, puis deux, puis dix, puis cent apparurent, ombres silencieuses sans perruques, sans pierreries, sans souliers non plus.

Comme fourmis s'affairant après que l'on a battu le grain de la moisson, elles ramassaient tout ce que l'on avait laissé et jeté, tout ce que la dent blasée avait mordu, tout ce avec quoi la bouche bavarde avait joué.

Les mille fontaines, qui depuis avril asséchaient les sources et les puits des alentours, s'étaient enfin tues. On n'entendait plus, sur le gravier où traînaient quelques boucles et rubans, que le murmure de ces pieds lents et nus, exténués, maladifs, mais portant puissamment cette inépuisable masse, plus éternelle que la gloire du roi son maître : les peuples.

En me retournant pour un dernier regard vers ce palais des illusions dont les prodiges étaient, dans chaque carrosse, matière à volubiles conversations, je vis mille visages sales et autant de rictus bordés de dents pourries. Cela observait, sans colère et sans joie, le convoi chamarré repartant vers la fraîcheur de Fontainebleau. Nuls cris, nulles mains levées, ni vivats ni huées, juste un grommellement plus lourd que les roulements du tonnerre, et dans la clarté de l'aube toutes ces poignes crasseuses serrées sur des estomacs vides.

Il me parut qu'il en sortait quelque chose comme :

– De l'eau... l'eau... eau...

Dans son carrosse, Louis se pencha vers la portière. Il croisa ces regards qui regardaient à travers lui, comme s'il n'existait pas. Soudain très en colère, il déclara à la reine sa mère :

– Ah, madame, est-ce que nous ne ferons jamais rendre gorge à tous ces gens-là ?

Anne d'Autriche se tut. Sa fille d'honneur, repue, ronflait d'abondance. Monsieur fuit la clarté du jour naissant et s'enfonça le visage dans le repli d'un rideau. Madame, qui avait mal aux dents, suçotait un clou de girofle. Je n'ai jamais vraiment su contre qui le roi s'emportait ainsi. Était-ce Fouquet ? Les traitants et les prévaricateurs ? Ou bien ses peuples ?

Je descendis à la cave, une chandelle de suif à la main. 11 heures venaient de sonner. Tout le monde dormait au cabaret du *Bel Air*, sauf Michel, qui troussait la musique d'une comédie pour le Théâtre du Marais. Mais Hilaire, les cabaretiers Dupuy, Madeleine, étaient épuisés par tant de fêtes, de représentations, de commandes et de voyages d'un château l'autre.

Louis ne cessait d'avoir la bougeotte. Saint-Germain, Fontainebleau, Compiègne : il voulait être partout et mettait chaque fois l'architecture sens dessus dessous, ordonnant de reconstruire. Il n'y avait que lors de ses escapades dans le château de son père, au hameau de Versailles, que nous pouvions goûter un peu de repos. Nous restions à Paris car, dans ce chétif rendez-vous de chasse, quelques personnes seulement pouvaient se loger.

Hilaire, tenue d'y chanter un soir, avait pris un furieux mal de gorge dans les vents coulis, près d'une cheminée qui fumait. J'étais assez comme elle : je n'aimais guère ce château et sa cuvette humide où l'on avait vite les pieds dans l'eau.

Fouquet aussi connaissait l'humidité. Le pauvre homme, qui avait eu comme seul tort de faire des affaires avec plus de profusion que les autres, moisissait maintenant dans un cachot de la Bastille, gardé par d'Artagnan et ses mousquetaires. Le roi s'était inquiété de ses dépenses plus sûrement que Colbert s'était impatienté de sa place. On l'avait pris à Nantes. Colbert prétexta qu'il fortifiait pour son compte Belle-Île. Avait-il comploté contre son roi ?

Conséquemment, l'activité de tous les artistes qu'il aimait et soutenait avait, comme une rivière, été détournée vers la maison du jeune monarque. Fini les fontaines de Vaux, les ruisselets charmants, on se précipitait, sur ordre et sans modération, vers le corps principal de ce grand fleuve nommé Louis XIV. L'architecte Le Vau, le peintre Le Brun, les poètes et les dramaturges La Fontaine, Molière et Scudéry, les jardiniers La Quintinie et Le Nôtre, ainsi que le sculpteur Puget, changèrent de maître.

Colbert, habité par son grand projet, veillait à tout et sur tous. Il s'était mis en tête une académie, pour lors assez secrète, dite des Inscriptions et Médailles. Sous couvert d'y travailler à l'étalage numismatique des faits et gestes du roi, de surveiller la juste graphie de *Ludovico Magno Fecit* aux frontons des arcs et façades, on y œuvrait surtout à la réalisation du testament de Mazarin : glorifier, immortaliser et multiplier l'image du roi. Après relectures et autorisation préalable, s'entend.

On dansait toujours autant. Je travaillais alors aux intermèdes dansés d'*Ercole Amante*, opéra du Vénitien Francesco Cavalli, commandé par Mazarin pour le mariage du roi, et que la construction d'une nouvelle salle de spectacles aux Tuileries, fort longue à achever, retardait depuis plus d'un an.

Seul le pauvre Torelli, récompensé de ses somptueux décors pour les fêtes de Vaux par l'exil, ne connut pas l'immortalité artistique. Son rival en artifices, un Italien nouveau venu, Carlo Vigarani, s'était emparé, dans le garde-meuble royal, des décors de son prédécesseur. Vigarani les brûla, afin qu'il ne restât rien des prodiges de ce sorcier du théâtre qui avait converti le goût de tant de Français aux spectacles à machines.

Du passé mazarinesque, le nouvel Italien faisait table rase. Tous mes compatriotes frémissaient de connaître un sort identique. Sauf moi, Baptiste qui, la chandelle à la main, déplaçais cette tonne de juliénas, bue et rebue tant les succès accumulés ne cessaient de provoquer de nouvelles libations.

On chantait mes airs jusque sur le Pont-Neuf où les vielleux moulinaient *L'Air pour l'été et ses suivants* et la *Chaconne des Maures*, vraies amours populaires signifiant que la musique de Baptiste savait plaire à tous et ne dépendait pas uniquement de l'agrément du roi.

Comme leur souverain, les peuples avaient bon goût, un goût d'autant plus sûr que ceux-là ne payaient pas pour être ravis. Pour lors, celui qui réglait la note, c'était Louis, *via* Colbert, trop heureux d'avoir mis la main sur les cent millions du surintendant des Finances dont il préparait, à l'Arsenal, le procès. À la fois juge et partie, le fils de drapier qui s'inventait une ascendance écossaise avait dérobé tous les papiers de Fouquet. Il en avait éliminé tout ce qui lui était compromettant et tout ce qui aurait pu être favorable à la défense du ministre déchu.

Louis réglait-il bien ? Mon argent était là, caché sous vingt centimètres de terre, à l'abri d'une cache de briques, roulé dans du papier. J'avais toujours voulu être payé en pièces d'or. À son époque, Fouquet avait agréé ce mode de paiement car ainsi l'on dispose de peu de masse numéraire pour beaucoup de valeur.

– Voyons, comptons, me dis-je.

Si le compère Molière avait été là, il eût tiré de moi un personnage de comédie. Éclairé par la bougie, assis en tailleur, je déroulai l'un après l'autre les rouleaux de pièces qui illuminaient mon visage heureux, seul orbe de lumière dans la cave obscure. Le silence était parfois interrompu par la détente furtive du gros chat roux qui menait une chasse éclair aux souris indiscrètes. Depuis huit ans, depuis que le roi m'avait attribué, par brevet et sans l'acheter, la charge de compositeur de la musique de la chambre, j'avais gagné deux mille livres par an, soit seize mille livres en huit ans.

Tout était bénéfice et je ne devais rien à personne, n'ayant jamais eu à m'endetter pour acquérir mes charges.

– Ôtons la location d'une chambre au *Bel Air* pour cinq livres par mois pendant ces huit ans, soit à peu près deux mille livres, puisque j'ai sous-loué ma couche tous mes soirs de débauche, assez fréquents. De mes émoluments officiels, il devrait rester quatorze mille livres.

Voilà qui aurait été intéressant si l'on m'avait payé dans les règles. Mais je n'avais rien perçu pendant trois ans, soit par oubli, soit par manque de fonds ; surtout parce que, sous Mazarin, on ne comptait plus les sacoches mystérieusement disparues. À l'époque j'avais souvent réclamé. En vain : pour le Trésor, ces oublis étaient de bien petites sommes.

Justement, comptant et recomptant, je ne trouvai que huit mille livres. Trois années de perdues à deux mille livres pièce font six mille, moins les deux mille livres dépensées pour le couchage... il ne me restait bien que huit mille livres. C'était assez décevant.

– Ajoutons à présent les dix mille livres annuelles de la surintendance, par ma foi, une belle somme !

Bien des aristocrates eussent aimé disposer d'autant pour les jouer à la table de Monsieur. Mais j'extravaguai : cette somme m'était promise et son paiement attendait toujours dans le tiroir de Colbert. Qu'avais-je donc de solide en sus de ces hypothétiques dix mille livres non versées ? Passant la main bien au fond du trou, j'en extirpai deux rouleaux plus anciens : l'argent que j'avais économisé du temps où je me louais à travers Paris.

Rue des Lombards, j'avais changé sols, pistoles, louis et écus, qui se dévaluaient vite du temps de la Fronde, en un bon or bien gras. Chaque rouleau d'or représentait cinq cents livres, soit mille de plus. Total des totaux : neuf mille livres. Voilà qui était mieux, mais toujours sous la barre des dix mille. Donc pas assez.

À la cour, le bruit courait pourtant que j'étais un avare. J'aurais dû vivre selon la règle des petits marquis : payer fort cher de beaux habits de soie brodés d'or et passementés de dentelles de Hollande ; puis le soir se mettre vite au lit parce qu'il n'y a plus de quoi payer le feu et le pot. Diantre, quelle bassesse que de vivre ainsi ! Pour la seule parade, pour agréer aux regards de la cour comme aux doigts de belles dames qui ne jugent l'étoffe d'un homme qu'à la qualité de son drap ! Petite règle pour petits marquis. Je leur avais assené une phrase qui, je l'avoue, avait eu du succès, un jour qu'ils me pressaient un peu bien fort de ne pas fêter ma surintendance dignement, c'est-à-dire en les régalant gratis :

– Je ne me mettrai pas en dépenses pour des hommes de qualité, bien plus riches que moi, et qui me moquent derrière mon dos !

Ce procédé arrivait trop fréquemment pour que l'on n'appréciât pas la remarque. Ma sortie obligea les railleurs à se taire et resta dans les mémoires, puisqu'à la cour il faut peu de chose pour faire parler longtemps, tant on y est inutile et habile. J'y gagnai du respect, les bons mots ayant leur pouvoir.

– Je régalerai mes amis, mais ne nourrirai point mes ennemis ! ruminai-je en remontant de la cave, mal satisfait de mon pécule.

Le chat dans les bras, je pris deux décisions. La première : réclamer mon dû à Colbert, lequel tardait à m'envoyer quérir pour un nouvel entretien, sachant qu'il lui faudrait ouvrir son tiroir. La seconde : investir dans l'achat d'une maison.

– Michel, nous déménageons !

– Comment cela ? Mais le cabaret ? N'y sommes-nous pas à l'aise ? Nous économisons ici !

– Dis plutôt que la cave à vin te plaît plus que ton confort !

Lambert ne pouvait guère dire le contraire, il en était au point de l'inspiration où, poussé par Bacchus, l'on commence à prendre son verre pour l'encrier. Chaque soir depuis bientôt trois semaines, Michel travaillait à la musique de scène pour la *Comédie sans comédie*, ouvrage d'un jeune écrivain à la renommée croissante et dont le nom ne m'était pas inconnu : Philippe Quinault.

– Ne te sens-tu pas un peu à l'étroit, ici, rue de Vaugirard ? Que dirais-tu de disposer d'une maison à nous ? Avec chambre et salon pour chacun ? Et de quelques dépendances pour jouer de la musique et travailler ? Et de trois ou quatre serviteurs ? Tu ne veux tout de même pas que la pauvre Madeleine continue à tambouiller et à passer la chaufferette dans ton lit ? Cela suffit d'habiter un cabaret, Michel ! Nous devenons riches hommes.

En trempant sa plume dans son verre, Lambert réfléchit tout haut :

– Il est vrai qu'avec ma charge chez la jeune reine, je suis plus à l'aise que du temps de feu M. Gaston, son âme repose en paix, le pauvre.

Ma pipelette favorite se lamenta sur le sort du frère de Louis XIII, mort quelques mois avant Mazarin, seul et délaissé de la cour, dans son château de Blois :

– Gaston d'Orléans, relique des temps passés que Mademoiselle n'a pleuré qu'à demi, tant ce père ingrat la chicanait sur son héritage depuis la fin de la Fronde ! Pauvre feu Monsieur, dont Madame sa femme a disputé à Mademoiselle le drap dans lequel il était mort. Cette douairière acariâtre a fini par tout refuser à son époux, même son linceul !

– Piètre famille vraiment !

– Il est vrai ! Un instant l'on touche au trône, et puis voilà que l'on meurt, seul et abandonné.

La famille royale connaissait de bien bas agissements. Raison de plus pour songer à l'établissement de ceux qui étaient devenus ma vraie famille, et que j'aimais : la tribu Lambert, Michel-Hilaire-Madeleine, trio jamais quitté depuis mon retour à Paris. Nous nous trouvions assez bien ensemble.

– Michel, il nous faut à présent un état de maison. Il faut que nous tenions table, il nous faut aussi un équipage de quelques chevaux...

– Et un carrosse pour nous déplacer dans nos différents châteaux !

– Dans ses différents châteaux ! Tu divagues, nous ne sommes encore pas le roi.

– Mais tu le seras un jour, mon cher fils, je te le prédis. Le roi des musiciens de ce pays ! À la santé du surintendant !

Nous trinquâmes dans la solitude du cabaret endormi, veillé par les saucisses et les jambons. J'étais devenu son fils auprès de sa fille Madeleine, pour laquelle Michel et Hilaire avaient fini par se mettre en ménage, sans s'épouser pour autant, au grand dam de l'Église.

– En attendant cet heureux sacre, nous devons emménager ailleurs, Michel. Nous en avons les moyens. Toi et moi économiserons en achetant dans un bon quartier. Et plus tard nous revendrons.

– Pourquoi pas, il faut songer à l'avenir. Et puis il faudra aussi établir Madeleine. Elle va sur ses vingt ans, la mignonne. Ah Baptiste, si seulement tu voulais...

– Ne parlons pas de cela. Tu connais mes goûts...

– Mais ça ne pourra pas durer ! Tu devras te protéger ! Rentrer dans le rang...

Je comprenais l'insistance de Michel. Un jour ou l'autre, il me faudrait être hypocrite. Mais je repoussais sans cesse cet arrangement pourtant permis par les dix commandements hermaphrodites.

J'aimais Louis, quoique je sache notre relation impossible à vivre ouvertement. Condamnés aux étreintes nocturnes et honteuses, nous avions beau refuser de nous sentir coupables, c'était l'univers entier qui nous y contraignait. Sauf la tribu Lambert, qui ne pipait pas lorsque je découchais, assez souvent, à Saint-Gervais-Saint-Protais, dans la chambrette de Louis, au-dessus de son orgue et de la réserve aux violes dodues, pour des assauts de tubes baveux et de cloches mollettes.

Le clocher tendu nous abritait, les chouettes veillaient sur notre nid. Un refuge que personne n'aurait imaginé, tant cela paraissait impossible, deux sodomites enlacés sous les saintes cloches ! Je ne l'y rejoignais que tard le soir, entouré d'une vaste cape et d'un épais mystère.

Combien m'était cher le respect de ma tribu !

– Plus tard, plus tard... Laisse plutôt à Madeleine une chance de trouver un mari qu'elle aime.

– Moi je crois qu'avec toi elle serait fort satisfaite...

– Tu voudrais qu'elle épouse un mari qui la cocufie avec d'autres maris ? Allons donc ! Mais tais-toi, la voici qui vient !

– On en reparlera !

– Et de quoi reparlerez-vous, mes chers messieurs ? demanda la fraîche Madeleine, devenue une jolie demoiselle à la poitrine généreuse toute picotée de taches de rousseur.

– Baptiste parlait de nous, ma mignonne. Il veut que nous achetions une maison pour habiter tous les quatre ensemble, toi, moi, Baptiste, Hilaire... Se sent-elle mieux ?

– Je viens de lui enlever les sangsues. Je veillais auprès d'elle. Sa fièvre est partie, la toux aussi. La voix ne sera pas gâchée. Elle dort à présent.

Madeleine sourit de ses belles dents, ce signe distinctif des femmes Dupuy, précieuse dot que bien des princesses pouvaient leur envier.

– Habiter tous ensemble ? Quelle belle idée ! Quelle fière équipe ! Vous êtes de même métier, vous ne vous disputez jamais. Et puis moi...

Madeleine rougit.

– Et puis quoi mon enfant ? demanda un Michel faussement ingénu qui connaissait déjà la réponse.

– ... je le trouverai bon, père. Baptiste est bien plaisant !

– Oh oh comme tu y vas ! m'exclamai-je. Plaisant ? Que signifie ? Je te trouve bien hardie de parler ainsi d'un homme !

– C'est vrai, dit Michel. D'où tiens-tu ce langage, petite friponne ?

– De mon amie Mme Agnès. Elle m'a prêté ce livre, *L'École des filles*, dont toutes les commères parlent. On y apprend les choses qui se font entre filles et garçons.

– Et ce que les garçons font aux garçons, en est-il question ? raillai-je.

– Non point. Mais j'en sais maintenant assez pour te faire changer d'avis sur les filles, Baptiste !

– Eh ! coquine, comment t'y prendrais-tu ?

– Il y a dans le livre des secrets pour cela...

– Ne dis pas de sottises, tu ne connais rien aux garçons.

– Si fait, Baptiste !

– Déjà libertine ? Et que racontes-tu à confesse ?

Je voulais bien lui parler libertinage, mais pas mariage, pas encore ! Hélas tant de choses y poussaient, maintenant que j'étais devenu un musicien pourvu d'une haute charge à la cour.

– Tais-toi, Madeleine, laisse-moi ma liberté qui m'est plus chère que tout ! Ainsi je te raconterai plus tard les vraies choses qu'il faut que tu saches pour être aimée des garçons, ce que je connais mieux que toi ! Dis-nous plutôt dans quel quartier tu aimerais vivre...

Nous passâmes en revue les faubourgs Saint-Marceau et Saint-Michel, les quartiers Saint-Médard et du Marais, mais leurs hôtels étaient trop chers pour notre particulier. Il ne fallait même pas songer au faubourg Saint-Germain, si aristocratique. Je refusai absolument les alentours de Vaugirard et du chemin de Sèvres, nouveau quartier dévot où les charitables Vincent de Paul et Anne d'Autriche multipliaient couvents et hôpitaux.

J'eusse préféré le Temple, qui bénéficiait de la juridiction la plus permissive de Paris, mais l'on s'y entassait effroyablement. Madeleine rêvait parcs et jardins ; elle songeait à Auteuil, Passy, Montmartre, où l'air était bon et la vue dégagée. Mais ces villages étaient trop éloignés de Paris, comme des palais royaux. Un jour peut-être...

Il fallait penser à une façade plus bourgeoise, moins onéreuse. Une bâtisse d'un bon rapport, dans un quartier où la demande de logement était forte, et persisterait de l'être.

Ma tribu avait intérêt à rester ensemble car, depuis le *Ballet de la Nuit*, et pour longtemps encore, je l'espérais, nous travaillerions de concert. Dans le *Ballet d'Alcidiane*, Michel avait troussé ses airs ravissants que j'avais enrobés de mes danseries. Mais il mettait bien plus encore la main à la pâte. Car sache, ô postérité qui applaudis Lully, ce que Jean-Baptiste doit à Lambert et à sa musique. Michel fut le Français qui enseigna son style à l'Italien, et moi le Florentin qui amena sa façon au Français.

Certes, j'ai été Jean-Baptiste Lully par mon talent, mais ces ballets qui firent le ravissement de la cour, nous les avons composés à plusieurs mains. Celles de Michel, mais aussi celles de Louis Couperin. Que seraient nombre de mes chaconnes enflammées sans la sauvagerie de ses sarabandes ? Écoute bien ma musique, et souvent tu entendras soupirer l'inquiet Louis. Nous nous sommes tant mêlés...

Et puis enfin, public idolâtre, peux-tu vraiment croire que toutes ces notes, ces danses, ces récits, ces airs, ces entrées, ces cantilènes et ces plaintes qu'il fallait inventer pour meubler les divertissements royaux, crois-tu donc que tout cela n'ait été composé que par un seul homme ? Impensable ! Et encore, je ne parle ni des répétitions, ni des chorégraphies...

Ce serait un mythe, aussi injuste que faux, de laisser croire que le génie d'un seul ait pu y suffire. Seules des âmes volant dans l'éther raréfié peuvent imaginer de telles choses. Et de mon temps ces âmes, dites romantiques, n'étaient pas encore à la mode.

J'accomplissais du beau travail parce que je ne travaillais pas seul, mais en famille. J'avais écarté ceux qui ne me convenaient pas : les Boesset, les Cambefort, les Mazuel et leurs dynasties, pour les remplacer par ma propre famille, ma troupe, ce qui souvent se confondait. Comme Molière avec ses maîtresses comédiennes et ses amis comédiens, comme Luigi Rossi avec femme et enfants. Sans ma tribu, je n'aurais pas été rien, mais sans elle j'eusse été bien moins. En somme je m'étais recomposé une famille, dont la seule particularité, de taille, tenait à mes mœurs, par elle acceptées.

D'accord sur tout, nous nous mîmes en quête de la maison qu'il fallait pour loger les honneurs et la dignité dus à nos rangs : surintendant de la Musique du roi, chanteuse de la cour, maître de la Musique de la chambre de la reine, et fille du susdit.

Las, malgré mes milliers de livres, les économies de Lambert et les émoluments d'Hilaire, nous ne pûmes rien trouver d'extraordinaire, devenir propriétaire dans Paris étant chose fort difficile au-dessous d'un certain revenu. Ma préférence serait allée au quartier de la butte Saint-Roch, colline de gravats et de détritus ameublie par les siècles, que l'on arasait pour édifier de beaux hôtels tout neufs. C'était en train de devenir le quartier à la mode. Il y avait de l'espace, on pouvait disposer de jardins et de dépendances en plus du bâti neuf. Mais la spéculation, sur ces terrains tout frais, était extravagante. Rien que pour le sol, il fallait vingt mille livres, et cinq fois plus pour construire et décorer quelque chose de décent, dans le style de cet hôtel de Rambouillet, avec pièces en enfilade, larges fenêtres et jardins dont la belle Arthénice avait jadis lancé la mode.

Nous nous rabattîmes sur le quartier Saint-Eustache, rue du Jour, trouvant dans le patrimoine d'une bonne bourgeoise du coin, la mère Agnès Bay, la friponne amie de Madeleine, une maison en hauteur, pas trop étroite cependant, et même assez spacieuse, qu'elle nous voulait céder pour dix mille livres. La porte cochère étant à remaçonner, le trumeau menaçant de s'effondrer sur le premier carrosse qui raclerait, je renégociai la bâtisse à neuf mille livres.

Pour cette somme, la tribu Baptiste-Lambert disposa de quatre étages avec une cave, une cuisine et une petite salle au rez-de-chaussée, plus une autre salle au premier. Un cabinet, qui devint celui de la musique, au second étage ; une chambre au troisième plus un grenier au quatrième, que je m'attribuai comme cabinet de travail, ayant toujours aimé les situations en hauteur.

Cela nous mit plus à l'aise, d'autant que le quartier, proche du Louvre et du Palais-Royal que l'on venait d'attribuer à Monsieur et sa Madame, était par tradition celui des trois cents musiciens, artistes et autres gens de talent nécessaires à la cour.

Nous engageâmes une cuisinière, une servante et un laquais que je choisis agréable à la vue, le sage ne dissipant bien ses migraines qu'en polluant son page. Ce petit monde de maison nous coûtait soixante livres l'an. Il était payé au tarif normal, avec des extras d'une fréquence assez relative pour que, chez nous, il se sentît à l'aise sans s'imaginer grand seigneur pour autant. Cet allégement du travail domestique n'empêcha pas que

Madeleine, fille travailleuse et bonne économe, ouvrît, en face de la porte cochère restaurée, une petite échoppe où elle vendait le matin des œufs, du lait et du fromage. Elle l'appela *Au Goûtu Violon*.

– Elle aurait tout aussi bien pu mettre *Au Foutu Violon* ! s'exclama Molière la première fois qu'il vint manger le chapon avec la maisonnée.

Il avait bien de l'esprit, le sieur Molière, et c'était un joyeux compagnon qui tétait bien de la bouteille. Il avait, ce n'était un secret pour personne, vue sous toutes sortes de caleçons.

Même sans les pressants conseils d'un Colbert, qui tenait à nous mettre immédiatement en affaires artistiques depuis qu'il l'avait récupéré de chez Fouquet afin de plaire au roi, lequel goûtait fort le naturel de sa commedia dell'arte à la française, Molière donc, je l'eusse fréquenté avec plaisir. D'autant que nous étions à présent presque voisins, Molière venant de s'installer rue Saint-Thomas-du-Louvre avec sa femme Armande Béjart, qui était aussi sa fille, répandaient perfidement ses nombreux ennemis.

Outre la bonne vie, que l'on nommait alors débauche, et le prénom – Jean-Baptiste – Molière et moi-même avions aussi deux autres points communs : l'orgueil et l'ambition. Ces deux vertus, qui ne deviennent des péchés que lorsqu'elles font de l'ombre aux envieux, Molière voulait les appliquer au théâtre et moi à la musique. J'avais quelques mois d'avance sur lui : nommé surintendant en mai, Molière n'avait triomphé à Vaux qu'en août. Si j'étais couché sur le papier d'un brevet, la reconnaissance de son génie circulait encore par la rumeur, il est vrai royalement flatteuse.

Les troupes rivales, l'hôtel de Bourgogne et le Marais, lui menaient bataille depuis ses débuts, mais Molière n'ambitionnait que la seule faveur du roi. Avec raison : pouvait-on désirer moins pour parvenir ? Malgré critiques et calomnies, son comique assassin lui fit obtenir la salle, décrépite, du Palais-Royal, pour y installer sa troupe et son théâtre. Cela lui était un bon pied-à-terre pour peaufiner ses textes, quand il en avait le temps, car pour lors, en cette année 1661, il fallait obéir à Louis, qui passait commande sur commande pour ses divertissements. Rien, cependant, qui ne sorte du tiroir de Colbert.

Et ce Trésor avait toujours rendez-vous avec moi.

– Serviteur, monsieur le ministre !

– Serviteur Baptiste !

J'oubliais ce « Jean » par lequel il m'avait demandé de le nommer, six mois auparavant.

M. Colbert, bien que le roi ne voulût pas gouverner avec un Premier ministre, le devenait dans les faits : finances, marine, bâtiment, il accaparait tout, comme une sorte de Mazarin en noir.

– Le roi est fort satisfait de vous, monsieur. Le rôle que vous avez, ou plutôt que vous n'avez pas joué à Vaux, lui agrée.

– Je n'ai fait qu'obéir, monsieur. Obéir et observer.

– Ah... Et qu'avez-vous donc observé ?

– L'ordonnancement de la fête, le faste, les prodiges accomplis, la subtilité du goût de M. Fouquet. Et combien toutes ces beautés plurent à Sa Majesté.

– Qui en fut fort jaloux. Il n'est pas dans ses habitudes de voir une personne briller plus fort que lui-même.

– Il est le roi, celui qui est au-dessus de tous ses sujets.

– Et que nous nous devons d'exalter, comme nous en conçûmes le projet.

– À ce propos, monsieur de Colbert...

Son air de plus en plus hautain aimait à présent qu'on l'apaise d'un peu de particule, en caressant le souvenir de son ancêtre imaginaire : monsieur le chevalier de Mac'Oldbeer.

– Oui Baptiste ?

– Eh bien...

– Allons parlez ! Vous ne me ferez pas croire que je vous intimide !

– Eh bien, vous souvient-il de ce *Ballet des Saisons* que nous avons donné à Fontainebleau après les noces de Monsieur avec Madame...

– Oui, un fort beau ballet. Que Leurs Majestés furent dignes ! Et notre roi, quel port superbe dans ce personnage du Printemps. Vous incarnâtes vous-même...

– ... le Jeu, monsieur.

– Mais vous étiez aussi un autre personnage ?

– Oui, un moissonneur. Justement, celui-ci a pour fonction d'engranger...

– Que me voulez-vous dire ?

– Eh bien, il y a que je n'ai rien engrangé, monsieur ! Nous sommes à l'automne et la nomination remonte à mai. J'ai des frais, monsieur.

– Il est vrai, l'on m'a dit que vous emménagiez rue du Jour. Ferez-vous une fête ?

– Il se peut, et vous y serez convié... si elle a lieu, car pour fêter dignement, il faut de l'argent, monsieur de Colbert.

– Ah, toujours nous en revenons à cela !

Je ne savais plus comment obtenir ce premier terme qui m'était dû. Enfin il avança la main vers son tiroir.

– Combien cela représente-t-il ?

– Dix mille livres monsieur. Vous fixâtes la somme vous-même.

– C'est en effet quelque chose que dix mille livres. Tenez, les voici.

Colbert me tendit une bourse dodue, que j'ouvris.

– Monsieur, c'est que...

– Qu'y a-t-il ?

– Il y a que cet argent, ce sont beaucoup de petites pièces.

– Certes...

– Eh bien je préférerais de l'or.

– Vous êtes gourmand, mon cher Lulli. Allez, on vous les changera !

– Et je perdrai au change ! Il me faut être payé directement en or.

Je comptais et recomptais ces pauvres pièces. Je faisais de plus en plus la moue.

– Eh bien qu'y a-t-il encore, Lulli ? Me serais-je trompé ?

– Il y a que... il manque deux mille livres, monsieur Colbert. Je crois qu'il y a erreur.

– Il manque deux mille livres ? Mais vous venez de me réclamer dix mille livres ! D'où sortez-vous cette extravagance ?

– Du *Ballet des Saisons*, monsieur. C'est le prix du divertissement : deux mille livres.

– Nenni, nenni. Vous êtes surintendant de la Musique. Ce ballet représente une partie de vos attributions. Je le compte donc au titre des émoluments que vous tenez en main.

– Certes, mais le ballet date d'avril et la surintendance de mai... comprenez-vous ? Il a été composé avant la nomination. Donc...

– Vous voulez être payé en sus ?

– Je veux être payé pour un travail fait, et bien fait, vous l'avez déclaré vous-même !

– Et moi je ne veux pas de ces comptes-là ! s'énerva Colbert.

La colère commençait à me prendre. Je n'allais pas exploser devant lui. Je décidai d'en référer au-dessus. Je pris les dix mille livres et brisai là.

– Eh monsieur Lulli, où courez-vous donc si vite ?

– Je vais voir le roi, monsieur.

– Pour lui parler d'or ? Voilà qui est fort courageux, Baptiste. Serviteur monsieur !

– Débiteur, monsieur le ministre !

Le roi était au jeu, une occupation lucrative dont il n'aimait guère être dérangé. Mais je savais comment m'y prendre. Je fis un peu de pantomime. Quelques remarques fusèrent :

– Savez-vous que Baptiste et bouffon commencent par la même lettre ?

– Oh quelle méchante mine, notre Baptiste paraît avoir bien de l'humeur !

Qu'à cela ne tienne. Je pris son chapeau emplumé à un petit marquis trop maquillé et m'avançai vers le roi avec force circonvolutions du chapeau, yeux tournicotants et un « Votre Majestéééé » hululé d'une bouche si ronde que le roi éclata de rire.

– Eh bien mon surintendant, que me vaut cette pantalonnade ?

Continuant sur ce même registre de grotesque obséquiosité, je le priai de m'accorder un instant, et l'attirai vers l'encoignure d'une fenêtre. Je lui parlai d'or.

– Il y a monsieur, que j'ai fort à me plaindre de M. Colbert...

J'avais attendu longtemps le paiement de ma charge et maintenant M. Colbert s'emportait à l'idée que je voulusse le règlement du *Ballet des Saisons*. À l'énoncé de ce titre, le roi prit un air rêveur. Un fin sourire se dessina sur ses lèvres :

– Ah, quelle splendide fête ! Madame fut si belle en Pomone, et ces fleurs, ces dryades, ces hamadryades, tant de nymphes et de faunes... ma cour enchantée, l'odeur des cerisiers en fleur mêlée à celle des érables. Un mémorable ballet, Baptiste, mémorable... et toutes ces dames, si charmantes !

– L'un des plus beaux ballets que nous ayons accompli, Majesté. Ce fut l'authentique printemps d'un roi.

Je profitai de sa remembrance pour lui évoquer d'autres oublis du temps de M. Mazarin. Je lui décomptai le *Ballet des Plaisirs*, le *Ballet des Bienvenus*, le *Ballet de la Raillerie*. D'autres artisans de ses plaisirs avaient aussi été oubliés, comme Benserade.

– Certes, cela datait du temps du sieur Fouquet, et de telles malversations (j'osai le mot) pouvaient lui être imputées, mais...

– Je comprends, Baptiste, dit le roi, revenant de ses rêveries. Mais M. Colbert n'est pas M. Fouquet. Lui au moins sait compter, voyez-vous. Mais nous allons remédier à cela. Holà Saint-Aignan, un mot je vous prie !

Je m'écartai rapidement. À l'impatience de la main, je sus qu'il serait superflu d'assister à la suite.

– Fi du vilain quémandeur !

Le mot jaillit derrière moi. Je me retournai, prêt à foudroyer de la langue cette insolence, mais je ne vis qu'une tapisserie qui se rabattait.

Le lendemain, Colbert me fit quérir à nouveau. Il me régla plus d'argent que je n'en espérais. Quatre mille livres rien que pour la saison de Fontainebleau, où les bien informés craignirent que le roi ne s'oubliât dans des galanteries trop poussées avec sa belle-sœur Henriette d'Angleterre, ce qui avait provoqué une grande colère chez Monsieur. Et encore six mille livres, en or, pour les autres ballets oubliés. Dix mille livres en tout, soit une année de surintendance ! De quoi la fêter plus que dignement.

Pendant ce décompte il y eut, de part et d'autre, le plus grand silence, sans que rien, dans mes yeux, ne trahisse une lueur de triomphe. Puis, au moment où j'allais passer la porte, Colbert me dit doucement :

– Monsieur Lulli. Un mot je vous prie...

– Monsieur de Colbert ?

– Savez-vous que l'on a grand sujet de se plaindre de vous ?

Sueur froide et pincement de rate me saisirent en même temps. Je ne me laissai pas déferrer pour autant.

– Non, il ne s'agit pas de ce que vous pourriez craindre. Je suis tenu de parler au nom de vos confrères, mon cher, de vos confrères les musiciens.

– Eh bien ? Qu'ont-ils ? Je ne suis pas chargé de les payer, moi !

J'allais un peu loin, mais Colbert ne se déferra pas non plus.

– Non, il ne s'agit pas de cela... d'ailleurs... j'ai eu tort, je l'avoue, de vous compter ainsi vos deniers... Accepteriez-vous mes excuses ?

Les mots de Saint-Aignan avaient dû être sentis.

– Des regrets suffiront, monsieur, que j'accepte bien volontiers. Je comprends que vous eussiez à tenir des comptes bien plus rigoureux qu'ils ne le furent jadis.

– Bien, bien. Je ne suis pas votre ennemi. Oublions cela.

– Mais vous parliez de mes confrères ?

– Oui... oh, c'est assez délicat... et assez sot, j'en conviens, mais c'est ainsi. Ils se plaignent d'être dirigés par un...

– Par un ?

– Eh bien par un Italien !

J'avais craint le pire.

– Qu'y puis-je monsieur ? Mes parents sont florentins. Je ne puis renier mon enfance ! m'exclamai-je.

– Qui vous demande de renier quoi que ce soit ? Ne vous emportez donc pas ! Que vous êtes sanguin, mon cher ! Votre réputation est, sur ce point, bien justifiée. Mais, voyez-vous, une telle origine gêne les musiciens de la cour. Nombre d'entre eux peinent pour obtenir leurs charges. Alors que vous l'obtîntes par la faveur du roi.

– Et le moyen de remédier à la faveur d'un roi ?

– Il vous serait possible d'obtenir des lettres de naturalité. Sa Majesté y est favorable. Justement, nous en causions pas plus tard qu'hier au soir. Saviez-vous que nombreux sont vos compatriotes à les avoir demandées ?

La naturalisation, je ne demandais pas mieux. C'était la porte ouverte à l'établissement définitif dans le royaume, la fin des railleries courtisanes, la possibilité de gifler les impudents qui persiflaient derrière les tapisseries, et plus encore. Mais, commençant à bien connaître Colbert, je doutais que cela ne se fasse pas sans contrepartie.

– Venez, approchez-vous, Baptiste, et asseyez-vous. Discutons un peu de tout cela. Voici comment nous allons procéder...

III

DANS UN ÉNORME craquement, la machine se mit à descendre pesamment des cintres, peu assurée sur ses poulies tendues à l'extrême.

Anne d'Autriche avait fortement mal au cœur, mais l'on ne pouvait rien voir de sa pâleur, cachée sous un masque doré, drapée de six mètres de velours blanc. À ses côtés, la reine Marie-Thérèse, masquée elle aussi, s'était depuis longtemps évanouie.

On ne promène pas une reine gourde à quinze mètres de hauteur, avec un croissant de lune de deux mètres au-dessus de la tête, sans qu'elle puisse être exempte du vertige. En prévision de son malaise, on l'avait bardée d'un corset de fer, assez lâche pour ne pas l'étouffer, assez serré pour qu'elle donnât l'impression de tenir debout en cas d'inconscience.

Monsieur et Madame, agenouillés aux pieds des souveraines, portaient des manteaux extrêmement longs, brodés de fleurs de lys, dont l'abondance débordait de la nacelle. L'un et l'autre pouffaient de la terreur des deux Espagnoles. Henriette donnait du coude à Philippe en lui glissant :

– Voyez comme elles sont à présent dépitées, elles qui juraient tout à l'heure que, ayant connu les Pyrénées, elles ne sauraient plus avoir peur de rien !

– Cessez Madame ! lui dit Philippe, vous me faites tant rire que je m'en vais choir.

– De si haut, mon frère, vous feriez une méchante flaque ! lui rétorqua le roi qui figurait la Maison de France.

Il était entouré de toutes les armes de ses villes, portes, fleuves et autres allégories, plus ou moins dénudées selon l'âge de celles et ceux du sang servant également au spectacle. Leurs Majestés, perchées à quinze mètres au-dessus du public, descendaient avec une terrible lenteur la voûte de la nouvelle salle des machines des Tuileries, et s'en amusaient plus ou moins.

J'étais pour ma part terrorisé, comme Vigarani, l'inventeur de ce palanquin volant, comme Colbert, l'initiateur de cette machinerie. Caché derrière un rideau, le ministre s'arrachait ses manchettes de dentelle blanche en imaginant la catastrophe internationale que représenterait la chute du royal vaisseau. C'était son idée à lui, cette glorification de la royauté française par elle-même, dans un opéra déjà destiné à la gloire royale : l'*Ercole Amante* de Francesco Cavalli.

Le vieux maître vénitien s'y était surpassé. Cet élève de Monteverdi et l'abbé Buti avaient tressé ce qu'il fallait d'éloges aux travaux du glorieux Hercule, évidente référence à notre Louis triomphateur de l'hydre des guerres civiles, sans omettre la nécessaire touche de grivoiserie où de petits pages, faussement naïfs, chantaient ce que pouvait bien être « cet amour invisible que les dames cachent au fond de leurs grottes profondes ».

Peine perdue ! Il fallait être juste à côté de l'orchestre, ou en coulisse comme je l'étais, m'assouplissant les jambes dans l'attente du ballet intermédiaire, pour savourer les subtilités de cette exceptionnelle symphonie. Depuis le début des amoureux travaux d'Hercule, rien n'allait. Les chants, le continuo sophistiqué, les soli, duos, trios et quatuors se perdaient dans les cintres. À cinq mètres des musiciens, on n'entendait déjà plus une seule note. Vigarani, si doué se proclamait-il, avait vu trop grand, trop large, trop haut, trop riche pour cette salle des machines construite aux Tuileries et commandée par un Mazarin qui s'y connaissait en démesure. Le cardinal l'avait pourtant obligé à revoir des plans jugés hasardeux. Mais, une fois l'Éminence morte, l'ancien décorateur du duc de Modène n'en avait plus fait qu'à sa tête. Colbert, qui ne cherchait rien tant qu'à ruiner définitivement la mode italienne, s'était bien gardé de l'arrêter. Lui, pourtant si pingre, avait cédé à tous les caprices de Vigarani.

– Laissons-le faire, il me sert ! m'avait-il dit.

Car c'était là son plan, et le contrat qu'il m'avait contraint, en échange des lettres de naturalité, à passer avec lui : se débrouiller afin que désormais la France triomphe et l'Italie cède le pas.

Colbert y avait en partie réussi, mais le moment était critique. La nacelle avançait avec un bruit énorme et la salle hurlait de rire de voir castrats et prima donna se démener sans jamais pouvoir être entendus. Au début l'on avait été surpris, puis indigné, sur le thème « quelle dépense inutile ». Maintenant que le dernier acte s'achevait, le public était de très bonne humeur.

Pour les entractes de ces actes gesticulatoires où le vieux Cavalli se fatiguait à diriger d'inaudibles instruments, j'avais composé des ballets que l'on dansait différemment de l'opéra, non sur scène, mais en avant d'elle, sur un plan légèrement incliné permettant de mieux voir la chorégraphie et d'encore mieux entendre la seule musique que Colbert voulait que l'on entendît : la mienne.

À chaque entracte, je rapprochais un peu plus mes instrumentistes, violons, hautbois, flûtes et tambourins, du public parisien. Mon travail, assez indigne, je l'avoue, d'être comparé aux somptuosités de Cavalli, déchaînait l'enthousiasme courtisan. Mais les superbes scènes infernales, la prière au mausolée, les spectres animés, la mer en flammes, toute la partie italienne ne fut qu'un tableau animé et silencieux.

Je m'étais prêté, le dégoût dans l'âme, mais avec une bonne grâce intéressée, à cette trahison, le procédé de Colbert se pouvant difficilement nommer autrement. Il s'agissait de chasser tous mes compatriotes. Pourtant je n'avais rien à craindre d'eux, nous n'étions plus concurrents, si tant est que nous l'eussions jamais été. Baptiste, le rival des Français ? Oui. Mais d'un Rossi ? d'un Cavalli ? Jamais. Plutôt leur auditeur attentif, leur héritier sensitif.

Mais je resterai le vainqueur par écrasement de mes rivaux italiens, écrira-t-on plus tard. Et pour m'en remercier, je fus francisé. Ce fut cette ingratitude que retint la postérité. Billevesées, ni vraies ni fausses, auxquelles je répondrais plutôt que je fus instrumentalisé.

Aux menées de Colbert, Louis avait acquiescé de fort bon gré. Deux ans s'étaient écoulés depuis le départ de Marie Mancini, autant dire une éternité qu'il l'avait chassée de son cœur. La raison d'État, dans la couche de sa reine espagnole, avait apporté un premier mâle viable : le Dauphin Louis.

Colbert, tout au dépouillement des liasses saisies chez Fouquet, venait de lui prouver qu'Atto Melani avait espionné ses amours avec Marie pour le compte du surintendant et du cardinal. Il y eut pis encore. Rien, à la cour, ne s'écrivant sans être rapidement recopié, les lettres de l'indiscret castrat avaient couru toutes les chancelleries, provoquant bien des rires de Rome à Londres. Piqué dans son intimité, le roi avait aussitôt exilé Atto.

Au fur et à mesure qu'avançait l'instruction du procès Fouquet, les procédés du parrain Mazarin paraissaient. Pour s'en défendre, Louis écrivait de solennelles lettres à ses parlements où il s'indignait que le désordre régnât partout, que les finances fussent dans le gouffre et les malversations au pouvoir.

S'il avait refusé les millions de Mazarin, préservant l'honneur de la personne royale, il avait accepté de bon gré le legs de ses œuvres d'art. À présent il jalousait toutes ces beautés dont il n'avait pas été à l'origine. Il bâillait en écoutant la musique de Cavalli. Ses courtisans préparaient pis encore. L'envie, sous le couvert de la vertu, guettait en son cœur. La disgrâce de Fouquet avait-elle une autre origine ? C'était là le visage qu'il dévoilait, sous sa réserve, à ceux qui, comme moi, le côtoyaient depuis son adolescence.

La nacelle s'arrêta au milieu de sa course descendante. Elle se mit à tanguer. La poulie de droite s'était coincée. Un machiniste, un marin reconverti dans la maintenance de salles de spectacles, les hommes de mer ne connaissant pas le vertige à ces altitudes théâtrales, grimpa lestement décoincer le cabestan.

La royale tribu, trente personnes pomponnées et triomphales sous la gloire de carton, commença sérieusement à s'inquiéter de devoir rester une heure entre ciel et terre. Seule la petite La Vallière, parce qu'elle boitait, sut tenir bon dans cette houle mécanique. L'exercice lui plut. Elle sourit avec naturel sous son masque de nymphe virgilienne. Le roi capta, d'un œil de chasseur, cette subite éclaircie dans l'inquiétude générale. Il en jouit brièvement. La reine Marie-Thérèse, revenue à elle après force pinçons d'Anne d'Autriche, égrena un discret chapelet en priant la Vierge du Pilar.

Dix mètres au-dessous, Cavalli reprit pour la troisième fois la ritournelle accommodant la descente de la royale allégorie.

Enfin le marin désengagea la corde coincée. La Maison de France reprit son mouvement sous une rafale d'applaudissements.

À la fin d'*Ercole Amante*, les castrats furent sortis de scène sous une grêle de poires pourries et de vieilles galoches, exprès réunies par une cabale à la solde d'un certain ministre. Il oublia de défrayer le vieux Cavalli qui retourna dans sa chère Venise, à jamais dégoûté de la France. Le dernier quarteron de chanteurs italiens le suivit prestement.

Mazarin, dont on débutait la construction du mausolée sous la forme du Collège des Quatre Nations, de l'autre côté de la Seine, était bel et bien enterré. Sa dépouille ne sentirait plus. Un lent travail de flétrissure commença d'embaumer sa mémoire dans les rets de la médisance nationale.

Quant à moi, qui savais ce que je lui devais, je n'étais pas fier de mon triomphe programmé par Colbert. Sans être aussi superstitieux que Louis, un fort pincement de rate me fit cependant craindre un instant que dame Fortune ne fût outrée par un tel agiotage de ses faveurs.

– Louli ! Ah, tudieu, que ce *ou* sonne patoisant !

– Comme Pascalou !

– Cela fait italien ! J'ai l'impression d'entendre parler Mazarin : *lou*brique, *mou*sique...

– Ce qui ne se peut plus !

– Redis-nous ça, Baptiste !

– Louli ?

– Non, dis Lulli ! *u*, pas *ou* ! Tu reviens toujours à ton *ou* quand tu deviens soûl. Allonge les lèvres, forme un rond, comme si tu avais à souffler une bougie. Maintenant que te voilà français, enfonce-toi ce *u* dans le ciboulot ! Et ne dis plus *ou*.

– Lu-li ?

– Voilà, fort bien. Mais c'est insuffisant. Baptiste, il faudrait mettre je ne sais quel redoublement de consonne qui rende ton *lu-li* plus fluide, plus tempéré, plus français en un mot.

Molière en était à sa quatrième bouteille et commençait à sérieusement sorbonner du bonnet.

– Mais cela lui va bien au corps, son *louli*, répliqua Louis Couperin, puisque nous savons Baptiste un loup quant au lit !

Sans se départir, mon beau brun, particulièrement aviné, m'embrassa à pleine bouche.

– Louis qui défend Lou-li ! Ah Dieu, que ne fait-on avec sa langue ! Entre dentale et palatale, voilà nos deux amants qui s'étalent ! s'esclaffa Benserade.

– Avec deux, messieurs, avec deux !

– Avec deux quoi ? rota Molière.

– Qui parle ? demandai-je en m'arrachant à l'étreinte de Louis.

– Moi, Lambert, le père ! Je dis qu'il faut deux langues, pas une, pour bien faire en bouche !

Michel avait glissé sous la table. Comme Diogène, il hurlait du fond du tonneau qu'était devenue la basse salle de la maison, toute souillée de vin.

On avait laissé la trappe de la cave ouverte. Il en sortait incessamment une abondance de pichets et bouteilles. Par souci d'élégance, Madeleine avait à moitié recouvert sa gueule béante d'un large tapis. Michel, le sommelier de la tribu, y avait emmagasiné de grosses provisions du vin à la dernière mode : les côtes de Brouilly, liqueur qui montait furieusement à la tête. Martine, notre cuisinière, tentait d'en éponger les ravages en tranchant tant de boudins, jésus de Lyon, saucissons, cervelas et miches de pain, qu'elle en attrapait des ampoules aux doigts.

Le surintendant Lulli n'était pas en reste avec son voisinage. La Grande Mademoiselle avait envoyé à son ancien violon, qui l'avait tant fait danser des Tuileries au siège d'Orléans, trois grosses tonnes d'un jeune vin tiré de ses terres du Beaujolais. On le débitait dans la rue car, en ce 7 décembre 1661, personne ne devait être oublié.

Le vin coulait littéralement à flots sous les lampions et les girandoles, parures de rue soustraites au garde-meuble des fêtes royales, avec la bénédiction de Colbert. Cela donnait un je ne sais quoi de princier à la rue. Toute la soirée, le flot des carrosses avait embouteillé la rue du Jour où le surintendant de la Musique de Sa Majesté fêtait, en grande pompe bachique, et à ses frais, sa naturalité.

– Enfin ! s'étaient écriés les petits marquis, dont, magnanime, j'avais convié les moins venimeux à ma fête. Il est des nôtres, il est français comme nous autres !

Lulli le Florentin était devenu Lulli des Gaules, volonté ratifiée du royal paraphe de Louis, quatorzième du nom. Ces lettres de naturalité parvinrent vite. Chose promise par Colbert fut, cette fois, chose due. Sa rapidité récompensait ma célérité à renvoyer l'Italie chez elle.

– Et moi, je dis qu'il lui faudra rhabiller ce *i* de Lulli d'une belle boucle en queue. M. Particelli d'Émery, traitant bien connu, ne le fit que d'une belle boucle en queue d'un second nom, nobiliaire, rattaché à cette étrangeté de Particelli où continuent de résonner ses origines de banquier italien francisé à Lyon ! À ta santé Lulli !

– Mais de quoi parles-tu Colbert ? s'esclaffa Quinault. De parvenu ou de *i* grec ? Je n'y comprends goutte ! Toujours la tête chez les traitants et les prévaricateurs ? Allons, bois encore un coup, *de* Colbert ! Le vin te brouille les comptes !

Colbert, invité, avait déboutonné ses habits noirs, laisser-aller dont s'esbaudissaient nos yeux. Le bonhomme n'aurait jamais dû « quitter le vin », comme il disait, car soûl il était plus humain, quoique s'emmêlant toujours fort dans ses obsessions nobiliaires.

– Et il faut que reste encore, en ce loup au lit redoublé, cette liquidité qui est la tienne, Baptiste ! Le redoublement de tes deux *l* conserve le fluide de ton nom. Qu'il se fasse donc aérien, que l'on n'entende plus, du bruit de ton moulin originel, que l'envol d'une nuée d'ailes !

Quinault s'égarait dans une exégèse de meunier, veine poétique qu'il connaissait bien, l'ancien page ! Il buvait à ma fortune, mais aussi à la sienne. Par un heureux coup du sort,

Philippe venait d'épouser la jeune veuve Louise Goujon, dont il avait défendu avec succès le mari, mort opportunément à la fin de son procès. La dot et ses honoraires se montaient à soixante-dix mille livres...

– Rhabille-moi ce *i* d'un *y*... en croupe, qui fermera d'une boucle ta signature ! renchérit Molière.

– Un *i* à la grecque, mais cela me siéra fort bien ! Que voilà une signature de vrai bougre ! acquiesçai-je.

– Mets donc cette queue à ton cul, Baptiste, et qu'on n'en parle plus ! pouffa Molière.

– Ta rime est fausse Poquelin, tu as trop bu ! beugla Benserade, chevauché par la muse ivrognesse.

– Et les tiennes sont ouvertes comme un trou... du cul ! achevai-je, ce qui déclencha une nouvelle tornade de rires.

– Signe donc ici, Baptiste. Voyons ce que cela nous donne !

Molière saisit une plume et du papier, voulant absolument que je m'entraînasse la main à former des arabesques de *y*, tel un écolier.

J'écrivis à grosses boucles : Jean-Baptiste Lully.

– Bravo, hourra ! Santé, Baptiste, te voici doctement francisé. Et que cette boucle te pend bien sous la ceinture, par ma foi !

– À présent buvons à ta particule future, M. de Lully ! renchérit un Colbert décidément fort prévenant.

La confrérie des Saints-Garnements ici présente achevait mon sacre laïque en me gratifiant d'un *y* en finale. De leurs manches graisseuses, tachées par la débauche, ils tracèrent de grandes arabesques avec les pilons arrachés aux soixante poulets, plumés et rôtis dans le four du *Foutu Violon* à Madeleine.

De Lulli je parvenais à Lully, de même que l'on écrit Choisy-sur-Seine ou Marly-le-Roi. J'épousais la France. Mon *y* s'étala en grasses boucles jusque sur les murs.

À minuit, les clochers de Saint-Eustache s'illuminèrent. Les marguilliers, les commères, les sacristains et le curé, avec tous les marchands du coin, dansaient la farandole au son des Vingt-Quatre Violons, eux aussi conviés à l'intronisation de celui dont ils avaient jadis réclamé la mise en français. Dirais-je la mise au pas ? Je montai, titubant, jusqu'au grenier pour jouir du spectacle.

Je me sentais l'âme d'un prince de mon pays. Je songeais aux Saint-Jean Baptiste de Florence où le vin coulait des fontaines. J'en ferai couler bien d'autres encore ! *Battistina !*

J'étais un prince à la table du roi. Il coula feux de Bengale et blanches cascades d'étincelles qui rallumèrent les yeux embrumés par les liqueurs. Je donnai fête aux peuples, à mes peuples : ceux qui aimaient mes airs, chantaient ma musique dans la rue, a cappella, sans théorbe ni clavecin ; en plumant l'oie, en tournant la broche, en roulant le tonneau, en frappant l'enclume, en cousant la braie, et en l'ôtant aussi. J'étais source de plaisir et de joie. N'était-ce pas ce qu'aurait désiré le Créateur selon mon bon frère Bonaventure et Salomone Rossi ? Le bonheur par l'harmonie, le son comme lien des âmes ? Sainte musique !

Fiasque à la main, je remerciai mille fois de ses bontés ce ciel obscur et clouté d'étoiles qui régnait, impavide, au-dessus de la ville. En bas, la foule commença à former une longue chenille. La poudre pétaradait, elle couvrait les rires de son tambour anarchique.

– Muses, je vous aime ! criai-je, enfumé par les vapeurs du vin.

Un compère ivrogne leva le nez, me reconnut et commença à réclamer, en frappant dans ses mains :

– Baptiste, une bourrée ! Baptiste, une bourrée !

La rue reprit en chœur :

– Baptiste, une bourrée ! Baptiste, une bourrée !

Avec l'âme d'un maître du monde, je m'apprêtai à rejoindre le branle général, lorsqu'un grand fracas, suivi d'un cri atroce, monta de la salle. La plus grande confusion s'ensuivit : tables renversées, vaisselle brisée, chaises violemment rejetées contre les murs.

Je me précipitai dans l'escalier pour descendre mettre fin à ce qui semblait un début de bagarre, le vin pouvant commencer ses mauvais conseils. Mais il y eut trop de ce soudain silence qui signale la peur pour qu'il n'y eût que tempête de horions et galoches, là en dessous. Dix culs levés autour du trou de la cave, vingt semelles découvrant leurs injures, les perruques penchées autour de l'orifice comme oreilles de chiens battus : la vision était trop cocasse pour ne pas contrepéter.

– Holà mes amis, qu'y a-t-il ? Quelle bourse cherche son bougre ?

Il ne me fut répondu que par un long sanglot. C'était Madeleine qui pleurait, tendant un doigt oblique et tremblant de peur vers la bouche de la cave.

– Qui est tombé ?

Personne pour me répondre. Les visages, rougis par la fête, se relevèrent les uns après les autres, dessoûlés, abattus.

Une violente angoisse m'enserra la rate. Je les regardai, je les comptai : Michel, Quinault, Benserade, Colbert, Hilaire, Armande, Madeleine, Martine, Molière... Louis !

– Quoi ? Qu'y a-t-il ? Qui est tombé ? Et où est Louis ?

D'un geste violent, j'écartai Bruno, le petit page qui remontait de la cave par l'échelle, le visage pétrifié d'horreur.

– Ah monsieur ! Il est mort... il est tombé... il s'est brisé le cou tout net !

Je glissai sur les premières marches, me brisant presque le cou moi aussi. Il eût mieux valu. C'était horrible. Il était là, allongé, un filet de sang sortant de sa nuque qui était allée heurter la muraille. Démembré, ses deux jambes partant vers la droite, ses bras à l'opposé, comme si un bourreau lui avait brisé les os, le laissant là, désarticulé.

Le pauvre Bruno, qui ne savait quoi dire, dit ce qu'il ne fallait pas.

– Vous voyez, il est bien mort, le pauvret. Tordu comme un lapin.

– Tais-toi !

Je le giflai violemment.

– Baptiste, arrête. Le pauvre garçon n'y est pour rien, plaida Molière.

– Tais-toi ! Allez chercher un chirurgien !

– Il n'y a plus rien à faire, Baptiste, tu le vois bien. Louis est mort, grommela Michel.

– Tais-toi imbécile ! Tu n'es pas docteur, tu n'y connais rien. Obéis ! cours chercher le chirurgien ! Il saigne.

Ma rage retomba sur Bruno.

– Et toi, pourquoi tu n'as pas fermé la cave, imbécile ?

– Mais... monsieur, il fallait laisser la trappe ouverte pour monter le vin. Mlle Madeleine me l'avait demandé.

Ce fut à ce moment-là que je déraillai.

– C'est toi ! C'est toi, Madeleine ! Tu l'as fait exprès, hein ! Tu as laissé la cave ouverte juste pour qu'il tombe ?

– Mais enfin Baptiste, personne ne l'a poussé, réagit Michel. Louis est tombé en allant dans l'arrière-cour. Il s'est levé en titubant, il a dit « je vais pisser un coup », il a oublié le trou... et voilà.

– Vous mentez, vous mentez tous ! Vous l'avez poussé ! Qui l'a poussé ? Qui l'a poussé hein ? hurlai-je, fou de douleur.

Je ne pouvais penser qu'au pire. Ivre de colère je remontai de la cave, les mains en avant, prêt à déchirer le premier qui me tomberait sous la main. J'arrachai des perruques, je voulus crever des yeux, je voulus pousser à son tour Colbert dans la cave.

– Baptiste, arrête ! Tu es fou, criait Madeleine.

– Le pauvre, il ne sait plus où il en est.

Quinault n'avait plus que le sens des platitudes.

Le costaud Benserade me prit à bras-le-corps. Je ruai deux fois plus fort : Molière se jeta sur mes jambes pour les ceinturer.

– Vite, vite, emmenez-le derrière, à la cuisine ! Qu'on ne l'entende plus crier, ordonna Michel.

À mes hurlements, les joyeux de la rue commencèrent d'envahir la pièce. Les Vingt-Quatre Violons entrèrent les premiers.

– Colbert, va calmer les curieux, le pressa un Molière totalement revenu des esprits du vin. Dis qu'il y a eu un tonneau de fracassé, ou je ne sais quoi. Enfin, invente quelque chose ! Mais empêche qu'on n'entre !

Colbert, reprenant contenance, tourna le dos à la tragédie. Posant ses mains sur les plus proches épaules, il obligea les curieux à rebrousser chemin. Le rez-de-chaussée s'évacua.

Je m'échappai des bras de Benserade, me précipitai dans la cave et m'y enfermai, poussant le loquet bien à fond. On tambourina, on essaya de lever la trappe. Madeleine criait :

– Mon Dieu, mon Dieu ! Il va se tuer ! C'est horrible ! Ne fais pas ça, Baptiste ! Doux Jésus !

– Laissez-moi !

– Il faut un prêtre ! suppliait-elle.

– Fiche-moi la paix ! Laissez-nous !

Je me jetai sur le corps encore mou. J'étreignis sa tiédeur et ne vis plus qu'un tourbillon rouge et noir qui m'aspira.

Rue du Jour, le feu d'artifice avait noirci la paroi de l'église. Les bougies dans les girandoles bavèrent, faiblirent. Le vin éteignit sa farandole, les violons diminuèrent leurs danses. Decrescendo, diminuendo, cela se calma, s'apaisa. Madeleine ferma la porte sur la rue. Les convives sortirent les uns derrière les autres par l'arrière-cour, terrifiés par le subit accident. Ce mauvais sort jeté sur la fête vida la rue. À pas furtifs, l'obscurité gagna. Des flambeaux raccompagnèrent les plus soûls à leurs portes. Le roulement du dernier carrosse s'enfuit vers l'hôtel de Soissons. Le veilleur de nuit passa, chantant la demie. Après sa lanterne, la rue tomba dans l'encre. Livré aux voyous de la cour des Miracles, à la rapine, à la rapière, au couteau, Paris festif se fit sournois. À chaque coin de rue la malemort reprit ses droits.

Dans la cave obscure, je m'éveillai d'une contrée étrange où résonna longuement cette plainte qu'il me semble pourtant ne pas avoir articulée.

Mon soleil n'est plus qu'à demi, Louis n'est plus.
Quel astre noir a mangé sa vie ?
Une main froide est passée sur la terre.
Ma source s'est tarie.

Louis, ta viole n'est plus, ton orgue s'est tu.
Racornies les pousses, mangées les fleurs,
Le ciel voilé ne répand plus sa chaleur.

J'étais l'ombre amoureuse de tes rayons formée,
Tes yeux tenaient ma main.
Tu me labourais, tu m'ensemençais, tu me fertilisais.

Vois : notre vallon est mort du bruit de tes eaux,
Tombées par le fait d'un méchant sort dans la malemort.
Le lieu où je chemine à tâtons est aussitôt sec.

Tes nerfs sont retirés, je me sens amorti.
Avec toi se courbent mes sens, mon sang, ma chair, mes tendons et mes veines.
Mes poumons mi-dissous, mon estomac pantois, gênés vont gênant le canal de ma [voix.
Elle est comme l'eau qui, voulant saillir toute hors du vase, est contrainte de sortir [goutte à goutte.
Je suis la dernière, qui t'engloutît.

Louis, je t'entends pleurer du fond du trépas.
Ne sois pas apitoyé parce que tu pars sans absolution,
Tu n'en as plus besoin. Tu es déjà la vie éternelle.

Tes boucles roulent sous mes doigts, brunes avec des reflets d'or.
Ce sont tes gerbes que la moisson a coupées.
Tes cheveux, sacrés épis du soleil !

En haut quelqu'un t'appelle.
C'est la voix du Père qui veut ton corps pour le mettre en bière.
Mais Il ne t'aura pas, pas encore. Car si l'on dit que nous retournerons tous au [Père, toi, mon Louis, tu n'es pas mort.

Entre mes doigts tes cheveux sont couleuvres, mon bien-aimé,
Des couleuvres échappées à ton triste sort, mémoire de ce que tu fus et que nous [serons encore.
Je vous porterai, cheveux aimés.

Ne geins pas, Louis, sur le sort de ta malemort.
N'écoute pas la voix d'en haut qui t'ordonne la peur.
Écoute, plutôt, ce que nous allons accomplir.

Je prendrai ce couteau qui traîne sous la voûte,
Je couperai tes mèches,
Je gratterai la terre,
Je ferai un trou où glisser ma prière.

Je pratiquerai sur toi un sacrifice qui ton méchant sort conjurera.
De tes péchés commis je me sustanterai.
Je t'écouterai et je t'entendrai.
Je nous ferai éprouver et le bien et le mal.

J'appellerai sur nous la rude connaissance des pays lointains.
Je redeviendrai turc et juif, tu seras scythe et more.
Je prierai mes dieux qui sont étrusques.
À tes côtés, sur la voie obscure, septante heures entières j'errerai.

Vers l'occident je me retournerai, puis vers le midi.
Je sonnerai aux quatre parts du monde, afin que la cohorte, hors des vieux [monuments, à mes prières sorte.
Monstres serpents-pieds : Belzébuth, Astaroth, Asmodelle, Mamone, Zuriel, [Asmodée, Malebranche, Satan, Melabère, Rubicant et Draguimel !
Et vous, sœurs serpents-cheveux : Belfagor, Tarlagadan, Bure !

Par l'art éprouvé du vieillard Zoroastre, par la terreur de vos noms convoqués, je [dompterai mon âme et ton astre.
J'écrirai nos deux noms en mainte étrange sorte,
Puis je vous porterai, cheveux aimés.

J'ai coupé tes cheveux, mon bien-aimé !
J'ai la découpe de ton âme entre mes mains, mon Louis aux pupilles d'or.
J'en fais un nœud à mes cheveux.
Je noue tes gerbes à mes tresses brunes.
Tes cheveux dansent une auréole autour de ma tête folle.

Ta fosse est prête, Louis, et je pleure en l'épelant.
Le couteau, mes ongles, l'effort l'ont tapissée de mon sang.
Ma bave coule et crée de la boue avec ton sang.
Vois, c'est ma terre qui roule au déboulé de ton corps.

Je te prends quelques mèches et un poil de pubis.
J'en roule de la main gauche une boule molle.
C'est l'oint du maléfice par lequel je chasse ta malemort.

Je roule, je récite et je répète :
Cheveu, qui coules après toi-même,
Et qui te fuis toi-même aussi
Arrête un peu ton onde ici.

Ma terre s'enroule autour de ton corps, mon bien-aimé.
On aura beau te mettre au charnier, c'est à cette terre que je te donne,
À cette terre de Paris d'où tu reviendras, de cave en souterrain,
De sous la ville qui dort tu accourras vers moi quand je veillerai encore.

Voici l'or, Louis, que je laisse à la terre.
Louis et louis dans un même accord,
Accorts à jamais, là, dans cette cave nous resterons.

Ensemble nous fructifierons, or de tes cheveux, sel de ma terre !
Qui connaît le pouvoir qui dort dans mon humeur où je te roule et où tu dors ?
[Car je vous porterai, cheveux de mon bien-aimé.

Ô vous qui traînez en vos fuites tardives les regrets que j'épands,
Vous cheveux d'ici-bas, vous saintetés fées, muez-moi, je vous prie,
En un soupir si tendre, que le cœur des passants mon accent fasse fendre.
Et leur escarcelle détendre.

Septante heures plus tard je revis le jour, d'écailles tout couvert, la barbe repoussée, les sourcils froncés, le front pâlement sombre, la voix effroyable, tenant en main une perruque souillée.

Fou de douleur, je ne composai plus, n'allai plus à la cour.

Le roi s'inquiéta de Baptiste. Il envoya ses médecins qui, en l'absence de corps à saigner, rapportèrent paroles et rumeurs bourdonnant autour de son baladin préféré. La mort de Louis chez moi. Le prêtre de Saint-Eustache accouru, Baptiste enfermé avec la dépouille à la cave et ne répondant plus. Le grand sabbat des chouettes au clocher de Saint-Gervais, la nuit de cette malemort. Louis chauve avant ses funérailles. On s'était enquis de cette étrange calvitie. Ce n'était point de lui, qui avait le cheveu noir et dru. On soupçonna aussitôt quelque effroyable messe. De Saint-Germain à Paris, le sieur Lully fit une course folle jusqu'aux pieds de l'autre Louis.

Genou à terre, je sentis sur moi tomber sa colère :

– Sodomite ? Sorcier peut-être ? Baptiste, je n'en puis plus. Je supporte à peine les incartades de mon frère. Que son mal ne gangrène pas plus avant ma cour. Baptiste, marie-toi !

Il fulmina, tonna et d'un bras me fit mordre la poussière. Il y eut mouvement de rats derrière les tapisseries. Dès lors les imprécations fusèrent à mes oreilles :

– Marie ma fille ! s'exclama Michel.

– Marie-toi Baptiste ! conseilla Molière.

– Marie-toi ! pria Quinault.

– Baptiste, signe là ! renchérit Colbert.

– Eh bien soit, puisque vous le voulez tant, je me marierai ! Mais signez vous aussi au bas de cet acte, que je le voie et le garde comme mon plus secret papier, que je l'encadre et sache chaque jour ce qu'il faut payer pour monnayer son parvenir. Las, quel autre moyen que de rentrer dans le rang ?

J'avais trente ans, je signai donc, bien entouré, à Saint-Germain-en-Laye, le 14 juillet 1662. Je cite, tel qu'aux Archives a été conservé le maudit papier : le roi Louis et sa mère Anne d'Autriche. La reine Marie-Thérèse, Colbert et Marie Charron, son épouse. Louis Hesselin, surintendant des Menus Plaisirs, le duc de Mortemart, Lambert et de Nyert. L'honorable homme Michel Dupuy, cabaretier du *Bel Air* et sa femme Magdeleine Briolle. Hilaire Dupuy, fille majeure, sa tante Catherine et sa cousine Anne Morineau. Me Galliot, greffier du Châtelet et sa femme Jeanne Limozin.

De la tête à la cave, du souverain au cabaretier, tous me consignèrent.

La veille du mariage, célébré à Saint-Eustache par un curé ravi de me voir revenir dans la communauté des fidèles, je passai avec Madeleine un autre contrat.

– Ma liberté contre la tienne ! Tu hériteras de tout ce que j'ai et que je te pourrais laisser. Nous ferons des enfants, puisqu'il doit en être ainsi. Mais en échange, je te réclame le droit d'une double vie. Je t'en avertis avant que de l'entamer. Tu n'en diras rien et tu feras bien ce que tu veux de la tienne. Lions-nous ma belle, mais ne nous entravons point.

Tel fut l'acte officieux que je passai avec elle.

Ce que Madeleine pesait est dévoilé comme suit dans l'acte officiel. Une dot de vingt mille livres, à savoir douze mille au comptant, quatre mille en bagues, joyaux, hardes à l'usage d'icelle mademoiselle future épouse, meubles dont la délivrance se fera dans ledit jour des épousailles, et quatre mille restant en quatre années de mille livres sur les appointements de la charge de maître de musique de la chambre du roi, dont le sieur Lambert est pourvu et jouissant.

Avec Madeleine, j'épousais aussi Lambert. La tribu scella son sort par l'apport de vingt mille autres livres que le roi ajouta sur sa cassette. Rançon de ma liberté ? Nous devînmes riches, bien plus riches que tout ce que la cave avait pu cacher huit années durant.

– Lully se marie ! cria la voix publique.

On chantonna un peu partout ce refrain, né chez les petits marquis de la cour :

– Baptiste est remis sur le bon pied !

– Et Baptiste danse mieux que personne, voyez-le donc !

Avec Molière, je répondis à leur ironie par une comédie-ballet. J'y peaufinai tout particulièrement un charivari, sorte de divertissement bruyant que l'on fait d'habitude subir aux couples mal assortis. Disposant sur scène de Saint-Aignan, de Beauchamp, du roi et de Monsieur, aux côtés de Sganarelle-Molière, j'entrepris un vacarme de poêles, bassines, seaux et chaudrons. La mélodie variait un double sur le dialogue que Michel et Hilaire chantaient à la scène précédente, lovant l'un sous l'autre les paroles suivantes :

– Allons nous réjouir, m'amour, et célébrer cet heureux mariage !

– Mon amour est bien grand, ma mie, mais ma douleur n'est pas moindre !

Hautbois en bouche, je guidai cette sauvagerie que le roi dansa avec beaucoup d'entrain. Je portai sur la tête les mèches de mon Louis, ce que personne ne sut jamais. J'en oubliai presque le titre de cette comédie-ballet de 1662 : c'était *Le Mariage forcé*. Ah Louis, tes baladins n'avaient-ils pas bien de l'humour ?

LIVRE QUATRIÈME

I

Les deux Baptiste façonnaient la ville et la cour par leurs joyeusetés. Bien plus la ville que la cour d'ailleurs, j'ose le soutenir, puisque c'était auprès du public de Paris que nos succès se construisaient durablement. Après que le roi et sa troupe y eurent toutefois agréé, il est vrai, tant à la cour on aime se croire la voix de la postérité.

Mais auprès de Leurs Majestés, en cette fin des années 1660, les temps étaient bien changés. Une divinité grise et lente, que la cour de Louis n'avait jusqu'alors jamais connue, s'abattait sur ces illustres personnes. Elle alentissait leurs attitudes, abaissait le ton de leur voix, jetait une langueur étrange jusque dans la nervosité de leurs intrigues, c'est dire à quel point ce mal était grave ! On nommait cette perfide déité l'Ennui.

Colbert avait beau demander à tous les thuriféraires de France, à tous les gazetiers du royaume, de glorifier les splendeurs que l'on connaissait là-bas, près du Soleil vivant, rien n'y faisait. La vérité transpira : sous les rayons de l'astre royal, ceux qui en étaient réchauffés dépérissaient de langueur, de même que les orangers malades, dans leurs pots, pourrissent à partir du pied. Cette grande affaire finit par éclater aux yeux du principal intéressé.

Ce fut par l'une de ces affreuses journées d'hiver, comme seul Versailles sait en offrir. Le château avait beau être dans les plâtres et son inconfort plus que notoire comparé au confort, éprouvé par des siècles d'oisiveté, du vieux château de Saint-Germain où il tenait d'ordinaire sa cour, le roi ne jurait que par son palais en construction. Et, pour le carnaval de février, Louis avait voulu que l'on se transportât à Versailles.

Malgré le soleil qui luisait dans un ciel bleu d'opale d'où avaient fui tous les nuages, un vent de nord-est, glacial, lançait ses rafales à l'assaut de la cour de Marbre. Le rectiligne canyon que lui offrait le chemin regardant vers Paris aidait beaucoup ses féroces assauts. Les vents coulis glissaient sous les portes. Ils attaquaient le corps par les pieds et les chevilles, inutilement entourés d'une abondance de soie.

On gelait littéralement par le bas. Le froid de février remontait jusque sous les perruques que ne protégeaient ni plumes ni chapeaux, personne ne se pouvant couvrir en présence de Sa Majesté sans qu'elle l'ordonne. Sentant mes poumons rétrécir sous les poignes conjointes du vent et de l'humidité, je maudissais de nouveau ce Versailles. À quoi bon tant d'or et de tissu pour avoir si froid ?

Dans la cheminée, un puissant feu de chêne ne réussissait qu'à rôtir le dos et roussir les bas, tandis que l'autre face de ceux qui tentaient de s'y chauffer était bleuie. Les haleines soufflaient de légers nuages tièdes. On ne se pouvait même pas réchauffer à la présence d'autres corps. Pour la première fois de ma vie, je jouai devant une salle presque vide. Les timbales et les tambours résonnèrent intensément sous les marbres dépeuplés, puis retombèrent dans le silence. Personne à qui donner la main ni à inviter à la danse.

Le roi et la reine avaient pourtant revêtu toutes les pierreries de la couronne, mais ce que la cour comptait de danseurs émérites, de virtuoses de haut rang, avait trouvé prétexte pour briller par son absence. Astres somptueux, Leurs Majestés luisaient, solitaires, sur leurs trônes.

Monsieur avait fui, emportant sa cohorte de mignons pour s'adonner à des divertissements plus à son goût en son domaine de Saint-Cloud. Madame toussait ses poumons et perdait ses dents. Par compassion, Lorraine, nouveau favori de Monsieur, lui avait laissé quelques fioles d'une certaine potion dont il arguait tirer lui-même quelque profit. Mmes de Soubise, de Sully, d'Harcourt, de Ventadour, de Coëtquen, de Grancey, bref, toutes les beautés de la cour, rêvaient d'autres galanteries, plus tièdes, dans leurs hôtels de Paris.

La Vallière, qui avait été le prétexte des fêtes dites les Plaisirs de l'île Enchantée, montées avec Molière, récitait maintenant son chapelet chez les carmélites de Chaillot. Cette première dame de la faveur avait été remplacée par une nouvelle, Mme de Montespan.

Mais ce bal de février était une telle pitié ! Celle qu'on appelait la belle Athénaïs, n'ayant présentement personne de qui médire, bâilla derrière son éventail et demanda la permission de se retirer. Mme Scarron, la moins accoutrée des quelques rares dames encore présentes auprès de Leurs Majestés, suivit Athénaïs sa maîtresse.

La reine Marie-Thérèse dormait, comme à son habitude. Le profond silence l'incita à ronfler. D'un claquement de doigts, le roi se fit amener un paravent. Ce bruit autoritaire réveilla la reine. Elle se retira à son tour. Il ne resta plus personne pour assister les déplaisirs du roi désolé.

Caché de son public absent, le roi Louis XIV passa sa main sur son visage et moucha dans une pièce de batiste l'émotion qui lui montait aux yeux. Il me regarda longuement, puis me demanda :

– Où donc est passée ma cour ? Où ont fui tous nos plaisirs ? Ah Baptiste, que ferons-nous ?

J'employai force circonlocutions polies pour faire entendre à Sa Majesté que sa cour et lui-même dansaient sans discontinuer depuis dix-sept ans. Le *Ballet de la Nuit* datait de 1653. Pouvait-on honnêtement baller une année de plus sans que l'on en éprouvât forcément quelque déplaisir ?

– Louvois, qu'en dit-on chez nos peuples ?

Ce ministre, l'occulte gardien du royaume, sortit de son maroquin une lettre recopiée par son Cabinet noir, ainsi qu'il arrivait à la correspondance échangée en France et au-dehors.

– Sire, j'ai la tristesse de vous déclarer que, sur ce sujet, l'on écrit hélas assez peu. J'ai cependant ici quelques mots de l'un de vos sujets, dont Paris clame qu'il s'agirait de l'un de nos plus beaux esprits. Voici ce que cette spirituelle narre des plaisirs de la cour. Je cite : « Ma chère bonne, car c'est une dame qui écrit à sa fille mariée en Provence, nous allons partir aujourd'hui pour Fontainebleau, où les plaisirs deviendront, à leur habitude, des peines par leur multitude même. »

Louis s'enfonça dans le silence, avec cet air de froideur qui signalait chez lui l'intensité du dépit.

Aux côtés de Louvois et de Saint-Aignan, chef de l'étiquette, et de moi-même était Colbert, devenu l'absolu maître d'œuvre des plaisirs officiels. Quatre personnes, sur quatre cents, voilà ce qu'il restait comme présents au fameux bal de la cour !

Regroupés derrière le royal paravent, toute notre manœuvre consistait, en cet instant, à guider le roi vers la cheminée par diverses incitations au mouvement. Hélas, Louis avait ceci de particulier qu'il n'était pas frileux et détestait les fortes chaleurs.

La colère le fit sortir de son mutisme. Il froissa la lettre et se dirigea vivement vers la cheminée. Aussitôt nous suivîmes en troupe. Il jeta la copie de Mme de Sévigné au feu en explosant d'une rage glaçante :

– Ainsi donc je les ennuie tous ? J'offre l'abondance et l'on ne me répond que par de longs bâillements ? On me tourne le dos ? Voilà comment l'on me remercie de tant de bontés !

– Et coûteuses, sire, de coûteuses bontés ! lança Louvois.

Colbert était tout penaud. Louvois, après cette pique lancée à son attention, guettait, chez celui dont il jalousait la puissance, la réplique malhabile. Après tout, Colbert avait voulu l'entière responsabilité des fêtes royales. Si on les boudait, c'était sa faute.

– Il nous faut inventer, sire, inventer des divertissements encore plus extraordinaires, qui suscitent l'attention de la cour, raisonna Colbert. Un mariage peut-être ?

– Comment cela un mariage ? Mais Colbert, vous confondez famille et divertissement, railla le roi.

– Un enterrement alors ? risqua Louvois.

Colbert contre-attaqua sur cette incongruité de son rival.

– Sottises, monsieur ! Se réjouit-on pour un enterrement ?

– Certes non, mais il y a là de l'idée... pensa le roi tout haut. La mort est aussi l'occasion de belles pompes, de visites à rendre, bref de multiples occupations. Ma mère la reine est morte voici quatre ans, et, à y repenser, je trouve que son départ a manqué d'éclat.

– Elle-même l'avait demandé, sire, rappela Colbert.

– Point tant, rectifia Louvois.

– Encore une fois, les dévots gâchèrent nos plaisirs, risquai-je...

– Ne ricanez pas trop des dévots, Baptiste, ce sont gens hargneux, qui ne lâchent jamais leur proie, rétorqua Louis.

L'autre Baptiste, Molière, en savait quelque chose. La Compagnie du Saint-Sacrement ne le lâchait guère depuis l'affaire *Tartuffe*, cette pièce contre les dévots qui avait assombri, du temps de La Vallière, la semaine des Plaisirs de l'île Enchantée.

Une seule pièce scandaleuse, sur cinq jours de fête, avait causé cinq années de scandale ! Même après la mort d'Anne d'Autriche, suivie un mois plus tard par celle du prince de Conti et l'éclipse, relative, de la cohorte dévote qui avait suivi, l'étoile de Molière continuait de pâtir de cette œuvre téméraire. S'il était resté le tapissier-valet de chambre de Sa Majesté, rabattant chaque jour les couvertures du roi, ce dernier gardait envers le comédien une distance toute politique.

Il lui passait commande mais s'abstenait de lui demander des conseils en son particulier, raison pour laquelle Molière était aujourd'hui absent derrière le paravent.

Louvois continuait à établir la liste des mourants, à la recherche d'une pompe funèbre qui puisse être bien spectaculaire.

– On dit le chancelier Séguier mal en point, sire. Il décline rapidement. Sa famille a convoqué à son chevet un médecin renommé de Montpellier, ce qui met en fureur la Faculté de Paris.

Ce ministre savait décidément tout sur tout le monde, à force de lire par-dessus l'épaule du royaume.

– N'accélérons rien mon ami. Le pauvre homme n'est pas encore mort. Ne lui souhaitons pas un prompt trépas juste pour avoir matière à distraction. Et puis laissons là ce thème ! Vous m'allez rendre mélancolique. Trouvons aujourd'hui un sujet qui n'incite pas à la tristesse.

– De la nouveauté, sire, voilà ce qu'il nous faut ! répéta Colbert.

– Certes, mais laquelle ? L'hiver n'est pas la saison de la guerre, dit Louvois. Mon ministère ne peut donc agir.

– Nous venons de signer la paix d'Aix-la-Chapelle. J'ai ordonné la fondation de l'hôtel des Invalides. Pour nos meilleurs guerriers, voici venu le temps du repos...

– Majesté, faudrait-il alors créer quelque incident avec les Anglais ? Ou avec les Hollandais ? Dois-je réveiller nos sbires ? Mander un chiffre nouveau à nos ambassadeurs ?

– N'y pensons pas, Louvois. Je n'enverrai pas ma noblesse sur les champs de bataille, pas pour l'instant. Je préférerais la voir danser. Mais hélas... Et toi, Baptiste, qu'en dis-tu ? Trouves-tu toi aussi la cour à ce point ennuyée ? demanda le roi.

– Non, Majesté, je la trouverais juste un peu trop gâtée. Cette marquise n'a pas tort. Au risque de me répéter, sire, je vous rappelle que, depuis la mort de Mazarin nous avons dansé les Muses, les Arts, les Amours déguisées, la déesse Pomone, la nymphe Flore, la naissance de Vénus et le Carnaval. Il faut susciter une curiosité nouvelle. J'abonde dans le sens de Colbert. Nous devons absolument changer la nature de nos divertissements.

– Et que pourrions-nous trouver de nouveau, mes amis ?

– Je le sais, sire. Donnons-leur l'opéra !

Cela jaillit du fond de mon cœur.

– L'opéra ? Es-tu donc fou Baptiste ? s'exclama Louvois. Cette vieillerie italienne ? Ne te souvient-il pas comment Mazarin et son *Orfeo* furent reçus ? Et ce qu'il lui en a coûté ?

– Et ce qu'il en a coûté aux caisses du royaume ! À ce souvenir, Colbert avait pâli. Et le mal que nous eûmes à nous débarrasser de ces Italiens ! D'ailleurs, mon cher, quelle mouche vous pique de remettre cette antiquité à la mode ? N'expulsâtes-vous point Cavalli et les siens ? Quelle étrange envie, vraiment !

Je m'empêchai de rappeler vertement au ministre qui avait comploté le sort des Italiens. Pour combien de siècles allais-je devoir en porter la responsabilité ? Certes, je m'étais francisé à la mode de ce pays, ses bals et ballets, mais ce fut aussi pour en être accepté et y réussir. Mais l'opéra... Y avait-il plus excitant spectacle au monde ? Poppée, Eurydice, Orphée, Néron, Ulysse ! Et la puissance d'Atto, jadis, à Florence, représentant la mort de Cinq-Mars, la cour de Ferdinand toute retournée par cet art subtil et invincible. Bien plus exaltant que la cour dansant au miroir d'elle-même... Ce n'était pas une envie, c'était une intuition. D'ailleurs, où était-elle passée, cette cour ?

Le roi rêva tout haut :

– Mon Dieu oui, que cela fut beau... L'opéra ? Oui, l'opéra. Une riche idée que cette chose-là.

Et il se mit fredonner l'air des Larmes du *signor* Luigi, comme du temps de son adolescence. Soudain rien ne paraissait s'être passé, ni les affaires du parrain Mazarin, ni l'affront calculé d'*Ercole Amante*. À moi aussi, il revint une subite nostalgie de l'*Orfeo* de Rossi. « Bella cosa più non è ! » Je m'empressai de sortir ma pochette et de varier ce thème, si cher à nos cœurs, l'insinuant comme une subtile propagande à l'oreille du roi.

L'Italie exsuda de longues minutes sa brûlante passion dans l'air glacial de Versailles. J'enchaînai l'air du sommeil, la chaconne d'Aristée ; je glissai une sarabande de mon Louis sous un duo de la *Poppée* de Monteverdi.

« Pur ti miro, pur ti godo / Più non peno, più non moro / O mia vita, o mio tesoro [1] ! »

D'un rayon pourpre, le soleil choisit cet instant pour frapper le miroir de la salle et rejaillir sur la pendule d'écaille. Suivant ce trait des yeux, qui me parut un signe des dieux, je laissai mourir mon archet sur une ultime note que je n'eusse jamais cru obtenir si langoureuse.

Apollon à cet instant nostalgique, le roi songeait-il à Marie Mancini aussi fort que je regrettais mon Louis ?

– Mais pas un opéra à la mode italienne ! s'exclama Louis, pris d'une révolte soudaine. Mes courtisans ne comprennent rien à ces récitatifs en langue étrangère. Et ils n'aiment guère les castrats. Colbert, ne pourriez-vous convoquer quelque réunion d'académie pour réfléchir, voire arrêter une fois pour toutes ce dilemme de la musique italienne et de la musique française ?

– Si fait, Votre Majesté. Je m'en vais convoquer de ce pas Benserade, Molière, Quinault et tous nos plus beaux esprits.

– Allez, débattez de l'opéra, et venez m'en rendre compte, je vous prie ! Messieurs, à l'œuvre !

---

1. « Je te regarde, je te veux / Plus de souffrance, plus de mort / Ô ma vie, ô mon trésor ! »

Colbert sortit par la porte de droite, suivi aussitôt par Louvois qui prit la porte de gauche. Je suivis par la porte du fond. Dans la cour, avant de monter en voiture, je m'amusai de voir les deux ministres ordonner à leurs créatures respectives de se pister l'un l'autre.

Calé au fond du carrosse qui brinquebalait sur le méchant chemin, je me remémorais la discussion sur l'opéra entre d'Assoucy et Corneille, jadis, pendant les entractes d'*Orfeo.* L'opéra : cette ancienne ambition s'était réveillée sans que je l'eusse voulue ni réfléchie.

Oui, j'avais hâte de lâcher les ballets : ils manquaient désormais par trop d'absolu. En y songeant, je considérai que les plus abouties de mes œuvres récentes étaient justement celles où j'avais choisi le pur lyrisme. Je fis ma propre critique. Mon *Ballet de Flore*, une fois dépouillé de ses humains appas, s'avère bien plat. On l'a rejoué à Versailles, où il m'a insatisfait. Au cœur de *Flore* brille pourtant un astre noir, une déploration aussi intense que sobre : « La Plainte de Vénus sur la mort d'Adonis », et rien que pour elle, je ne disgracierai pas complètement ce ballet. Comme mon Louis, s'il était encore là, eût estimé le lamento de la déesse. Je l'avais accouché dans une telle transe !

Je tripotais les boucles de notre perruque. Aujourd'hui, devant le roi, mes tripes avaient parlé, pour ne rien dire de mon violon ! Une vraie nouveauté que l'opéra, oui vraiment, et qui avait de l'avenir. Une riche idée, comme il l'avait dit. En Italie, c'était à présent devenu une entreprise très prospère que se partageaient des théâtres privés. Diantre, je venais de remettre cette passion dans l'esprit du roi. Je n'allais pas laisser Colbert et ses académiciens me la ravir. Il me fallait une tactique...

Le carrosse qui m'emportait loin de Versailles empêcha que j'assistasse à une scène fort intime entre le roi et Saint-Aignan. Sa Majesté souffrait de la cheville depuis le ballet des *Amants magnifiques*. Il s'était blessé aux répétitions, assez gravement pour que le comte d'Armagnac paraisse à sa place dans le rôle d'Apollon. Mais l'orgueil de Louis n'admettait pas la défaillance de son royal corps. Depuis cet accident, il appréhendait de danser en public, principale raison pour laquelle la cour se désintéressait des ballets. L'intérêt de s'exténuer à répéter si l'on ne brille plus aux côtés du roi ?

Saint-Aignan rapprocha encore le paravent. Il sortit de sa poche un flacon d'eau de la reine de Hongrie, souveraine contre les douleurs articulaires, et entreprit de masser la royale cheville. Seul avec le courtisan maître de ses plaisirs, que la faveur d'un roi avait élevé, en dix-sept ans, de comte à duc, Louis soupira :

– Que t'en semble Saint-Aignan ? Je ne danserai plus, n'est-ce pas ?

– Nul ne le peut dire, Votre Majesté. Mais votre cheville ne désenfle pas aussi vite qu'elle le devrait. Votre pied reste fort douloureux. Il ne me paraîtrait guère prudent d'insister.

– Il est vrai qu'un roi boiteux, il y aurait de quoi rire... Bourdaloue ne me donne-t-il pas déjà du roi pécheur ? J'attendrai donc. Mais dis-moi, cher duc, que penses-tu de cette idée de l'opéra ?

– Elle me paraît bonne, sire. Encore faut-il voir qui y parviendra le premier.

– Nombreux sont les prétendants à sa création. C'est une idée dans l'air de ce siècle. Une vraie course de chevaux de race. Tiens, amusons-nous un peu. Sur quelle bête parierais-tu, Saint-Aignan ?

– Pour ma part, je n'en vois que deux, Molière et Lully, les deux Baptiste.

– Mais cela fait deux chevaux, et un seul doit gagner. Une bonne course ne souffre pas d'ex-æquo. Lequel de nos deux Baptiste franchira la ligne le premier ? Prendrons-nous les paris ? Cela nous désennuierait.

– Sire, j'y consens bien volontiers. Je mets cinq cents louis sur Molière, ou plutôt sur Baptiste Ier.

– Et moi cinq cents louis sur Lully, que je désignerai comme Baptiste II ! renchérit le roi. As-tu entendu les accents que cette seule évocation de l'opéra de notre jeunesse a tirés de son violon ? Quel diable d'homme j'ai donc là ! Il en vaut dix à lui tout seul !

– Il est vrai, sire. Il est impertinent, débauché, libertin, mais il saurait tirer des larmes aux pierres !

– Eh bien vois-tu, je l'aime tant, malgré cela, que je renchéris de mille louis sur notre Baptiste II !

– Et moi de mille autres louis sur Baptiste Ier !

– Topez là duc ?

– Topons là sire !

Et comme deux aventuriers de cabaret, le roi et le duc se serrèrent la pogne, aussi excités qu'impatients de voir qui, en France, irait le premier fonder l'opéra.

Je n'étais pas seul à en avoir assez des bals et des ballets. Molière aussi grognait à n'en plus finir contre la passion du roi. De retour de Versailles, après ce bal qu'avait présidé l'ennui, je me précipitai chez lui, dans sa maison d'Auteuil. Je lui contai par le menu ce qui s'était tramé derrière le paravent. Il se réjouit de ce que le roi abandonnât la danse. Il en fit même sur-le-champ un pastiche de réplique héroïque :

– Enfin il ne dansera plus, ce héros que j'adore ? déclama-t-il d'une voix digne d'un comédien de l'hôtel de Bourgogne.

Puis, plus sérieux, il s'enquit des exactes volontés du roi. Juste avant moi était arrivé un courrier de Colbert le priant de réfléchir sur la matière de l'opéra. Demain, à la première heure et toutes affaires cessantes, la fine fleur des auteurs devrait défiler dans sa bibliothèque pour venir lui donner son avis.

– Les auteurs uniquement ? demandai-je, interloqué.

– Oui, les musiciens viendront plus tard.

J'étais fort vexé. Quoi ? On allait disputer de l'opéra, et la musique n'était pas conviée ? Comment y réussir en ce cas ? Et que voulait dire ce pluriel à propos des musiciens ?

– D'abord les paroles, ensuite la musique, proverbia Molière, se drapant dans une superbe qui, depuis quelque temps, ne laissait pas de m'agacer.

Nous avions créé ensemble *George Dandin, Mélicerte, Le Sicilien, La Princesse d'Élide, Amphitryon, Monsieur de Pourceaugnac* ; j'avais tissé dans ses répliques des harmonies hilarantes, à base de clystères, de sommeil et de fourberies adultères. Que je sache, c'était toujours à deux que les Baptiste mettaient en joie, par leurs pastorales et leurs comédies-ballets, les rues de Paris et les bosquets de Saint-Germain. Et voilà que le comédien du roi tirait la couverture à lui ? Quelle fâcheuse attitude !

Il est vrai que vers la faveur du prince l'on n'aime guère monter en troupe. Je comprenais assez bien que Molière, les critiques acerbes le ballottant de faveur en défaveur, fût rassuré, même enivré, par la présente convocation de Colbert. Mais, au fond de lui, Jean-Baptiste Poquelin n'était pas toujours ce généreux, ce magnifique, ce magnanime dont La Grange, son comédien favori, dressait la statue par toute la ville.

Molière avait ses défauts, dont la cupidité n'était pas le moindre. Ainsi lui avait-il pris la manie d'empocher seul les rémunérations royales pour nos pièces, entre sept mille et douze mille livres selon l'humeur du roi, puis de les redistribuer à sa convenance. Je me suis retrouvé bien des fois payé comme un simple comédien, ce que je n'étais pas. Or j'avais aussi une tribu à entretenir, et les émoluments de Lambert et d'Hilaire, quoique princiers, étaient irrégulièrement versés, comme ma surintendance.

Je fis grise mine à Molière. Cela l'alarma. Nous mettions la dernière main à un divertissement qu'il était prévu de donner à Chambord pour la saison de la chasse. Craignant que je ne plante tout là, il se radoucit, offrit de déboucher un flacon pour faire des santés aux nouvelles volontés du roi. J'acceptai. À la troisième rasade j'en profitai pour lui demander un prêt de dix mille livres. Ce n'était pas une mince somme, mais j'avais des projets en tête, des projets immobiliers qui collaient assez bien avec le titre de la comédie-ballet que nous avions sur le métier : *Le Bourgeois gentilhomme*.

Au cours des années 1660, la tribu Baptiste-Lambert avait beaucoup déménagé, la maison de la rue du Jour gardant en sa cave trop de sinistres souvenirs pour y résider plus longtemps. Dans un premier temps, nous posâmes le clavecin, les lits, le violon et les tonneaux rue Saint-Thomas-du-Louvre. Mais Colbert ayant décidé la destruction du quartier pour agrandir la perspective du Carrousel, nous louâmes plus au nord, rue Traversière.

La tribu Lambert-Baptiste s'était agrandie, devenant une famille. Depuis mon mariage forcé, j'avais honoré mon contrat marital avec la régularité d'un bourgeois de Paris, jouissant en Madeleine une fois l'an, à la Sainte-Luce, lune montante. La semence Lully était fertile et le ventre Dupuy point stérile. Le premier enfant fut prénommé Louis et le second Jean-Baptiste, selon cette tradition du même nom courant du père au fils. Le troisième enfant fut une petite Catherine, le quatrième un petit Jean-Louis. Je laissai à Madeleine ces affaires de maternité : c'était sa distraction, son jardin strident.

Quant au roi, il lui plaisait de croire que je l'honorais par ces naissances homonymes.

– Bien, pensai-je par-devers moi. Qu'à Louis rien de ce que je fais ne déplaise !

Son orgueil participait de ma façade. Le roi tint mon petit Louis sur les fonts baptismaux de la chapelle ovale de Fontainebleau. Je fis jouer pour l'occasion un *Te Deum*, mais toujours avec sur la tête la perruque que l'on sait.

Molière aussi prénomma son premier-né Louis, mais il ne survécut pas aux fièvres mangeuses de petits enfants. Ces morts en bas âge désespéraient le comédien autant qu'elles affolaient Madeleine. Ils s'en consolaient ensemble. Je n'étais pas très affecté par ces incidents infantiles. Je passais les trois cent soixante nuits non dévolues au devoir conjugal avec Bruno, l'exutoire de mes débordements domestiques.

Je voulais surtout que subsiste dans la maisonnée un petit Louis et un petit Baptiste, en souvenir de ce qu'avec Couperin nous avions été. Quant à mes coucheries : au diable les mauvaises langues ! Est-il besoin de dire qu'auprès de Lully, le bourgeois gentilhomme, personne, dans la tribu, n'avait matériellement intérêt à jaser trop haut ni à donner des coups de canif à l'officieux contrat de mariage ? Madeleine obéissait et ne pipait pas.

Plus encore que pignon sur rue, avoir belle et grande façade d'hôtel particulier m'exempterait de toute critique. On envie celui qui le possède, mais on se tait. C'est un puissant qui habite là et ce qu'il y traficote ne regarde personne. Qu'importe ce qui se passe derrière sa porte cochère. S'il a envie de jouer à monsieur l'abbé et de commettre cent impertinences, le propriétaire est maître chez lui, monsieur !

La tribu Baptiste-Lambert, à force de tourner autour de la butte Saint-Roch, résolut donc de s'y poser. Avec Michel nous passâmes au cordeau les terrains disponibles. Nous en acquîmes deux pour la somme de vingt-deux mille livres. Ils avaient l'avantage d'être à l'angle de la rue Sainte-Anne et de la rue des Petits-Champs. On pouvait construire une double façade.

Je m'accommodai avec un entrepreneur d'origine italienne, Jean-Baptiste Predo, pour la construction. Je confiai les plans de l'hôtel particulier à l'architecte Guittard, qui conçut une bâtisse on ne peut plus mansardée. Les dépenses se montaient à quarante-cinq mille livres. Les dix mille livres empruntées à Molière me servirent en partie pour l'achat d'une maison voisine. Je prévoyais, en investissant dans ce quartier d'un excellent rapport, de pallier, par des loyers à venir, l'éventualité d'une défaveur, et conséquemment d'une baisse de revenus.

Vider le flacon avec Molière nous fut l'occasion d'une scène digne de *L'Avare*, Baptiste Ier voulant prêter ses dix mille livres au denier cinq [1], jusqu'à ce que Baptiste II, au second flacon, fasse baisser les prétentions au denier deux [2]. Ce n'était là que petite usure entre amis.

Sur l'opéra, ni le roi ni Saint-Aignan ne gagnèrent leur pari. Ce fut Colbert, s'il avait été là pour miser, qui aurait dû rafler la mise. Les auteurs défilèrent chez lui, puis les académiciens s'y réunirent en conclave. Ils échangeaient toujours leurs souvenirs d'*Orfeo* lorsque le principal ministre avisa sur sa table le projet de Pierre Perrin, abbé à ses heures, poète traducteur de Virgile et versificateur de psaumes en latin à destination du culte gallican. Le parchemin dormait ici depuis un mois. Honteux de sa négligence, Colbert laissa disserter les beaux esprits et l'étudia.

Perrin se proposait de franciser les merveilles italiennes. L'efficient Colbert avait bien entendu que le roi voulait l'opéra, mais à la française. Cela confortait son protectionnisme. Ce faisant, il était sûr de plaire à son souverain. Colbert agréa au projet. Contre toute attente, le 28 juin 1669, il signa un acte d'importance qui attribuait au sieur Pierre Perrin le privilège d'une Académie royale de musique et de poésie.

Il lui accorda « la permission d'établir en sa bonne ville de Paris et autres de son royaume, des Académies composées de tel

1. Denier cinq = 5 %.
2. Denier deux = 2 %.

nombre et qualité de personnes qu'il avisera pour y représenter et chanter en public, moyennant un droit d'entrée, des opéras et représentations en musique et vers français, Académies pareilles et semblables à celles d'Italie ». Permission était aussi donnée aux personnes nobles « de s'y illustrer sans déroger ». Un privilège d'une durée de douze ans : Baptiste Ier et Baptiste II étaient battus avant même d'entrer en lice.

La nouvelle du privilège de l'opéra attribué à Perrin m'agaça, mais ne me surprit guère. Depuis douze années, le bonhomme s'essayait à l'opéra. Sa ténacité avait fini par vaincre.

En 1659, j'avais assisté à la représentation de sa première œuvre, *Ariane et Bacchus*, livret de Perrin, musique de Robert Cambert. Ce fut inabouti, une pièce sans intrigue, suivie au moyen d'airs, de chansons et de dialogues amoureux cousus bout à bout. Les vers de Perrin étaient vers de mirliton, ce qui à l'opéra ne dérange guère. On y parle plus au cœur qu'à la raison, l'important étant moins la perfection des mots par lesquels on s'exprime, que la sensibilité sonore avec laquelle émouvoir sur le canevas des mots.

N'importe quel compositeur pouvait les mettre en musique. Perrin n'avait que Robert Cambert, l'un des ânes les plus émérites que la confrérie de Saint-Julien-des-Ménétriers ait jamais adoubé. Piètre organiste, tisseur d'académismes, dévot jaloux battant sa femme et avare de surcroît, je n'accorderai à Cambert qu'une seule qualité : celle d'avoir un don d'oreille pour reconnaître et choisir les belles voix.

Plus que les vers et la musiquette, ce furent les machines qui emportèrent à cette époque l'adhésion publique. Celles construites par le baron de Sourdéac étant plutôt réussies. Quant à l'épineux débat sur le récitatif, parler en chantant ou chanter en parlant, cela restait un écueil. On avait trouvé la parade en jouant la comédie, comme de simples acteurs. Rien que nous n'expérimentions Molière et moi-même, dans le genre de la comédie-ballet, mêlant le divertissement musical et la pièce de théâtre.

Le seul qui eût pu sauver Perrin, parmi tous les musiciens que j'avais pu ouïr, était d'Assoucy. Avec Pierre Corneille il avait jadis réalisé une intéressante partition pour *Andromède*. Cette collaboration eût pu déboucher sur de grandes œuvres ; leurs efforts conjugués eussent dû leur attribuer le privilège de l'opéra, mais l'ami d'Assoucy, après une rupture théâtrale avec Cyrano et le Saint-Sacrement aux fesses pour cause d'athéisme trop publié, avait fui en Italie. Depuis très longtemps, je n'avais plus aucune nouvelle de mon truculent hermaphrodite. Le dernier à l'avoir vu c'était Molière, en Avignon, il y avait des années de cela.

– *Dice, Turque, qui star quista ? Anabatista ? Anabatista ?*

À Chambord, en octobre 1670, dans la cérémonie turque du *Bourgeois gentilhomme*, je fus Grand Muphti et Molière M. Jourdain. Je lui donnai force coups de Coran en lui demandant sa religion.

Était-il anabaptiste ? Âne bâté ? Ou de la religion de Baptiste ? Comprenne qui voudra ce sabir turcomancien.

Beaucoup le prirent en mauvaise part. Molière, en écrivant *Le Bourgeois gentilhomme*, avait caricaturé un parvenu drapier. Cela aurait pu être Poquelin, le père tapissier. D'illustres reptiles, qui adoraient les personnages à clef, voulurent voir, sous ce portrait d'un ridicule en quête de particule, une pochade contre Colbert, fils de drapier.

Comme l'on est toujours l'arriviste de quelqu'un, Colbert se laissa convaincre qu'il était moqué. La pièce fut mal accueillie. On n'applaudit pas la première. À Chambord, dans l'escalier à double vis, les courtisans attendaient le bon vouloir du roi pour écarteler cet impudent de Molière. Colbert lova sa colère en attente des foudres du roi. Qu'allait-il se passer ?

Madame, dédicataire de *L'École des femmes*, n'était plus là pour protéger Molière. Louvois, dans l'ennui de Versailles, avait voulu qu'un enterrement vînt désennuyer la cour ? Un mal étrange venait d'emporter Henriette d'Angleterre, avec ses dernières dents. Le chevalier Philippe de Lorraine, l'amant de Monsieur, vida aussitôt l'armoire où il gardait ses médecines particulières.

– Madame est morte, va donc cacher ce pourquoi elle meurt...

Il chargea un dénommé Henri Guichard, attaché à Monsieur comme intendant de ses bâtiments, de le débarrasser de certaines fioles.

Il n'y eut pas de foudres régaliennes sur Molière. Le roi attendit la deuxième représentation pour féliciter son comédien.

Baptiste Ier avait eu chaud, mais il avait maintenant un ennemi considérable en la personne du drapier ministre. Baptiste II, plus prudent, s'était attaché à ne faire rire qu'à ses seuls dépens. À la fin de la pièce, je réconciliai tout le monde dans le *Ballet des Nations*, mouvement de chaconne où la salle et la scène s'enlacèrent dans le grand escalier en spirale, l'une montant et l'autre descendant. J'en dégageai les marches pour notre roi à la cheville convalescente.

On attendait avec grande impatience le premier opéra de l'Académie de musique et de poésie. Mais rien ne venait. Pas de salle, pas de chanteurs, pas de livret, beaucoup de dettes, Perrin débutait mal.

Il s'était engagé avec deux très mauvais conseillers, le sieur de Sourdéac et le sieur de Champeron, deux escrocs bien connus en Bretagne comme faux-monnayeurs où ils avaient longtemps filouté sur les gabelles et les tailles. Néanmoins Perrin fit acte d'association avec ces deux nobliaux. Perrin aurait, avec Cambert, la direction artistique de son Académie. Sourdéac et Champeron pourvoiraient à l'intendance. Le baron machiniste promit des merveilles mécaniques et son acolyte les fonds nécessaires à l'entreprise. Il fut conclu que les associés se partageraient les profits par quart.

Champeron loua, grâce à un blanc-seing de Perrin, une salle de jeu de paume. Ce jeu, que l'on n'appelait pas encore *tennis*, nécessitait un lieu assez vaste pour y donner des spectacles à machines.

Cette première salle, mangée par les termites, s'écroula aux premiers coups de marteau. Un procès se mit entre le locataire et le propriétaire, celui-ci accusant celui-là d'avoir mis l'édifice à mal par le poids des machines. Une première chicane s'abattit sur Perrin.

Les associés se brouillèrent, rompirent leur contrat d'origine, en établirent un second par lequel Sourdéac et Champeron devenaient administrateurs généraux de l'Académie et Perrin l'âme artistique de la nouvelle entreprise. Espérant voir venir les fonds promis par les escrocs, il se contenta d'une entente verbale et accepta sans signer un seul papier. Qu'en avaient-ils besoin, ne leur avait-il pas déjà donné sa signature ?

Le premier jeu de paume n'étant plus que gravats et procès, il fallut donc en louer un second, situé rue Mazarine, au jeu de paume de la Bouteille. Sourdéac et Champeron eurent l'adresse d'établir le bail à leurs noms. Ils se donnèrent ainsi comme les véritables détenteurs du privilège de Perrin, lequel hésitait toujours entre le projet d'une *Ariane* ou celui d'une *Pomone*. Robert Cambert devint simple musicien aux gages des deux directeurs qui lui allouèrent deux cent cinquante livres par mois. Il ne les vit jamais.

On l'expédia dans le Midi, à ses frais, pour chercher des voix, arguant qu'à Paris il n'y en avait pas d'assez bonnes. Il engagea Pierre Monnier, Marotte Labadoys, Catherine Suptille, François

Beaumavielle, Pierre Rossignol, Pierre Taulet et Jean Borel de Miracle... et se paya sur leurs appointements.

On s'intenta de nouveaux procès. Les associés promettaient toujours de l'argent, sans rien donner. On répétait avec difficulté, les deux tiers des chanteurs ne parlant que la langue d'oc, les jours où l'on avait la chance d'avoir quelques musiques de Cambert.

La cour s'esclaffait, Colbert était furieux. Malgré qu'il en eût contre Molière, il reconvoqua dans sa bibliothèque les meilleurs auteurs pour réfléchir plus avant à l'opéra.

– Messieurs, accouchez ou vous nous perdrez tous !

Il y avait urgence. Perrin n'arrivait à rien et le roi voulait un divertissement inouï pour le carnaval de 1671.

La cour devant partir, aussitôt après, inaugurer les fortifications de Dunkerque aménagées par Vauban, il fallait faire vite. Tout devrait être prêt en trois semaines. On disposait d'une salle, celle des machines, aux Tuileries. Le garde-meuble royal conservait toujours les décors d'*Ercole Amante* de Vigarani. La descente aventureuse du palanquin royal en avait fait oublier les somptuosités. C'eût été un gâchis peu économe de ne les point réutiliser. Vigarani huila ses poulies, emporta moins de monde dans les airs et refit la scène, de sorte que l'on entendît enfin quelque chose.

Molière voulut tout réaliser et écraser avant sa naissance l'Académie de musique et de poésie. Il n'y parvint pas. Pierre Corneille versifia les actes qu'il n'avait pas le temps de terminer. On confia à Quinault les airs d'amour et les airs à boire.

Pendant ce temps, Perrin trouvait enfin le titre de son opéra, ce serait *Pomone* au lieu d'*Ariane*. Mais l'avance de nos efforts conjugués permit de donner, le 3 janvier 1671, *Psyché* aux Tuileries. Ce fut un monstre que cette tragi-comédie-ballet à entrées multiples. On déversa tous les genres ensemble, on mélangea, remua, touilla et servit un divertissement où les plaintes, les beuveries, les cyclopes, Bacchus, des saltimbanques, six enclumes, trente satyres et ménades, dix furies, cinq petits amours et un seul grand amour se succédèrent en une revue éblouissante.

Ce fut un peu désordonné mais superbe. Au moment des saluts, Molière, exténué, toussant, mais heureux, se félicita qu'il venait, à lui seul, d'inventer l'opéra à la française. Il projeta d'écrire un placet au roi.

Fort vexé, je pris ma musique de *Psyché* et partis pour Dunkerque. Là, je tyrannisai les musiciens de la Chambre, de la Chapelle et de l'Écurie. J'ordonnai que soit tiré des chapelles, couvents et églises tout ce que la ville comptait de nonnes et de jouvenceaux pourvus de beaux organes. Je fis aussi démantibuler l'orgue de chœur de la cathédrale. Bastions, escarpes et contre-escarpes se prêtant fort bien aux déploiements de masse, que ce soit pour le théâtre de la guerre ou pour les réjouissances de la paix, je réunis, en sus des instruments religieux, les musiciens de tous les régiments présents. Je fondis ainsi un colosse de cent hautbois, cinq cents fifres, saquebutes, cromornes, plus sept cents tambours, trois cents choristes et cinquante violons. Nous jouâmes le prologue et le finale de *Psyché*.

À Paris, Molière eut la fièvre pendant huit jours. Au neuvième il mit sa robe de chambre, prit dans sa cassette quatre mille livres, monta en carrosse et fila prendre Vigarani chez lui. Ils se rendirent au vieux théâtre du Palais-Royal où l'on voyait le jour à travers les poutres, malgré la bâche bleu nuit qui se rêvait ciel de théâtre. Vigarani prit les mesures, conciliabula avec Molière. Les deux compères reprirent leur carrosse, s'en furent au port au bois du quai Saint-Paul, choisirent et payèrent comptant trois madriers en châtaignier pour reconstruire la poutrerie et asseoir les machines.

– Dans un mois, je rouvre ce théâtre, j'y jouerai ma *Psyché* et tous les opéras qu'il me plaira de donner ! s'exclama-t-il.

Il bava un peu de sang. Vigarani lui prêta son mouchoir.

À Dunkerque, pour couronner le colossal concert, j'obtins du roi qu'on fasse tirer quatre-vingts coups de canons. Trois cents grues cendrées, qui nichaient là, déménagèrent pour les plages anglaises. Après avoir assourdi ces oiseaux et ravi trente mille badauds, je me sentis un peu plus calme.

Le 3 mars 1671, au jeu de la Bouteille, rue Mazarine, Cambert et Perrin donnèrent enfin leur *Pomone*. Réconciliés avec Molière, nous y fûmes en tribu. Il y avait Lambert, Hilaire, Madeleine et Armande. Les deux Baptiste arboraient un fin sourire de condescendance en pénétrant dans ce que le privilège permettait de nommer Académie royale.

Cependant le roi, avide de l'opéra, ne se dérangea pas : il envoya Monsieur essuyer les plâtres de ce qui fut moins une maison d'opéra qu'un bordel. Je puis oser ce mot tant l'ambiance fut extravagante. Dans la rue, noire de monde, on se battait pour entrer. Les mouvements de la foule arrachèrent quelques enseignes et enfoncèrent la devanture d'un boulanger, ce qui offrit du pain gratis à ceux qui ne purent accéder à la salle. La troupe des gens d'armes, prudente, filtra l'accès des carrosses, mais n'intervint pas.

À la porte du théâtre, Sourdéac et Champeron tenaient la caisse. Ils établissaient le prix à la tête du client, la somme devenant plus importante selon l'abondance des boucles à la perruque et des canons à l'habit.

Le moine Jacques, frère cadet de Sourdéac, jouait les ouvreuses. Il plaçait les spectatrices dans les loges et entassait les spectateurs au parterre. Ce paillard avait percé des trous sous les bancs et prélevait sa dîme, pendant la représentation, à qui voulait mettre l'œil sur ce qu'il appelait ses oculus de Vénus.

Le frère de Champeron, Alphonse, un ivrogne qui ne connaissait rien à la musique, donnait à contretemps le signal au machiniste et se querellait avec les chanteuses, voulant sans cesse reprendre quelque chose à leurs habits et à leur maquillage.

Sourdéac s'était réservé deux loges entières. Il y avait installé ses maîtresses et un cuisinier qui fricassait de la morue. L'odeur était terrible. De temps à autre, le baron lançait quelques têtes de poisson dans la salle, voire une saucisse ou deux. Les rires, les cris et les lutineries couvraient les vocalises de chanteurs, que, foi de Lully, Cambert avait bien choisis.

Pour l'ouvrage lui-même, je dirais que nous courions tous après la naissance d'un genre que chacun entrevoyait sans vraiment réussir à le bien définir. C'était encore la parole, puis le chant, la danse puis la parole. Mais rien d'entièrement musical.

Fut-ce à cause de la morue, des oculus ou des gosiers, en tout cas *Pomone* obtint un grand succès et fut repris quatre fois par semaine. Sourdéac et Champeron commencèrent à réaliser des bénéfices.

Louvois avait eu sa pompe funèbre déclamée par Bossuet, Colbert obtint son mariage. Puisqu'il fallait remarier Monsieur, on lui trouva une grosse Allemande, Élisabeth-Charlotte de Bavière, dite Liselotte la Bavaroise.

Monsieur avait aimé *Pomone.* Il demanda à Henri Guichard, intendant de ses bâtis, jeteur de fioles à la rivière et versificateur à ses heures, de poétiser sur *Le Triomphe de l'amour* et d'y coller la musique de son intendant musical, Jean Granouillet de Sablières. Pour le mariage, voilà qui ravirait la cour et son frère.

Guichard et Sablières coururent voir Perrin. Ils signèrent avec lui un traité de société par lequel ils acquirent la moitié des droits de l'exercice du privilège. Perrin attendit leurs fonds, qui ne vinrent pas.

Le 3 étant décidément un chiffre favorable à la machine-opéra, laquelle, s'emballait en France, *Le Triomphe de l'amour* fut créé le 3 novembre 1671. Lui succédèrent, dans des théâtres privés, dans celui du Marais, *Les Amours de Diane et d'Endymion, Les Peines et les Plaisirs de l'amour, Le Mariage de Bacchus et d'Ariane.* Que d'opéras !

Pomone en était à son quinzième triomphe. La rumeur déclarait Sourdéac et Champeron millionnaires. Les sourires s'estompèrent sur le visage des deux Baptiste. Le pauvre Perrin, poursuivi par les créanciers de sa première salle effondrée, réclama à ses associés quelque argent de son privilège.

– Privilège, quel privilège ?

Rien n'ayant été signé, on lui répondit par la négative. Le nouveau théâtre était construit par Sourdéac et Champeron sur un terrain loué à leurs noms, quels revenus le pauvre Perrin pouvait-il espérer d'un bâti qui n'était pas à lui ? Il porta plainte, mais la plainte des créanciers du précédent théâtre le rattrapant au vol, Perrin, fut écroué à la Conciergerie.

Henri Guichard fit le grand seigneur et adoucit un peu la dureté de son régime carcéral. Il lui obtint un cachot privatif, épargnant ainsi à Perrin la paille du préau commun. Cet emprisonnement arrangeait bien du monde.

II

Je fus réveillé dans la nuit par un message écrit de Colbert qui me voulait voir immédiatement. Je préparai une bonne prise d'un fin tabac de Turquie que j'aspirai violemment et sautai dans mon carrosse, direction le domaine de Sceaux.

Colbert dormait peu et accepta de bonne grâce mon tabac.

– Monsieur, savez-vous que Molière est allé voir le roi ?

– Pour quelle raison ? Une nouvelle pièce ?

– Non monsieur, à propos de l'opéra. Il ne vous en a point informé ?

J'étais surpris. Malgré les crises d'orgueil de part et d'autre, Baptiste Ier et Baptiste II s'étaient unis, de crainte que la discorde ne mette à mal le théâtre que nous inventions depuis dix ans. Nous en avions partagé le plaisir, la fatigue et la gloire, et, avec plus de difficultés, les deniers. Rien qui, cependant, ne se puisse arranger entre gens de bonne compagnie.

La veille même, nous avions établi nos conventions : obtenir le privilège de l'opéra, enfoncer Sourdéac et les menées de Guichard. On ne pouvait décemment plus laisser cette entreprise entre les mains d'un visionnaire en prison, de deux escrocs débauchés, d'un librettiste naïf et d'un trousse-fugue. Nous avions réglé nos emplois respectifs et nos partages dans cette affaire, convenant même d'un jour pour aller, ensemble, solliciter du roi la représentation des opéras.

Nous voulions rafler la mise. Le succès de *Psyché* prouvait que nous possédions l'art et la manière. De plus nous avions le roi pour nous.

– Molière a demandé au roi la révision du privilège de l'Académie de musique.

– La révision ou l'attribution ?

– En fait... l'attribution... en sa faveur.

– En notre faveur, voulez-vous dire ?

– Non, en la sienne propre.

J'étais abasourdi.

– Et qu'a dit le roi ?

– Qu'il prenait le temps de réfléchir, qu'il le ferait quérir lorsqu'il aurait arrêté sa décision.

La trahison de Molière me devenait notoire. Mon sang ne fit qu'un tour. Je lui déclarai la guerre. Dans cette affaire, ce serait lui ou moi, puisqu'il le voulait ainsi. Je bénissais les risques qu'il avait pris avec *Le Bourgeois gentilhomme*. Il s'était fait un ennemi de Colbert, lequel me montrait bien des douceurs, malgré les préventions de nos premières relations. J'étais devenu sa créature, j'en devins à cet instant assez heureux. Je ne sus comment remercier le principal ministre.

– Ne me remerciez pas, Baptiste. Agissez. Et vite, le temps conspire contre vous !

– Ducreux, fouette ! À la Conciergerie !

Mon cocher, un solide Ardennais que j'avais débauché des écuries de Monsieur, fouetta les deux chevaux avec force. Volant encore plus vite que l'ingrat Molière n'était prompt à me doubler, nous faillîmes verser deux fois et renversâmes, je crois, une charrette de primeurs en entrant, avec grand fracas, par la porte Saint-Germain.

Rue Saint-André je tirai du lit Me Chicanneau, notaire de son état, assez connu des gens du métier des arts pour son habileté aux contrats et rupture d'iceux. Par des escaliers blanchis de salpêtre, à la lueur des flambeaux qui jetaient l'immensité de nos silhouettes sur les murs, je descendis vers le cachot où stagnait le pauvre Perrin. La Conciergerie n'était pas la pire des prisons de Paris, mais l'une des plus redoutées par la profondeur de ses geôles, trop proches de la Seine. L'aube de mars annonçait de nouvelles pluies sur Paris. Le fleuve n'arrêtait pas de monter.

Perrin, dans son cachot, avait déjà de l'eau jusqu'aux mollets. Guichard lui avait évité la paille commune, mais n'avait pas empêché qu'il ne risquât la noyade.

Je ne lui mâchai pas mes mots, ne m'enrobai pas de circonvolutions polies.

– N'en as-tu pas assez, Perrin, de pourrir ici ?

– Qui es-tu ?

– Je suis Lully, surintendant de la Musique du roi, et je veux ton privilège.

– Tu es direct !

– Je le veux, c'est tout ! Es-tu à vendre ?

Je n'avais pas eu à mûrir longtemps ma décision. Mon but : l'opéra et le profit pour moi tout seul.

– Combien demandes-tu ?

– Combien m'en donnes-tu ?

– Voyons, j'ai fait le calcul en venant te voir. Les entrées que tes acolytes...

– ... ces escrocs ! Ah malheur !

– Il fallait signer, Perrin, il fallait signer et ne pas se contenter de belles paroles ! Tant pis pour toi...

Ne faire confiance à personne. Mettre par écrit, signer et resigner. La leçon que Poquelin fils me donnait par sa trahison, Perrin la payait, roulé qu'il avait été par de moins brillants que Molière. Ah, maudit comédien ! Trop de bavasseries cachant tant de filouterie, on ne m'y reprendrait plus.

– Ne gémis pas, je vais te sortir d'ici. J'ai calculé, dis-je, que tes... escrocs... gagnaient deux mille livres par représentation. Combien y en a-t-il eu ?

– Vingt ce soir.

– Quarante mille livres donc. Combien dois-tu à tes créanciers ?

– Six mille cinq cents livres.

– Il nous reste trente-trois mille cinq cents livres. Belle somme en vérité.

– Je ne parle pas pour les chanteurs que Cambert n'a jamais payés.

– Je m'en occupe, ils m'intéressent. Mais enlevons mille livres au prix de chaque représentation, l'équivalent de leurs cachets. Il reste treize mille cinq cents livres...

– Arrondissons à quinze mille, objecta Perrin.

– Va pour quinze mille, c'est justice. Je sais que tu as déjà vendu la moitié de ton privilège à Guichard, alors je te propose vingt mille à la signature du contrat que nous allons passer ensemble.

– Vingt mille livres !?

Je savais que le bonhomme n'en avait jamais vu autant d'un seul coup. Mais d'autres allaient venir, avec la même idée. Je devais me l'attacher. Je fis le généreux.

– Quinze mille livres demain, plus une rente de mille livres par an à partir de la cession du privilège. Elle te sera versée pendant les cinq ans qui viennent.

Perrin, bien qu'au cachot, était trop important, la pierre fondatrice de l'édifice opéra, en quelque sorte. Il ne fallait pas non plus que l'on puisse venir me reprocher plus tard de l'avoir dépouillé alors qu'il était à terre.

Il sortit de l'ombre, les jarrets sanglants sous ses fers, le cheveu hirsute, l'haleine putride.

– Quelle garantie ai-je que tu tiendras parole, Lully ? On te dit ladre.

– Laisse cela ! Ma garantie, ce sera le contrat de cession que nous allons signer devant Me Chicanneau, ici présent.

Je tirai le notaire par la manche et l'amenai sous la lumière du flambeau.

– Je signerai, puis tu signeras. Demain, Chicanneau enregistrera notre accord. Colbert aussi signera, puis le roi. Je te le promets !

– Guichard m'a promis la même chose. Vois où j'en suis !

– Guichard n'est pas un homme de confiance. Il a déjà roulé Sablières sur le contrat de leur opéra. Je le sais par Ducreux, mon cocher, qui vient de chez Monsieur. Tu as la mauvaise habitude de te mettre en affaires avec tous les coquins de Paris ! Vois, je ne suis pas tant ladre qu'on dit.

De ma manche, je sortis une bourse qui tintait joliment. Me Chicanneau tendit son papier. Je signai en premier, Perrin signa en deuxième, le notaire en troisième. Puis je hélai un garde qui alla réveiller l'intendant de la Conciergerie. Pour qui a la chicane et l'argent de son côté, la rapidité le suit. Dix livres suffirent à la caution de Perrin.

Je lui remis cinq cents livres avant qu'il franchisse les grilles de la Conciergerie, à charge pour moi de lui en remettre quatre mille cinq cents autres à la signature de Colbert, et les dix mille restantes à l'accord du roi, ce dont je ne doutais pas. Pour la rente, on verrait bien.

Ma colère contre Molière croissait. Je ruminais une vengeance dont Baptiste Ier aurait du mal à se remettre. Je me sentais l'âme d'un chien enragé, mes mâchoires à vif avaient besoin de mordre, mordre, et ne plus lâcher leur proie.

En repartant vers Sceaux et Colbert, je tournai et retournai entre mes doigts les mèches de mon Louis, convoquant par ce geste les plus noirs démons. Qu'ils secondent ma volonté ! J'appelai les Enfers comme une héroïne tragique. À force de mettre en musique les cris et les plaintes de ces déesses antiques, j'étais devenu l'une d'elles, sorte de visionnaire habité de rage et d'orgueil.

Dans le jour gris qui montait, traversé par les fuligineuses lueurs d'un soleil empêché, l'incomparable M. Lully se jura qu'il deviendrait, pour tous ceux qui se mettraient en travers de sa route, qui l'avaient trahi et trahiraient sa confiance, l'implacable M. Lully.

Après avoir bien comploté avec Colbert, ravi que je me fusse précipité à la Conciergerie solder une fois pour toutes ces désastreuses affaires de l'opéra, nous allâmes au roi.

Molière était dans l'antichambre. Convoqué, il attendait la décision. Il devint blanc comme linge en me voyant passer avec le ministre. J'aurais dû avoir de la morgue mais je le saluai bien bas. Je priai Colbert de laisser Molière entrer à nos côtés pour l'audience. Qu'il entende donc ce que les surintendants de Sa Musique et de Ses Finances avaient de concert établi sur l'opéra.

Le roi discourait avec Saint-Aignan. En nous voyant entrer tous trois, le courtisan et le roi se regardèrent d'un air entendu.

Colbert s'inclina :

– Sire, voici M. Lully qui vient solliciter, pour la gloire de votre Majesté, le privilège de l'opéra.

– Mais Majesté ! Molière s'avança, interloqué.

Colbert l'interrompit d'un cinglant :

– Taisez-vous, le comédien !

La haine du drapier gentilhomme était encore plus constante que ma rage. Même le « monsieur », de rigueur dans ses colères froides, avait disparu de sa bouche.

Le roi fit un signe d'apaisement.

– Eh bien, écoutons ce que Baptiste va nous dire.

Je débutai par l'habituelle convulsion des compliments, puis entrai dans le vif du sujet. Je laissai de côté le verbiage de Perrin sur les Académies d'Italie, éloge de l'opéra dont le roi pouvait se passer, connaissant mes capacités.

Je ne lui réclamai d'abord rien, mais lui présentai le dessein d'une Académie royale de musique.

– On y formera des élèves tant pour bien chanter et actionner sur le théâtre, que dresser des bandes de violons, de flûtes et d'autres instruments nécessaires aux spectacles. Ceux-ci seront en langue française.

Je reprenais, dans le privilège de Perrin, le dédommagement nécessaire pour les grands frais que nécessiteraient théâtre, costumes, chanteurs, décors et employés y afférents. D'où la nécessité de faire payer l'entrée à tous, y compris aux officiers du roi. À propos des gens de sa Maison, je gardais aussi, du précédent texte, la liberté de faire paraître, sur ce qui allait être ma scène, les plus hauts personnages de la cour désireux d'exhiber leurs talents de danseurs. Le public adorerait. Puis j'étendis ce privilège à tous les théâtres de France et, pour finir, me l'attribuai à vie.

– Et après moi, mes héritiers recevront la survivance de ma charge.

Le roi n'avait cessé de consentir du chef.

– Ce qui ne sera que justice, Baptiste.

Dans le château de Saint-Germain-en-Laye, la rumeur courut comme le feu de ce que M. Lully était en train d'obtenir du roi. Les tapisseries bougèrent, les rideaux s'agitèrent. Insensiblement, les courtisans envahissaient la pièce. Je continuai, plus fort et plus hardi, à l'attention de Molière :

– De par le présent privilège, défense sera faite à tous comédiens du royaume de donner des représentations avec musique en employant plus de deux voix et deux violons.

Le coup était féroce. La salle explosa de réprobation. Molière se précipita aux pieds du roi.

– Sire, cette indignité ne se peut ! C'est nous condamner à retourner sur les tréteaux dont vos grâces nous ont tirés. Sire, je vous en supplie, retenez Baptiste ! Il ne sait plus ce qu'il dit. Ah, Majesté, au nom des auteurs qui vous sont le plus chers, au nom de Tristan, de Scarron, de Cyrano, de Corneille, empêchez cette infamie !

On se penchait l'un vers l'autre, les langues couraient sous les perruques.

Je restai comme un rocher au milieu de la tempête. J'avais les naseaux ouverts et le front haut, la tête tout emplie de la forte dose de tabac que j'y avais fourrée avant l'audience. Je me sentais invincible, porté par une énergie qui ne souffrait aucun obstacle. Colbert gardait le silence, mais je le sentais d'une humeur identique. Nous avions consommé la même substance.

Je poursuivis :

– Par le présent privilège, autorité sera en outre donnée au surintendant de la Musique de la Majesté sur tous les musiciens du royaume. Ils ne pourront donner concerts publics sans son assentiment.

Cette fois, ce fut du côté des musiciens de la Chambre et de l'Écurie que s'étendit le brouhaha. Il y eut du raffut. Mon ouïe, affinée par le puissant tabac, entendit ce que Louis de Mollier, second violon des Vingt-Quatre, susurra à l'oreille de Jean-Baptiste Boesset.

– Grâces à Dieu que nous n'ayons en France qu'un Baptiste ! En eussions-nous deux qu'il faudrait bien que l'un des deux mourût de faim, puisque l'autre seul a désormais le pouvoir de jouer. Fi !

Je relevai sans repartir. Molière était toujours aux pieds du roi. Tous attendaient sa volonté.

– Baptiste, ce que vous venez d'exposer me paraît bien et raisonnable.

– Sire... Molière étouffa un sanglot.

Je le tenais. L'eussé-je laissé mener son intrigue et c'était moi qui eusse été là, sanglotant aux pieds du roi. Quoique, Molière aurait-il eu autant d'appétit ?

– Baptiste, je mets cependant une clause. J'autorise mes comédiens à user d'autant de violons et de voix qu'ils le désirent pour leurs spectacles.

Molière se releva, triomphant.

– Ah, ce mâtin n'aura pas tant à manger qu'il le désirait !

J'explosai, au risque de tout perdre par cet éclat.

– Sire, je n'ai traité avec Perrin que sur ordre de Colbert pour le plaisir et la gloire de Votre Majesté. Je n'entends pas me ruiner à exploiter mon privilège dans des conditions qui ne me laissent pas la liberté entière. Sire, si je ne puis obtenir l'ordonnance dans les termes que j'ai formulés, j'aime mieux tout quitter là. Sire, décidez !

J'employai une autorité que je ne me connaissais pas. Colbert me saisit la manche. Molière et l'assistance étaient suspendus. J'osais menacer le roi !

Louis s'était crispé. Il me fixa, émit un léger soupir sous sa fine moustache. Il se tourna vers Colbert, l'interrogeant du regard. Alors, le principal ministre :

– Sire, il me semble que deux violons et deux voix sont peu, mais autant que l'on veut serait à coup sûr ruiner les débuts d'une si belle entreprise. Multiplions deux par trois, qui est un chiffre divin, et nous obtiendrons six. Six chanteurs, c'est assez pour se faire entendre, mais ce n'est pas encore le danger de la multitude. Quant aux instruments, mettons-en douze.

Colbert salua. Les musiciens courbèrent la tête. Leurs perruques pleurèrent. Molière cracha du sang.

– Vous êtes plus sage que Salomon, mon cher Colbert. Eh bien soit : j'autoriserai mes comédiens à user de six voix et de douze violons.

J'allais m'indigner à mon tour mais Colbert me pinça le bras.

– Retenez-vous, Baptiste, dit-il à voix basse. Douze, après tout, n'est que la moitié de vingt-quatre.

– Colbert, faites enregistrer les lettres patentes pour M. Lully. Qu'il les reçoive au plus vite et qu'il se mette au travail. J'ai hâte de l'opéra. Le roi le veut ! Messieurs, c'est assez discuter musique pour aujourd'hui, sortez je vous prie.

Seul resta Molière, qui s'était retiré près de la cheminée éteinte. Il était maintenant accablé d'un fort accès de toux. Peut-être l'avait-elle empêché d'entendre l'ordre du roi.

Celui-ci était à nouveau seul avec Saint-Aignan. Il se pencha à son oreille.

– Lully a gagné la partie !

– Quelle ténacité que la sienne ! Sire, tous ceux qui vous aiment applaudiront votre décision.

Le roi acquiesça au compliment, puis, posant sa main sur celle de Saint-Aignan, lui chuchota :

– Duc, vous me devez quelques louis, ce me semble...

– À quel sujet, sire ? Sur le pari de l'opéra, ou sur la course des Baptiste ?

– La course des Baptiste. D'ailleurs, quelle était la somme ? trois mille ou quatre mille louis ?

– Trois mille, Majesté... Mais oserais-je vous déclarer que vous avez un peu favorisé le sort ?

– Il est vrai. Donnez quand même cet or, mon cher duc.

Saint-Aignan lui donna sa bourse.

Molière était plié en deux par la toux de la consomption. D'un signe, le roi lui signifia d'approcher. Il lui tendit la bourse de Saint-Aignan.

– Tenez, monsieur Molière. Vous ne saurez jamais quelle est l'exacte raison de cet argent, mais veuillez le recevoir de la main de votre souverain. Vous fîtes de lui un amant magnifique, demeurez un perdant magnifique. Allez monsieur, allez, et cessez de tousser. Vous raclez nos oreilles.

Sonné par la fièvre qui lui brouillait l'entendement, était-ce défaveur ou faveur que ces mots-là ? Molière, s'étouffant pour ne pas déplaire, sortit en titubant.

Puis le roi, se penchant vers Saint-Aignan, lui ordonna :

– Duc, veuillez dire à Colbert, je vous prie, qu'il raye cet homme de la liste de nos pensions.

Je reçus les lettres patentes de mon privilège le 13 mars 1672. Elles parachevaient l'acte fondateur de Pierre Perrin, daté de 1669, qui signe la naissance officielle de l'opéra français.

Il ne me restait qu'à accomplir l'essentiel : en écrire un.

Mais auparavant : du passé faire table rase. Le roi s'occupa lui-même de foudroyer les théâtres mes rivaux. Après signature des lettres patentes, il écrivit dans la foulée à M. de La Reynie, premier lieutenant de police de Paris, d'interrompre immédiatement toutes les représentations d'opéra.

Le 1er avril, ses hommes se présentèrent au jeu de paume de la Bouteille et mirent les scellés sur la porte. Sourdéac et Champeron tirèrent l'épée et se retrouvèrent aussitôt à la Conciergerie pour voies de fait. Ils sortirent leurs avocats. Je laissai cette besogne à Perrin ; qu'il savoure sa vengeance et obtienne, avec l'aide de Chicanneau, ce qu'il voulait des deux escrocs.

À la porte de mon hôtel de la rue Sainte-Anne, ce ne fut qu'une marée de geignements théâtraux. Robert Cambert accourut, éploré, proposer ses services. Un chef d'orchestre ? Un copiste ? Peut-être un souffleur ? Je le renvoyai à Sourdéac. Qu'avais-je à faire de lui ? Il avait trahi Perrin en se vendant aux nobliaux. Je lui fermai ma porte mais récupérai, en la payant immédiatement, la troupe qu'il s'était donné le mal de réunir dans le Midi.

Cambert s'en alla crier partout que je le spoliais. Il trouva en Guichard une oreille intéressée puisque, ayant traité avec Perrin, celui-ci s'estimait pareillement volé par mon privilège. On chicana de plus belle. Bien inutilement : Perrin, m'ayant transféré de son plein gré le privilège, rendait caducs ses engagements antérieurs. Les termes de mon privilège n'étaient plus les siens. Guichard et Sablières éructèrent, se fâchèrent devant Monsieur qui renvoya sur Colbert.

Le ministre s'offusqua que les plaignants vinssent obstruer jusqu'à sa porte pour cette récurrente affaire d'opéra qu'il lui paraissait pourtant avoir achevée. Mais on en voulait à Colbert d'avoir permis la division des musiciens et des voix dans les théâtres. On cria à l'étranglement, à la mort programmée. Il rétorqua qu'au contraire il avait multiplié leur nombre en assouplissant le premier privilège, fort restrictif, de Lully. Rien n'y fit. On alla en délégation jusqu'à Sceaux. Les musiciens assiégèrent sa propriété et déclenchèrent le charivari. Colbert, excédé, sortit sur son balcon et lança, théâtral :

– J'aimerais que Lully gagne un million à créer des opéras afin que l'exemple d'un homme qui obtiendrait une telle fortune à composer de la musique vous engageât à unir tous vos efforts pour parvenir au même point que lui !

Puis le principal ministre claqua sa porte-fenêtre, prit la plume et envoya ordre au premier président du Parlement de Paris, et à Harlay, procureur général, de m'accorder toute leur protection. Tout nouveau plaignant goûterait les austérités de la Conciergerie. Lully serait l'opéra et les autres, sur ce sujet, se tairaient. Que diable, pour jouer de la musique à plusieurs, il y avait dans ce royaume assez d'églises ! Les musiciens grognèrent puis, pendant quinze ans, on ne les entendit plus. Quant à Molière...

– Monsieur, il y a là quelqu'un pour vous !

Ducreux entra sans frapper. Il était minuit passé, ce n'était plus l'heure d'être poli, encore moins pour mes créatures.

– Qui me dérange à cette heure ? Tu ne vois pas que je travaille ?

Je peinais sur la mise en musique des premières scènes, que Quinault venait d'achever, de la tragédie intitulée *Cadmus et Hermione*...

– C'est un vieillard avec un luth. Il dit qu'il vous connaît.

– Et toi, le connais-tu ?

– Non.

– Au diable l'importun ! A-t-il seulement dit son nom ?

– Non, monsieur. Il m'a simplement déclaré que vous vous souviendriez de Luigi Rossi.

– Rossi ? Un luth ? Luigi jouait de la harpe, pas du luth. Serait-ce un Italien ? Fais-le entrer. Après tout, cet homme peut être porteur de quelque nouvelle d'importance.

En attendant que ce visiteur monte à l'étage, je me remis au clavecin. Les touches en étaient toutes noircies par le tabac et tachées par le vin. J'avais une barbe de plusieurs jours et puais comme un bouc, n'aimant plus guère les bains depuis que d'Aquin, premier médecin du roi, assurait que les pores, ouverts par l'eau, laissent entrer les esprits malsains. Lorsque je travaillais, je pouvais rester des jours ainsi, sans même me toiletter d'un linge sec. Quant à Bruno, il aimait bien les étreintes qui sentaient un peu fort.

– Célébrez, célébrez la gloire du plus grand roi du monde, réclamait Colbert.

On venait d'entrer en guerre contre la Hollande, le roi avait victorieusement franchi le Rhin. On passait poliment sous silence que le Stathouder Guillaume d'Orange ait ouvert les écluses et inondé son propre pays pour arrêter la progression des Français. Aucune importance : nous devions rassurer le père des peuples.

J'étais épuisé. Je ferais revoir sa copie à Quinault dès demain. Quoique, avant de dormir, je pouvais encore travailler un peu cet *effroi*.

À haute voix, sur un trémolo de clavecin :

– Effroi, effroi !

Cela devait-il se terminer en haut ou en bas ?

Tonique :

– Effrouâââ ?

Ou dominante ?

– Effrouou--â !

– Froid, me fut-il répondu.

Je me retournai en quête de l'écho.

Un bonhomme voûté, aux cheveux blancs, vêtu de velours noir, avec manches et haut-de-chausses tailladés à l'ancienne mode, me souriait, battant la mesure. Il me semblait reconnaître ce visage de gargouille, toujours riant malgré ses rides, avec ce je ne sais quoi de satyre burlesque...

– Mais... tu es ?... d'Assoucy ! Charles, est-ce bien toi ?

– Baptiste !

– Tu es revenu d'Italie !

– Il y a un mois déjà, mais j'hésitais à venir te voir. On dit que tu joues le grand seigneur, que tu refuses les musiciens à ta porte...

– Les importuns oui, et les quémandeurs sans talent. Mais pas toi ! Oh non, pas toi ! Sois le bienvenu !

– C'est que tu es devenu quelqu'un. Morbleu, je suis impressionné. Ces tapisseries, ce grand escalier, ces tentures, ces beaux tableaux...

– Les biens de ce monde, il n'y a que ça de vrai. Ce sont les premières lignes de l'*Hymne à la Sainte Verge*, t'en souviens-tu ? Ah que je suis heureux de te revoir, mon d'Assoucy ! Trinquons ! Holà Ducreux ! Du vin. Et du meilleur. As-tu dîné ? As-tu faim ? Demande ce que tu veux !

– Un peu de pâté ?

– Est-ce tout ? Allons, je t'ai connu plus gourmand. Ducreux, dis à Bruno d'apporter tout ce qu'il y a en cuisine pour le sieur d'Assoucy !

Ducreux s'empressa de monter la table, tandis que Bruno arrivait, un tableau chargé de pilons de volaille, de pâtés, d'asperges, de melon et d'une grosse miche de pain.

– Jolie maisonnée. Voilà un chapitre sur lequel je te reconnais. Toujours entouré de jolis visages...

D'Assoucy lorgna Bruno.

– ... et de jolis culs !

La lubricité était de retour d'Italie. Je lui renvoyai un clin d'œil.

– Ah pour ça, il est bien rebondi ce mignon !

– Tu les goûtes donc toujours, nos ragoûts d'Italie ? Tu n'as pas trahi Sodome ? s'enquit Charles.

– Foutredieu non ! quoique j'aie dû faire bonne figure en me mariant. Mais ne t'inquiète pas, ma plus belle figure, je suis toujours assis dessus ! Tiens, je ne te vois pas de page ?

– Ah, malheur, ne me parle pas de cette race de démons. Le dernier, mon Pierrotin, est à Naples, cousu d'or. Et le pire, c'est qu'il est devenu castrat.

– Comment cela, castrat ? Mais tu l'as trop exhibé, voilà tout !

– Plus que cela, il m'a trahi, le vilain...

En dévorant ce que Bruno avait monté de la cuisine, d'Assoucy énuméra ses déboires. À Montpellier, il avait risqué le bûcher pour débauche masculine. Pierrotin le tira de ce mauvais pas en séduisant l'épouse du président du tribunal, suite à quoi maître et page fuirent en Italie. Là, Pierrotin s'enticha d'un page de son âge, appartenant au duc de Modène. Ce prince aimant furieusement les garçons, il adora le nouveau venu, lui trouva une belle voix et l'enleva à d'Assoucy. Puis le fit castrer. D'Assoucy alla geindre jusqu'à Rome, où l'on n'entendait point ces bouffonneries, à moins qu'elles ne fussent commanditées par un prince de l'Église. Comme Charles avait assorti ses plaintes de quelques démonstrations d'obédience libertines, on le mit à rafraîchir dans les geôles du château Saint-Ange. Pierrotin, devenu riche, se désintéressa de d'Assoucy et le laissa croupir en prison. Il venait de s'en évader après cinq ans. Il ne lui restait que luth et lubricité, son nécessaire de voyage.

– Pourquoi n'être pas venu me voir plus tôt ?

– Eh bien, pour ne te point mentir, j'avais besoin de travailler. Je suis directement allé voir un vieil ami commun...

– Molière ?

– Eh oui. Au nom du passé, des folies que nous fîmes en Avignon du temps de son Illustre-Théâtre. Je suis allé le voir, sachant qu'il avait besoin de musique de scène...

– Tu savais que nous nous étions brouillés ?

– Plus que brouillés, je crois. C'est une vraie tyrannie que tu lui as faite. Mais n'aie crainte, je ne te jette pas la pierre, je ne l'ai jamais senti franc du collier, cet homme-là. Déjà en Avignon... Mais douze violons et six voix pour les théâtres, tu y vas fort. Tu me diras, en trouver déjà six qui jouent correctement, c'est toute une aventure. Souviens-toi d'*Orfeo* et du mal que Rossi eut à trouver des instrumentistes convenables. Enfin...

– Alors, dis, tu vas travailler pour Molière ?

D'Assoucy plongea le nez dans son verre. Il avait les larmes aux yeux.

– Il m'a si mal reçu. Dire qu'il a été autrefois mon ami... Il n'y avait même plus Madeleine Béjart pour l'adoucir. Cette Armande a été pire que Cerbère. Enfin il a daigné me voir... pour m'insulter, me dire que je n'étais qu'un vieux fou, un sodomite invétéré qui avait gâché son talent en foutant à tort et à travers ; que j'étais infichu de trousser trois vers qui tiennent debout, l'auteur d'une musique qui ne valait pas un pet de lapin. Des comme moi, il en trouverait tant qu'il en voulait chez les Incurables, il n'avait qu'à se baisser... Ah l'ingratitude de cet homme. Je te donne raison de l'avoir traité ainsi.

– Et sa santé ?

– Il tousse, il crache, il est fiévreux. Que la consomption l'emporte ! Il ne m'a même pas proposé de souper avec lui. Tu te rends compte, il m'a reçu sous la porte cochère, sans me laisser monter dans ses appartements ! Tu veux que je te dise, il ne sera plus jamais l'ami de personne. Il ne sait rien aimer d'autre que lui-même.

– Et pour la musique ?

– On disait qu'il cherchait quelqu'un pour son *Malade imaginaire*. Il a trouvé, dans sa famille même, un lointain neveu, un élève de Carissimi.

– Charpentier ?

– Oui, c'est cela. Marc-Antoine Charpentier.

– Il n'est pas mauvais ; ses *Leçons de Ténèbres* sont agréables, quoique fort sur le moule de celles de Lambert. Mais il n'est pas cher. Te voilà toi aussi fâché avec Molière ?

– Plutôt oui. Il m'a dit qu'il ne voulait plus voir de sodomite chez lui, qu'un Lully lui avait suffi.

– Avec tous les bruits qui courent sur lui et le petit baron, il a bien du culot... Enfin laissons cela. Qu'il fasse son *Malade imaginaire*. Je m'en moque. Encore un pichet de vin, d'Assoucy ?

– Et comment, je n'en ai point bu de si bon depuis des années.

J'invitai Charles à demeurer rue Sainte-Anne. Le bonhomme n'allait pas finir à la rue. Je lui trouvai un rôle dans la tribu : trouver une salle digne de mon Académie royale. Tâche difficile. Le roi ne voulait pas que l'on dispose de la salle des gardes du Louvre où nous avions donné tant de ballets.

– Mon palais ne servira pas à engranger des deniers, Baptiste. Il est hors de question d'y donner des représentations payantes. Je concède d'y héberger des artistes, ma cour ne résidant plus au Louvre. Mais point d'autre entreprise que les ateliers de peinture, de sculpture et d'ébénisterie !

– Alors la salle des machines, aux Tuileries ?

– Encore moins. C'est toujours une propriété royale, et plutôt une mauvaise salle.

– Votre Majesté a raison.

– Veux-tu la salle du Palais-Royal ?

– Mais Molière et sa troupe l'occupent toujours.

– Il est vrai. Laissons-lui cela. Reprends donc le jeu de paume de la Bouteille.

– Non ! Je ne m'installerai pas dans les habits d'un autre. Je demanderai plutôt à Votre Majesté la permission de transformer le jeu de Becquet, rue de Vaugirard.

– Accordé, mais fais vite, je suis impatient de t'entendre.

À côté du cabaret du *Bel Air*, l'auberge de mes jeunes années, existait une salle de jeu de paume qu'avait fréquentée Henri IV. En piteux état, mais c'était presque une affaire de famille puisqu'elle était la propriété de Michel Dupuy, oncle d'Hilaire, témoin de mon mariage et propriétaire du cabaret. S'y installer, juste au-dessus de la cave qui avait abrité mes premières économies, c'était comme retourner vers les temps de ma jeune fortune.

Je me contractai avec Vigarani, qui abandonna Molière sans état d'âme. L'Italien avait senti la faveur tourner. Il serait le créateur de mes décors et costumes. Nous fondâmes une société privée, ainsi conçue : nous versions tous deux chacun dix mille livres pour les premiers frais. Les bénéfices seraient partagés à raison d'un tiers pour Vigarani et de deux tiers pour moi. Ce contrat serait valable huit ans. Je renvoyai douze mille livres à Molière, en règlement du prêt pour l'hôtel de la rue Sainte-Anne. Ducreux fit la commission en mon nom. Je refusais de le revoir. Le même jour, je me mis en cheville avec Philippe Quinault. Il me convenait : il n'était pas de ces auteurs qui passent leur temps à déblatérer contre l'art poétique. Philippe se contentait d'écrire, plutôt bien et de récrire sans broncher. Notre *Cadmus et Hermione* le prouvait chaque jour un peu plus.

Il avait peu de vocabulaire, ce qui était parfait pour l'opéra. Il n'utilisait jamais plus de trois cents mots pour trousser un livret, usait de formules toutes faites aisément compréhensibles par le plus grand nombre, et possédait surtout un sens inné des vers doux coulants, de ceux qui deviennent de jolis refrains. Dans la galanterie, Quinault était supérieur à Benserade, dont ni Colbert ni le roi ne voulaient plus, le rouquin ayant risqué une épigramme trop leste sur le petit chose de Mme de Montespan. J'obtins donc du roi qu'il pensionne l'ancien page de Tristan l'Hermite pour quatre mille livres, à charge pour lui d'écrire un opéra par an. Beauchamp serait chorégraphe. Quant aux chanteurs du Midi, le nouvel or que je leur mis sous le nez leur suffit.

L'entreprise d'opéra Lully était fondée. Il ne me manquait que le temps d'achever le premier ouvrage. Étant devenu le principal homme de la musique de Sa Majesté, je payais sa royale faveur par un travail considérable. Ainsi, en attendant la grande tragédie lyrique de *Cadmus*, il réclama une pastorale pour ouvrir l'Académie royale de musique au jeu de paume du *Bel Air*. J'ouvris un autre chantier, les *Fêtes de l'amour et de Bacchus*.

La guerre amena un surcroît de travail. La mort s'abattit sur la cour avec de grandes fureurs. D'abord une malebouffe provoqua l'apoplexie de la princesse de Conti. Puis les petits marquis tombèrent, fauchés par les boulets. Beaucoup de dames, dont les époux étaient au front, connurent pleurs, vapeurs, convulsions, évanouissements, silence mortel, cris étouffés, larmes amères, visites éplorées, plaintes pitoyables et, pour finir, élans vers le ciel, en attendant de remettre en place, par l'effet d'un bon bouillon de poule, le dérangement de toutes ces humeurs chagrines.

La camarde s'était décidée à prendre le chancelier Séguier, le 28 janvier 1672. Trois mois plus tard, il eut droit à une grandiose cérémonie en l'oratoire du Louvre, le 5 mai. Il fallut préparer une pompe extraordinaire à son corps embaumé. On mit l'opéra à l'église de façon si outrancière, mais si belle, que l'on ne sut s'il fallait louer, pleurer, applaudir ou crier de plaisir ; raison pour laquelle on fit tout cela ensemble. L'église, tendue de noir, brillait des cent crânes et deux cents tibias d'argent dont étaient armoriés les piliers. Le mausolée touchait la voûte. Des squelettes entouraient le catafalque de bronze doré, tenant entre leurs phalanges osseuses le mortier, le collier, la couronne de duc et les masses, symboles de la charge du chancelier.

Le peintre Le Brun et le sculpteur Le Clerc firent une mise en scène d'un lugubre sublime. Colbert leur avait confié la tâche d'honorer le chancelier, de son vivant grand protecteur des arts mais aussi premier avaricieux du royaume. Les arts libéraux, les peintres, sculpteurs, musiciens et orateurs, firent la dépense de cet hommage funèbre. Le chancelier partait au ciel, sa pompe gravée dans les mémoires, sans que, même *post mortem* il y dépensât une seule livre.

Les quatre arts soutenaient les quatre vertus soutenant à leur tour quatre archanges. Cet échafaudage portait en son sommet une chapelle ardente. Elle était encerclée de tableaux et de statues célébrant les hauts faits, assez imaginaires, de Séguier.

J'avais disposé la musique du roi de toute part, à l'exception des violons qui apparurent comme les dieux infernaux paraissent à l'opéra : par une trappe.

Ce fut terriblement superbe. Il y eut des oh ! et des ah ! qui furent les écueils où s'échouèrent les âmes transies. Je surgis des profondeurs de la crypte, vêtu d'un justaucorps noir tissé de larmes d'argent. Je présidai à l'orchestre aux perruques cendrées du pied du catafalque. Là-haut le Temps brandissait son sablier. Mon *Miserere* ébranla les cœurs, mon *Libera me* les emporta au paradis. J'avais convoqué, des souterrains de la ville, les mânes de Louis pour seconder ma saisissante symphonie, puis le père Laisné monta en chaire.

De retour du sermon, inspiré par ce je ne sais quoi d'aquatique roulant sous l'amplitude oratoire, je voulus remettre sur le métier *Cadmus et Hermione*. Lassé du clavecin et du tabac, et au bord de les confondre, je m'en allai au théâtre. Pas chez Molière mais à l'hôtel de Bourgogne, celui-là même que Baptiste Ier décriait dans *L'Impromptu de Versailles*.

Certes, l'on y déclamait avec une outrance assez risible, une trop grande ouverture de bouche et un ton de voix trop noble. Mais il y avait sur scène une femme, menue malgré ses cothurnes, qui ne disait pas les alexandrins de son amant Racine, mais les chantait.

La Champmeslé me fascina par la façon dont elle retenait ses tons pour leur donner la grâce et le degré de force qu'ils devaient avoir afin d'émouvoir sans agacer. Elle savait l'exacte quantité sonore des mots, la bonne longueur des syllabes et leur juste accentuation. Sa voix était un flot continu d'où émergeait le sens, de même que le tranquille rocher dessine le cours de l'eau qui le circonscrit. C'était ce que je cherchais pour formuler le récitatif que j'avais dans l'oreille sans parvenir à le bien définir.

Cette diction était le parfait véhicule. Je trouvai dans la bouche de la Champmeslé le sens en mouvement. De son émotion mobile émergeaient les formes musicales, ariettes ou plaintes, qui s'enchaîneraient sans heurt, comme pierres serties par le fil de l'eau. On entendrait couler l'action, on s'arrêterait naturellement sur telle ou telle passion en fonction des nécessités théâtrales. J'entendis ruisseler ma tragédie lyrique.

Durant l'été, le roi voulut connaître l'avancement des *Fêtes de l'amour et de Bacchus*. On alla répéter à Versailles, dans un théâtre de plein air, ce méli-mélo d'anciens ballets que, faute de temps, j'avais recousus à la hâte. On roula jusqu'aux jardins, où l'on ne sonne pas comme dans une salle. On reprit tout, on augmenta les effectifs, on improvisa, avec de grands tableaux du garde-meuble, une intimité théâtrale. Une nuée de moustiques tomba sur moi.

À l'automne vint la fièvre qui, de quarte, se fit tierce, puis constante. Quinze jours durant, je délirai. Madeleine était au pied du lit, Bruno m'épongeait le front, Lambert me remplaçait à la tâche. Je rêvai d'un Molière décharné qui me tendait la main. Derrière, Louis ouvrait les portes du pays de la mort. La faucheuse dominait la scène de ses longs membres d'araignée, ses douze yeux attirant vers les crochets de sa bouche ceux qu'elle s'apprêtait à manger.

Molière, lui, avait vraiment une jambe de l'autre côté. Sortant d'un saisissement qui ressemblait fort à la mort, il monta sur scène pour donner son *Malade imaginaire.* Il bavait du sang dans la chaise d'Argan. Son public de fidèles trouva le personnage fort bien composé.

Au cabaret, Henri Guichard faisait des tournées sur mon inquiétante santé :

– Le premier Baptiste descend aux Enfers, pourquoi le second ne crève-t-il pas ?

Ducreux, pilier de tripot, rapportait à l'hôtel ces ragots qui couraient les caniveaux. Mais je ne me remettais pas. Ma tribu était dans les larmes. Me Chicanneau taillait ses plumes. Bruno s'était enfermé à la cave où il se flagellait de ses péchés sodomites. Madeleine payait messe sur messe à Saint-Roch et laissa aux pères cinquante livres rien qu'en cierges.

– Seigneur convertis-le et il Te retournera ! Seigneur, renouvelle ses jours comme du commencement !

Dans mon délire, je sentis Molière disparaître entre les crocs de l'araignée, ce qu'il fit dans la nuit du 17 au 18 février 1673.

Comme une litanie, tandis que la bête immonde avalait ses jambes, son ventre, puis ses poumons, il me haranguait :

– Les pervers sont difficilement corrigés ! Le nombre des fols est infini ! Repens-toi, maudit Baptiste, repens-toi !

Mon Louis poussa de ses bras les deux battants de l'huis. Il était nu, bel et beau tel qu'en la source de Fontainebleau. Il referma doucement la porte enténébrée. Il me souriait.

– Reprends-toi Baptiste, reprends-toi !

Je suçai beaucoup de quinquina, dragées anglaises à l'efficacité révélée, un don de Saint-Aignan obtenu auprès du médecin anglais de Monsieur. Molière mort sur la scène du Palais-Royal, le roi oublia le perdant et magnifia ses œuvres. On lui dressa statue de commandeur de la comédie française.

Sa Majesté, ravie des divertissements essayés en ses jardins, offrit les *Fêtes d'amour et de Bacchus* à la ville. Il avait payé les costumes et les décors, il en régala ses peuples en mon théâtre. Ducreux, à la porte, encaissait les louis d'or.

Puis la rue de Vaugirard vit enfin la première représentation de *Cadmus et Hermione.* Nous y avons mis tout ce qui était nécessaire pour plaire. Des amours contrariées entre Cadmus et Hermione, fille de Mars, une belle aussi appelée Harmonie. Un géant et son dragon, un combat bien machiné entre le héros et l'horrible monstre, la colère d'une Junon tout à fait médisante, scène qui plut fort à Mme de Montespan. Un tour du monde des amoureux séparés, comme dans le *Ballet d'Alcidiane*, puis une réjouissance générale au sommet de l'Olympe.

Les poulies obéirent, le rideau ne se coinça point, les chanteurs récitèrent parfaitement, on entendit tout, on comprit tout, on applaudit d'abondance, on bissa et rebissa.

Le roi, qui s'était déplacé en personne avec Monsieur, sa Liselotte, Mademoiselle et la duchesse d'Orléans, sortit « extraordinairement satisfait de ce superbe spectacle », clamèrent les gazettes à l'unisson. Louis XIV, ne venant plus que rarement à Paris, adora ma première tragédie lyrique. Sa ville adora de voir son roi adorer Baptiste qui avait fait bâtir l'opéra à Paris même, et pas à Versailles.

Mon Académie ferma six mois plus tard. Sans regrets puisque tant de succès me valut l'attribution de la salle du Palais-Royal. J'obtins le départ des comédiens de Molière qui refluèrent rue Mazarine, dans l'ancienne salle de Sourdéac et Champeron. Par un vrai jeu de chaises musicales, l'Académie royale de musique s'installait là où était mort Molière, et sa troupe là où était mort le premier opéra français. Les destins de la tragédie lyrique française n'étaient-ils pas d'une parfaite symétrie ?

LIVRE CINQUIÈME

I

La scène est aux Enfers. Le théâtre représente le fleuve Achéron et ses sombres bords. À main gauche, un chœur d'ombres drapées de gris attend de franchir le fleuve infernal. À main droite, on aperçoit les perspectives du palais de Pluton vers lequel monte une jetée illuminée de tibias torchères.

Au milieu du morne flot, une barque moussue où somnole un vieillard à la barbe longue et grise. Sourcils broussailleux et mains crochues : c'est Charon, le passeur du fleuve infernal qui réclame à chaque âme son octroi pour aller de la vie à la mort.

« Il faut passer tôt ou tard... il faut passer dans ma barque. On y vient jeune ou vieillard. J'y reçois sans égard le berger et le monarque... »

L'interprète ? L'incomparable M. Lully, qui chante d'un baryton maigrelet : « Venez, avancez, tristes ombres. Et payez-moi le tribut que je prends. On me peut bien acquitter les soins d'un si pénible emploi... »

Les Enfers s'étaient ouverts sur un rythme tressautant. Les flammes de soie savamment crevées, que soulevait le vent issu de la turbine aux pales en bois, retombèrent.

Juché sur ma barque je me penchais tantôt vers le chœur des ombres errantes, tantôt vers le public : « Donne ! Passe ! Donne ! Passe ! Holà, toi, demeure, tu n'as rien, il faut qu'on te chasse... »

Tous et toutes, avec ou sans particule, ainsi qu'il était spécifié dans le privilège de l'opéra, avaient payé leurs places. Un louis d'or pour les loges, un demi-louis pour le deuxième niveau de loges et le promenoir, trente sols pour le parterre et l'amphithéâtre.

J'aimais assez cette ironie commerçante placée sur la scène des Enfers. Molière n'aurait pas fait mieux. J'observai la salle en même temps que je donnai ma grinçante aubade. En ces temps de bougies et de miroirs les réfléchissant, tout se voyait de la scène à la salle et vice versa. Jamais d'obscurité complète, mais une lumière ambrée, assez vive pour que le chatoiement des couleurs s'exhale comme le parfum des fleurs, quoique celles qui s'agitaient au parterre sentissent plus les boues de Paris que la tubéreuse.

Je poursuivis la scène : « Rien pour rien en tous lieux est une loi suivie : les mains vides sont pour moi sans appas. Car ce n'est point assez de payer dans la vie, il faut encore payer au-delà du trépas. Charon ne fait point de grâce. »

– Lully non plus ne fait point de grâce !

Qui avait osé ? Malgré la très douce lumière, il m'était impossible de distinguer les visages. Depuis quelques années, déjà, ma vue baissait. Les médecins mettaient cela sur le compte du tabac. Je ne m'en plaignais pas, ayant toujours été myope. Au fur et à mesure que l'acuité de mes yeux faiblissait, celle de mes oreilles grandissait. Elles me sifflaient assez souvent, aussi.

– Est-il bien dans son rôle, le drôle !

Si je ne reconnaissais pas qui parlait, je pouvais identifier sa voix. C'était Boileau.

– Pour lever l'impôt, il connaît parfaitement les mots, ce coquin, ce mâtin qui tout dévore.

Celui-là, c'était La Fontaine.

– Il devrait incarner Cerbère, ce rôle de chien lui conviendrait assez !

Là c'était Guichard, avec son fausset enrhumé.

– Allons, messieurs, faites silence, nous n'entendons rien !

Je remerciai le vieux d'Assoucy qui remettait ces messieurs à leur place.

Derrière grognait la meute des comédiens de Molière, des théâtres de Bourgogne, du Marais, leurs compositeurs et auteurs y afférents : Cambert, Boesset, Donneau de Visé.

– Pauvre cacochyme, si tu n'entends rien c'est que nous n'entendons que lui !

– Messieurs, disputez, certes, mais parlez plus bas je vous prie.

– Mais nous chuchotons, monsieur, nous chuchotons. Est-ce donc notre faute à nous si ce pauvre Baptiste a moins de voix qu'un roquet ?

Une rafale de rires secoua le parterre.

À la scène du passeur succéda un chœur de chiens à la Janequin, comme le vieux maître français en avait jadis mis dans ses *Cris de Paris*. J'avais bien disposé un concert d'enclumes chez les cyclopes de *Psyché*, je pouvais permettre que Cerbère fût accompagné d'un concert d'aboiements.

Les langues vipérines s'enhardirent.

– Regardez-le ! Non content de faire payer l'entrée de son Académie de musique, il voudrait aussi que payent les morts ! Il mord jusqu'aux morts !

– Pour faire de l'or ?

– Et pour cela jamais Lully ne dort !

– Or, or, or !

Dans la salle leurs jappements couvrirent les applaudissements. On bouscula fortement d'Assoucy.

Les pamphlets sortirent dès le lendemain.

« Musique de chien ! Musique de diable ! Musique déplorable ! Rien n'est plus pitoyable ! Par Pluton, quel méchant opéra ! Qu'on nous rende Luigi et qu'on renvoie Baptiste à ses Enfers ! Sodome réclame ses retardataires ! »

Sur la façade de l'hôtel de la rue Sainte-Anne, des macarons figurent Bacchus, Momus, la Tragédie, la Comédie, un visage de Satyre souriant et un autre, plus sombre, entouré d'une équerre, d'une tour, d'une bourse.

– Le propriétaire d'un hôtel ne met pas impunément de telles divinités à ses fenêtres !

On en murmurait fort, voyant là l'exhibition de quelque symbole impie, pour ne pas dire sorcier. Ce n'était pourtant que mon hommage aux Grecs, géomètres et marchands.

En face de l'hôtel Lully était une maison obscure, où le soir se devinait un visage, aux aguets derrière la fenêtre. Je nous savais épiés par les sbires de la nébuleuse saint-sacramentelle.

D'Assoucy sortait souvent de l'hôtel, drapé d'un grand manteau, armé de ses soixante-dix ans foutreux, pour courir l'aventure. Le lendemain d'*Alceste*, il ne fut pas présent pour commenter les feuilles de chou. Jacob, son nouveau page, courut déplorer que son maître fût emprisonné au Petit-Châtelet, au cul de la basse-fosse. C'était une laide prison où les cachots en entonnoir inversé mettaient les pieds dans l'eau et le dos à la voûte. On avait saisi d'Assoucy au sortir du cabaret. Le bonhomme, fin soûl, avait commis assaut d'impiétés avec une compagnie tout exprès affûtée pour le pousser dans ces abus qu'il n'aimait que trop professer en public. Ce libertin n'en étant pas à ses premiers blasphèmes, c'était un emblème que l'on ne pouvait gracier. On se résolut d'en faire un exemple.

La peine qui l'attendait était féroce. Cette fois, comme à Jacques, le portier du *Singe en Batiste*, on lui couperait la lèvre supérieure de sorte que ses dents apparaissent. On l'accusa aussi de sodomie. J'étais attaqué à travers mon ami. Colbert s'agita vainement. Le sort de d'Assoucy était entre les mains de la justice ecclésiastique. Il fut maintenu incarcéré. Un dominicain s'empressa de le venir visiter, lui assurant que c'était Lully qui l'avait piégé pour s'en débarrasser.

– Baptiste lave sa conscience grevée par les plus horribles péchés !

Charles, téméraire, improvisa une épigramme qui mit le moine en fureur :

– Je suis trop petit docteur pour disputer la préférence au grand dieu de la consonance, de qui je suis l'adorateur.

Et il ajouta que consonance n'était là que pour la rime, le con n'ayant guère sa préférence.

Saint-Aignan rapporta le mot. Malgré ses excès, le roi aimait Charles qui l'avait fait rire avec les saillies de son *Ovide en belle humeur.* Il reconnaissait aux poètes des mœurs fantasques. Il ne doutait pas, ayant été féru des lectures de Marie Mancini, que ces folies leur fussent nécessaires. Sans cela, eussent-ils possédé ce grain de génie ? Le roi réfléchit aux vieilleries de sa justice, divisée en trop de corps et de juridictions diverses.

– Duc, le Fort-l'Évêque est du domaine de la justice de l'Église, si je ne me trompe ?

– Oui sire.

– Alors, si l'Église l'accuse, pourquoi d'Assoucy est-il emprisonné au Petit-Châtelet, qui est une prison civile ?

– Je ne sais.

– Qu'on le fasse donc transférer au Fort-l'Évêque, les conditions y sont meilleures. Il est temps de réformer la justice pour les gens de ma maison. Les affaires de l'opéra et celles des artistes me touchent de près.

– Bien, sire.

Une violente cabale roulait en effet depuis les répétitions d'*Alceste,* auxquelles le roi, enchanté de *Cadmus,* avait assisté avec régularité.

Le nouvel opéra se répétait à Paris, au théâtre du Palais-Royal, où étaient la scène et les décors, mais la cour campait à Versailles, où s'achevaient les appartements de Mme de Montespan. La troupe accomplissait le double de répétitions, sur mon théâtre et sur celui de la cour. Je louai trois carrosses et six chariots qui brinquebalaient nuit et jour, de la ville au château, où l'Académie royale, en plein chantier d'opéra, se posait alors en un autre chantier. La belle Athénaïs recevait, sous ses plafonds démontables, l'ultime vernis comme le plus brillant de la cour. La répétition de l'opéra, chez elle, était l'événement dont il fallait être.

Nous montions en hâte un croquis de décor pour les répétitions qui s'effectuaient dans un chaos d'échafaudages et d'échelles. Les couturières couraient derrière les chanteuses pour accommoder leurs costumes. Mme de Montespan, arbitre des élégances vestimentaires, trouvait sans cesse à redire aux manteaux, aux corps de jupe, aux toiles, où manquaient à son goût l'or et l'argent, aux coiffes et jusqu'aux souliers.

Elle criaillait sans cesse que cela était *admirablement* beau, mais qu'hélas ce n'était pas encore *absolument* beau. Athénaïs en profitait pour humilier à plaisir Françoise d'Aubigné, veuve Scarron et future Mme de Maintenon.

– La très chère amie de ma confiance, disait Athénaïs, qui lui demandait de prêter la main aux costumes des dames chanteuses.

Rabaissée manouvrière, la chère amie s'exécutait en ravalant sa morgue. Dès ce premier jour d'*Alceste*, la petite femme endurante prit les affaires de l'opéra fort en grippe. J'assistais à ces picoteries sans piper, y trouvant mon compte. Le roi payait décors et costumes, enrichis des caprices d'Athénaïs. Ces robes d'or sur or, rebrodées d'or, rebordées d'or, et par-dessus tissées d'un or frisé, rebroché d'un or mêlé avec un certain or, constitueraient un joli patrimoine pour l'Académie. Si Fortune voulait, tout le monde les viendrait voir briller.

Le premier après-midi de répétition, trois des petits singes d'Athénaïs s'attaquèrent à la coiffure sophistiquée de Mlle Brigogne, bonne fille de Narbonne dont les jurons ne furent guère du rang d'Alceste. Alors qu'elle allait étrangler l'une des bêtes tropicales, je la convainquis de se tourner en dedans d'elle-même. Je suspendis les démons de sa colère, lui intimant de s'en caresser, de jouer la tragédie avec cette passion destructrice.

– Singe donc ta rage ou tu es morte ! lui glissai-je à l'oreille. En ce pays de cour, il y a encore plus de trappes que sur scène.

Si la favorite m'estimait fort, puisque le roi m'estimait absolument, ce n'était pas le cas de sa sœur, Mme de Thianges, ni de ses amis Racine, Boileau, Chapelain et Pradon. Ne les avais-je pas tous spoliés de leur droit à représenter opéras et autres spectacles à machines avec musique ? Sous les sourires courtisans grinçaient bien des dents qui n'attendaient qu'un faux pas pour déchirer.

La première morsure fut pour Quinault.

– S'attaquer à Euripide ?

– Toucher aux Anciens, à l'absolue manière de la tragédie, et ce pour la faire lyrique ?

– Et y ajouter des vers ?

– Et quelle poésie ? Quinault, que nous veulent ces petits vers d'amourette glissés entre un poignard et une bataille ? N'est-ce point là rabaisser les grandes et nobles passions ?

Tandis que le roi passait dans un cabinet afin d'y lire des nouvelles de Turenne, Racine et Boileau entreprirent Philippe plus avant sur le personnage d'Hercule.

Ils l'entourèrent et ouvrirent le caquet de leur raillerie :

– Hercule ? Mes chers amis, il est impossible de nommer un héros comme cela, ne trouvez-vous point ! C'est d'un bas ! Hercule, que la rime s'avère ridicule ! Allons Quinault, comment te tireras-tu de ce mauvais pas ? commença Boileau.

– Effectivement, avec quoi feras-tu rimer ton Hercule ? continua Racine.

Mme de Thianges se glissa dans le groupe.

– Imaginons qu'aux Enfers la suite d'Hercule recule. Qu'en dira-t-on ? Comment poursuivre ? Messieurs, à vous le bout rimé !

– Eh bien il ne m'en vient qu'une...

Boileau faisait mine de réfléchir, deux doigts sous le menton.

– Laquelle ? demanda Racine.

– Eh bien si Hercule recule, dira-t-on qu'on l'encule ?

– Boileau, vous êtes d'un graveleux ! s'exclama une Mme de Thianges faussement offusquée.

Les rires de la cabale attirèrent aussitôt d'autres groupes. Dans l'entonnoir dont elle creusa son éventail, Thianges persifla :

– Pour un héros, reconnaissons qu'il est à la rigueur possible d'être si grec, mais pour un demi-dieu, par ma foi non ! Qu'en dites-vous Racine, vous qui connaissez si bien nos Anciens ?

– Hercule est un demi-dieu, raisonna Racine, mais l'intrigue de Quinault en fait l'équivalent d'un roi. C'est bien là votre désir si je ne m'abuse, mon cher Philippe ?

– Eh bien...

Quinault se défaisait à vue d'œil.

– Répondez, mon cher, renchérit Chapelain. En faites-vous un dieu ou bien un roi ?

– À moins qu'il ne songe au frère d'un roi ? ajouta Pradon.

Quinault se mordait les lèvres.

On tournait en ridicule son malheureux Hercule. Il était perdu s'il ne le rattrapait. Une seconde vipère s'empresserait de déformer cette rime ambiguë auprès de Monsieur, qui ne lui pardonnerait jamais d'avoir eu l'intention de le railler de façon si grossière... Il irait siffler aux oreilles du roi ce qui pendait à Hercule.

C'était d'autant plus embarrassant, vu la nature du livret.

– Cher Quinault, imaginez le refrain que l'on fera de votre Hercule ! appuya Boileau.

Éperdu, Quinault réfléchit à toute vitesse, repassant en cet instant tout son Euripide. Si l'Hercule romain prêtait au vice grec, son premier nom de grec, Alcide, était lisse. Trois pieds sont en chaque racine, la grecque ou la latine. Voilà qui ne bousculerait pas la métrique déjà écrite mais éviterait de fatals refrains. De plus, sous l'aile de cet Alcide, on pouvait devenir acide.

Le librettiste retrouva sourire et bonnes couleurs. Il salua d'une révérence appuyée Mme de Thianges.

– La finesse de votre bel esprit, madame, sauve mon Hercule d'un naufrage que vous vous apprêtiez partout d'annoncer. Pour cela, je vous en rends grâces. Je vous prierai donc de bien vouloir remplacer le nom de mon indigne héros par le patronyme que les Grecs, avec plus d'à propos, j'en conviens, lui ont donné. Nous oublierons cet Hercule et ne tiendrons plus que pour son nom d'Alcide par toute la Grèce invoqué !

Ce fut au tour de Mme de Thianges de se mordre les lèvres. Le coup était digne d'un habile avocat.

Le roué de la langue se tourna ensuite vers ses confrères auteurs, les salua d'une révérence encore plus appuyée que la précédente, et lança :

– Eh bien messieurs, quelle rime débusquerez-vous à la queue d'Alcide ?

Racine se statufia, Pradon s'étouffa, Chapelain eut une si mauvaise quinte de toux qu'il fut prié de quitter la pièce aussitôt. Boileau ouvrit la bouche, il s'apprêtait à médire lorsque le roi reparut. Sa seule présence fit baisser le ton à la basse-cour.

Je remerciai Quinault d'un regard. Il avait été plus que brillant, il avait sauvé la situation car la clef analogique d'Hercule n'était autre que le roi lui-même. Je fis avancer le prologue dressé à la gloire du bienfaisant demi-dieu.

Une Mlle Brigogne encore ébouriffée entama :

Puisque tu vois la Gloire, ton héros n'est pas loin.
Il laisse respirer tout le monde qui tremble,
Soyons ici d'accord pour combler ses désirs.

Cette année 1674, Louis et sa cour avaient connu cent soixante-dix jours de campagne pour conquérir la Franche-Comté. La France avait vaincu. Timbale et trompette se saillirent l'une l'autre. Effrayés, les trois petits singes coururent se réfugier sur les épaules de Mme de Montespan. Le roi exulta à l'audition de cette remembrance musicale tout exprès glissée par mes soins. Il se mit à frapper la cadence, puis interpella Vigarani :

– Eh bien, monsieur Carlo, qu'aurons-nous comme décor pour le prologue ?

– Une toile représentant les Tuileries, sire. Votre palais devant lequel chantera la nymphe de la Seine qui...

– Je connais déjà cet air-là ! Il m'agrée fort : « Le héros que j'attends ne reviendra-t-il pas ? »

Et tous les courtisans de reprendre la suite du refrain, Boileau et Racine en tête : « Serai-je toujours languissante d'une si cruelle attente ? »

– Bien, messieurs, bien, les interrompit le roi, enchanté. Voyez-vous, si j'étais à Paris lorsqu'on donnera mon *Alceste*, j'irais chaque jour l'entendre. Baptiste me comble, mais la guerre m'attend encore...

Ce mot, à propos de son *Alceste*, courut les couloirs. Ma faveur atteignit aussitôt des hauteurs extravagantes. Elle rayonna jusqu'à mes ennemis. On me choya, m'acclama. Henri Guichard quitta son cercle de haineux pour me prendre dans ses bras. Je devins celui qu'il fallait embrasser. Je faillis même être étouffé, trop pressé par certains. Les courtisans se précipitèrent pour ouvrir les portières de la troupe à Baptiste lorsque, le soir venu, elle quitta Versailles pour Paris.

Quinault fut fêté d'abondance. L'opéra étant autant œuvre à clef que réservoir d'airs populaires, ceux qui l'avaient déchiré reprirent ses mirlitonneries en guise de chant du départ :

– Philippe, est-il un seul commerce exempt de traverse ? Chacun doit savoir risquer. Un cœur qui diffère d'entrer en affaires s'expose à manquer le moment de gagner...

Un observateur du monde de la Lune, voyant ces six chariots et trois carrosses partir ainsi fêtés, eût pu penser que la cour du Roi-Soleil saluait l'ambassade d'une puissance étrangère.

Les paroles du roi à propos d'*Alceste* volèrent chez Colbert aussi rapidement qu'il faut de temps à un pigeon pour voyager de Versailles à Sceaux. Elles déclenchèrent chez le principal ministre, lecteur toujours attentif du désir royal, une générosité qui se traduisit par cent mille francs en bon or. Ils attendirent dans le tiroir d'un bureau Boulle, cadeau personnel du principal ministre, que triomphe *Alceste*, donné à la cour de Marbre. Ce fut le cas.

Meubles et pistoles récompensaient royalement ces répétitions à haut risque. C'était aussi le prix à payer pour paraître dans la gazette royale : l'opéra.

Ainsi, suivant les desiderata du ministre, le premier acte d'*Alceste* fut une dispendieuse fête maritime, longue louange à la politique océane de Colbert, aux seize nouveaux vaisseaux de ligne, dont le *Soleil Levant*, qui paraient désormais les ports atlantiques, mais aussi un remerciement pour la nomination de son fils Jean-Baptiste, marquis de Seignelay, au secrétariat d'État à la

Marine. Le roi était Alcide vainqueur du trépas, Colbert le maître des eaux et des mers, Baptiste le capitaine de la croisière. Et Quinault, tel le vieil Homère, transcrivait aux mortels ce qu'accomplissaient ces dieux.

À la ville, la barque de Charon, quoique fort malmenée, ne sombra pas. On venait pour siffler, on venait pour applaudir, on venait pour aimer, mais l'on venait parce que l'on ne pouvait que venir : le roi l'avait dit. Le mardi suivant, puis le jeudi, le vendredi et encore le dimanche, la rue s'embouteilla d'un nombre grandissant de carrosses. Tout Paris affluait vers la salle du Palais-Royal. Prudent, j'avais ôté le chœur des aboiements. Trop de comédie ajoutée à un genre sérieux agace le goût français. La tragédie lyrique, en train de s'écrire, devait en tenir compte. Pour couper court à la cabale, j'avais bridé mon tempérament italien, mais je trouverais bien d'autres chœurs où ricaner. Dans ma barque, je jubilais. Le clergé, les moralistes, les jansénistes et leurs amis-ennemis du Saint-Sacrement accouraient ouïr l'opéra. Ils l'attaqueraient demain de la chaire mais qu'importe, ils venaient me payer l'obole.

D'Assoucy fut transféré au Fort-l'Évêque, où, comme le roi l'avait dit, sa justice changea. Par son ordre, cette prison devint la Bastille des comédiens. Musiciens et baladins furent placés sous l'autorité du premier gentilhomme de la Chambre du roi, à savoir Saint-Aignan. Celui-ci agirait à sa guise, par lettre de cachet, sur les gens de la Maison du roi qui échapperaient ainsi à la justice séculière et ecclésiastique.

On assainit les souterrains pour les transformer en caves à provisions. On métamorphosa la vieille prison en auberge gardée où l'on disposait d'une chambre ou d'un cachot, selon ce qu'on versait dans la pogne de Fradet, le geôlier en chef. L'incarcération pouvait y être douce : salons, concerts, dîners. D'Assoucy eut sa dîme sur cette *Alceste* qu'il avait défendue dès le premier soir. J'envoyai de l'argent à Fradet pour que mon ami puisse recevoir dignement et ouvrir une table bien garnie. Avant d'en sortir, les convenances demandant une peine de quelque temps pour ses blasphèmes, Charles connaîtrait du moins une prison digne de lui.

Louvois apprit que les dames de la cour, ces grandes émotives, pleuraient aux harmonies d'*Alceste*. On envoyait jusqu'au fond de la Bretagne autant d'airs de l'opéra que de mètres de passementerie. Par sa musique, le clan Baptiste établissait jour après jour sa puissance sur les sensibilités du royaume. J'étais créature de Colbert mais j'acquérais de plus en plus mon indépendance. Louvois, du clan Le Tellier, rival de celui du principal ministre, soupira :

– Cet homme est aussi utile au royaume qu'indispensable au roi. Décidément tout cède à sa valeur, pour parler comme Quinault. Rien ne le saura contraindre tant qu'il a la faveur.

Bossuet continuait de tonner contre l'opéra et sa morale lubrique. On n'y parlait que d'amour et le sacrifice y était bien trop doux. Madeleine frémissait des sermons. Avec d'autres âmes en saison pieuse, elle pleurait sous les voûtes gothiques et jurait de me ramener au Christ. Mais le soir, elle souriait en rangeant les bons gros louis dans les coffres. Je lui avais concédé cette jouissive manipulation, lui accordant une absolue confiance. La semence dorée compensait l'absence de la mienne. Comme Ovide, je dirais que nos noces étaient semblables à celles de Danaé et de Jupiter. Ma pluie d'or entre tes cuisses, chère Madeleine, ne valait-elle pas bien des orgasmes ?

Depuis 1662, je nous avais donné six enfants, dont cinq restaient. À Louis, Jean-Baptiste et Catherine, avaient succédé Jean-Louis, un second Jean-Baptiste et une petite Madeleine. Voilà qui était bien suffisant.

On ne manque pas à ce point de gens pour se marier et engendrer des enfants qu'il faille refuser à quelques sages de s'abstenir un jour de cette tâche. Épicure gardant le dessus, je continuai d'émettre le sang blanc de l'amour où il me prenait fantaisie.

Le mariage forcé était effectivement devenu pluie d'or. Outre les largesses royales et les bénéfices de l'Académie, théâtres et confrères, de Paris ou de province, me payaient tribut dès lors qu'il s'agissait de jouer avec plus d'instruments que le nombre stipulé par mon privilège. Les six voix et douze instruments négociés par Colbert, je ne les avais tolérés que pour obéir au roi. Mais à la mort de Molière, j'obtins de lui que l'on revienne à ma loi première : deux voix et deux instruments, sinon amende !

J'avais placé Ducreux à la levée de cet impôt baptistaire, ainsi qu'il convient de le nommer. Je choyais mon homme de basse besogne, lui moyennant une grasse part comprenant aussi la rétribution des délateurs, sorte de gens qu'il faut savoir s'attacher, mais de loin. Il fit du bon travail et amassa quelques cinquantaines de milliers de livres supplémentaires en chassant les contrevenants.

D'Assoucy n'ayant été dénoncé et incarcéré que pour me nuire, je n'eus plus aucune peur de mes ennemis, si tant est qu'ils m'eussent jamais rendu pusillanime. Je devins de plus en plus impérieux, levant l'impôt baptistaire avec une joyeuse férocité. J'atteignais un âge où je ne m'en laissais plus conter. J'avais la faveur, et passé quarante ans, dans nos métiers de bouffons gentilshommes, ou bien l'on a la force avec soi, ou bien l'on est déjà mort.

J'interdis l'*Andromède* de Charpentier, sur un texte jadis illustré par d'Assoucy, sous prétexte que le parent de Molière y avait mis trop de musiciens. Les trios, les quatuors vocaux et les ensembles, c'était à moi, à mon Académie, et pas pour de petits maîtres besogneux. Ils pouvaient bien composer des airs, mais quant à les jouer sur un orchestre équivalent au mien, formé de quarante-huit violons, douze hautbois, six flûtes, cornets et cromornes, quatre trompettes et deux timbales, plus un abondant continuo de clavecins, théorbes, luths, basses de violon et de viole, pas question. Les autres musicâtres n'avaient que le devoir de tenir un rang par moi défini. Il en serait ainsi jusqu'à ma mort.

Accaparant le son comme l'attention, ma fortune ne pouvait que grossir avec le succès. « Le héros que j'attends » se chuchotait au travers du mur fissuré séparant les amants, entre rue et jardin. On le sifflotait jusque sous le Sot-Dôme du couvent des dames de l'Assomption, couvent mondain nouvellement ouvert rue Saint-Honoré. Les sous-entendus de l'opéra étaient clairs, leur morale pouvait être qualifiée de vénéneuse, mais elle réjouissait la blanchisseuse comme la chanoinesse.

Aux enterrements, la pompe funèbre d'*Alceste* remplaça, sous les doigts de maint organiste, les classiques variations sur le *Dies Irae*. Ce qui n'était que justice : cette pompe d'opéra, je l'avais moi-même variée de la pompe funèbre offerte au chancelier Séguier. Chez Baptiste et compagnie, rien ne se perd, tout se recycle ! Personne ne fit d'épigrammes sur ce sujet. Qui ne réutilisait ses bouts d'œuvres précédentes pour parfaire celles à venir ?

Alcide, sur sa barque, fut donc passé et repassé par Charon. Sans tant de façons, le nocher rama, se dépêcha et triompha. À la fin, le roi et Baptiste écrasèrent définitivement l'un les ennemis du royaume, l'autre ses détracteurs.

Rien ? Vraiment ? Une sûre paix ? Au milieu du triomphe d'*Alceste*, je sentis soudain gronder la guerre sous mes pieds.

Dans les caves de Paris où j'avais enfoui les cheveux de Louis, la Fortune enroula ses menaces obscures. Les boucles de ma perruque eurent des décharges.

Mais la guerre, qu'est-ce d'autre qu'un théâtre donné chaque été, ou presque, selon le rythme des nations ? Je voulus fêter d'un feu d'artifice la conquête de la Franche-Comté et donner grâces aux peuples, sur ma part, des bienfaits d'*Alceste*. Sur la façade de l'hôtel de Lully furent dressés le coq gaulois et le lion d'Autriche, le coq devant bouter le feu à la queue du lion. Il plut et les pièces ne partirent pas. Le lendemain matin, Ducreux trouva ce qui suit placardé sur la porte cochère :

Quitte, Baptiste, le caprice
D'entreprendre mal à propos
De faire des feux d'artifice.
Tu n'es bon qu'au feu de fagots.
Ton coq a tourné le derrière sitôt qu'il a vu le lion.
Quelle autre chose aurait-il pu faire
Étant un coq de ta façon ?

Je voulais savoir qui avait osé imprimer cela. Ducreux, en bon limier, fut mis sur la piste.

Après *Alceste*, il fallait enrichir l'Académie d'un autre opéra. Un par an, un pour chaque carnaval, sorte de prélude fastueux à chaque printemps, telles étaient les obligations du privilège. Il y avait donc multitude de livrets en cours. Mon opéra était le dispensateur de la manne royale et l'hôtel de la rue Sainte-Anne la citadelle que rêvait de conquérir l'entière planète des lettres. Tous les ratés, les faméliques, les besogneux, les rimailleurs de la ville l'assiégèrent. Les passants s'étonnaient de voir une aussi longue queue à la porte et demandaient s'il y avait quelque pénurie de pain dans la ville.

Qui donc ferait le prochain ? Pour moi, ce serait Quinault, sans nul doute. Pourtant Segrais, le nègre de la Grande Mademoiselle, me soumit son *Amour guéri par le Temps* et Racine, sur l'avis de Mme de Montespan, se mit à un *Phaéton* qu'il ne put achever. Henri Guichard vint s'entremettre du crédit de Mme de Villedieu dont il m'assurait qu'elle tenait prêts, exprès pour moi, deux livrets : *Ulysse et Circé* ; *Céphale et Procris*. Il mentait : ces deux œuvres étaient de lui et ne valaient pas une crotte de nez.

Mme de Thianges ne désarma pas non plus. Son clan essayait par tous les moyens de casser Quinault. Son favori était La Fontaine. Elle lui souffla de me soumettre une *Daphné*. Tout le monde ayant besoin d'argent, l'homme à fables mit aussitôt en chantier son premier acte. Mais La Fontaine geignait qu'il n'y arrivait pas. Racine et Boileau récrivirent le premier acte de sa pastorale trop larmoyante. Les deux s'illustrèrent trois lunes avant de présenter leur copie, que j'envoyai au diable.

Chiffonné de colère, excédé par tous ces importuns qui me faisaient perdre un temps que j'eusse dû donner à la composition, je courus à Saint-Germain, la *Daphné* de La Fontaine pleine de ratures à la main, démontrer au roi et à la Montespan l'inanité du texte comme la totale impossibilité de son action, vu qu'il n'y en avait aucune.

– Ce texte ne saurait être mis en musique, voici pourquoi.

J'étais trop content avec Quinault, il était né pour la tragédie lyrique. Il avait le don de tresser ces petits refrains amoureux, si simples et si justes que tout le monde, au sortir de la représentation, les avait retenus pour les chantonner dans la rue. Il savait aussi rendre sensibles les émotions tragiques sans mouliner d'inutiles périodes. Il n'avait pas à appuyer l'action par de grandiloquents effets de manches : ma musique se chargeait à elle seule d'en souligner les humeurs. Pourquoi aurais-je changé un partenaire si brillant ?

J'envoyai tout le monde bouler, fidèle à Philippe qui mettait en chantier un *Thésée* qui m'intéressait fort par le rôle de la sorcière Médée, si aimante et si trahie. Sa férocité douloureuse me plaisait : elle n'était pas gratuite, elle obéissait seulement aux nécessités d'un cœur bafoué, foulé aux pieds par la seule vanité d'un galant guerrier. Louis et dame de la faveur acquiescèrent à cet excitant projet. Dans l'antichambre, Mme de Thianges, aux aguets, cassa deux vases de Chine.

Les railleries de cour firent alors place aux menaces directes. Un soir que je soupais au Fort-l'Évêque, chez d'Assoucy, en sa prison, avec M. de Nyert et beau-père Lambert, tous les convives, dont La Fontaine et Henri Guichard, se levèrent d'un coup et menacèrent de leurs verres :

– Renonce à Quinault, Baptiste, ou tu es mort !

Puis ils se rassirent sans cesser de railler nos origines meunière et boulangère. Je me retins de frapper. Les santés dérivèrent sur d'autres thèmes, d'autres gens. À la fin du souper, La Fontaine m'assura que cela n'avait été que bouffonnerie entre gens de bonne compagnie que la bouteille avait un peu trop excités. En gage d'amitié confraternelle, Guichard m'offrit une tabatière à tête de singe emplie de tabac.

– Renifle Baptiste, c'est du bon turc ! Il te donnera de belles idées ! Goûte-le dès ce soir, tu m'en diras des nouvelles !

Guichard avait bien de l'insistance mais je n'y prêtai pas attention. J'étais soûl, il me prenait par le plaisir. Je la glissai dans ma poche.

J'avais voulu savoir qui était derrière le pamphlet du coq et du lion. Ducreux subodorait Guichard. Une nouvelle tragédie domestique lui donna raison. Bruno, mon petit page, avait l'habitude de me subtiliser du tabac. Je fermais les yeux sur sa rapine : c'était un vice qui n'était pas grand-chose, mais assez pour lui donner quelques fessées, punition qui lui échauffait les sens.

On le retrouva raide mort dans sa chambrette. Son nez avait ensanglanté l'oreiller. Il tenait dans la main la tabatière à tête de singe. Je ne sais par quelle prescience de cheveux dressés je n'en avais pas usé. Henri Guichard avait voulu m'empoisonner et le pauvre Bruno était son innocente victime. Médée, dans *Thésée*, n'eût pas mieux fait.

II

Mai était lourd, très humide, trop chaud. Les récoltes pourrissaient par le pied. Les pommiers ne fécondaient que des fruits mous. Les araignées rouges affaiblissaient les troncs par myriades. Les champignons noirs défoliaient les roses. Des gales, comme petites tumeurs de peau, pullulaient sous le feuillage des ormes, au cours la Reine.

La planète Mars était entrée dans mon Sagittaire. Mauvais horoscope, que Madeleine avait fait tirer, vu les circonstances. Il y avait recrudescence de veaux à six pattes. Du faîte des clochers, les yeux inquiets scrutaient l'arène de nuages orageux qui encerclait Paris de toute part. On prêchait le mauvais augure à tous les coins de rue.

– La Pentecôte descendra sous le signe du démon !

On voyait passer les jours sans que l'orage cède. Des jours étouffants, des jours d'attente, des jours comme avant la justice divine. On avait emprisonné les peuples au centre d'un gigantesque œil de nimbus, boursouflés comme de la chantilly. Au-dessus de ce sublunaire monde de dragons-nuages, menaçants, immenses et bouffons, l'organiste suprême pressurait la terre selon ses hautes et basses humeurs. Il jouait des pressions d'air sur les reins mal drainés par l'eau croupie, breuvage que l'on compensait avantageusement par beaucoup de vin peu coupé.

L'air, méphitique, accablait d'une recrudescence de malaises, de fièvres tierces et quartes, d'anciennes fièvres qui se réveillaient. Sous cette chape miasmatique, on souffrait de nombreuses coliques néphrétiques et l'on rejetait abondance de pierres. La goutte pointait au bout du pied. On se sentait moite, on se sentait mal, les vers étaient aux salades comme aux viandes ; on avait des crises, de peur ou d'apoplexie on ne savait plus, en voyant les démons s'agiter au fond de l'écuelle.

Que l'on se rassurât avec les animalcules, avec les esprits de Descartes, ou avec quelque autre être supérieur, l'opinion commune tenait pour le poison. Sous la loupe de ce cyclope vénéneux, ce qui était arrivé, ou non, à Baptiste, le tabac qui tue, courut de la ville à la cour à la vitesse du cheval de Saint-Aignan.

– Encore un poison ? s'insurgea le roi.

En mai 1675, c'était un de trop.

On ne parlait que de cette poudre de succession, radicale, découverte dans la cassette de la marquise de Brinvilliers. Elle était convaincue d'avoir envoyé *ad patres* son père, ses frères, et quelques autres malheureux dont la rumeur fit aussitôt une infinité. L'empoisonneuse avait fui aux Pays-Bas, cependant la terreur de ses potions restait dans chaque conscience. Plus encore que de la moiteur céleste, on éprouvait une peur de proximité : boisson, pain, voisin, mari, fils, fille. Quant à l'épouse... Qui donc empoisonnait qui ? Et à quelle vitesse ?

– Que s'est-il passé ? demanda Louis.

Saint-Aignan relata les faits. Bruno avait été de toute évidence tué à l'arsenic. Son nez, rongé par le tabac corrosif, ne laissait aucun doute.

Le roi s'agita sur sa chaise. Ces violentes migraines, qui le prenaient parfois au sortir des appartements de la Montespan, ne proviendraient-elles pas de quelque philtre servi des mains d'Athénaïs ? À présent ce nez brûlé... Cela réveilla chez le roi une autre suspicion, celle qui pesait sur la mort, trop prompte, de la précédente Madame, Henriette d'Angleterre.

– Duc, cet Henri Guichard sur lequel pèsent les soupçons de Baptiste, n'était-il pas de la maison de Monsieur ?

– Si fait.

Louis ne souffrait les officiers, remuants et scandaleux, de la maison de Monsieur que pour donner quelque occupation à son frère. Ses soupçons concernant Henriette, et soumis à enquête préalable, convergeaient vers l'entourage de Philippe, chevalier de Lorraine.

– Signifiez à Baptiste qu'il lui faut porter plainte. Qu'on m'excise ces poisons !

– Cependant, sire, vous n'êtes pas sans savoir que tout ce qui concerne Baptiste touche la Maison du roi. L'affaire est grave. Il y a eu mort d'homme. Cela ne peut relever du Fort-l'Évêque, ce cas appartient à la justice séculière. Le scandale est proche de vous, sire, et vous n'ignorez pas que Baptiste est détesté par beaucoup.

– Je le sais. Mais cet homme reste indispensable à mes plaisirs. Il a la clef de mes chants et me sert du mieux qu'il le peut.

– Mais votre image, Majesté ! On pourrait remonter bien des pistes, mettre au jour des ramifications...

– ... et compromettre, je sais tout cela. Je vais veiller personnellement à la maison de Monsieur. Mais vous, Saint-Aignan, en tant que premier gentilhomme de la Chambre, vous avez la charge de vous occuper de près de nos musiciens. Faites, pour Baptiste, le plus habilement qu'il vous sera possible. Dites, avez-vous entendu quelque chose du nouvel opéra d'*Atys*, que Baptiste projette ?

– Je n'en ai lu que le livret, dans son état actuel.

– Mais des sons, qu'est-ce que Baptiste a laissé entendre ?

– Vous n'êtes pas sans savoir que les oreilles du comte de Fiesque sont les seules à connaître ses nouveautés. Et le comte a promis sur l'honneur de n'en jamais rien divulguer à quiconque. Il a toujours tenu parole.

– Vraiment ? C'est une bien belle chose que cette probité-là. Celle qui est maîtresse de mon cœur ne l'a guère.

Le roi soupira, puis s'enfonça dans l'un de ses redoutables silences où il prenait ses décisions les plus fermes.

Il s'adressa alors à Saint-Aignan :

– Duc, veuillez prévenir la reine que je l'irai visiter ce soir.

– Mais sire, Mme de Montespan a arrêté une répétition de *Thésée* avant son médianoche. Elle a convié bien du monde pour la générale en costumes.

– Eh bien, qu'elle la répète avec ses singes ! Ce ne sont point ces sortes de créatures qui lui manquent.

Plainte fut déposée le 12 mai. Le même jour, Monsieur ordonna à Guichard de se constituer prisonnier. Le roi rangeait sa maison comme on range ses bottes, par deux.

La justice, la plus pernicieuse des pécheresses chenues, s'ébroua. Elle lâcha une proie pour se saisir d'une autre. D'Assoucy sortit enfin du Fort-l'Évêque après intervention de Saint-Aignan. Six mois avaient été suffisants pour expier son crime blasphématoire. Il intégra la Musique du roi et obtint une petite pension qui lui permit d'emménager dans un deux-pièces rue de la Calandre, au-dessus de la *Clef d'Argent*. Il était prudent, vu les circonstances, que nous gardions l'un l'autre une certaine distance.

Les grandes braderies servent le plus souvent des causes pieuses. Puisqu'on allait ouvrir le procès de l'empoisonneur Guichard, l'occasion était trop belle pour ne pas mettre Baptiste sur la sellette. Derrière Guichard, les ennemis d'*Alceste* relevèrent le museau. Les comédiens et les dévots surmontèrent leur haine, aussi excommunicatrice que réciproque, pour m'attaquer ensemble.

Les hommes de lettres affûtèrent leurs plumes ; fors les querelleurs de salon, Racine et Boileau, dont une rumeur de nomination d'historiographes du roi, à trois mille livres de pension *per capita*, radoucit le ton plus sûrement que le miel la toux.

Anselme Le Féron et Denis Robert, les deux juges chargés de l'instruction, étaient pour Guichard. L'avocat général Chrétien-François de Lamoignon l'était aussi. Ce Chrétien-François de Lamoignon était de la noblesse parlementaire. Massive puissance de la robe judiciaire et de la pierre ! L'hôtel de Lamoignon, où les pilastres penchent comme la tour de Pise, fut construit si massif qu'il s'enfonça à reculons dans le terrain du Marais. Sous le poids de ses architraves en péril, l'affaissement de l'aile évoque une pile d'écus menaçant de s'effondrer sur le dos de sa voisine, pour peu qu'on la branle trop.

Propriétaire conséquent d'une telle architecture, le bien nommé Chrétien-François connaissait dans sa chair l'embarras des richesses, cette fatigue des convoitises assouvies. Il subissait un tassement de ses énergies dans les parties expectantes, retenant beaucoup et ne donnant pas assez. Viandes et liqueurs posaient au bout de son pied chaussé à talon un excès d'humeurs uriques. Son orteil lui répondait alors par les coups d'une douleur extrême et sans remède, ce qui causait de fréquents retards à sa justice.

Outre sa goutte, M. de Lamoignon souffrait aussi de coliques néphrétiques, les deux alternées à dose diplomatique. Il était un homme prudent et connaissant son intérêt, un homme qui ne laissait pas n'importe qui calculer où mettre sa pierre et bâtir un nouvel édifice. Des pierres, lui-même en avait trop, et Lamoignon savait qu'il faut expulser le corps étranger sous peine de crever dans la douleur.

– Quelle est la partie accusante et la partie accusée ? tonna-t-il. Que lesdites parties veuillent bien décliner leurs âges, prénoms et qualités...

– Guichard Henri, fils de Jacques Guichard, valet de la chambre de Monsieur.

L'homme était en bas, face au monument armorié où siégeait Lamoignon. Quelques jours de prison, une barbe en broussaille et les poux y afférents donnaient à Guichard l'air d'un noiraud de bien plus mauvaise mine que moi, s'il se pouvait.

– Second accusé ? demanda le greffier.

Silence. La salle murmura, les têtes se tournèrent en quête d'autres têtes.

– Second accusé ? fut-il redemandé.

– Plaignant, pas accusé !

Une voix tomba du haut de la lanterne où était le banc du roi.

Avec Quinault nous nous étions placés du côté de la buvette, à la lanterne, avantage de droit qui ne nous avait pas été disputé puisque nous étions de la Maison du roi.

– Qui parle ? demanda le greffier.

– Maître Lavocat, défenseur de Lully. Messieurs, je dis qu'il n'y a point de second accusé dans le cas qui nous intéresse, et que, de plus, l'introduction des faits est maladroite...

Philippe, trop proche de l'entreprise Lully pour disputer l'affaire qui promettait d'être sale, me conseillait ; ensemble nous commanditions cette tierce personne, Louis Lavocat, qui prenait ici la parole.

– Eh bien, puisque vous êtes son avocat, que paraisse donc la personne de votre plaignant, que la cour le voie. Où donc est le sieur Lully ?

– Il ne peut paraître, votre honneur, car il est sur le banc du roi. En conséquence de quoi il revient à une autre cour, celle de Sa Majesté, qui fait sa justice chez elle, de juger le cas. Je demande ici l'avis de monsieur le premier gentilhomme de sa Chambre.

– Objection. Je n'ai point besoin de M. de Saint-Aignan pour savoir que Lully n'appartient pas à la Maison du roi. Il n'en a pas les titres, il n'a aucun quartier, et conséquemment n'y peut prétendre. Son corps n'est pas celui du monarque, que je sache. Il n'est qu'un roturier qui ne saurait être exempté de notre justice civile.

Denis Robert, juge chargé de l'instruction, demanda :

– D'ailleurs, sait-on qui il est, au juste ?

– Doit-on montrer ses lettres de naturalité à la cour ? rétorqua Lavocat.

– Qu'importe de tels papiers, je ne demande que sa personne, ici-bas, au côté de Guichard. Car cet homme l'accuse de même. Je cite la plainte du sieur Guichard : coups et blessures, abus de confiance et de privilège.

Un caillou se coinça soudain dans l'uretère de Lamoignon. Cela lui provoqua un brusque geste de douleur que Denis Robert, mal avisé, traduisit par un tonitruant :

– Que Lully descende ! M. le président l'ordonne !

– Il ne le peut pas ! renchérit Lavocat.

– Qu'on le démontre à cette cour ! glapit Robert.

La séance sombra aussitôt dans le latin de la procédure, puis fut suspendue, Lamoignon ayant renfort de coliques pierreuses.

Je ne descendis pas de la lanterne avant trois mois car, pour répondre à la question du corps de Lully lié, ou non, à celui du roi, et à la comparution dudit *corpus* devant la justice civile, Lavocat enclencha libelles et procédures.

Un factum doctrinal se révéla nécessaire à tout préalable. Compulser Origène, comparer les dires de cet auguste docteur aux écrits d'Oresme, lui-même expert depuis quelques siècles en matière de dérogations ; puis vérifier ses lois à la lumière des écrits, contradictoires, de saint Augustin, allait prendre un temps certain.

On se dirigeait vers les vacances des gens de robe, de la fin de juillet à la Saint-Martin. À l'automne, les places de juges ayant tourné par quartier, la justice pourrait m'être plus favorable. Chez elle comme chez dame Fortune, les chaises sont musicales et les astres plus ou moins souriants selon leurs clans.

Six mois plus tard, à la reprise de l'audience, on s'accommoda sur le fond. Origène puis Oresme, éclairés par les contre-jours d'Augustin, et plus encore les lettres de naturalité, signées de certains Louis Dieudonné Bourbon et Jean-Baptiste Colbert, parlèrent pour moi. Il fut établi que je ne descendrais de la lanterne qu'en qualité de témoin.

– Donc le sieur Lully, ici présent, prétend que le prévenu Guichard aurait voulu l'empoisonner ? commença Lamoignon.

– Je ne prétends pas, j'assure. Dois-je rappeler à votre honneur qu'il y a eu mort d'homme ?

– Un simple valet que l'on a retrouvé le nez tout ensanglanté ne fait pas un empoisonné, attaqua Le Féron. Il y aura eu rixe la veille. C'est bien la façon de ces gens-là dont on sait le peu de moralité. Quelles étaient vos relations avec le défunt ?

– Maître et valet, dis-je.

– Plutôt bougre et bougrant, lança Guichard. Tout le domestique de Lully sait bien quels rapports ces deux-là entretenaient !

– Aurions-nous des témoins de ce que l'accusé avance ? demanda Lamoignon.

Lavocat s'interposa :

– Votre hauteur, dois-je rappeler que nous faisons le procès de Guichard, et non celui de Baptiste ?

– Certes, mais tous les faits pouvant mener à la vérité nous intéressent. Je tiendrai cependant compte de votre remarque. Mais commençons par entendre les témoins dans cette affaire. Greffier...

– Objection votre honneur ! Nous n'avons pas encore passé en revue les antécédents du sieur Guichard, insista Lavocat.

– Objection accordée. Maître Le Féron, nous vous écoutons. Faites l'historique de l'accusé.

Lamoignon se fit apporter d'urgence un coussin pour son pied que la douleur tenaillait.

– Plus pauvre que Job, plus méprisé que Moïse à sa naissance, plus innocent qu'Isaac...

– Au fait, au fait, maître ! Ne remontons pas plus loin que Mathusalem, grogna Lamoignon. Je mourrai d'entendre si longue généalogie !

– ... Un pauvre homme, donc, que ce Guichard. Il perdit très jeune ses parents par le fait de la peste épouvantable. Il fut alors placé sous la tutelle de M. de Marsollier, payeur des rentes de Mme de Guise, qui le mit chez les jésuites.

– D'où il fut chassé pour friponnerie et revente de reliques ! interrompit Lavocat.

– Sottises ! Avez-vous des preuves de ce que vous avancez ?

– Mieux encore, maître Le Féron ! Un témoin ! Si l'auguste cour veut bien procéder à la parution de dame Hoquetot...

– Greffier, appelez le témoin.

Respectable dame Hoquetot, veuve du faubourg Saint-Marceau, fit son entrée.

– Dame Hoquetot, reconnaissez-vous le dénommé Guichard ?

– Et comment ! C'est un voleur ! Un fripon ! Il m'a escroqué deux cents livres, s'étant présenté à mon domicile sous l'habit d'un humble ecclésiastique avec son petit collet blanc. Il quémandait de l'argent pour les pauvres prisonniers aux mains des barbaresques.

– Et... ?

– Je lui en donnai. À condition toutefois de choisir moi-même quelles personnes connaîtraient ma bienfaisance. Il m'assura qu'il reviendrait le lendemain avec une liste. Je ne le revis pas. Comme il s'était crédité des missions de M. Vincent de Paul, je me rendis auprès de leur établissement du chemin de Sèvres. Là, on me répondit que l'on ne connaissait point l'homme Guichard.

– C'est donc ce que l'un des meilleurs auteurs de notre siècle appela un Tartuffe ! soulignai-je à haute et intelligible voix.

Lamoignon s'empourpra.

– Il n'y a point de Tartuffe ! Laissez là les sottises de ce réprouvé de Molière ! La volonté que Guichard afficha devant dame Hoquetot d'aider son prochain le lave de toute hypocrisie.

– Mais enfin, votre honneur, ce fut pure duperie !

– Non, ce fut dévoiement de l'âme, dont Notre-Seigneur seul sera juge. Il ne nous appartient pas, à nous pauvres humains, de juger de la charité d'une âme affaiblie, et qui plus est orpheline. Ce témoin se peut retirer. Poursuivons...

– Mais votre honneur, Guichard fut chassé de chez les jésuites en 1667, et lorsqu'il se présente chez dame Hoquetot, il se dit lazariste de Vincent de Paul. Ne trouvez-vous pas là matière à subodorer grave contradiction, pour ne point dire mensonge ? interrogea Lavocat.

Lamoignon ne daigna pas répondre.

– D'autant plus, poursuivit Lavocat, que Guichard fut exclu moyennant une jolie somme.

– Comment cela ? Avez-vous des preuves ?

– Si vous voulez bien faire entrer l'abbé Ducourcel.

– Soit... Greffier, procédez !

Un abbé rondouillard vint à son tour conter comment Guichard fut mis à la porte des jésuites car il avait établi académie de jeu dans le cloître des bons pères. Afin d'étouffer le scandale, on le pourvut de trois mille livres qui lui furent constituées pour dot. Un mariage étoufferait l'affaire et redorerait sa réputation.

Mais Lamoignon, une nouvelle fois, refusa d'y voir la moindre malice. Il défendit Guichard en arguant que cette pauvre âme contrite, ayant perdu la vocation de notre sainte mère l'Église, n'était guère condamnable de vouloir conclure un mariage séculier avec une épouse, ce qui n'est que l'expression d'une belle volonté et d'une bonne morale, attendu que le mariage, ici-bas, est le céleste miroir des noces spirituelles de l'âme et du divin époux, ce qui est doublement démontré par saint Paul et saint Thomas d'Aquin.

– Quant à la haute qualité de son épouse, elle place Guichard au-dessus de tout soupçon. Greffier, faites entrer la femme Jeanne Le Vau.

Elle n'était rien de moins que la fille de Louis Le Vau, l'architecte. Le clan Baptiste eut aussitôt un soupir de soulagement en la voyant entrer. Lamoignon était bien mal renseigné sur les rapports de Guichard et de son épouse, comme sur l'appui qu'elle serait susceptible de lui donner.

Elle arborait une mine querelleuse et foudroya Guichard avec ce qui lui restait d'yeux, la petite vérole lui ayant enlevé le gauche.

– Madame, découvrez-vous devant la cour !

Jeanne se cachait la moitié du visage sous un foulard noir.

– Votre honneur, je ne puis... Cet homme-là, explosa-t-elle en désignant Guichard, m'a donné une trop laide maladie pour me dévoiler en public.

– C'est faux ! s'insurgea Guichard.

– C'est vrai, maroufle ! Et ce n'est pas la première fois. Ne m'as-tu pas assez fait payer les soixante mille livres de dot que je t'ai amenées !

– C'est ton beau-frère Mignon qui t'a donné le mal italien, sale catin !

– Empoisonneur !

– Comment ? Que dit-elle ?

Toute la salle eut ce même cri.

– Oui, empoisonneur ! Vous avez bien entendu. J'accuse cet homme d'avoir usé de la poudre de succession sur mon père Louis Le Vau, disparu il y a peu.

– Et quelle preuve en avez-vous ?

– Ceci !

Et elle exhiba un petit carré de papier, noirci par endroits.

– Je l'ai retrouvé dans sa cassette !

Guichard frémit, Lamoignon gémit sous sa goutte.

– La cour, devant la gravité de ces nouvelles accusations portées contre le prévenu Guichard, reporte la séance afin d'examiner cette preuve papetière !

Le greffier essaya en vain de calmer la clameur qui s'éleva de la salle.

L'intrigue développa le lendemain. Le palais et ses galeries bruissaient du coup théâtral de l'épouse Guichard. Devant l'affluence publique, la cour transporta ses aises dans une plus vaste salle.

Voilà qui était fort excitant : tout ce qui touchait à Baptiste était vraiment digne de l'opéra. Guichard avait-il, ou non, empoisonné son beau-père en sus de Baptiste ?

– La cour, après avoir fait lécher ledit papier noirci à un chien, et cet animal n'ayant point bavé mousse blanche, ni hurlé à la mort, ni tremblé la concomitante danse de l'empoisonné, il appert que cette preuve n'en est pas une, suite de quoi nous concluons que le supposé poison n'était pas dans ledit papier.

– Mais, votre honneur, ce n'est pas le même carré de papier que celui d'hier ! Il est tout blanc, lança Lavocat.

– Bien évidemment, puisque le chien l'a léché. Comment pourrait-il être le même ?

– Mais, avec tout notre respect, insista Lavocat, celui-ci est d'un pouce plus grand !

– Eh bien... le précédent s'est envolé par la fenêtre par le fait d'un malencontreux courant d'air !

– Alors produisez au moins le chien.

– Que nenni ! Les animaux n'ayant pas d'âme, ils ne peuvent donc témoigner.

– Faux. Ce n'est point ce que soutient Platon.

– Que nous importe ce M. Platon, maître. Et pourquoi ne pas convoquer Pythagore, tant que nous y sommes ?

– Produisez le chien ! Produisez le chien ! commença à reprendre la salle, amusée par ce rebondissement.

– Il suffit !

– Le chien ! Le chien !

– Ce n'est plus possible, la pauvre bête est passée sous un carrosse ce matin même, se défendit Lamoignon.

– Destruction de preuve !

– N'exagérons rien ! Absence accidentelle du témoin, seulement. Et puis brisons là avec ce chien ou j'ordonne l'évacuation de la salle !

– Soit. Mais le roi ne sera guère satisfait de telle justice ! Qu'importe, nous avons d'autres témoins qui prouveront le peu de moralité du sieur Guichard.

Lavocat fit alors paraître la troupe de musiciens qui avait donné *Le Triomphe de l'amour* pour le mariage de Monsieur en 1671. Ils exposèrent comment Guichard avait obtenu du roi dix mille livres pour les dépenses de leur troupe et comment ni violons, ni danseurs, ni peintres, ni loueurs de chaises, ni Ducreux, à l'époque à sa solde, n'en avait vu un seul teston.

Puis Jeanne Le Vau revint à la charge et accusa Guichard d'avoir percé un trou dans le mur mitoyen entre leurs appartements et le cabinet de son père pour subtiliser de l'argenterie, déprédation découverte à la mort de l'architecte en déplaçant une armoire.

Mais Chrétien-François resta inébranlable et les juges se maintinrent honteusement du côté de Guichard.

À la lanterne, nous étions au désespoir. Les chaises de la justice n'avaient guère tourné en ma faveur, alors que j'avais été à deux doigts du poison !

Pis encore, tant d'évidente mauvaise volonté de la part des juges mettait la discorde dans notre camp. Je m'énervai contre Quinault et Lavocat. Au lieu de sauver notre cause, voilà que cette femme Le Vau avait embrouillé un peu plus la procédure.

– Que diable avions-nous besoin d'un carré de papier, blanc ou pas, et d'un chien, mort ou vif ? Produire la tabatière à tête de singe suffisait ! Et où est-elle, cette damnée tabatière ? Qui l'a vue apparaître pendant le procès ? Quinault, toi qui plumes à l'envi les maléfices de Médée, tu oublies la preuve capitale ? Quels fieffés crétins faites-vous, toi et ton Lavocat !

– C'est le tien !

Ledit avocat, menacé de suppression d'honoraires, demanda, sitôt la séance recommencée, que l'on produisît le funeste contenant afin d'y démontrer le poison.

Piètre effet. La requête provoqua chez les juges des sourires entendus.

Le greffier exhiba la tabatière. L'objet une fois posé sur la table, chacun sortit de sa poche une tabatière à tête de singe. À la fin, ce fut Lamoignon qui montra à toute l'assemblée sa tabatière, tout aussi simiesque.

– Eh bien, maître, sauriez-vous me dire quelle tabatière est celle de Guichard ? En matière de blague à tabac, nous voyons là un modèle aussi courant qu'une médaille de Saint-Christophe. Il est indéniable que le cadeau que Guichard fit à Baptiste était des plus bénin ! Le pauvre valet de Lully, trop soûl, aura rempli la sienne d'arsenic par pure inadvertance. Ces débauchés ne savent ce qu'ils font.

– Mais enfin, monsieur, voilà une substance, l'arsenic, qui ne se trouve pas facilement !

– Si fait, chez l'apothicaire, pour tuer les rats ! Et on peut aussi y acheter de l'herbe à nicot. Le valet de Baptiste aura embrouillé les paquets.

– À moins que l'apothicaire ne se soit trompé de pot... un client pressé... un commerçant distrait...

– Maître, insinueriez-vous que les apothicaires de notre ville mélangent tabac et arsenic ? Auriez-vous le courage de l'affirmer ?

Les représentants de la profession, dans le public, huèrent.

– Vous voyez bien que ce décès, certes malheureux, n'est que la conséquence d'un accident provoqué par une jeunesse ivrogne et tabagique.

– Il est mort par où il a péché ! clama Guichard.

– Je ne vous le fais pas dire. Et si c'est un accident, la justice n'a, ce me semble, rien de plus à dire.

Lavocat resta sans voix. Lamoignon, triomphant, continua.

– Il me semble donc, vu les circonstances, que Guichard ne saurait être jugé coupable.

À la lanterne, nous nous levâmes comme un seul homme, outrés par une telle injustice.

– Cependant, ironisa Lamoignon, le procès n'est pas achevé pour autant. N'oublions pas que Guichard a, de son côté, porté plainte contre Baptiste. Je donne donc rendez-vous à cette cour...

Mais la main d'un Dieu magnanime choisit cet instant pour pousser son calcul dans la verge de Lamoignon. Au milieu de son triomphe, il poussa un râle qui étrangla son *demain*, en un :

– *Sine die !*

On l'évacua aussitôt avec la salle, étourdie de ce nouveau revirement. Justice et Fortune, molestées par Malhonnêteté, ne savaient plus comment se retourner. Je n'eus pas besoin de remettre Ducreux en chasse. Excédé par tant d'iniquités, il suivit de son propre chef ce petit monde judiciaire après la séance.

Nez à terre, il vint rapporter, rue Sainte-Anne, comment ces officiers de justice s'étaient retrouvés pour souper à l'hôtel de Lamoignon. Chrétien-François y avait pissé une grosse pierre, puis festoyé. À la porte de ce repère dévotieux, Ducreux apprit, en soudoyant une servante assez avenante, comment celle-ci était allée, la veille, acheter, sur ordre de Lamoignon, quatre tabatières à tête de singe dans une boutique du Pont-Neuf. Hélas, la parole d'une servante ne vaudrait pas grand-chose, surtout contre un maître avocat général.

L'opéra de *Thésée* fit un triomphe, l'affaire Guichard s'éternisait. Contre ces gens de justice, fort prévenus contre moi, les appuis se firent rares, même ceux venus de très haut.

Je fus souvent au roi. Sur le sujet des opéras, j'étais reçu, mais pour celui qui me préoccupait, je ne recevais comme réponse que d'augustes silences. Par là, je compris qu'en cette délicate affaire, j'aurais à me débrouiller seul. Il avait fait son possible en intimant à Monsieur son frère l'incarcération de Guichard. Mais Louis ne pouvait, ou ne voulait, aller plus loin. Comme l'avait justement marqué Saint-Aignan, le scandale était grand et pouvait remonter trop haut. Et Bruno avait été mon amant, sujet sur lequel Louis avait perdu de sa tolérance.

Mais j'étais homme de théâtre, et ce fut le théâtre qui me sauva. Je réservai à Lamoignon une surprise contre laquelle il ne put commettre ni malhonnêteté ni chicane. Lavocat usa d'abord de tous les artifices de procédure imaginables pour transformer son *sine die* urétral en un authentique retard. Il produisit et fournit autant de dits, contredits, compulsoires, interlocutoires, griefs et expertises qu'il en put pondre. Quatorze appointements, trente exploits, six instances et vingt arrêts bloquèrent la machine judiciaire pour six mois.

Habile retard : les charges de juges se partageant par semestre, Le Féron, Denis Robert et ceux qui s'étaient impudemment déclarés contre moi, cédèrent leur place à MM. Défitout, de Ryans et Cornebuse, proches amis de Colbert. Guichard, aux abois, tenta tout pour récuser ces nouveaux auxiliaires de justice, dans l'espoir de voir revenir les précédents en fonction. Peine perdue, le procès allait se rouvrir en sa défaveur. Et l'infâme ne soupçonnait pas l'arme secrète que son tempérament violent amena dans mon camp.

Deux jours avant la séance parut, sur la scène de la justice, le sieur Sébastien Aubry, mené des coulisses de l'Académie royale par Marie Aubry, sa sœur, qui y chantait les seconds rôles. Cette fille était la maîtresse occasionnelle de Guichard, avec qui elle faisait de grandes débauches en compagnie de son frère. Mais, par un soir de beuverie, Guichard la roua de coups tant et si bien qu'il lui déboîta le coude. Elle avait résolu de s'en venger.

Elle vint me trouver dans mon cabinet de travail, une pièce toute joufflue de satyres peints au plafond, tendue sur ses quatre murs d'épaisses tapisseries afin que l'on ne puisse surprendre ni ce qui s'y composait, ni ce qui s'y disait.

Marie avait un joli minois et des manières élégantes. Elle n'était pas nerveuse et jouait l'affriolante. Elle logeait rue Saint-Honoré, juste en face de l'Académie, dans deux pièces sises cabaret de la *Devise Royale*.

– C'est là, me confia-t-elle, que ce rustre décida de vous occire. On s'encanaillait au premier étage, lorsque Guichard proposa à mon frère de vous tuer avec du tabac mêlé de poison. Si Sébastien voulait bien s'en charger, Guichard lui offrait en échange une académie de jeu, plus deux mille louis d'or pour acheter une charge de capitaine du roi, plus le partage du privilège.

– Évidemment !

– Oh, là-dessus, il n'avait guère d'illusions. Il vous maudissait surtout d'avoir refusé de partager avec lui les bénéfices qu'il escomptait de son académie de lutte.

L'année d'*Alceste*, Guichard, qui venait d'obtenir le privilège d'une académie à la mode antique avec joutes et chasses sauvages dans le manège des Tuileries, m'avait demandé d'investir avec lui dans un spectacle à grande musique. J'avais refusé, en vertu de mon droit baptistaire.

– Guichard était entré dans une grande colère, continua Marie. Il hurlait : à Baptiste, Baptiste et demi ! Puisqu'il me refuse, je m'en vais l'occire. Je récupérerai son privilège et tous les musiciens seront vengés ! J'ai le droit et Dieu avec moi !

– Vantardises d'ivrogne, ma petite. Voilà qui est implaidable au tribunal. Qui témoignera contre lui ?

– Moi et mon frère, si vous décidez de sauver la tête du pauvre Sébastien.

– Ce n'est pas suffisant. Lamoignon trouvera un vice de procédure dans vos dires.

J'étais désemparé. Comment confondre Guichard à jamais ? Marie me surveillait du coin de l'œil en grattant son jupon. Elle cachait quelque chose de plus capital.

– Joue franc-jeu, ma fille. Qu'est-ce que tu cherches sous tes jupons ?

– La clef de l'embrouillamini.

– Que veux-tu ?

– Une promesse...

– Laquelle ? Quel échange me proposes-tu, puisque c'est ce que tu as en tête.

– Eh bien, je voudrais chanter un premier rôle. J'en ai assez d'incarner les confidentes.

– Oh, je conçois fort bien que tu aies à présent fait le tour de cette sorte de caractères ! Soit, tope là, tu as ma parole. Tu auras ta place dans *Atys* si tu me dis ton secret.

– Eh bien, Sébastien et moi, nous avons un autre témoin des menées de Guichard...

– Ah, voilà qui change enfin la donne. Raconte, ma belle !

– Quelques jours après ses premières menaces, Guichard arriva en débauche avec Jacquin, peintre en bâtiment et assassin à gages. Sébastien ayant déclaré à Guichard qu'il était son homme sur cette affaire d'assassinat de Lully, ils s'en furent acheter deux tabatières chez un orfèvre du Pont-Neuf, à l'enseigne dite du *Cheval de Bronze*.

– Deux plus trois, cela fait cinq tabatières à tête de singe, sans compter celle de Lamoignon. Avec six de ces maudits objets devant les yeux, la cour va ricaner de plus belle. Mordieu, nous sommes perdus !

– Attendez, attendez, vous ne savez pas encore le meilleur ! Ce Jacquin, qui a déjà connu la prison avec Sainte-Croix, celui-là même qui a initié la Brinvilliers à l'art du poison, se procura une poudre de succession à effet immédiat dont la recette est la suivante : huile de crapaud, fiente de basilic, les menstrues séchées d'une femme qui a eu un mâle à son premier accouchement, deux onces de plomb, dix d'antimoine et autant d'arsenic...

– Pauvre Bruno, qu'il a dû souffrir avant de mourir, avec de telles horreurs dans les narines !

– Les trois assassins se retrouvèrent pour souper à la *Devise Royale*. Sébastien arriva le premier avec un recors nommé La Rivière. Celui-ci but un moment avec lui, puis s'étendit sur un banc, dans l'ombre du mur. Sébastien lui recommanda de jouer les sourds-muets.

– Ton frère est un finaud. Il s'est de lui-même choisi un témoin ! Pourrais-tu retrouver ce La Rivière ? demandai-je.

Marie acquiesça avec un grand sourire et poursuivit l'instigation du complot.

– Guichard arriva donc avec Jacquin. Il ferma la porte sans apercevoir La Rivière. Le peintre tira de sa poche un papier plié rempli de la poudre grise. Il la mélangea au tabac de Hollande, en remplit une tabatière, mettant dans l'autre du tabac ordinaire. « Ah ça, Aubry ! dit-il, offrons à Lully cette tabatière et nous aurons ensemble et la musique et la danse ! Mais n'oublie pas de priser du tabac avec lui, en te servant de celle-ci, qui est inoffensive. » À cet instant, La Rivière toussa. Guichard l'aperçut : « Mordieu, ce bougre-là a tout entendu ! » Mais La Rivière fit assez bien son rôle de sourd-muet. Guichard fut persuadé par Aubry de son authentique surdité et ne s'en préoccupa pas plus que ça.

– Guichard est fichu ! Si La Rivière parle, nous l'envoyons au trou pour longtemps !

– Pour ça, pas d'inquiétude, il le fera. Mais il faudra le pousser un peu.

– Je comprends. À combien estimes-tu sa parole ?

– Quatre mille livres ?

– Tope là ! Et quant à toi, ma fille, je tiendrai ma promesse.

La cour rit beaucoup au conte de ces tabatières supplémentaires, mais ce n'était là que mise en bouche. Lavocat produisit La Rivière, qui déballa l'affaire. Ce benêt de Guichard, qui jusqu'à ce moment l'avait fermement cru sourd et muet, s'effondra sous l'évidence du témoignage. Il avoua son forfait et retira sa plainte à mon encontre.

Marie Aubry vint l'enfoncer un peu plus. Elle amena son frère Sébastien qui exposa les manigances de Guichard. Il se défendit au passage d'avoir été son complice, arguant n'être entré dans la combine que pour éprouver la duplicité, à présent publiée, de l'odieux Guichard. Je soupçonnais Sébastien de mentir mais il était inutile de le charger. Le frère de Marie s'évita ainsi les galères et moi son éventuelle rancune.

Dura lex, sed justa lex. Convaincu d'empoisonnement sur ma personne, Guichard fut condamné le 2 janvier 1676 à ce qui suit :

« Pour réparation, le prévenu sera mandé en la Chambre, le Conseil y étant, la tête nue et à genoux, pour y dire et déclarer à haute et intelligible voix que méchamment, malicieusement et comme très mal avisé, il a conçu ledit très horrible projet, dont il demande pardon à Dieu, au roi, à la justice et à Lully. Il paiera dix mille livres d'amende et cinq mille livres de dommages et intérêts au plaignant. Ceci fait, le condamné sortira du royaume, après quatre ans de prison, sans espoir d'y jamais revenir. »

La mort du pauvre Bruno, fut, elle, passée par pertes et profits. Les valets sont comme les cartes, qui se gagnent, se perdent et s'abattent, puis se redistribuent. À cette tournante, j'embauchai un jeunot à la claire voix qui répondait au surnom de Brunet.

Le 12 janvier 1676, Mlle de Saint-Christophe fut la déesse Cybèle et Marie Aubry la nymphe Sangaride dans le nouvel opéra d'*Atys*, celui-là même que Louis XIV aima tant qu'on le surnomma l'opéra du roi.

Au dernier acte, l'horrible furie Alecto envoie dans les yeux et le nez du prêtre Atys une puissante poudre qui l'oblige à tuer Sangaride, qu'il aimait bien plus que la jalouse déesse. L'affaire Guichard, devenue tragédie lyrique, fit oublier ses remous. Ma Cybèle se vengeait. Bien sot qui ne l'applaudit pas.

III

– BAPTISTE, souviens-toi d'*Amphitryon* et de Molière. N'a-t-il pas écrit : « Un partage avec Jupiter n'a rien du tout qui déshonore ? »

– C'est vrai, tout le monde a ri et personne ne s'est retrouvé à la Bastille pour autant...

C'était en 1668. À l'époque, La Vallière passait de mode dans la couche du roi, où l'intéressait de plus en plus l'experte Montespan. Molière avait décoché ce vers en direction de M. de Montespan. Le librettiste publiait le cocuage de l'époux et le triomphe de l'amant. Avec la tragédie lyrique, nous avions inventé la gazette musicale.

– Car le roi le veut !

– Et nous remettrions ce thème sur le tapis ? Philippe, voilà qui est risqué.

Quinault essayait de me convaincre d'oublier un peu nos sorcières, déesses jalouses et autres matrones dont nous avions tissé la matière des quatre précédentes œuvres.

En 1677, pour ce cinquième opéra, il fallait une mode nouvelle. Nous avions toujours Ovide en main, moi *L'Art d'aimer* et Quinault *Les Métamorphoses*.

– Un peu de galanterie ne ferait pas de mal. Toute la cour ne parle que de ces petites que le roi dévore des yeux : la Soubise et surtout Mlle de Ludres. La saison du monarque est aux amours.

– Cela mettrait du piquant !

– Du divertissant !

– De l'amusant !

– D'accord Philippe, osons, puisqu'il le faut. Mais le moyen d'avoir l'accord du roi ? Comment lui présenter la chose ? Sous quel argument ?

– Je l'imagine Jupiter en amoureuse ardeur. De l'Olympe, il a jeté les yeux sur la petite Io. Il envoie Mercure en éclaireur préparer la belle à son destin.

– Saint-Aignan appréciera de se voir en Mercure !

– Intervient alors Junon, qui jalouse la petite Io...

– Là tu m'effrayes. C'est prendre de bien grands risques que d'établir des clefs entre la reine Marie-Thérèse et Junon.

– Mais non, rions donc ! Là où Molière fit rire, je puis bien faire rire aussi.

Le roi agréa le livret avec un soupçon d'inquiétude dans le regard. *Isis* ouvrit donc le carnaval... et les clefs de Quinault ne trouvèrent pas les bonnes serrures.

La représentation fut donnée devant la reine, Mme de Montespan, Mlles de Ludres et de Soubise. Un refrain fut immédiatement sur toutes les lèvres : « C'est une offense cruelle de paraître belle à des yeux jaloux. »

Bien entendu, les courtisans transformèrent les paroles : « C'est une offense cruelle de paraître vieille à des yeux jaloux. »

Marie-Thérèse rit. La Montespan le prit pour elle. La reine, qui avait supporté avec patience La Vallière, qu'au fond elle ne détesta point, cette petite ayant assez eu le caractère d'une sainte, haïssait la caustique Athénaïs. Avec une impolitesse surprenante chez une Espagnole, elle hurlait « cette pute me fera mourir », et ne cessait de pleurer. Cette fois, elle afficha une excellente humeur.

De son côté, Mme de Montespan crut fermement être cette beauté qui passe. Elle, la reine au-dessus de la reine, être ainsi désignée ? Toute la journée du lendemain elle chercha le roi qui, prudent, chassa jusque tard dans la nuit. Elle passa de nouveaux nerfs sur Françoise d'Aubigné.

Mais l'affaire se corsa. Comme l'on est toujours la Junon d'un autre jupon, les intrigues cascadèrent d'une façon que Quinault n'avait pas écrite. Si la reine, épouse de Jupiter-Louis, haïssait fort Io-Montespan, cette dernière voyait le public découvrir sa propre Io en la personne de Mlle de Ludres.

Car le roi, le soir, ne chassait pas, il saillait. Le secret de son infidélité roulait sous terre depuis neuf jours. Une indiscrétion du comte de Marsillac révéla à la Montespan l'amourette du roi avec la petite de Ludres, qui zozotait. Or cette Io transformée en vache, laquelle, d'après la légende, ne pouvait que meugler sa détresse, n'était-elle pas la fidèle image de la jeunette et de son défaut de langue ? Si Quinault l'avait si bien portraiturée, c'est qu'il savait... Ses clefs donnèrent à la cour, au lendemain d'*Isis*, une Junon imprévue, une vache inattendue et un librettiste dans ses petits souliers.

Les courtisans chantèrent encore d'autres couplets de l'opéra, les envenimant à plaisir : « On ne plaît guère à l'épouse quand on plaît tant à l'époux. On reçoit un brillant hommage, mais c'est un avantage que l'on paie chèrement. »

À la seconde représentation, la Montespan se trouvant en sa loge, les violons du théâtre se mirent d'eux-mêmes à doubler le refrain de cette ariette. Toute la salle le reprit en chœur, se retournant pour regarder la première dame de la faveur. Les rires lui composèrent une étrange huée.

Comme à la cour l'esprit charitable de souhaiter plaies et bosses à tout le monde est extrêmement répandu, on fit payer le malheureux serrurier. Quinault eut avis que Mme de Montespan voulait lui faire rompre le dos. La rumeur courut que le roi avait cédé à Junon et envoyait cinq mousquetaires pour accomplir sa vengeance. Philippe se sauva dans une discrète campagne qu'il venait d'acquérir, où il se fit fort taiseux.

Je perdis ainsi mon librettiste, entré par une trop galante témérité dans ce cône d'ombre que l'on nomme la disgrâce. L'occasion était trop belle pour ne pas faire trébucher définitivement Baptiste. J'avais cru triompher de Guichard ? L'infâme avait obtenu appel du jugement. À la tournante judiciaire, Chrétien-François de Lamoignon étant de nouveau l'avocat général, sa cabale l'emporta. Guichard fut acquitté et moi condamné aux dépens.

Il sortit de geôle le Mardi saint 1677, mais fut reçu froidement partout. Il se présenta chez Monsieur, qui le fit rouer de coups sous ses fenêtres et s'empressa de le rapporter au roi. Monsieur tentait d'occulter que son favori, le chevalier Philippe de Lorraine, avait, sept ans auparavant, chargé Guichard de vider une certaine armoire contenant des eaux de chicorée destinées à la si promptement défunte Mme Henriette.

Guichard partit à Valence, où il réussit à s'établir à la tête de l'hôpital général. Les édiles ne furent pas regardants sur son passé. Ils cherchaient un homme capable de convertir par tous les moyens les huguenots cévenols. Il les tortura, les fouetta, leur fit revêtir des chemises souillées par les malades. Louvois ferma les yeux. Guichard amassa une petite fortune en vendant les enfants des protestants aux planteurs du lointain Mississippi. Que les gens de la RPR [1] me pardonnent, car je ne doute pas que Guichard ait souvent pensé à Baptiste en faisant tomber la lanière cloutée sur leur dos !

---

1. Religion prétendue réformée. Au XVIIe siècle, c'est par ce sigle que les catholiques désignaient les protestants.

La chute de Quinault ébranla l'Académie royale. Baptiste enfin affaibli, la trahison pointa son nez camus. Elle surgit de l'intérieur, de l'orchestre. Un garçon nommé Jean-François Lalouette, un de mes élèves, s'en alla clamer partout que les meilleures pages d'*Isis*, notamment la plainte de Pan jouée aux flûtes douces, étaient de sa main. Ce qui en un sens était vrai, ce garçon étant aussi copiste pour les parties d'orchestre. Il s'ingénia à dévoiler, par ses rodomontades, les méthodes de travail à l'intérieur de l'Académie, donnant ses secrets de fabrication et dénigrant son principal artisan.

On s'imagine toujours Baptiste inventant seul les harmonies de ses opéras. Certes, je dessinais au clavecin ou au violon les grands traits de mes tragédies. Mais une telle somme de travail aurait été impossible à effectuer par une seule personne.

Car il ne s'agissait pas uniquement de composer, la tête dans les nuages du Parnasse et les Muses à mes pieds, Apollon me causant par-dessus l'épaule et l'abeille de Platon virevoltant à mes oreilles. Ces immortelles déités auraient-elles voulu surveiller les finances, régler les costumes, imaginer les décors avec Vigarani, surveiller les mœurs, souvent désordonnées, des chanteurs et des danseuses, établir le calendrier des répétitions, montrer les pas et la mise en scène ? Impossible, pour qu'elles paraissent dans leur splendeur, un seul homme n'aurait pas suffi.

L'orchestre de mon Académie employait Marin Marais jeune. Les hautbois et les flûtes étaient Louis, Colin, Jean, Jeannot et

Nicolas Hotteterre ; les cromornes étaient tenus par les Philidor, famille de virtuoses dont on se souvient encore. D'autres noms firent connaître leurs premières armes en ma cour musicale : Montéclair, Campra, Matho, Muffat, Humfrey, Bourgeois, Rebel... Rien de plus normal : ainsi qu'il était dit dans les lettres patentes de mon privilège, cette Académie royale devait aussi être une école où se bonifieraient les meilleurs musiciens de toute l'Europe. Je tenais parole quant à cette clause du privilège. Jean-François Lalouette et Pascal Collasse étaient de ceux-là. Leurs rôles spécifiques : remplir les blancs que je laissais sur mon canevas musical.

J'étais un travailleur nocturne, rarement couché avant 5 heures du matin. C'était la nuit que me venaient les idées, et ce dans le plus grand désordre, selon ce que vin et tabac me poussaient en tête. J'étais sans cesse courant du fauteuil au clavecin. L'aube fut souvent ma meilleure inspiratrice. La cervelle obscurcie par le tourbillon des nuits, je montais alors à cheval et partais dans les bois de Montmartre. J'aimais les couleurs du soleil levant à travers la brume ; j'aimais le vent, ce grand orgue des dieux qui bruissait ses plaintes parmi les troncs, les roseaux et les blés mûrs que la moisson va faucher. Il n'y avait guère que l'après-midi qui ne fût funeste à mon inspiration : le soleil descendant de son zénith me mettait alors mélancolie au cœur.

Ce fut par l'un de ces après-midi que mourut d'Assoucy. Il fut emporté par une toux abominable, de celle que l'on attrape dans les culs-de-basse-fosse. Il venait de publier ses aventures ; et à peine jouissait-il d'une juste reconnaissance que déjà la camarde l'emportait. Fort affecté, mais suivant les conseils de son génie lubrique, je mis à profit ma tristesse pour sécréter quelques harmonies utiles.

D'Assoucy monté au Parnasse, il ne me resta, comme conseiller artistique, que le comte de Fiesque. Lorsque j'étais de retour de mes promenades, il entrait, discrètement, par une porte dérobée. Fiesque, que même le roi enviait !

Si Lambert au fil des années de compositeur complice était devenu le grand répétiteur du chant de l'Académie, Fiesque en était l'éminence grise, l'oreille secrète. Ami de Seignelay, le fils de Colbert, il était de dix ans mon cadet. C'était un homme bien bâti, fort galant, que de nombreuses dames de la cour eurent dans leur lit. Mais ce n'était pas pour ces commérages, distrayants, que je l'estimais. Peu fortuné mais jouissant, dans son honnête pauvreté, d'une rare probité, il avait l'oreille sûre, la voix belle, bien plus que Lambert, et un goût exquis doublé d'une rare franchise.

Or des hommes comme moi, arrivés à de tels postes, finissent un jour ou l'autre par souffrir de la solitude. Quelle amitié saurait rester sincère lorsque l'on est si proche de la faveur royale ? Près de cette terrible chaleur, l'estime devient trop souvent hypocrite et l'ami se transforme vite en courtisan. De ces mondains mensonges, le comte de Fiesque n'avait cure. Il savait me reprendre et me critiquer, comme seul d'Assoucy pouvait se le permettre. L'un comme l'autre jamais ne s'embarrassèrent de faux scrupules. Tous deux savaient discerner le meilleur au milieu du bon. Fiesque m'incitait à choisir les airs les plus excellents ; à les transformer, à oublier les autres, car ce n'est pas parce que je fus Lully que la médiocrité m'a épargné.

Donc Fiesque, qui de plus possédait à mes yeux l'avantage d'aimer les plaisirs, d'être l'ennemi de toutes sortes de contraintes et de plus chérir les maîtresses que le mariage, était le seul à connaître la primeur de mes compositions. Le roi le jalousait bien un peu, mais Louis était une trop noble âme pour en concevoir de l'aigreur. Il savait admettre ne pas être le premier en tout, du moment que l'on ne publiait pas sa faiblesse.

Le très probe Fiesque venait donc en catimini prendre le café et les eaux-de-vie. Dans la nuit, ou bien à l'aube, j'avais composé trois ou quatre airs mais j'étais incapable de choisir le meilleur. Nous les repassions ensemble, en dégustant une vieille prune, afin d'élire le plus approprié. Après son départ, Lalouette et Collasse venaient à leur tour prendre collation. Quelques verres de bourgogne blanc, quelques tranches de cervelas plus tard, ils écrivaient sous ma dictée la mélodie de l'air avec sa basse. À charge pour eux de réaliser le travail d'harmonisation et le remplissage des parties intermédiaires, tâches pour lesquelles j'avais peu de temps et peu d'inclination, n'ayant jamais eu l'humeur d'un copiste besogneux. Je me réservais cependant l'écriture des duos, trios, ouvertures et fugues. Là, je ne souffrais ni approximation, ni main autre que la mienne. C'étaient les formes musicales que je chérissais le plus.

Une fois l'air arrêté, Lalouette et Collasse recevaient ordre de détruire les autres par le feu. J'eusse dû leur faire moins confiance car ils ne furent jamais si sots que de m'obéir. Lalouette ne passait pas les rebuts à la cheminée et Collasse les collectionnait. Mais ce fut Lalouette, le moins finaud des deux, qui s'appropria haut et fort quelques airs d'*Isis*. Je lui cassai un violon sur le dos.

Ma colère fut cependant de courte durée. Sa trahison eut l'avantage de précipiter bien des décisions à prendre, un jour ou l'autre, au sujet de l'entreprise opéra. Ainsi, à qui cette œuvre appartenait-elle vraiment ? au compositeur ? au librettiste ? aux deux ? Qui en tirait son profit ? Mon privilège m'autorisait à donner sur la scène les spectacles composés pour la cour, à les jouer en public et à en récolter les bénéfices. Bien que le roi ait toujours payé costumes et décors, le reste des dépenses, concernant la troupe et la maintenance de l'Académie, sortait de ma poche.

Je n'étais pas le directeur appointé d'un théâtre, mais son propriétaire, de la partition à la banquette. Je déboursais et j'encaissais, à charge pour moi de m'arranger pour toucher le plus possible. Cela incluait la vente du livret, qui s'effectuait en mon seul nom, en vertu d'une clause du privilège. Mais Quinault, du fond de son exil diplomatique, ne l'entendit pas de cette oreille. Le jeune avocat qui avait, en 1653, fait jurisprudence en établissant la tradition du pourcentage versé à l'auteur d'une pièce de théâtre, réclama ses sous. À l'époque, il s'était battu avec les comédiens de l'hôtel de Bourgogne pour que l'on reconnaisse sa propriété sur *Les Rivales*, sa bien nommée première œuvre.

Jusqu'à présent le roi lui avait accordé une pension de quatre mille livres. Celle-ci, pendant sa disgrâce, était maintenue, quoique réduite de moitié. Je comprends assez bien que cette baisse de revenus lui ait fait réclamer son dû sur le commerce des livrets achetés par le public lors des représentations. On parlait d'un opéra de Quinault aussi bien que de Lully, on en lisait les vers chez soi comme on lit une tragédie. Mais en vendant ses paroles sur ma musique, je transformais notre travail en une œuvre uniquement signée du sieur Lully.

Par de telles pratiques, la chicane et sa sœur la discorde risquaient fort de s'installer entre nous. Je lui réaffirmai l'ardent désir que j'avais de collaborer à nouveau avec lui en passant un accord de gré à gré par lequel je lui reversais mille livres par an pour la publication du livret. Mais ce serait toujours le roi qui continuerait à payer la pension de mon librettiste...

Ses deux années de disgrâce furent les plus exténuantes de ma carrière. J'eus la plus grande difficulté à trouver une plume comme la sienne. La société des amis de Mme de Thianges vint frapper à ma porte. Thomas Corneille, le frère du grand Pierre, succéda à Quinault. Dès ses débuts, cet homme avait profité de la puissante machine de propagande qui entourait le clan normand des Corneille. À la mort de son frère, il lui avait succédé tout naturellement à l'Académie. Mais Thomas n'était pas si orgueilleux que de reconnaître ses limites :

– Si la mort de Pierre vous a touchés, déclara-t-il à l'Académie, vous ne me faites remplir sa place que pour le faire revivre parmi vous autant qu'il est possible. J'ai hélas à rougir que, ne pouvant trouver en moi son mérite, vous ne vous contentiez de n'y trouver que son nom, et non son génie !

Je sais gré à Thomas de tant de modestie car, malgré un sens aigu de l'opportunité, il eut bien du mal à se glisser dans les habits de Quinault. Nous fîmes ensemble un *Bellérophon* et une mouture simplifiée de *Psyché*. Travailler avec moi, tous les académiciens en peuvent témoigner, demandait une échine particulièrement souple. Pour cinq ou six cents vers à peu près chantables, j'en demandais deux mille à Thomas, point si accommodant que Philippe. Lui ne râlait point lorsque je retranchais la moitié de ce qu'il avait produit. Thomas finit par reprendre de vieux textes à lui, ce qui lui était bien plus simple que d'en inventer de nouveaux. Fatigué de sa tâche et de mes colères, comme tant d'autres avant lui, il implora l'aide de Boileau, de Racine, et de son propre neveu, Fontenelle. Mais tous achevaient par ce chœur de gémissantes paroles :

– Quinault, aide-nous !

– Quinault, mais comment diable fait-on pour écrire un opéra ?

– Quinault, pitié, prête-nous ta plume pour rimer ce mot !

Quinault que l'on avait tant gaussé, Quinault que ces grands messieurs de la licence théâtrale et de l'art poétique avaient foulé aux pieds du temps d'*Alceste* et traîné dans la boue pour les siècles des siècles (puisqu'il est toujours de bon ton de dénigrer mon poète favori) ; ce réprouvé de l'opinion commune, dis-je, fut, pendant sa disgrâce, l'homme de lettres le plus courtisé par ses rivaux. Sa campagne reçut un nombre extravagant de visites intéressées. Quant à moi, je fus chaque semaine à Versailles pour démontrer au roi que l'élève de Tristan l'Hermite était bien le seul à pouvoir travailler à l'opéra.

Son absence me causait le double de travail et me rendit bien malade. Je le pouvais bien être. Depuis 1673 et *Cadmus*, j'avais créé *Alceste*, *Thésée*, *Atys*, *Isis*, *Bellérophon*, *Psyché*, sans compter le temps nécessaire à la reprise de ballets antérieurs et d'opéras déjà créés pour fournir le répertoire de l'Académie grandissante. Et je ne parle pas des répétitions et représentations y afférentes, seulement interrompues par un mois de congé. Pour ne rien dire du procès empoisonné. Café, tabac et vieille prune, vins, sauces et charcutailles finirent par provoquer d'épouvantables crises de goutte qui me clouaient au lit sans me laisser en repos.

Intolérable douleur que celle de la goutte ! Madeleine devint experte en huiles savantes contre ce mal chronique. Elle alla tuer tous les chiots et les chatons du voisinage, retournant la terre des jardins pour en extraire les ombilics nécessaires à la lente macération de l'huile de petit chien, souveraine contre ce mal. De plus, ma vue continuait de baisser. Il y eut disputes de médecins autour de ma couche. Guillaume Petit et le sieur de Belay, médecins du roi, tenaient pour la saignée répétée. Un docteur italien, du nom d'Amonio, fort à la mode, vint m'examiner et déclara que ma vue baissait car j'avais trop de sucre dans le sang, vu que « le malade boit abondance de liqueurs tirées des fruits macérés ». Petit fut outré qu'un étranger à la faculté de Paris, de plus ultramontain, eût le ridicule de soutenir que le sang, véhicule de la chaleur, puisse contenir du sucre ; que d'ailleurs s'il en était ainsi le malade se caraméliserait !

Amonio fut prié de repasser les Alpes, de crainte qu'il ne tuât moins que les autres par de si sottes assertions. Je pris de la casse et l'on me saigna quatre fois en une semaine. Je n'en fus pas revigoré pour autant.

La favorite se calma, le roi la boudait. Quinault revint, ma santé suivit et notre *Proserpine*, déesse que Pluton, fou amoureux, ravit de cette terre pour l'épouser chez les morts, fut assez applaudie.

Je profitai de cet heureux retour de mon ménage littéraire pour asseoir définitivement mon entreprise opéra. D'un commun accord, je cessai la collaboration avec Vigarani. Il en avait assez de créer des décors et désirait construire du pérenne. Hardouin-Mansart, l'architecte, le convainquit de construire avec lui la salle de spectacle qui manquait au château de Versailles. Elle ne vit jamais le jour, de sorte que l'Académie, lorsqu'elle jouait chez le roi, n'avait qu'une scène provisoire érigée dans le manège de la Grande Écurie ou dans la cour de Marbre, sans aucune de ces machines qui font tout l'agrément de la tragédie lyrique française. Je ne regrettai qu'à demi son départ. Au fil des années, Vigarani s'était montré trop gourmand sur les bénéfices, exigeant d'en recevoir la moitié alors que je l'avais signé pour un tiers seulement.

Je trouvai en Jean Berain un décorateur costumier bien plus souple. Ses ornements, de toute beauté, il les avait inventés en sculptant les crosses des armes de grand prix. Sa galanterie, qui mettait des fleurs jusque sur les instruments de la mort, lui valait une immense réputation. Il décorait chaises à porteurs, tapisseries, châteaux d'arrière des navires de la Royale et quantité d'autres meubles fastueux. Pour le partage des bénéfices, ses nombreux chantiers le rendirent moins gourmand que son prédécesseur. C'était cela de plus qui rentrait dans les caisses de l'Académie, la maladie n'ayant pas coupé ma soif d'or.

Le plus gros des deniers allait directement dans les coffres de la tribu Baptiste-Lambert. Madeleine banquière avait établi les comptes au moment de ma crise de goutte. Savait-on seulement ce que le sort, retors, prépare aux humbles mortels ? Devant notaire, il fut compté et recompté trois cent cinquante-six mille livres qui furent déposées à la cave. Je m'en réservais seulement six mille d'argent de poche pour mes menus plaisirs.

À Versailles, les petits marquis se demandaient comment Baptiste pouvait être si riche et passer tant de temps à s'occuper de ses affaires.

– Cette attitude est d'un bas ! entendait-on à haute voix sous les plafonds. Que ne se tourne-t-il donc les pouces, le Florentin ?

Comment expliquer à ces fats que l'on pouvait aussi devenir fortuné en travaillant. Mais l'eussent-ils pu comprendre, eux qui l'étaient déjà rien qu'en naissant ?

– Allons, messieurs et mesdames, un peu plus d'énergie, je vous prie. Il s'agit du *Triomphe de l'Amour*, pas du *Triomphe du Repos*. Qu'avez-vous à paresser ainsi ?

La vingtième répétition de cet opéra-ballet commandé par le roi pour le mariage de Monseigneur le Dauphin, tout juste marié à la Dauphine Marie-Anne de Bavière, sa cousine, avait ce jour bien du mal à se mettre en place. On était à la mi-janvier 1681 et la première devait avoir lieu six jours plus tard.

– Ce n'est pas au point ! Il y manque de la cadence, du nerf, de l'agilité. Mais, *corpo di Bacco*, qu'avez-vous donc tous ?

– À boire Baptiste ! C'est à boire qu'il nous faut ! fut-il réclamé à l'unanimité par les chanteurs, les choristes, les instrumentistes et plus particulièrement encore par les danseurs solistes. Et quels danseurs ! Jamais, depuis le *Ballet de la Nuit*, je n'avais eu à diriger une troupe si brillante.

Malgré mon air bougon et autoritaire de directeur de théâtre, nécessaire pour diriger ces deux cents personnes, je souriais en moi-même, ravi de cette armée d'illustres têtes blondes à gouverner. Que l'on imagine, sous un costume de guerrier, les quatorze ans, fort déliés, du petit comte de Vermandois, bâtard du roi et de La Vallière ; en Espagnole, voici Mlle de Blois, l'autre bâtarde survivante de leurs amours ; et encore Mlle de Nantes, issue cette fois de la couche de la Montespan.

Ces trois enfants me devaient beaucoup. Ce fut au son de ma musique que le roi les engendra, les premiers dans les appartements de Saint-Aignan, les seconds à la guerre.

Travestis en filles car, exception faite des deux mignonnettes susdites, on appréciait toujours autant les rôles de femmes dansés par des hommes, venait la fine fleur de la noblesse du royaume : le marquis de Richelieu, le prince de La Roche-sur-Yon, le marquis de Mimeuvre, le comte de Tallard, et encore les marquis de Courtanvaux et de Souvré, fils de Louvois, sans oublier mes préférés, les deux étincelants princes de Vendôme. Cette jeune et galante troupe pouvait allégrement rimer avec Sodome, puisque tous ceux-là s'affirmaient de la confrérie italienne, ce que le roi tolérait encore malgré les remarques de Françoise d'Aubigné, créée Mme de Maintenon par Louis, qui appréciait le soin qu'elle prenait, en coulisses, de ses bâtards et bâtardes. Une Mme de Maintenant, comme le bon mot en avait couru dès sa nomination, une nouvelle favorite que Sa Majesté pratiquait au cours de conversations quotidiennes.

Pour l'heure, l'ambiance était aux ris et aux entrechats. Le roi, vieillissant, sentait là comme un air venu de ses jeunes années. On s'amusait énormément à la répétition, en ce jour assez dissolue, de l'opéra-ballet. Je venais de terminer ma seconde bouteille de vin blanc et envoyais des signes désespérés à Cordier, fournisseur des Menus Plaisirs, pour qu'il en apporte encore. Si deux bouteilles réveillaient ma goutte, je ne sais par quel miracle la troisième avait l'heur de l'endormir.

Celui-ci lançait des regards éperdus tantôt vers Contetout, le comptable, tantôt vers le roi, tantôt vers Colbert, qui suait une fièvre tierce rapportée des Flandres.

On allait excéder la mesure et le nombre fixés : une bouteille par interprète, deux bouteilles pour les responsables : Baptiste, Quinault, Lambert, Beauchamp, le répétiteur de la danse, les chanteuses Saint-Christophe, Marie Aubry et le nouveau venu, Dumesnil, une superbe haute-contre, assez mal élevé et ivrogne notoire, que j'avais tiré des cuisines de mon voisin Éribon, rue Sainte-Anne. Dumesnil n'avait que peu besoin d'un supplément, avec sa fiasque sous son pourpoint noir, couleur qui évitait aux taches de ses beuveries de trop se voir. Mais, à ses signes répétés, je compris que sa réserve personnelle aussi était vide.

La scène du sommeil d'Adonis était terminée. Nous allions répéter à présent celle de l'île de Naxos, tout juste récrite par un Philippe passablement enthousiaste. Lalouette, pardonné, et Collasse venaient d'en établir les copies, déjà tachées de cercles vineux.

Je réservais à tous une surprise musicale pour illustrer cette scène où les peuples de l'île hébergeant l'exil de la pauvre Ariane, étonnés que la Lune ne les éclairât plus comme ils y étaient accoutumés, s'efforçaient de la rappeler par les sons de multiples instruments d'airain.

– À boire ! À boire ! recommença à crier la troupe assoiffée.

– À boire et à manger ! répondit l'écho courtisan.

Ce n'était pas dans ma partition. Cela me donna une idée de chœur à quatre parties. Mais avant, assurer l'intendance.

– Majesté, après ce sommeil, il serait bon de dynamiser les troupes pour la scène suivante. Oserai-je quémander une bouteille supplémentaire par intervenant ?

– Impossible, s'alarma Contetout. Nous avons déjà dépassé la ration de vin pour aujourd'hui ! implora-t-il. Nous en sommes à cinq mille quatre cent soixante-six livres et seize sols !

Cet estimé comptable était la seule personne encore sobre à cette heure, les chiffres ne tolérant pas d'être vus double.

– Laissez, monsieur le comptable. Laissez ! Donnez à Baptiste ce qu'il veut, ordonna Louis. Je suis assez d'accord : sans vin, cela risque de manquer d'entrain. Quant à mes fils et à mes filles, qu'on leur serve du vin de Champagne !

– Et des massepains, des gâteaux et des friands à la viande, pour moi, père ! cria le Dauphin.

– Ah, monseigneur, je reconnais bien là ma lignée. Vous avez autant d'appétit que moi. Mais ne craignez-vous point, mon cher fils, de trop engraisser aux yeux de votre épouse ?

– C'est dans le lard que s'affermit le dard, lança un Louis-Joseph de Vendôme fin soûl, qui titubait sur l'épaule de son frère Philippe.

Celui-ci avait la particularité de ne jamais se coucher le soir que porté ivre mort par ses jolis laquais dans un lit où tout ce petit monde ronflait de concert. Seyante coutume à laquelle la famille était restée fidèle depuis les débauches de leur père, César de Vendôme, le bâtard d'Henri IV et de Gabrielle d'Estrées. On ne sort pas inopinément des génitoires du Vert Galant.

Dauphin ou bâtards, de Vermandois ou de Vendôme, je les considérais comme ma génération, grandie avec les harmonies de Baptiste. Ils étaient devenus le public fidèle de l'opéra, comme des parties fines qui en étaient la continuation. Ces jeunes débauchés avaient pour moi une admiration sans faille. J'étais le père spirituel de leur libertinage, le pape de leur confrérie sodomite, dont j'avais cependant décliné le titre de roi, qu'il eût été imprudent de prendre, les frasques de ces jeunes gens atteignant parfois des hauteurs scandaleuses. N'avaient-ils pas farci d'un pétard le con d'une soubrette dans les jardins de Versailles ? Ils l'avaient atrocement brûlé en y boutant le feu. On s'en était ému, la Maintenon la première, mais leur rang était trop élevé pour qu'on les embastillât.

Une seconde affaire des poisons avait éclaté. Les impiétés de la femme Voisin, les noms qu'elle lâchait à l'oreille du lieutenant général de police La Reynie tandis qu'il lui donnait la question ordinaire et extraordinaire, inquiétaient bien plus le roi que les frasques pétardières de sa noblesse débauchée. On avait été horrifié du déclin physique et de l'agonie, trop rapide pour n'être point étrange, de la petite Fontanges, énième maîtresse du roi. Les nièces bien mariées de Mazarin fuirent prudemment cette atmosphère délétère, particulièrement la comtesse de Soissons, l'Olympe de jadis, longtemps embêtée de son Carignan de mari qui venait de mourir trop à propos.

On ne parlait que messes noires, avortements, sabbats et brouets odieux. On murmurait même que le nom de Mme de Montespan avait jailli sous la torture tandis qu'on arrachait ses ongles à La Voisin. Alors, pour un pauvre conin grillé au fond d'un bosquet... Du temps de la jeunesse de Louis XIV, ces jeunes nobles auraient frondé, levé des troupes dans leurs provinces, signé des traités avec les ennemis du royaume et commis cent autres trahisons bien plus graves. À présent à la cour, ils ne cessaient de boire, danser et forniquer. C'était dérangeant pour les plus dévotieux, mais n'était-ce pas cent fois plus serein qu'une guerre civile ?

– Buvez messeigneurs, buvez donc !

Le comptable des Menus Plaisirs s'exécuta. Il rectifia son précédent décompte pour ajouter deux cents bouteilles supplémentaires. On en distribua à l'orchestre, à Jean Berain, à ses techniciens qui avaient démonté et remonté vingt fois les fragiles décors et machines entre Paris et le château de Saint-Germain. Les quinze officiers aux cires, chargés des éclairages, eurent leur ration, ainsi que les menuisiers, les tapissiers, les huissiers du ballet.

Dans le chœur, les petits pages à la voix claire eurent droit à du vin coupé d'eau tandis que les castrats italiens, les *signori* Antonio, Giuseppe, Tommaso, Pietro et Filippo, revenus d'Italie avec le maître de chapelle Lorenzani, eurent droit à du vin additionné d'un peu d'eau-de-vie. Je n'étais pas rebelle à mes anciens compatriotes et ne leur cherchais pas querelle, les ayant réengagés.

– Buvez les anges, chantez haut et pissez dru ! clamait Lambert, qui faisait répéter leur petit chœur. Les châtrés, amusés, entamèrent sous sa direction un concert bachique des plus vertigineux.

Le vin rouge était pour les artistes, le blanc pour les chefs, le champagne pour les seigneurs et leurs dames, présents à ce grand spectacle de la répétition générale. Le duc de Vermandois dansa bien sa bourrée, après avoir chu deux fois dans le tambour. Le comte de Fiesque, qui incarnait l'Hiver, soutint comme il le put la bacchanale auprès de MM. de Tallard et de Mimeuvre. Les Vendôme improvisèrent quelques vents pendant le ballet des hommes de Naxos.

– Cela n'est pas dans votre partie ! hurlai-je, amusé, du fond de la salle où je m'étais retiré pour mieux entendre ce grand pandémonium d'âmes païennes.

Dumesnil, ivre, courait après tous les rubans. Il avait la manie de les collectionner pour en tapisser le ciel de son lit et le dos de ses fauteuils. On s'offusquait de ses mains baladeuses, mais rien que le vin ne chassât par ses lampées joyeuses. Les rires fusaient, le rouge montait sous les joues maquillées. La sueur commençait à dessiner des auréoles sous la soie. Je me resservis une pincée du meilleur tabac, Quinault de même. Il y en avait à profusion : le duc de Vivonne, frère de la Montespan, en avait obtenu le monopole et le redistribuait par tabatières entières. Celui-là au moins n'était pas coupé à l'arsenic !

Cette poison de Montespan, passant de mode, s'était retirée dans un coin. Elle s'agaçait de la reine Marie-Thérèse, émoustillée par le champagne, qui riait d'un méchant fausset. Mme de Maintenon, à l'opposé, contemplait la reine et l'ex-dame de la faveur avec un sourire aussi doux que venimeux. Le Dauphin s'empiffrait de profiteroles, saupoudrant de sucre son précieux costume.

Le roi choisissait ses meilleurs vins de Champagne pour la petite Mlle de Nantes, qu'il affectionnait tout particulièrement. Du haut de ses huit ans, emportée sur le dos de Bacchus, elle dansa à ravir son pas espagnol accompagné de castagnettes.

Royaux, les enfants de l'amour triomphèrent comme il se doit. Ivre à la cour, j'eus cependant la gueule de bois à la ville. J'avais prévu de donner, ainsi que le stipulait le privilège, ce *Triomphe de l'Amour*, assorti de toute son illustre génération, sur le théâtre de mon Académie. Tout Paris s'était arraché les places à prix d'or. Quel bourgeois, quel gentilhomme, n'aurait désiré assister à un spectacle où s'exhibait la jeunesse la plus titrée du royaume ?

Hélas, un tel miracle n'eut lieu qu'une fois. Le roi s'émut soudain de voir ses fils et filles, même bâtards, donnés en pâture à la gueusaille. Il s'offusqua de les voir ainsi déroger et leur interdit pour jamais de danser ailleurs qu'à la cour. J'en fus d'abord tout déconfit. Le roi enlevait à mon opéra-ballet son principal attrait. Mais, si la cour me refusait son corps, j'en remplaçai vite les illustres étoiles par des danseuses professionnelles. Baptiste inventa ainsi le corps de ballet de l'opéra.

Le public ne réclama point. Il était trop heureux de s'esbaudir sur les costumes, les décors et la musique qui étaient le lot quotidien de cette cour vivant au-dessus des humbles mortels. Mais la seule qui continua de grincer des mandibules, ce fut évidemment notre sainte mère l'Église. À ses yeux, qu'il s'agisse d'hommes ou de femmes, tant qu'on levait la jambe sur une scène publique, c'était pécher. Il n'y avait guère que les jésuites, organisateurs d'opéras et de ballets dans leurs collèges, pour juger que la danse, art essentiel au bon équilibre de l'être, devait être enseignée. Raison pour laquelle j'ai toujours considéré ces bons pères comme les esprits les moins obscurantistes parmi tant de sombres corneilles.

IV

LOUIS XIV RÉGNAIT en maître absolu sur un royaume où je m'étais couronné souverain de sa musique. Vers quelles hauteurs Baptiste pouvait-il encore s'envoler ? À quoi pouvait-il encore prétendre ?

La confiance que j'avais en mon talent devint sidérante. Fiesque pouvait bien me faire quelques remarques dont je tenais compte, mais lorsque le roi me reprenait sur tel ou tel passage, je ne changeais plus rien, quoi que Sa Majesté pût dire. J'en vins même à lui forcer la main lors des représentations de *Persée*, en juin 1682. Elles devaient avoir lieu dans la cour de Marbre. La troupe, venue de Paris dès 6 heures du matin, réveilla le roi par le coup de ses marteaux installant les tréteaux.

Peut-être mîmes-nous cet astre de mauvaise humeur par un réveil trop prompt ? Dès midi, le ciel bourgeonna de gros nuages noirs qui laissaient présager l'averse. Louis, à sa fenêtre, considéra l'horizon d'un œil maussade et décida de renoncer au spectacle.

– Non, sire !

– Comment ? Mais entendez-vous ce vilain qui ose tenir tête à Sa Majesté !

Les serpents levèrent aussitôt la tête, essayant de mordre au talon.

– Quelle audace ! Quand donc le ciel lui tombera-t-il sur la tête ?

Je m'imposai :

– Je supplie Votre Majesté de me laisser agir. La représentation aura lieu. Qu'elle ne se préoccupe de rien. Je lui demanderai seulement la permission d'user à ma guise de ses jardins et de la salle du manège.

– Faites, Baptiste, faites puisque tel est votre bon vouloir. Sacrifions à nos plaisirs. Y saurai-je jamais résister ?

– Mais sire, en avez-vous seulement le désir ? demanda un Colbert complice.

Je fus obéi au doigt et à l'œil. Je fis interdire les accès du parc, ce qui suscita un tollé.

– Le temps est si lourd !

Les nuages crevèrent une ondée passagère. Derrière ses fenêtres, la cour observait avec grande curiosité le remue-ménage dans le parc, malgré la pluie fine. Elle voyait s'agiter les arbres et mes gens passer, les bras chargés de branchages. Les chanteuses cueillaient les fleurs de juin, ravageant les parterres. Pivoines, iris, sauges, dernières tulipes, glycines : mes dryades et hamadryades lyriques s'affairaient, mystérieuses, sur la perspective des grands bassins, disparaissant avec leurs moissons multicolores derrière la haie de Suisses armés que j'avais apostés à l'entrée du manège. Quelques cris, ici et là, laissaient penser que ce fétichiste de Dumesnil lutinait de nouveaux rubans sur leurs robes humides.

Vint le soir. Tout céda enfin au soleil vainqueur des nuages. Par le jeu d'un sanglant coucher, l'astre roi tendit un extraordinaire théâtre à sa cour. Comme des toiles peintes dans le ciel, différents niveaux de vapeurs illuminées par l'hyacinthe, l'amarante, l'indigo et l'or déplacèrent avec pompe leurs majestueux rideaux. Sur le grand canal, les deux galiotes et la galère donnèrent du canon. Les marins de la petite Venise hissèrent les blanches oriflammes frappées des trois fleurs de lys. À l'entrée de la salle du manège, la cour attendait en piaffant que le monarque Lully veuille bien ouvrir les portes du théâtre qu'il avait improvisé.

On avait médit tout l'après-midi ? On suffoqua d'enthousiasme lorsque s'écartèrent enfin les vantaux tressés de tilleul fleuri. Le roi crut mourir de plaisir à la vue de ce que son Académie lui avait préparé. C'était un théâtre de verdure et d'odeurs auxquelles la pluie elle-même avait œuvré. Des berceaux de glycines guidèrent chacun vers sa place. Les bougies étaient cachées dans des pyramides conçues à partir des grappes de fleurs de marronnier. Cent orangers en pot dessinaient la perspective du théâtre. Berain avait placé derrière eux des laquais qui, de leurs éventails, poussaient le parfum des agrumes vers la salle.

Les girandoles de cristal dispersées dans les branches des platanes semblaient le regard des fées. Des grappes de cerises, lavées une à une, ajoutaient les reflets de leurs joues vermillon. C'étaient autant de petites fesses angéliques dispersées dans le vert des buissons. Le roi et la reine, séparés de la cour caquetante par un vaste rectangle vide jonché de pétales de rose, prirent place sur deux trônes en buis frais tressé.

Jamais l'on ne prêta autant d'attention à la tragédie de *Persée* que ce soir-là. Mérope et Andromède se confiant leur amour commun ; Méduse et ses couleuvres, vivantes ; les flots soulevés par le monstre marin ruisselant d'une eau véritable ; la tempête et le combat du héros enivrèrent la cour des sons et des parfums d'une nature trop réelle et parfaitement asservie. Ce soir-là, je fus le grand magicien du mythe de mon roi. L'eût-on nommé Arthur que j'eusse été son Merlin l'Enchanteur.

Mais Merlin savait encore être le bouffon italien de jadis, selon ce que lui soufflaient ses désirs et son ambition. Principalement son ambition.

Depuis le *Triomphe de l'Amour*, j'en avais assez de donner du plaisir aux Grands. Saisi d'un juste orgueil, je voulus devenir leur égal. N'avais-je pas œuvré autant qu'eux, pour ne pas dire plus, à la gloire du règne de Louis ? Je méritais bien la particule.

Mais il n'est pas d'entreprise plus téméraire que celle-là lorsque, comme moi, l'on ne sort pas de la cuisse de Jupiter. La difficulté en vient moins, quoi qu'on en pense, du monarque lui-même que de son entourage, lequel, parvenu à ce sublime état de noblesse avec plus ou moins d'ancienneté et de probité, est d'autant plus âpre à en défendre l'accès qu'il y est plus récemment arrivé.

Passer de la méprisable bourgeoisie à la noblesse signifiait être enduit par la « savonnette à vilain », plaisant nom donné aux charges anoblissantes qui lavaient de la roture. Chaque M. Jourdain rêvait de subir ce divin toilettage. Être secrétaire du roi était du meilleur savon ; sa charge la plus enviée et la plus jalousée par ceux qui la détenaient. Elle valait soixante-trois mille livres.

Lorsque *Isis* provoqua le scandale que l'on sait, le roi m'avait renouvelé toute sa confiance. J'eus permission de racheter la charge de Joseph Claudel, secrétaire du roi, à sa veuve. Mais acheter n'est pas obtenir. Il faut être dûment enregistré à la chancellerie. Aussitôt j'entendis siffler dans l'antichambre :

– Voyez donc ce farceur qui prétend à une charge, à une qualité honorable. Il se voit au Sceau !

– Mais il n'y est pas encore, renchérirent mes ennemis. S'il veut passer par cette porte, elle lui sera fermée. Il est assuré qu'on ne le recevra point. Le Florentin amasse bien trop de biens pour être par nous estimable !

Ce mémorable *Persée* avait marqué le zénith de ma faveur. À Saint-Germain, par un soir d'hiver, un accès de mélancolie prit Sa Majesté. Elle redemanda les intermèdes de *Monsieur de Pourceaugnac* et du *Bourgeois gentilhomme*. Après avoir brisé un clavecin en ayant sauté dedans par un excès volontaire de pitrerie, je me résolus enfin à transformer mon Lully en un définitif *de* Lully.

Je fus tiré de l'instrument tout démantibulé par la main du roi, qui alla jusqu'à ôter quelques échardes de mon pourpoint tout en me félicitant de l'avoir dépêtré de sa mélancolie. Il me demanda :

– Ah Baptiste, quels heureux moments tu me donnes. Que puis-je t'offrir pour t'en savoir gré ?

Je saisis l'occasion pour lui glisser ma savonnette, celle-là même qui eût rendu tous les humains gentilshommes si Adam l'avait achetée à Dieu au sixième jour de la Création.

– Sire, j'avais dessein d'être secrétaire du roi, mais vos secrétaires ne voudront jamais me recevoir, n'étant que ce que je suis !

– Ils ne voudront pas te recevoir ? Allons ! Ce serait bien de l'honneur pour eux que de t'accepter. Allez, va voir M. le Chancelier, et dis que Je le veux.

Ce qui signifiait aller tout de suite chez Michel Le Tellier, père de Louvois. Ni l'un ni l'autre n'étaient spécifiquement de mes amis affichés, leur clan étant l'ennemi du clan Colbert qui était l'ami du mien.

Or, avec les uns et les autres, je n'avais jamais changé mes manières pour plaire. Je trouvais au contraire plus amusant que la cour elle-même apprenne à se plier aux miennes. Je jugeais dépenser déjà beaucoup trop en costumes pour figurer mon rôle dans une volière si ostensiblement polie, et qui aimait tant paraître, que Versailles.

J'y parlais sans hauteur à mes inférieurs, et sans bassesse avec ceux qui étaient au-dessus de moi, par le rang d'une naissance souvent prétendue. Qu'ils fussent musiciens ou gentilshommes, après tout, ils étaient tous hommes. Dans les coulisses, sans leurs habits et leurs perruques, je les connaissais trop bien, la débauche mêlant admirablement les genres. Même Louvois, le ministre tout-puissant, ne m'effrayait guère. Je frayais avec ses fils en certains endroits fort privés. Je n'avais aucunement l'intention de m'en laisser conter par ce fat.

Je n'eus donc pas de vergogne, auprès de gens partis d'aussi bas que moi et parvenus encore plus haut, à user de la savonnette pour les morguer définitivement.

Le bruit de la royale volonté courut chez les Louvois plus vite que je n'y fus. À l'entrée de la chancellerie, on disait tout haut :

– Voyez-vous le moment qu'il prend ? Il a encore le clystère de Pourceaugnac au derrière !

M. de Louvois, qui n'était justement *de* Louvois que pour avoir savonné son Le Tellier, s'en offensa extrêmement. Il me reprocha ma témérité :

– Comment un homme de votre sorte, qui n'a point de recommandation, qui n'a point rendu de services à l'État, peut-il avoir l'audace de prétendre à une si sublime élévation ? Car enfin, mon ami, qu'avez-vous fait d'autre que d'amuser la galerie ?

Je ne me déferrai point et lui rétorquai :

– Hé tête-bleu monsieur ! Vous en feriez bien autant si vous le pouviez !

Les courtisans baissèrent la tête comme si un boulet de canon passait à cet instant au-dessus de leurs perruques. Le ministre blêmit, personne dans le royaume ne lui parlant ainsi, de peur de finir à la Bastille. Il s'obstina dans son refus et supplia son père de ne rien m'accorder. Le chancelier Le Tellier, plus fin courtisan que son buté de fils, tenta de l'adoucir. En vain. Le roi lui-même dut parler à Louvois. L'aparté fut, dit-on, saignant. À peine sorti du cabinet de Louis, les autres secrétaires du roi entourèrent Louvois, se plaignant de ce que Lully aille rejoindre leurs rangs. Il leur répondit en des termes encore plus désobligeants que ceux que le roi venait d'employer à son égard.

Les foudres de Jupiter firent que je reçus avec une extraordinaire promptitude l'enregistrement de mes lettres. Alors M. de Lully, que l'orgueil habitait, mais point la rancune, donna à ces messieurs de la commune particule un magnifique repas doublé d'un feu d'artifice. Le soir, je leur offris même un plat de mon métier : l'opéra.

Ils y étaient deux cent quarante, ce qui est le nombre des secrétaires du roi, en manteau noir et bonnet de castor, à remuer de la tête en cadence sur les menuets de leur confrère secrétaire. Jamais mon Académie n'eut de décoration si rare et si noble. J'y croisai M. de Louvois qui me lança :

– Bonjour monsieur, bien le bonjour, mon confrère !

Le bruit courut aussitôt dans Paris que Louvois s'était fendu d'un bon mot. Après ce banquet forcé, les Parisiens, à qui je devais autant mon succès qu'au roi lui-même, eurent droit à une représentation gratuite de *Persée*, à une fontaine de vin qui coula sans discontinuer six heures durant, à un arc de triomphe et à un feu d'artifice qui, cette fois, ne fut mouillé d'aucune pluie.

Dans la foulée, j'achetai une campagne à Sèvres, une maison à Puteaux pour Lambert et une troisième maison, avec un grand parc, à la Madeleine de la Ville-l'Évêque, site que l'on connaît mieux, de vos jours, comme étant la Madeleine, rue Boissy-d'Anglas.

Je m'y rendais dans un carrosse à quatre chevaux, sur les portes duquel étaient peintes mes armes : un blason d'azur à une épée d'argent et poignée d'or posée en pal, la pointe en bas, autour de laquelle s'enroule un serpent de sinople à bande d'or, chargé à son extrémité de gueules brochées sur le tout. Seuls ceux du sang ont droit à six chevaux. Demain peut-être ?

« Au bien de l'univers ta perte est nécessaire ! Sers d'exemple aux audacieux. Tombe avec ton orgueil ! Trébuche, ô téméraire ! »

Sur scène et en coulisse, les chœurs de rois et de féaux, de peuples égyptiens, de pasteurs et de bergères, implorèrent la nature de reprendre son cours. L'ambitieux Phaéton, qui s'était avancé dans le ciel du théâtre sur un char semblable à celui d'Apollon sculpté par Jean-Baptiste Tuby pour les bassins de Versailles, s'immobilisa soudain.

« Trébuchez, le char du soleil ! Trébuchez ! »

Jupiter, du haut des cieux, envoya sa foudre. Les quatre chevaux du jeune présomptueux culbutèrent. Le char s'inclina à la verticale et Phaéton, fils du Soleil et d'une reine mortelle, hésita, un instant retenu par sa jambière. Enfin il chut, tandis que l'incendie ravageait toute la terre dans une grande envolée de basses de viole. Alors le soleil, nuisible à l'univers depuis que l'orgueil l'avait mis entre les mains de cet insensé, retrouva sa course et fit luire ses rayons apaisés.

Phaéton, adoré des peuples de Paris, déclencha des catastrophes dès sa première, comme si son propos, l'ambition démesurée de qui se prend pour le roi du monde, avait trop de force pour ne pas affecter ses spectateurs. Donné en 1683, on en interrompit deux fois les représentations.

L'avant-dernier jour de juillet, l'ouverture fut suspendue à l'annonce de la mort de la reine Marie-Thérèse. Son deuil durerait un an. En août, une canicule nuisit extrêmement au royaume de France. L'astre brûlait autant que celui, déréglé, de ma tragédie lyrique. En septembre, Colbert, ce ministre qui était monté aussi haut que le soleil lui-même, mourut des fièvres ramassées dans les guerres de Flandres.

Quinault et moi-même frémirent. Étions-nous allés trop haut ? Quelle fatalité avions-nous agacée avec nos vers et nos accords ? *Isis*, lue avec trop de clairvoyance, avait causé la chute de Philippe, *Phaéton* foudroyé serait-il le prélude d'une nouvelle catastrophe ? L'antique *hubris*, cet orgueil grec que punissaient les dieux d'Œdipe et d'Agamemnon, allait-il frapper et le ciel nous tomber sur la tête ? J'embrassais les boucles de feu mon Louis, toujours mêlées à mes diverses perruques, pour conjurer ce double coup du sort.

La chenille de lumières s'étalait sur plus de trois lieues, de Versailles au domaine de Sceaux, désormais la propriété de Jean-Baptiste de Seignelay, secrétaire à la Marine et fils de feu Colbert.

Un nombre presque infini de girandoles de cristal était posé le long de la voie, une tous les deux pieds. Sur cette route stellaire, la cour, ses carrosses et ses cavaliers dodelinaient de la plume et de l'épée en se dirigeant, avec pompe et magnificence, vers la fête célébrant l'*Idylle de la Paix*. La énième paix, dirais-je, signée à Ratisbonne, entre Louis, l'Espagne et l'Empire des princes germains. Les réjouissances, concerts et festins étaient commandités par un Jean-Baptiste qui avait bombardé avec un succès fort courtisan Gênes, Alger et Tripoli des bateaux de la Royale décorés par Berain.

Mais cette nuit du 16 juillet 1685 était noire et sans lune. À travers champs et chemins, on entendait, sans les voir, se relayer cent marathoniens vêtus de tissus sombres afin qu'ils ne fussent point perçus par les nobles personnes.

Ils portaient très en avant du cortège les mêmes lumières que l'on avait éteintes très en arrière, par souci d'économie, et ce malgré la munificence affichée. Les forçats des coulisses effectuaient une navette permanente entre la tête et la queue du brillant cortège, rallumant à l'avant ce qui n'était plus nécessaire derrière. Ce peuple d'obscurs gravitait, mécanique, autour de la cour et de son miracle solaire comme autant d'atomes noirs nécessaires à la vie de sa représentation.

L'antimatière, toute de chair fatiguée, de muscles secs, de tendons fragiles, de poumons tuberculeux, possédait un rythme qui pulsait dans la nuit sa mesure sourde et par moments angoissante, empli de halètements et de quintes de toux. Sa syncope maladive portait l'éclat du charroi royal vers l'Orangerie de Sceaux.

Cette danse douloureuse me fascinait autant qu'elle harcelait mes tympans. Depuis *Phaéton*, depuis cette chute, annonciatrice de je ne sais quelle funeste destinée, un rideau s'était comme déchiré. J'avais été si avide de gloire, d'or et de succès que je n'avais jamais prêté grande attention à la basse des peuples condamnés à servir. Trop proche de la cour, trop artisan de ce règne ambitieux, j'avais fermé les yeux et les oreilles à cette mécanique d'esclaves.

On regarde la campagne noyée par le soleil sans être guère attentif aux obscurités qui en font la profondeur et la densité, l'existence, en somme. Les peuples avaient pourtant geint lors des fêtes de Vaux, chez Fouquet foudroyé, mais à la vérité leurs ombres, depuis le terrible hiver de 1653, je m'en étais détourné, méprisant, pour ne plus contempler que l'éclat du soleil levant.

Sauf lors d'une aube où il nous fallut partir bien plus tôt que de coutume à Versailles afin d'y répéter quelques scènes d'*Amadis* devant un Dauphin souffrant d'indigestion et un roi atteint de la goutte. Ma troupe et moi-même croisâmes alors les ténèbres du règne, celles sans lesquelles celui-ci n'eût jamais connu son éclat.

Les morts que je vis par les fenêtres du carrosse n'avaient rien des ombres chimériques de l'opéra. Ces cadavres, que l'on faisait transiter par les arrière-chemins, la nuit, pour que leur évidence ne transpire point, étaient bien réels. Ces tombereaux de mains crevassées, d'épaules décharnées, de pieds calleux crevés d'ampoules ; tous ces visages sans dents souillés par les vomissures et les diarrhées issues du cadavre voisin, on les évacuait par vingtaines, avec honte avant le lever du soleil.

C'étaient les ouvriers morts la veille, victimes des fièvres et de la malnutrition. Ils étaient trente-six mille à œuvrer pour Versailles, sans cesse construit, déconstruit et reconstruit, selon les caprices d'un seul. Si la gloire de Louis les mettait au travail, c'est la mort qu'ils recevaient comme seul salaire.

Le règne puait. Embarras de richesses ici, disettes et famines là. Louis et Lully pouvaient bien, à force d'argent, donner à la terre une autre forme que celle qu'elle avait par sa nature, la qualité de l'eau et celle de l'air n'étaient pourtant pas en leur pouvoir.

– Ce serait un curieux malheur si, après la dépense de cent millions de livres à Versailles, il devenait inhabitable, songeai-je, observant de loin, d'une hauteur, le charroi des fêtards dérouler sa chenille.

Non, je n'avais jamais aimé Versailles. J'y avais attrapé une fièvre qui me reprenait, chronique, lorsque travail et tension devenaient trop forts. Même le quinquina, ce remède des riches, caste à laquelle j'appartenais maintenant, n'y pouvait rien.

Pourquoi n'avais-je jamais vu tous ces morts nécessaires aux plaisirs de quelques vivants ? Ou plutôt pourquoi ne m'en apercevais-je que ce soir-là ? Avais-je été si dur, moi qui n'avais jamais maltraité ma troupe et mes employés ? Oui, je les brusquais souvent, mais c'était pour les activer. Certes, je tyrannisais les musiciens rivaux par mes abus de privilège, mais si je les rendais maigres, je ne les tuais pas pour autant. Le règne exhalait de bien peu ragoûtantes fragrances, et j'en étais l'une des plus illustres fleurs.

– Baptiste s'est surpassé, dit le roi à l'audition du rondeau de bergers et bergères qui marqua son entrée à Sceaux.

– Que diable ! *De* Lully existera-t-il jamais dans son esprit ? maugréai-je.

J'étais M. de Lully mais ces nobles personnes m'appelaient toujours Baptiste, comme l'on disait Nanon ou Guillaume, comme l'on avait dit Vatel. J'avais voulu un nom et je n'étais toujours qu'un prénom, un valet, un artisan, un meuble, tel ce violon que je fus pour Mademoiselle. J'étais arrivé fort haut, mais où étais-je parvenu, sinon dans ce monde des apparences royales que j'avais moi-même mis trente ans à construire ? Ma salive se fit amère, mon regard se brouilla un peu plus. Quelle ironie : moins je voyais les choses et plus j'en percevais la vérité.

La syncope du peuple des coulisses reprit de plus belle alors que la cour montait sur les embarcations festonnées de jacinthes. Les rameurs attaquèrent leur rythme obsédant. C'était une chaconne lente et profonde. J'en entendais la tonalité particulière. C'était l'envers de la joie. Elle n'avait rien du clinquant des timbales, des trompettes et des hautbois qui chantaient le règne de ce héros

Qui triomphe toujours,
Dont le cours des ans durera autant
Que le cours de la Seine et de la Loire,

ainsi que l'avait péniblement versifié Racine, historiographe du roi à trois mille livres de pension par an. Pauvre poète, mal payé, épuisé, dont la charge imposait de suivre ce *nouvel Alexandre, etc.,* dans ses campagnes militaires, pieds dans la boue et scorbut aux lèvres. Ah Racine, à ce prix tu pouvais bien être heureux du triomphe de la paix !

Les divines personnes glissaient à présent sur le miroir d'une eau lourde et poisseuse où pondaient les anophèles. Les fusées blanches crépitaient sur mes accords en *fa* majeur, dans un ciel tout clouté d'étoiles. Le roi adora la musique et les vers, Sa Majesté demanda que tout fût repris.

C'était bien naturel. *Fa* majeur est la seule tonalité capable d'exprimer les sentiments les plus beaux : la générosité, la constance, l'amour, tout ce qui se situe à un rang élevé dans l'échelle des qualités. En vérité, la beauté de ce ton ne se peut mieux décrire qu'en le comparant à une belle personne qui, quoi qu'elle fasse, se conduit parfaitement. Je lui fis donc ma révérence avec fort bonne grâce.

La nuit fraîchit, l'*Idylle de la Paix* se tut. Les violons rejoignirent leurs étuis. On mit des peaux sur les timbales et des bouchons aux trompettes. L'air sentait la poudre des artifices consumés. Il ne resta plus, dans ce ciel sans lune, que le brasier des étoiles crépitant par-dessus l'ardoise des toits.

Sans plus de lumignons, mais à la lueur d'innombrables flambeaux, la cour rassasiée retourna s'entasser au palais du Soleil. Le halètement mécanique des peuples reprit en sens inverse, de plus en plus obsédant, triste et mortel, avec une tonalité mineure, avec un bémol à la clef. En *ré* mineur, pensa mon instinct de musicien.

Une joie voilée, inquiète, me saisit. Si à Florence, quarante années auparavant, j'avais, par une modulation vers les tons majeurs, redressé dans ma *battistina*, la basse obstinée de Barbara

Strozzi, ce serait sur une gamme mélancolique que je transcrirais désormais les fastes du règne. J'établis que le *ré* mineur, ce ton qui a quelque chose de recueilli, de fluide, de noble et de nostalgique, serait la signature du plus secret Lully, celui des chaconnes et des passacailles que je rêvais toujours de dérouler sous les plaisirs, même désenchantés. Cette joie-là, elle ne serait plus pour Louis, elle serait pour moi, et pour nos fils, qui en raffolaient.

Je rejoignis avec soulagement mon carrosse. Enfin s'asseoir ! Après tant d'heures debout, station à laquelle obligeait le rituel de plus en plus raide de la cour, j'étais heureux d'enlever mes chaussures bordées de palmes décoratives. Je détestais ces hauts talons qui obligeaient les orteils à s'écraser contre le bout carré. Je sentais venir une nouvelle crise de goutte. Quelques lampées d'eau-de-vie de prune sauraient apaiser la venue de ces douleurs. J'espérais que Madeleine aurait préparé des cataplasmes à l'huile de chien pour désengorger ma jambe douloureuse, la droite, toujours la même. Elle aurait aussi fait tiédir un peu d'eau de ciguë pour mettre dans mes faibles yeux.

Soulagé, les chevaux allant au pas, j'entrai dans la demeure de Puteaux, la campagne des Baptiste-Lambert qui nous évitait la fatigue de l'aller et retour entre Paris et la cour de Versailles. Je songeais au repos. Je ne l'eus pas. Un Quinault très agité attendait dans le cabinet de travail.

– Qu'y a-t-il Philippe ? La Muse te possède-t-elle à ce point que tu veuilles nous mettre tout de suite au travail ? Nous avons déjà arrêté le sujet du prochain opéra.

– Justement, écoute...

– Philippe, je suis fatigué. Cela ne peut-il attendre demain ?

– Baptiste, il y a que...

– Eh bien, parle !

– Il y a que je ne veux plus écrire d'opéra !

– Quoi ? Tu plaisantes ! Es-tu fou ou soûl, mon ami ? C'est proprement impossible. Que deviendrais-tu, que deviendrions-nous sans l'opéra ? Et l'entreprise ? Et ta pension ?

– Peu importe, j'ai assez d'argent comme ça. Il n'est plus temps, Baptiste. Ma décision est prise. J'ai déjà demandé au roi de m'en abstenir, et il vient à l'instant d'accéder à ma supplique.

– Comment, tu es allé le voir et tu ne m'as pas prévenu ? Tu me mets donc devant le fait accompli ? Mais que t'arrive-t-il ?

– Je pense à mon salut, Baptiste. J'y dois songer avant toute chose.

– Ah non, pas toi ! Par pitié, pas toi !

– Si. Le roi et elle sont d'accord.

– Quoi, tu es en plus allé parler devant cette... cette créature ?

– Ce n'est pas une créature, c'est une sainte femme, de bon cœur et de bon conseil.

– Pauvre naïf !

Louis avait été très affecté par la mort de la reine et les crises de nerfs de ses maîtresses. À son tour, la fière Montespan avait connu la disgrâce. Puis quelques mois après la mort de Marie-Thérèse, il s'était remarié avec Mme de Maintenon.

– Malheur ! Que vas-tu te mettre dans les guimpes de cette femme, sa putain de maintenant !

– Baptiste, ne dis pas ça !

– Eh, je ne vais pas me gêner pour dire ce que je pense d'elle, de ses amis, de ses manigances ! Tiens, je préfère encore la précédente. Elle était garce mais au moins elle savait s'amuser !

– En empoisonnant son monde ! Belles gens que ces gens-là !

– Mais celle-là nous enlève le pain de la bouche ! L'aurais-tu oublié ?

En effet, depuis 1684, le roi interdisait l'opéra et la comédie pendant le carême. Il commençait sérieusement à gourmander les courtisans qui ne faisaient pas leurs Pâques dans la contrition. Un comble pour un monarque qui détestait la théologie !

– Tu oublies qu'elle est sa femme !

– Et alors ? La belle chose qu'un mariage secret. Femme, oui, reine non, si ce n'est celle des hypocrites !

Bourdaloue et Bossuet profitaient de l'établissement de la petite femme pour tonner de plus belle contre la morale lubrique, proférant des bêtises à bride abattue contre l'opéra et ses plaisirs. Dans les esprits, le poison du confessionnal avançait doucement mais sûrement. Philippe avait à son tour bu ce fiel insidieux.

– Regarde-toi, regarde-moi ! Nous avons passé l'âge, ne te semble-t-il pas ? Mais regarde-nous donc !

Avec violence il me tira vers le grand miroir de Venise qui ornait le cabinet de musique.

– Tu sais bien que j'y vois de moins en moins.

– Raison de plus. Viens !

Il s'empara d'un chandelier.

– Que vois-tu ?

Philippe était vêtu entièrement de noir, couleur qu'il affectionnait de plus en plus.

– Moi je vois un curé ! Il ne te manque plus que le collet !

– Cesse de railler ! Regarde tes yeux pochés, ma mine hâve, tes joues qui pendent, observe les rides au coin de mes yeux ! Nous sommes vieux, nous allons mourir.

– La belle affaire ! Comme tout le monde !

– N'entends-tu pas comme je tousse ?

– Il est vrai. Et depuis longtemps. Tu auras juste pris un froid qui dure !

– Froid ? Ah ça, tu me railles donc. Je crache le sang et tu le sais bien. Mais ça t'est égal ce qui m'arrive. Tu ne vois que toi, que ton plaisir. Mais j'en ai assez du plaisir ! J'ai peur Baptiste, peur de ce qui nous attend !

– Que veux-tu qu'il arrive ? Nous avons une *Armide* en chantier. Il y aura un autre opéra l'année qui vient. Que t'inquiètes-tu ? Est-ce que je m'en fais, moi ?

Je lui mentais. Je m'inquiétais bien assez. Non pour mon salut, mais pour l'opéra. Depuis la disparition de Marie-Thérèse et de Colbert, l'enthousiasme de Louis pour son genre favori avait changé. Fini les livrets olympiens et les gazettes galantes de la cour. Le roi, arrivé à près de cinquante ans, entretenait une sourde nostalgie des héros de sa jeunesse, ceux qui avaient présidé aux Plaisirs de l'île Enchantée et aux ballets de sa jeune cour.

Roland, Amadis, les amoureux de ces romans-fleuves tant estimés des Précieuses, avaient sa faveur. *Armide* allait être de la même veine. Passe encore que la mode change, toute cette chevalerie n'était pas désagréable, mais plus embêtants étaient ces ordres de discrétion, ces économies de petit-bourgeois qui remplaçaient les fastes d'hier. Il y avait moins d'argent dans les caisses des Menus Plaisirs. La maîtresse de maintenant s'était mise à compter les louis pour les costumes et les décors. Plus avide de motets que de plaisirs, Louis commençait aussi à bâiller à l'opéra, bien qu'il fredonnât toujours les airs de leurs prologues, les seules parties, je pense, qu'il aimât vraiment. Normal : ces musiques pompeuses ne chantaient que lui.

Philippe ayant ce soir-là l'âme par trop dévote, je résolus de le tenter jusqu'au bout. Je changeai la conversation et essayai doucement de l'amener au travail. Sa muse succombait sous la vague théologique, y aurait-il quelque chose à tirer de cet esprit malsain ?

– Alors, le divertissement du dernier acte ? As-tu peaufiné les vers du petit chœur ? Ceux où *les oiseaux amoureux, etc.* Il me semble que les pieds avaient quelque chose de trop irrégulier.

– La peste soit des oiseaux ! Ne me parle plus d'amour, de bonheur, *etc.*, comme tu dis. Ou plutôt si : je ne te répondrai que temps qui passe et joies qui fuient.

– Thème sur lequel tu versifies excellemment. Alors, cela donne quoi, cette nouvelle mouture ?

– Rien. Je n'écrirai plus un mot ! Plus une seule ligne ! Je t'ai dit que le roi vient de donner son accord. Baptiste : je me défais de l'opéra.

– Non, tu ne le peux pas ! Tu es lié par contrat !

– Et mon contrat avec Dieu ? Celui que tout homme passe avec son Créateur ?

Énervé par l'argument, je lui lançai :

– Qu'importe, je t'ai déjà trouvé un remplaçant, au cas où tu veuilles rompre notre accord de vingt ans.

Quinault devint rouge pivoine.

– Qui ça ?

– Campistron !

Jean-Galbert de Campistron, la jeune plume à la mode avec celle de Pradon, bien plus joyeux et populaires que ce janséniste de Racine.

– Quoi, Campistron ? Ce débauché, ce plumitif ?

Enfin j'avais réussi à le vexer. Il n'avait donc pas entièrement renoncé au monde. Je le raillai encore un peu plus, voulant le pousser à bout.

– Eh bien quoi ? Ne l'as-tu pas été toi aussi, débauché ? Campistron a aujourd'hui l'âge que tu avais quand tu as commencé. Te souviens-tu encore de Tristan l'Hermite ? Du *Singe en Batiste* ? Du baptême des hermaphrodites ? Tu y es passé toi aussi, tu l'as oublié ? À moins que dévotions et confessionnaux ne t'aient déjà lavé la tête ? Ne renie pas ce que tu as été, Philippe !

– Si ! Je renie toutes ces abominations ! Et tu devrais faire de même. Songe donc à ton salut !

– Basta avec ça !

– Ton âme Baptiste ! Ton âme ! C'est l'enfer qui t'attend.

– Et pourquoi donc l'enfer ? Il n'existe pas. Ces coquecigrues ne sont que dans ton imagination !

– Tais-toi, Baptiste, si des oreilles dévotes entendaient tes blasphèmes !

– Elles m'entendent, foutre Dieu ! Et ce sont les tiennes !

– N'en dis pas plus ! Tu te condamnes à l'enfer en parlant ainsi. Ah, par la Sainte Vierge, nous nous y retrouverons ensemble si nous continuons l'opéra ! Abandonne, Baptiste, il est encore temps ! Regarde-toi, avec ta goutte, ta grosse jambe, ta vue qui te quitte ! Ne sens-tu pas la main du ciel s'appesantir sur toi ? Il t'avertit !

– Je préfère cent fois embrasser l'opinion de nos dieux d'opéra que d'être l'esclave de ces gens qui nous imposent un maître éternel à craindre jour et nuit ! Ces dieux, Philippe, moi je garde au moins l'espoir de les fléchir par le respect et la beauté. Mais toi, tu choisis l'inexorable nécessité d'un dieu tout-puissant. Vaine pensée ! Ne te souvient-il pas des leçons de Tristan et de d'Assoucy ? Imbécile que tu es !

La querelle attira Madeleine à l'étage.

– Ah, tais-toi donc, cher époux ! Cesse ces blasphèmes ! Philippe a raison. Repens-toi !

– Ah, toi, tu ne vas pas recommencer avec tes fadaises ! Basta de la bigoterie ! Je conchie vos fariboles et votre crucifix ! Merdieu !

De rage j'envoyai un pichet dans le grand miroir qui vida le tain de son mercure comme une image molle. Nos reflets fondirent en une avalanche d'éclats et de gouttelettes.

– Qu'as-tu fait ? Tu veux donc attirer le malheur sur nous tous ? s'écria Philippe. Horrifié, il s'enfuit en dévalant l'escalier.

– Va-t'en donc, pleutre ! Va te repentir ! Mets-moi dans tes prières, si ça te chante !

Mais l'excès de ma colère me donnait mal au cœur. Je ne pouvais laisser partir ce vieux complice. Je me précipitai pour le rattraper.

– Arrête ! Arrête ! Tu ne peux pas renier tout ce que nous avons créé !

Un silence monta de l'escalier, puis...

– Si, je me repens, je le regrette ! Je ne veux pas mourir maudit comme toi.

– Philippe, nous avons passé tant de tempêtes, surmonté tant d'écueils ! Et voilà que pour ces fantômes tu me tournes le dos ? Tu es un couard ! Une grenouille de bénitier !

Quinault remonta l'escalier, tout échauffé.

– Soit. Je terminerai *Armide*, puisque le chantier en est presque achevé. C'est le contrat. Mais c'est le dernier. Je n'écrirai plus rien !

Il partit en claquant la porte. Madeleine tomba à genoux, les mains croisées, entamant toute une litanie de patenôtres.

– Il a passé l'âge, dit-il ? Quel sot ! Moi je ne renonce pas. Je continuerai l'opéra, je continuerai les plaisirs. Et toi, arrête avec tes simagrées !

Excédé, je demandai à Brunet de faire atteler, décidant de rejoindre le Temple et les appartements des Vendôme. Je savais qu'après Sceaux, la confrérie italienne y continuait la débauche. Là au moins je n'entendrais plus ces insupportables sermons. Quelle ironie : devoir fuir chez le grand prieur de l'Ordre de Malte pour respirer, dans les murs des anciens Templiers, l'air revigorant du libertinage ! Comment Quinault ne voyait-il pas que toute cette bigoterie n'était qu'une indigeste tartuffade ?

Il n'y avait plus aucune raison d'être effrayé par le nom même de Temple, au contraire. En 1667, le grand prieur de l'Ordre de Malte, Jacques de Sauvré, avait, avant de trépasser, fait démolir l'enclos et la muraille de la vieille prison. S'y dressaient à présent de beaux hôtels et beaucoup de maisons louées à des particuliers. Quatre mille personnes vivaient là, exemptées d'impôts comme de juridiction royale. Dans ce quartier à part, la justice obéissait à la seule volonté des chevaliers de Malte, en l'occurrence Philippe de Bourbon-Vendôme, le plus jeune des frères Vendôme, bénéficiaire de cette charge depuis son onzième anniversaire. Avec son frère aîné, Louis-Joseph, avec leur âme damnée l'abbé de Chaulieu et leur poète attitré, Jean-Galbert de Campistron, ils formaient le quatuor de débauchés le plus fameux de cette petite ville.

La tribu Vendôme, rimée tribu de Sodome par les galopins de Paris qui la craignaient comme le cul craint le clystère, vivait au Temple depuis que le vieil hôtel familial avait été cédé aux démolisseurs et à l'art, fort lucratif, de la spéculation immobilière. L'emplacement, destiné à devenir la place Vendôme, était loti en parcelles qui se vendaient des fortunes. Cette opération, augmentée par les bénéfices de quelques riches abbayes, dont celle de Saint-Victor à Marseille, plus le beau château d'Anet, rapportait aux Vendôme de quoi s'offrir nombre de parties fines.

C'était là, à mon goût, gens de plaisante compagnie. Ces amateurs de musique et de vices étaient les dignes représentants de la génération Baptiste. À vingt ans, et déjà perclus de vérole jusqu'à la moelle, je jugeais ces deux frères d'autant plus de ma famille spirituelle qu'ils étaient semi-Mazarin. Le cardinal avait marié sa nièce Laure-Vittoria Mancini avec Louis de Vendôme, duc de Mercœur. La roturière italienne était la mère des deux richissimes garnements. Le souvenir de l'oncle et de sa pétulance nous rapprochait. En tant que vilain savonné de frais, je faisais bon ménage avec ces bâtards récents.

Hélas, l'ambiance était à la morosité autour de la grande table où les quinze petits chiens de Louis-Joseph, grand amateur de poisson, finissaient les restes de trois brochets de vingt livres, d'un saumon de rivière long de quatre coudées et de vingt carpes des Dombes. Le vin avait beaucoup coulé mais l'ivresse n'empêchait pas de déplorer la prise du pouvoir par Mme de Maintenon. Les libations étaient funèbres.

– Amis, à la mémoire du comte de Vermandois !

– Pauvre petit bonhomme, vous souvenez-vous comme sa trogne était ensanglantée après la bastonnade et les gifles que le roi lui administra ?

– Main de roi, main de poids !

Le fils de Louis et de La Vallière était mort à la guerre où son père l'avait envoyé après la dénonciation de ses mœurs outrageantes. Son amant, le prince de Conti, fils du Grand Condé, s'étiolait, lui, dans son exil de Chantilly.

– Tel père, tel fils !

Les sermons de Bourdaloue et de Bossuet accomplissaient leur travail. Non seulement ils avaient empuanti des âmes aussi belles que celle de Quinault, mais les voilà qui, à présent, dénonçaient la secte de Sodome. Qui cependant existe depuis la nuit des temps, et continuera d'exister pour les siècles des siècles. L'hypocrisie était à son comble. Louis détestait, disait-il, le vice italien. Pourtant il avait bien des grâces pour le chevalier de Lorraine soupçonné de poison et de meurtre. Mais, à travers lui, le roi manipulait à plaisir son frère Philippe.

– Savez-vous pourquoi le roi nous hait tant ? C'est que lui-même a mal au cul !

Vendôme l'aîné, fin soûl, se lâchait.

– C'est pourtant le seul endroit par lequel il n'a jamais péché, renchérit Vendôme le puîné.

– Et sait-on ce qui a provoqué ce crime de lèse-trône ? s'enhardit Campistron.

– Son cheval ! dis-je.

– Oh Baptiste, tu exagères ! Un cheval, c'est un bien gros morceau !

– Je tiens ce détail de Fagon, qui me visite régulièrement.

Le médecin royal établissait des décoctions pour mes yeux.

– Mais quels rapports mon cousin entretient-il avec son cheval ? demanda Vendôme aîné.

– Rien de contendant, dis-je. Le roi n'est pas mal pourvu de ce côté, à ce que disent les soubrettes qu'il chevauche.

– Ce qui n'est pas le cas de sa descendance !

Ces mauvaises langues remettaient sur le tapis la méchante rumeur qui courait sur le Dauphin depuis son mariage. Le pauvre garçon n'aurait pas triomphé de son épouse par défaut d'un instrument suffisant.

– Louis-Joseph, toi qui l'as pratiqué, qu'en est-il du sceptre du Dauphin ?

– Il vaut mieux n'en pas parler. Cela n'a effectivement rien de chevalin. Mais revenons au roi. Baptiste, *quid* du cheval et du royal fondement ?

– Le roi chevauche trop, mes amis. Fagon s'alarme d'une petite tumeur qui lui est apparue au périnée, due au froissement des hémorroïdes meurtries par ses trop longues chevauchées.

– Eh oui, notre roi chasse trop !

– Il tire surtout trop de gibier, voulez-vous dire ! D'où sa fistule !

La suite sombra dans les libations et la plus totale irrévérence.

Ce n'était rien comparé à ce qui se disait dans les rues. Louis n'avait plus l'amour de ses peuples, pressurés d'impôts et de travail pour le seul service de sa gloire et de Versailles. Du Châtelet, de Bicêtre, partait à l'aube la chaîne des galériens, augmentée, depuis octobre 1685, par la pléthore de protestants enchaînés et envoyés aux galères à la faveur de la révocation de l'édit de Nantes qui mettait fin à la tolérance religieuse instaurée par Henri IV. Je ne reconnaissais plus son petit-fils dans ce règne qui affichait jour après jour plus de poigne et d'austérité. Colbert, l'ami de la finance protestante, était mort trop vite. On n'avait guère aimé ce ministre, inhumé de nuit par crainte des troubles. Pourtant ce n'était rien comparé à Louvois et à ses massacres. Colbert, lui, n'aurait pas permis que je plaque mes accords pour le prologue d'*Armide* où la Sagesse dévote célèbre sa victoire sur la Gloire sensuelle. Je m'étais exécuté avec amertume. Le reste de l'opéra démentait heureusement ces paroles vergogneuses.

– Baptiste, Quinault a-t-il, ou non, sombré dans la dévotion ? demanda Campistron.

– Hélas oui !

– Il nous faut porter un coup à cette manie de Maintenon. Imaginons un opéra qui célébrera tout ce qu'elle déteste et qu'elle s'ingénie à mettre dans l'esprit du roi, clama Vendôme l'aîné.

– Et sous quel prétexte ? L'opéra reste la chose du monarque. Nous ne le produisons que parce que cela lui plaît. Il y faut un prétexte.

– Eh bien, célébrons son fils le Dauphin. Comme son père, il adore la chasse. Pourquoi ne pas lui donner une fête à Anet, en septembre ? proposa Vendôme puîné.

– Cela changera de la saison à Fontainebleau !

– Nous serons sûrs que le roi n'y sera pas. Maintenon dédaigne trop notre bâtardise pour en être ! Et comme il ne se déplace plus sans elle.

– Que la dévotion reste donc à Versailles !

– D'ailleurs qui voudrait encore y être, cet endroit est devenu d'un tuant !

Nous trinquâmes et retrinquâmes à la belle idée.

Je n'eus pas besoin de café pour dessoûler des libations de Vendôme. Une vraie tempête se leva. Les menaces du temps de Louis Couperin, les attaques contre d'Assoucy, et même l'affaire Guichard, tout cela ne fut rien comparé à la déferlante qui s'abattit.

Pendant que nous bambochions, j'avais envoyé le joli Brunet débaucher de nouveaux garçons sur le quai Saint-Paul. À peine eut-il franchi la barrière du Temple que les sbires de Louvois l'arrêtèrent. Mon confrère en secrétariat d'État n'avait pas digéré ma nomination. Le chien du roi tenait là l'occasion de se venger. Brunet fut aussitôt conduit chez les pères, à l'abbaye Saint-Lazare où, sous le fouet, on le pressa de donner les noms de ceux pour qui il allait à la pêche. Louvois fut horrifié d'entendre évoquer celui de son propre cousin, le chevalier de Tilladet, dans la confrérie des débauchés. Il étouffa aussitôt l'affaire qu'il venait de susciter, mais il remit mon pauvre Brunet, chanteur de son état, entre les mains de Jean-Baptiste Boesset. Verges en main, celui-ci se vengea sur ces fesses juvéniles de toutes les musiques que je lui avais interdit de produire sur scène.

Cependant Louvois ne décoléra pas. Il alla au roi.

– Opérera ?

À Versailles, Fagon et Louis n'avaient que fistule en tête.

– Opérera pas !

Le roi ne s'y résolvait guère, mais Mme de Maintenon travaillait son âme au corps.

– Opéra sire ! C'est péché que tous ces gens-là !

– Madame, dit Louvois, contre cela il nous faut agir.

Alors qu'*Armide* entrait en répétition, un Saint-Aignan penaud vint me dire qu'un dénommé Louis Lully causait bien du scandale dans Paris. Ce n'était pas faux. En bon rejeton de son illustre père, mon fils aîné avait une conduite peu recommandable. Je ne pouvais guère lui jeter la pierre, lui ayant toujours montré l'exemple.

J'avais bien du mal à le tenir éloigné des filles de l'opéra. Il s'en vengeait en jouant des sommes folles à l'hombre et à la bassette. Mais cet écervelé n'avait jamais la chance avec lui. Il devait déjà plus de trente mille livres à ses créanciers. Bien que je fasse payer le plus gros de ses dettes par Ducreux, cette fois mon fils avait volé chez un orfèvre des chaînes d'or et des bijoux, mais Louis venait d'être attrapé en les revendant. Il était au Petit-Châtelet, au cul-de-basse-fosse, en attente de procès. Voilà qui me rappelait une autre affaire bien embêtante.

– Et cette fois, je n'y puis plus rien, soupira Saint-Aignan, qui, comme le dieu Mercure, n'était pas un mauvais bougre. Baptiste, ton fils est coupable ! Il va falloir sévir.

Saint-Aignan me précisa que Louvois lui-même surveillait l'instruction du procès. Je tranchai violemment d'un :

– Le roi sait-il que le cousin de Louvois est de mes débauches ?

– Le roi sait tout, Baptiste. Mais il craint maintenant que le scandale n'éclabousse son ministre...

– Ce que je ne manquerai pas de faire éclater !

– Imprudence, Baptiste, imprudence et impudence !

– Je m'en moque. Louvois est un Tartuffe !

– Certes. En ce cas, concluons un marché. Fais enfermer Louis quelque temps. Si tu te tais, on permettra que Brunet quitte le fouet de Boesset pour rejoindre ta maison.

Le fils payerait ainsi pour les « péchés » du père ? C'était odieux, mais c'était sauver la face sans causer trop de dégâts. Louis quitta le Châtelet pour une cellule, plutôt un coquet appartement que je payais en sous-main aux religieux de la Charité, à Charenton. L'affaire n'alla pas plus loin.

Madeleine fut horrifiée du marché. Elle m'attribua tous les torts. Son cher fils n'en eut aucun. Je récupérai Brunet. Elle explosa en scènes effroyables. Pour la calmer, je la chargeai du mariage de notre fille Catherine avec Jean-Nicolas de Francine, maître d'hôtel du roi et parent du fameux fontainier italien. La confection du trousseau occupa mon épouse outrée.

En février 1686, Marthe Le Rochois, qui incarnait Armide, la sorcière sarrasine délaissée par le preux chevalier Renaud, lançait : « Je ne triomphe pas du plus vaillant de tous ! »

C'était la vérité. On avait donné les répétitions d'*Armide* à la cour, chez la Dauphine, avec un grand succès. Le roi n'y parut pas. On me fit dire qu'il souffrait trop, ce que je voulus bien croire : un anus à vif, voilà qui n'est guère plaisant.

Cependant, deux jours plus tard, il demandait d'entendre les premières ébauches d'*Endymion* de Marin Marais. Puis le jeune Michel Richard Delalande fut prié de lui donner quelques danses de son *Ballet de la jeunesse*.

La défaveur, cette ténèbre qui tua Molière et éclipsa Quinault, me prenait à mon tour dans son cône d'ombre. Lorsque décroît la lumière prodiguée par le roi, la plante courtisane flétrit et dépérit. L'homme de cour, qui n'est plus protégé de rien, est assailli comme le rosier par les pucerons. Peut-il survivre à la disgrâce ?

V

Cet été mourant du mois de septembre 1686 fut le plus beau depuis bien des années. Dans ma campagne de la Ville-l'Évêque, j'avais demandé que l'on sortît mon clavecin et mon bureau de travail. Pommiers et poiriers croulaient sous l'abondance des fruits. Pomone avait été plus que généreuse, dispendieuse. Toutes les nuances du jaune, de l'ambre, du vermillon s'étalaient sur les croupes appétissantes. Les perles des groseilles, d'un rouge translucide, luisaient à travers les feuilles. Le raisin, noir et blanc, dessinait ses arceaux luxuriants sous la tonnelle. J'y avais fait peindre un ciel de nuages azurés où flottait cette devise tirée du *Pastor fido* : « Di nembi il cielo s'oscura indarno [1]. »

Le blanc de Suresnes avait un arrière-goût de fruits surs. La tiédeur était partout. Malgré les douleurs croissantes de ma jambe droite et de la gauche, que commençait à ronger le même mal, les harmonies d'*Acis et Galatée* me venaient avec une facilité déconcertante.

1. C'est en vain que le ciel s'obscurcit de nuages.

Le texte de Campistron était bon, excellent même. Le divertissement des Vendôme serait magnifique. Quel triomphe pour ce genre auquel le roi Louis tournait le dos. Je songeais à lui, qui tremblait un peu plus de douleur à chaque passage sur sa chaise percée, à chaque étron un peu gras qui élargissait sa fistule, aux cris qu'il refusait de laisser sortir de sa royale bouche.

– Sire, opérerons-nous ? se morfondait Fagon.

Son confesseur, le bien nommé père La Chaise, perçait sa conscience. Mme de Maintenon, de toutes les lancettes du péché, du remords et du reniement, parachevait l'œuvre du prêtre d'un récurrent :

– Ah sire, quelle lubricité que l'opéra !

Louis et Baptiste souffraient identiquement mais les dieux, ironiques, accablaient le roi d'un mal là où il n'avait point péché, et que j'aurais dû avoir, tandis que Baptiste souffrait du mal dont ce gargantuesque souverain aurait dû être atteint, la goutte, qui me tourmentait de plus en plus.

Je me fis amener ma cassette aux joyaux. Comme Mazarin, sur la fin de ma vie je m'étais découvert une passion violente pour les pierres précieuses. Si j'estimais assez peu les diamants, que je trouvais monotones, sauf les jaunes, j'adorais les rubis, les topazes, les saphirs, les émeraudes. Je chérissais surtout l'escarboucle à couleur de feu, qui exempte des mauvais songes et des tristes imaginations. Je plongeai mes mains dans les pierres et laissai couler leurs eaux rubicondes entre mes doigts.

– Ah, richesses, je vais donc vous devoir quitter ? soupirai-je.

Tout doucement, Campistron s'avança à travers le jardin.

– Que regardes-tu, Baptiste ?

– Mes joyaux qui ressemblent aux feuilles de l'automne. Vois comme celles-ci sont encore aux arbres et changent déjà de couleur. Leur vert cède à l'aurore, et il y en a tant de sortes d'aurores que cela compose autour de nous comme un brocart d'or. C'est dans un aussi beau tissu que je voudrais partir.

– Ah, que parles-tu de partir ? Le vert est ta couleur, celle de la jeunesse !

– Je te trouve très bon goût, Campistron, d'être aussi aimable. Mais le vert n'est plus ma couleur. Ce n'est que celle de l'adolescence, qui n'a que du vert, alors que moi, je sens déjà l'arrière-saison. Regarde, Jean-Galbert !

J'ôtai le tissu qui recouvrait ma jambe droite. Il eut un mouvement de recul à la vue des chairs boursouflées et peu odorantes où le trépas s'annonçait par autant de couleurs que l'automne.

– N'aie point peur, mon ami. Toutes ces couleurs disent que les gens d'arrière-saison, qui sont de cent mille couleurs, plus belles les unes que les autres, ont plus de valeur que la jeunesse. Mon mal avance tout doucement. Je nous réserve encore bien des agréments.

– Mais que disent les médecins ?

– Au diable ce que chantent ces fats et leurs cornues ! Je n'ai pas besoin d'eux pour me tuer. Allons, nous avons bien du travail.

Il fallait envoyer à l'impression la dédicace d'*Acis et Galatée*. Je lui tendis le manuscrit.

– Avant de lire, sers-moi donc un peu de cette vieille poire.

Il rit en parcourant la page.

– Bien vu Baptiste ! Mais je dois te corriger selon toutes les règles de l'Académie.

– Oui, avec ce qu'il y faut de déférence pour que le roi fasse semblant d'agréer et la postérité de retenir. Mais veux-tu bien me relire cette fin avant ta censure, que j'en jouisse encore un peu ?

– Que nous en jouissions encore un peu ! Et après, je te lirai les derniers vers de la passacaille, je crois qu'ils te plairont. Mais voici la dédicace telle que tu l'as écrite : « Sire, de toutes les œuvres que j'ai mises en musique, voici celle où l'on court en foule et dont le public a témoigné... »

– Passe, passe. C'est la fin qui nous intéresse. J'aimerais tant que la Maintenon l'entende telle que je l'ai griffonnée.

– Mais hélas elle n'en saura rien. Tu écris : « ... l'assurance, sire, de vous déplaire m'a élevé au-dessus de moi-même et rempli de ces divines fureurs. J'ose me vanter de les pousser, au moindre de vos atermoiements, plus loin encore. Oui, sire, il n'est rien dont je ne vienne à bout, dès lors qu'il s'agit de vous désobéir. »

– Dommage, Baptiste, personne ne lira jamais ces lignes.

– Car tu auras soin de remplacer « déplaire » par « plaire », « atermoiements » par « commandements », et « désobéir » par « obéir ».

– Comme de bien entendu.

– Et qu'en est-il de ta pièce, Campistron ? On dit que tu l'as retirée de la Comédie-Française ?

– *Phraate* ? Elle a suscité bien des remarques à la lecture. Trop de monde a reconnu de qui il était question derrière cette concubine royale qui, ayant réussi à se faire épouser, désavantage les enfants légitimes au profit des bâtards qu'elle a élevés. J'ai déchiré les cinq copies établies pour les comédiens. L'original restera manuscrit.

– Heureusement ! Et garde-le bien sous clef pendant quelques années. Il ne faudrait pas qu'il t'arrive ce qu'a connu ce pauvre Bussy-Rabutin avec son *Histoire amoureuse des Gaules*. Treize mois de prison et seize ans d'exil pour avoir passé son manuscrit à des yeux indiscrets, qui le recopièrent aussitôt et le firent circuler. Voilà le prix pour publier ce que l'on pense. Mais ne me la feras-tu point lire, à moi, cette *Phraate* ? As-tu assez confiance ? Chez les morts, il y a peu de chance que je la publie.

– Ah, que dis-tu ? Pourquoi parles-tu encore de mourir ?

– Parce que le mal empire, Campistron. Ma jambe grossit et pustule. Quand les médecins font la grimace et soliloquent, je sais ce que cela veut dire. Je connais trop bien mon Molière.

– Souffres-tu ?

– Parfois, mais l'opium m'apaise et les sangsues tirent suffisamment d'humeurs pour que la pression du mal soit supportable. Je vais partir, cher ami, bientôt, très bientôt. Mais ce sera à ma façon. Lis-moi donc tes vers pour *Acis et Galatée*.

– Écoute :

> *Sous ses lois l'Amour veut qu'on jouisse*
> *D'un bonheur qui jamais ne finisse ;*
> *Tendres cœurs venez tous*
> *En jouir avec nous...*

Je la sentais monter, cette passacaille qui couronnerait l'automne. En *ré* mineur, bien entendu. Et elle surpasserait celle, immense, d'Armide.

Le soleil diffus paraissait comme suspendu au-dessus du parc d'Anet. Il ne savait si se coucher ou rester là, en gardien affaibli des prairies jaunes. Une puissante odeur de chaume montait dans l'air. Au loin, les charrettes emportaient les gerbes des ultimes moissons. Les peuples étaient heureux, la terre avait été généreuse. La poussière de leurs pas envahissait l'air et troublait l'horizon. Ils chantaient un timbre pastiché de mon *Alceste.*

Sous l'iris d'Apollon, nimbé d'un argent couleur paille, la chaleur se fit plaisante, pas cuisante. Dans la forêt, on entendit les cors de la chasse du Dauphin. Le vent sec retomba avec le jour. Son air était encore trop estival pour que les chiens tiennent bien la piste du gibier. Monseigneur, le cerf et ses belles biches en seraient quittes pour beaucoup de sueur.

Au château des Vendôme, on avait ouvert grandes les croisées de la galerie de Diane. Je me préparais à monter sur la scène, sans doute pour la dernière fois. La basse-taille Borel de Miracle chanterait en coulisses la partie du géant Polyphème, mais je tenais à m'offrir en spectacle à ma Compagnie hermaphrodite. Et Monseigneur le Dauphin aurait rien moins que M. de Lully dans la pantomime du rôle.

Jambe d'éléphant, jambe de géant ! Avec mes guibolles gonflées, la droite deux fois plus grosse que la gauche, nature me gratifiait du parfait costume pour incarner le claudicant cyclope, jaloux du berger Acis et amoureux de la nymphe Galatée.

La goutte me ravageait de ses douleurs incendiaires. Une lampée d'opium en fit des ailes. Je poussai la liqueur brune d'un supplément d'eau-de-vie.

La table des convives était immense, longue comme la galerie du château. Des monceaux de victuailles, des armées de perdreaux, des tours de faisans, leurs plumes multicolores disposées en buissons, rythmaient l'ordre du festin. Les grappes de poires, les coulées de raisin dessinaient des champs Élysées gourmands sous l'œil d'une Diane partout répétée dans les stucs grotesques.

Podagre me voilà devenu, et podagre je mourrai ! L'orchestre gronda sa basse pour la grande passacaille. Je fis mon entrée.

Vous qui croyez l'Amour une faiblesse,
Ne venez point troubler notre innocente paix.
Ce n'est point pour des cœurs sans tendresse
Que nos chants amoureux et nos plaisirs sont faits.

Joie d'aimer, joie voilée, *ré* mineur. En claudiquant, j'attaquai la danse syncopée, bousculant les assiettes, renversant les cristaux. J'éclaboussai l'assemblée d'une gourde remplie de vin, comme on actionne une cornemuse. Qui m'emportait ?

La plus belle fête, elle sera toujours pour le Louis que j'ai aimé, Louis le galant, Louis mon roi tout-puissant. Et quel autre roi, en cet instant, que moi-même ?

Tendres cœurs, conservez l'espérance,
C'est en vain qu'on vous fait résistance.
Qu'on s'arme de rigueur, de haine et de courroux !
Que ne vaincrez-vous point si l'Amour est pour vous ?

Ivre de musique, de joie et de douleur mêlées, mon pied bouffi et grotesque foulant raisin et nourriture, je m'arrêtai sur le dernier accord, en équilibre instable, face au Dauphin qui en suffoqua de surprise.

Alors, Louis-Joseph sortit de sous la table un gros écrin de velours noir. Philippe, son frère, l'ouvrit. Un murmure d'envie parcourut la salle. Campistron exhiba aux yeux de tous un collier d'escarboucles, cinquante-quatre grenats étincelants sur une chaîne de vermeil. Autant que j'avais d'années.

– On ne dira pas que Baptiste partira comme un dévot. Couronnons ici le pied qu'il nous a fait prendre !

Louis-Joseph accrocha le joyau autour de mon énorme jarret. Puis les convives, l'un après l'autre, vinrent m'embrasser le pied, comme les pèlerins baisent à Rome celui de saint Pierre. Tandis que l'on criait force vivats et santés, la Rochois, fondue de larmes, reprit les derniers vers, sur cette basse des plaisirs obstinés à me perdre.

Désormais on doit aimer sans crainte.
À quoi sert une injuste contrainte ?
Beautés à qui le ciel a donné mille appas,
L'Amour vous punira de n'en profiter pas.

On profita énormément. Les débauches d'Anet, commencées le 6 septembre, durèrent quatre autres jours. Elles furent aussitôt rapportées aux oreilles de la cour.

– Opérera !

Le 18 novembre 1686, le chirurgien Félix, après avoir répété son acte sur trente pauvres atteints de la fistule, opéra Louis.

Armé d'un bistouri courbe, aussitôt nommé « à la royale », il lui ouvrit le fondement avec assez de facilité. Puis, ayant introduit ces ciseaux par l'ouverture de la plaie, il coupa l'intestin ainsi que toutes les brides purulentes qui se trouvaient alentour. Sans anesthésie et sans que le roi, stoïque, poussât un seul cri.

Cela devint aussitôt l'affection à la mode. Trente courtisans s'empressèrent auprès de Félix pour qu'il leur fît l'opération, mais le morguèrent fort quand le chirurgien expliqua qu'il n'y avait point nécessité de leur ouvrir l'anus. Boudeux, et faute de mieux, ils reprirent le chemin de l'opéra.

Tout Paris était aux pieds d'*Armide*, mais à Versailles mon chef-d'œuvre, Louis ne le voulait toujours pas entendre. Pour se remettre, il ne m'accordait même plus confiance. Ma disgrâce était bien réelle.

J'ai supplié, j'ai pleuré, j'ai crié, je suis même allé jusqu'à me tenir sur des béquilles dans la cour de Marbre. Sans plus y croire, car je sentais mes divinités hermaphrodites bien impuissantes face aux commandements de Dieu. Des langues contristées soufflaient nuit et jour aux oreilles du roi que son anus bridé était le prix de l'adultère et du péché. L'opéra n'était pas le fondement du salut.

– Le corps du roi a payé pour cela !

Quant à Baptiste, ce douteux héraut que sa gloire s'était choisi, il ne pouvait que le mener vers l'enfer, l'apostolique et catholique.

– Que maudit soit le Florentin !

Dans la cour de brique rose et de marbre blanc où veillent les bustes aveugles, il n'y avait plus ni carrosses ni charrois pour transporter décors et troupe aux pieds de Sa Majesté. Il n'y avait que la Rochois, l'épinette que tenait d'Anglebert, deux flûtes, où soufflaient les Hotteterre ; une viole, celle de Marais, et un violon, le mien.

Sobrement, je nous mis sous les fenêtres de la chambre du roi. Je donnai à l'absent, qui avait laissé ses vantaux ouverts, tout le monde sachant qu'il avait horreur des pièces fermées, la chaconne d'*Armide*.

Mais, dès que la Rochois entama la reprise des vers de Philippe : « Si l'amour ne causait que des peines, les oiseaux amoureux ne chanteraient pas tant », une forme vêtue de noir, au visage pâle et sévère, vint épier à la fenêtre.

– Encore cet impertinent baladin ! Louis, ne trouvez-vous pas qu'il y a trop d'air ?

J'entendis, au fond de la pièce, la voix de Louis :

– Ah, madame, ne fermez pas, je vous prie, sinon je m'en vais étouffer !

– Étouffez sire, étouffez, mais laissez respirer votre âme. C'est cet air-là qui vous est nocif. Il vous tuera, il l'a déjà commencé.

– Hélas, Françoise, Dieu le veut-il ainsi ?

Ce fut la dernière fois que j'ouïs la voix du roi. La dame en noir ferma la croisée. Deux laquais rabattirent les volets intérieurs pour que le soleil ne l'importune pas. « Non, non, je perdrais plutôt le jour que de me dégager d'un si charmant amour ! » Sur ce dernier couplet, le petit orchestre s'éteignit.

Dans le plus profond silence, l'Académie quitta cette cour de Marbre qui avait vu le triomphe d'*Alceste* et mon établissement définitif comme astre musical auprès du dieu des rois.

Le lendemain, Saint-Aignan me fit mander une lettre, dans laquelle le roi annonçait « avoir trouvé fort bon que la salle du Palais-Royal fût démolie afin de construire, en son lieu et place, de nouveaux appartements pour l'agrément du duc de

Chartres ». J'étais dépossédé de mon théâtre et recevais ordre de trouver, à mes dépens, un nouvel établissement pour l'Académie royale. Au cimetière Saint-Joseph, dans la tombe honteuse où les dévots l'avaient relégué, ce réprouvé de Molière eut un soupir d'aise. Treize ans après sa mort, une autre dévote venait enfin de le venger du libertin Lully. Sans hésiter, j'achetai une vaste maison, rue Saint-André-des-Arts, pour la somme de cent quarante mille livres, afin d'y bâtir un nouveau théâtre.

Mars 1687. Dans ce grand fleuve qui nous entraîne tous, le duc de Saint-Aignan, Mercure entremetteur, ordonnateur et justicier des plaisirs de notre roi-Jupiter, fut englouti. Ses quatre-vingts ans ne résistèrent pas aux pneumonies qui secouent, à la fin de chaque hiver, les vieilles feuilles encore accrochées à l'arbre de l'humanité.

En revanche, Sa Majesté, qui était restée longtemps entre la vie et la mort, survécut, contre toute attente, aux suites de la fistule. Le roi recouvra même assez rapidement. *Felix ego.* Tout le royaume retentit alors de *Te Deum.*

Je fis sonner le mien, sachant pourtant qu'il n'y viendrait pas. Mais je voulais que la rumeur de mes timbales et de mes trompettes aille jusqu'à son palais ; qu'elle franchisse les fenêtres de Versailles et décoiffe de ses rafales les papillotes de Mme de Maintenon. Le roi apprendrait ainsi que la tribu Baptiste-Lambert honorait grandement le retour de sa santé.

Après ma mort, il pourrait leur être reconnaissant d'avoir été assez bien servi pour les laisser jouir de mon héritage. Je comptais assez peu sur Louis, trop vérolé, pour assurer ma succession. Par testament du 10 mars 1687, j'établis à Madeleine, à ma fille et à mon beau-fils Francine, la survivance du privilège. À Jean-Baptiste, légataire de mes nom et prénom, je laissai la direction artistique de l'opéra, un fonds de commerce que cet imbécile n'aurait pas de peine, s'il en prenait soin, à faire fructifier. Je cédai à Jean-Baptiste II Lully assez de partitions, d'airs, de duos, de trios et de chœurs pour fabriquer dix années d'opéras sans posséder une once de talent.

En ce jour de *Te Deum*, les épouvantables souliers à talons précipitèrent mon rendez-vous chez les morts. Un ciron, qui attendait dans le cuir mal dégrossi, vint se loger sous l'ongle de mon orteil ulcéré de goutte. Aucun coup de canne n'eut besoin de le pousser dans mes chairs ; je n'en ai jamais utilisé, je ne cesserai de le répéter. Au contraire la débauche, les alcools forts, les venaisons, les sauces et les sucres firent à ce microbe un lit que la gangrène estima assez plaisant.

Madeleine réclama l'amputation, les Vendôme tenaient pour la médication. J'avais été un illustre danseur ; il ne serait pas dit que Lully, ce grand baladin, partirait en claudiquant sur son moignon. Je refusai la chirurgie, préférant écouter la sodomie. Un charlatan, qui parasitait les bouteilles des Vendôme, recommanda de la bave d'escargot sur les scarifications ouvertes par la pourriture, puis du sperme de taureau, et encore un emplâtre de pissat de pucelle vénérienne macéré dans de l'alcool d'aspic. La gangrène adora ce brouet ridicule et flamba en une nuit. Cette fois, j'eus véritablement très mal.

Madeleine réclama l'extrême-onction. J'acquiesçai et décidai de partir dans les règles. Il y allait de la succession baptistaire. Une rumeur de dévotion, à mon heure dernière, rétablirait une réputation au regard des Tartuffes. L'essaim des noirs corbeaux eut permission de franchir la porte de Lully.

Puisque Baptiste avait été grand baladin, ce fut chose normale qu'il partît en grand comédien. D'une voix mourante j'invitai Madeleine, Michel, Campistron et les Vendôme au spectacle de ma contrition. Je laissai un unique curé pénétrer dans ma chambre, celui qui avait meilleure mine, plus belles mains et seyante soutane. En écoutant ses jérémiades, je ne songeais qu'à une chose : lui vider les burettes.

Sur une couche de cendres tirées de la cheminée, je me fis mettre nu, la corde au cou. Je me roulai dans cette poussière en psalmodiant la litanie de mes péchés.

– Oui, mon Dieu, je me repens. J'ai bu et j'ai juré, j'ai forniqué et regardé forniquer, j'ai sucé et fait sucer, branlé et fait branler, volé et fait voler. J'ai désiré le mari de ma voisine et les roustons de mon cousin. J'ai aimé l'or plus que de coutume et je l'ai bien peu partagé. Je me suis pris pour le roi car souvent j'en étais plus digne que lui. L'impiété fut ma compagne, l'envie ma muse et le péché mon compère. Je me repens ! je me repens ! *Non sum dignum domine*, Seigneur aie pitié de Baptiste, le premier des pécheurs... mais que celui qui n'a jamais péché me lance la première pierre.

Bref, je dis cent sottises *crescendo crescendissimo*, lesquelles mirent du poivre dans quelques oreilles et force rires sous les feintes larmes. Plus sérieux que Job sur son tas de fumier, je pris la partition, inachevée, d'*Achille et Polixène* ; je demandai au joli curé un brandon enflammé et j'y boutai le feu.

Avec les cendres de ma dernière œuvre, je me tartinai le visage, me repentant de plus belle de cette *putana* musique qu'un basilic, par mystagorifique science, m'avait toute la vie soufflée aux oreilles.

– Je l'avoue, je l'ai vu !

Émoustillé par une si théâtrale contrition, le père repartit, les burettes satisfaites.

– Lully libertin s'est repenti !

Cela fut répété par toutes les rues et jusqu'à Versailles. Le roi pleura, Mme de Maintenon se signa.

La comédie jouée, Madeleine, évidemment éplorée, ordonna aux Vendôme et à Campistron de quitter la chambre.

– Maudits ! Faux amis ! Sortez ! C'est vous qui l'avez enivré le dernier et qui êtes cause de sa mort.

– Tais-toi femme, tais-toi ! Oui ce sont eux qui m'ont enivré en dernier, et ce sont eux qui, là-bas, m'enivreront en premier. Mais laisse-moi avec eux un instant encore, que je puisse mieux les maudire à plaisir.

Les trois compères guidèrent doucement Madeleine vers la porte, puis la refermèrent. Ils étaient atterrés.

– Mes amis, pourquoi pleurez-vous ? leur dis-je. Ne sommes-nous pas de même religion ? Amenez-moi du vin pour une dernière libation ! Ovide dit que le pays où je m'en vais est un pays fort sec.

– Hélas Baptiste, nous pleurons parce que tu as cédé à tous ces trafiquants d'âme. Tu as brûlé ta dernière œuvre ! Tu leur as obéi ! À la fin ce seront donc eux les vainqueurs ?

– Que nenni, mes bons ! Cherchez bien sous le matelas, et vous trouverez une copie ! Allons, amis, une dernière santé ! Au cul, au vit et parfois au con !

Alors les frères Vendôme baissèrent leurs chausses et me présentèrent leurs derrières, que je bénis d'un baiser. Campistron trempa son dard dans le pinard, je le baisai aussi. Tous trois riaient aux larmes et, sur ce dernier acte, que personne ne vit, Jean-Baptiste de Lully rendit son âme, lui seul sait à qui.

ÉPILOGUE

De temps à autre, quelques âmes pérégrines me viennent rendre un discret hommage. À Notre-Dame-des-Victoires où je repose, je continue d'attirer celles et ceux que mes charmes ravissent, assez nombreux lorsqu'un directeur de théâtre se hasarde à beaucoup dépenser pour monter l'une de mes tragédies lyriques.

Dans cette église, de mon temps la plus chic de Paris, il me faut bien chercher. Je n'y suis guère apparent, perdu dans l'ambiance jaunasse. Pour m'apercevoir, prendre, à main gauche de l'entrée, les chapelles en enfilade. La seconde est dédiée à saint Jean, un monsieur qui fait ici bien de l'honneur à Baptiste. Sur l'arcade, un bloc noir et rectangulaire, encastré dans le mur, bombe ses muscles. Commode, cénotaphe, on ne sait, tant mon siècle aima confondre sa pompe et son confort.

Au-dessous une inscription, obscurcie par trois cents ans de cierges, certifie que je suis parti avec une piété et une résignation édifiantes ; que Dieu, pour récompense de mes talents comme pour les cantiques inimitables que j'ai composés à sa gloire, m'a donné, dans les souffrances que j'ai vécues, une constance vraiment chrétienne. Elle établit une messe quotidienne à ma mémoire, tous les jours à 11 heures.

Mon âme s'y assujettit avec d'autant moins d'entrain que le peuple du Dieu d'aujourd'hui m'écorche les oreilles. Peuple à la mémoire labile, qui ne sait plus ce que mon siècle, le Grand, eut de bon : l'élévation du beau. Nos motets, petits et grands, avaient d'autres grâces que ces intolérables monodies de Vatican II. Hélas, où êtes-vous enfuis, petit chantre et mâle viole, et quel concile de Trente vous rendra ?

Indifférent à ces obligations pieuses, un buste de marbre noir émerge des ex-voto qui ont recouvert les murs. Cotton m'a donné la posture que je voulais. La perruque, terriblement bouclée, me casque. J'ai le menton large et levé, un cou tendineux qui aspire à s'échapper de l'axe de l'autel. Je lui tourne la tête et il faut bien de la lumière pour voir que je ne regarde pas dans l'église où ma dignité repose, mais à travers la verrière souillée.

Là-haut, perché sur ma tombe, j'attends de voir passer le soleil. J'ai cette parfaite posture de libertin que je désirais. Je nie les charmes invertis de la croix souffreteuse, dévote et honteuse. Je vais à la lumière, à l'astre du jour, source d'abondance. Je vais à Louis, je vais à lui. La seule divinité en laquelle j'ai jamais cru, ce sont les dieux de l'univers, ses multiples soleils.

Madeleine, deux ans après ma mort, fit bâtir ce cénotaphe. Je lui avais laissé en héritage plus d'un million de livres, présent dans cinquante-trois sacs d'or, trois coffres de joyaux, sept hôtels et maisons de campagne ; plus une recette pérenne, l'opéra et une gloire suffisante pour assurer aux fruits de son ventre endurant et de mes *coglioni* une belle descendance.

Louis ne me survécut guère. Seul Jean-Baptiste II dura un peu plus, avec l'aide de Collasse et des partitions laissées dans le bureau Boulle offert par Colbert. Mais des entrailles de Catherine sortit une lignée dont je ne suis pas peu fier. Par une série d'habiles mariages, mon sang coule chez les descendants des Rochechouart-Mortemart et des Colbert. Mon sperme s'est depuis confondu avec celui des ducs d'Estissac, de Guiche, du prince d'Arenberg. Je frétille dans les gènes des comtesses de Mérode et de Caraman-Chimay, dans les cellules du comte de Vogüé, tous connaissances d'un certain Marcel Proust. Et depuis, que de bâtards ! L'immigré florentin pouvait-il devenir plus français ?

Quant à Michel Lambert, de vingt-deux ans mon aîné, il m'a survécu neuf années de plus. Le bon vin conserve admirablement ses amateurs.

Mais, pour me mieux voir, il faut quitter Notre-Dame-des-Victoires, passer devant mon hôtel de la rue Sainte-Anne, s'engager dans l'axe de l'Opéra de Paris, en monter les marches extérieures, s'engager dans l'entrée.

Là, avant de mettre le pied sur l'escalier, me revoici, avec la même figure nerveuse et emportée. J'ai à ma gauche Gluck et Haendel, à ma droite Jean-Philippe Rameau. Est-ce un hasard si M. Garnier (l'architecte, pas le DJ) m'a placé, *primus inter pares*, comme le gardien de ceux qui vont emprunter son escalier triomphal ? Charon éternel, je continue d'être celui qui veille auprès des guichets où l'on acquitte la dîme, toujours chère, de l'opéra.

Spectateur, passe encore sous les fresques d'Apollon et des Muses où l'allégorique Louis XIV te fait signe. Pénètre dans la salle rouge et or, lève tes yeux. Au-dessus de la scène s'étale, dans la gloire d'un orbe de carton grenat, l'acte de fondation de l'Académie royale de musique. La date est celle de Perrin, mais ce style, c'est le mien. Là, et tant que durera ce bâtiment, M. de Lully continuera de proclamer à la face du monde, avec ce roi qui l'a si bien servi :

– L'opéra, c'est moi !

RÉPERTOIRE DES PERSONNAGES CITÉS PAR BAPTISTE, COMMENTÉ PAR LUI-MÊME

Aliboron. Nom masculin familier. Âne, sot homme. Mon injure favorite.

Amonio (Domenico), 1648-1721. Médecin italien rencontré dans la ruelle de Mme de Sévigné.

Anglebert (d'). Jean-Henri (1628-1691), le père. Jean-Baptiste-Henri (1661-1735), le fils. Ils ont joué les clavecins de mon Académie.

Anne d'Autriche, 1601-1666. Arrière-petite-fille de Charles Quint, reine de France, épouse de Louis XIII, mère de Louis et de Philippe. Espagnole galante tournée dévote.

Antoine (cardinal), 1608-1671. Second neveu cardinal du clan Barberini, chef de guerre de l'Église, connu pour sa rapacité et ses maîtresses.

Antonio. Castrat alto.

Aquin (Antoine d'), 1620-1696. Médecin du roi depuis 1672, court en sciences mais riche de fourberies pharmaceutiques.

Aramitz (Henri d'). Mousquetaire historique, Béarnais d'origine protestante, l'Aramis de Dumas.

Arenberg (d'). Ma descendance du côté de chez Proust.

Arétin (Pietro Bacci, dit l'). Bretteur des lettres de la Renaissance, diplomate connaissant le pouvoir depuis l'origine du monde.

Aristote. Philosophe grec ayant régulé le Moyen Âge. De mon temps gravement contesté.

Armagnac (comte d'). Noble doublure de roi dans le *Ballet des amants magnifiques.*

Artagnan (Charles de Batz, sieur d'), 1615-1673. Mousquetaire de confiance de Mazarin, quoi que certain auteur en ait dit. Passé à Louis XIV, il arrêta, en homme de devoir, le surintendant Fouquet.

Assoucy (Charles Coypeau d'), 1605-1677. Poète libertin au talent trop méconnu. Mon intime.

Aubigné (Françoise d'), 1635-1719. Veuve de poète handicapé faite Mme de Maintenon puis reine secrète.

Aubry (Marie). Chanteuse de ma chambre en l'Académie.

Aubry (Sébastien). Filou et frère de la précédente.

Barberini. Clan florentin ennemi des Médicis ayant régné sur le trône de saint Pierre (avec le pape Urbain VIII) avant d'être chassé par les Pamphili, clan rival. Extrêmes mécènes.

Baroni (Leonora), 1611-1670. Chaste diva.

Bay (Agnès). Modiste tenant boutique rue du Jour.

Beauchamp (Pierre). Danseur, chorégraphe de mon Académie.

Beaufort (François de Bourbon, duc de), 1616-1669. Fils cadet de César de Vendôme, petit-fils d'Henri IV, frondeur, dit le roi des Halles.

Beauvais (Catherine de), 1615-1699. Catherine-Henriette Bellier, dame drapière, intime d'Anne d'Autriche, dépucela Louis XIV. Aussi dite Catho la Borgnesse.

Béjart (Armande), 1642-1700. Libre épouse de Molière.

Béjart (Madeleine), 1618-1672. Épouse libérée de Molière.

Belay (de). Aliboron médecin.

Benserade (Isaac de), 1612-1691. Rouquin poète, grandiose dans le mirliton, pleutre sous le canon mais toujours prompt à rimer au con.

Berain (Jean Ier dit Jean le Vieux), 1640-1711. Sculpteur, décorateur, costumier : l'imagier de mon opéra.

Bernin (Gian Lorenzo, dit le Cavalier), 1598-1680. Sculpteur italien, prince des formes baroques, auteur du seul marbre vivant de Louis XIV.

Boccace (Jean). Licencieux auteur, plaisant par temps de peste.

Boesset (Antoine, sieur de Villedieu), 1586-1643. Musicien de la cour, père du suivant.

Boesset (Jean-Baptiste), 1614-1685. Musicien de la cour, fils du précédent.

Boileau (Nicolas), 1636-1711. Mauvaise langue, plus connu comme poète.

Bonaventure. Frère pédophile de l'ordre de saint François, mon professeur en premières choses. L'une complète l'autre, tous ne s'en plaignent pas.

Borel de Miracle (Jean). Basse de Béziers.

Borromini (Francesco Castelli dit). Architecte italien aux perspectives saisissantes.

Bossuet (Jacques-Bénigne), 1627-1704. Évêque de Meaux, aigle de la morale.

Bauderon de Sénécé. A contribué à ma canonisation historique.

Boulle (André Charles), 1642-1732. Ébéniste, artisan de commodes accommodantes.

Bourbon (Philippe de), 1640-1701. Monsieur frère du roi et fort incommodé de ne point l'être.

Bourdaloue (Louis), 1632-1704. Prédicateur à la voix sonnant à merveille à Saint-Paul, au Marais.

Bourgeois, 1687-1750. Haute-contre de mon opéra et auteur de ballets semblables aux miens.

Bouthillier (Mme), 1632-1657. Née Marie de Bragelogne, délicate épouse d'un trésorier de France, intime du cardinal de Richelieu. Femme de cœur.

Brézé (Jean-Armand de Maillé, duc de), 1619-1646. Marin de guerre décapité par un boulet un 14 juin 1646.

Brigogne (Mlle). Chanteuse de mon Académie.

Brinvilliers (Marie-Madeleine Dreux d'Aubray, marquise de), 1630-1676. Marquise empoisonneuse qui donna ses lettres de noblesse à la poudre de succession.

Briolle (Magdeleine). Cabaretière.

Brunet. Mon second page, exutoire priapique.

Bruno. Mon premier page, mortellement pollué.

Bruno (Giordano), 1548-1600. Esprit libre qui vit l'infinité des mondes depuis un bûcher.

Buron (Jean). Violon 1, à Mademoiselle.

Burton (Robert), 1576-1640. Le Lacan de mon temps.

Bussy-Rabutin (Roger de Rabutin, comte de Bussy), 1618-1693. Mme de Sévigné en chausses. L'un de nos plus beaux esprits.

Buti (Francesco, abbé), ?-1682. Librettiste, espion, serviteur du cardinal Antonio Barberini.

Cabannes. Valet de Mademoiselle, chambellan et taille-livrées.

Cambefort (Jean de), 1605-1661. Musicien français, assez peu de mes amis.

Cambert (Robert), 1628-1677. Compositeur de l'opéra de Perrin, que je fis émigrer à Londres.

Campistron (Jean-Galbert de), 1656-1723. Toulousain libertin, marin courageux et ultime librettiste.

Campra (André), 1660-1744. Maître aixois m'ayant surpassé dans les musiques de sommeil.

Candale (duc de), 1627-1658. Louis, marquis de La Valette. Violeur, scandaleux, élégant, vérolé. Estimé, mort à vingt et un ans.

Caraman-Chimay (comtesse de). Une bâtarde de ma couille gauche par planification de la génétique nobiliaire.

Carignan (Eugène-Maurice de Savoie, prince de), 1635-1673. Mari bienvenu pour Olympe Mancini, mazarinette.

Carissimi (Giacomo), 1605-1674. Compositeur romain attentivement écouté. Reportez-vous à mes *Petits motets*.

Catho la Borgnesse. Voir Catherine de Beauvais.

Cavalli (Pier Francesco), 1602-1676. Élève de Monteverdi devenu son égal.

Chambonnières (Jacques Champion de), 1601-1672. Claveciniste, introducteur de Louis Couperin à la cour.

Champeron. Escroc aux finances de l'opéra de Perrin.

Champmeslé (Marie Desmares, dite la), 1642-1698. Épouse du comédien et auteur homonyme, maîtresse de Racine et diseuse absolue.

Chapelain (Jean), 1595-1674. Docte homme de lettres haï par Boileau qu'on entend toujours trop.

Charles Ier, 1600-1649. Roi anglais raccourci.

Charpentier (Marc-Antoine), 1643-1704. Parent de Molière et mon antimatière musicale.

Châtillon, 1620-1649. Gaspard IV de Coligny, duc de Châtillon en 1646. Le grand mignon du Grand Condé.

Chaulieu (Guillaume Amfrye, abbé de). Âme damnée des frères Vendôme.

Chevreuse (Marie de Rohan-Montbazon, duchesse de), 1600-1679. Célèbre intrigante.

Chicanneau. Mon notaire.

Choisy (Mme de), 1604-1669. Amie des reines ayant travesti son fils et Monsieur en filles dès le jeune âge.

Christine de Pisan, 1364-1430. Femme de lettres originaire de Pizzano, près de Bologne.

Christine de Suède, 1626-1689. Reine mécène, libérée du trône et de toute sorte de mariages.

Cinq-Mars (Henri Coiffier de Ruzé, marquis de), 1620-1643. Amant de Louis XIII.

Claudel (Joseph). Soixante-treize mille livres, le prix d'un secrétaire du roi, mort.

Coëtquen (Mme de). Caquetante amie de Sévigné.

Colbert (clan). Drapiers de Reims montés en finances.

Colbert (Jean-Baptiste), 1619-1683. Principal ministre de Louis XIV. De lui à moi ce fut le serpent et le bâton du caducée.

Collasse (Pascal), 1649-1709. Élève et copiste fidèle.

Colonna. Famille romaine où l'on trouva un méchant mari pour Marie Mancini.

Concini (Concino, dit le maréchal d'Ancre), ?-1617. Aventurier italien choyé par Marie de Médicis.

Condé (Louis II de Bourbon, dit le Grand Condé), 1621-1686. Prince du sang, vainqueur de la bataille de Rocroi.

Constantin (Louis). Roi des violons de 1624 à 1654. Mon premier anticorps.

Conti (Armand de Bourbon, prince de), 1629-1666. Frère de Condé, ex-libertin, protecteur de Molière, vérolé de dévotion.

Contetout. Comptable des Menus Plaisirs.

Courtanvaux (Michel François de), 1663-1700. Fils à Louvois.

Corbetta Francesco, 1620-1681. Italien de Pavie, professeur de guitare de Louis XIV.

Cordier. Négociant en vins royaux.

Cornebuse. Avocat de ma cause au procès Guichard.

Corneille (Pierre), 1606-1684. Le Cid.

Corneille (Thomas), 1625-1709. Frère cadet du précédent.

Costa (Checca). Sage sœur de la suivante.

Costa (Margherita). Courtisane chantante.

Coton (Pierre). Prédicateur.

Couperin (Charles). Père (hors texte) des trois frères qui suivent.

Couperin (Charles II), 1638-1679. Père de François Couperin dit le Grand.

Couperin (François Ier), 1631-1701. Le cadet.

Couperin (Louis), 1626-1661. L'aîné aimé.

Cromwell (Oliver), 1599-1658. Intégriste coupeur de tête royale.

Cyrano de Bergerac, 1619-1655. Premier astronaute français.

Dauphin (le grand), 1661-1711. Louis de France dit Monseigneur.

Dauphine (la), 1666-1690. Marie Anne Christine Victoire de Wittelsbach, épouse Monseigneur en 1680.

Défitout. Justice à ma solde.

Del Belgiojoso (Baltazarini), ?-1587. Courtisan musicien de Catherine de Médicis.

Delalande (Michel Richard), 1657-1726. Musicien parisien m'ayant plaisamment imité.

Della Rovere (Vittoria). Épouse du grand-duc de Toscane, Ferdinand II, son cousin.

Des Barreaux (Jacques Vallée, sieur), 1599-1673. Poète libertin, mari de Théophile de Viau.

Descartes (René), 1596-1620. Auteur ayant trouvé la pierre philosophale lovée dans un poêle.

Domenichino. Castrat de la cour du duc de Modène, prince coupe-tout.

Donneau de Visé (Jean), 1638-1710. Écrivain publiciste fondateur du *Figaro* d'alors : *Le Mercure galant.*

Ducourcel (abbé). Prêtre sans malice.

Ducreux. Mon cocher fidèle, nocher de mes basses œuvres.

Dumanoir (famille). Lignée de violons parisiens.

Dumanoir (Guillaume), 1615-1697. Le roi des violons, successeur de Constantin.

Dumesnil, ?-1702. Haute-contre, superbement mal élevé.

Dupuy (Catherine). Tante d'Hilaire témoin de mariage.

Dupuy (Gabrielle), ?-1642. Première épouse de Lambert.

Dupuy (Hilaire), 1625-1709. Sœur de la précédente et loufoque amour de Lambert.

Dupuy (Michel). Père des précédentes, cabaretier.

Élisabeth-Charlotte de Bavière, 1652-1722. Seconde épouse de Monsieur frère du roi. Madame Palatine.

Émery (Michel Particelli d'), 1596-1650. Issu d'une famille de banquiers lucquois établis à Lyon, surintendant des Finances sous Richelieu et Mazarin. Expert en financement occulte.

Épicure. Philosophe grec, saint patron libertin.

Éribon. Gourmand voisin.

Estrées (Gabrielle d'), 1573-1599. Favorite d'Henri IV.

Fagon (Guy Crescent), 1638-1718. Médecin et ami de Louis XIV, médecin de la Dauphine depuis 1668.

Falconieri (Andrea), 1585-1656. Luthiste napolitain.

Félix (Charles-François), 1653-1703. Chirurgien de l'anus du roi. Mort en se sondant lui-même lors d'un épisode de rétention urinaire.

Ferdinand II de Médicis, 1610-1670. Grand-duc de Toscane, alchimiste.

Ficin (Marsile). Passeur d'un Platon oublié depuis mille ans. Bougre.

Fiesque (comtesse de), 1619-1699. Gillonne d'Harcourt, dame d'honneur de Mademoiselle. A toujours eu dix-huit ans.

Fiesque (Jean-Louis-Marie, comte de), 1647-1705. Fils de la précédente, oreille fine et mon censeur intime.

Filippo. Castrat napolitain.

Fontanges (Marie-Angélique de Scoraille de Roussille, duchesse de), 1661-1681. Auvergnate, dame de faveur passagère.

Fontenelle (Bertrand Le Bovier de), 1657-1757. Esprit ouvert.

Fouquet (Nicolas), 1615-1680. Surintendant des Finances, dispendieux, jalousé par son roi.

Fradet. Geôlier corruptible de la Bastille des comédiens.

Francesco (cardinal), 1597-1679. Neveu du cardinal Barberini, l'édificateur du fameux palais romain.

Francine (Jean-Nicolas de). De la lignée des fontainiers du roi, fils de Pierre de Francini et de Marie-Louise Pidou. Mon beau-fils, avec sa part d'héritage.

Frescobaldi (Girolamo Alessandro), 1583-1643. Musicien ferrarais en quête de la fugue parfaite.

Froberger (Johann Jakob), 1616-1667. Musicien allemand n'aimant pas descendre à la cave.

Frontenac (Anne de La Grange, comtesse de), ?-1707. Amie de Mademoiselle, rejoua Jeanne d'Arc à Orléans.

Galien. Médecin très ancien, humoriste.

Galigaï (Eleonora Dori, dite Leonora), vers 1576-1617. Sœur de lait de Marie de Médicis.

Galilée (Galileo Galilei, dit), 1564-1642. Astronome révolutionnaire.

Galliot. Greffier du Châtelet.

Gautier (Pierre), vers 1642-1696. Fondateur de l'opéra de Marseille, ce qui me rapporta quinze mille livres en 1684. Mort avec sa troupe lors d'une tempête d'équinoxe en vue de Sète.

Genlis (marquis de). Mignon de Philippe, frère du roi.

Gigault, 1627-1707. Organeux parisien.

Giuseppe (castrat). Empêché supplémentaire.

Gluck (Christoph Willibald, chevalier von), 1714-1787. Maître d'opéra allemand qui eut la faveur de Marie-Antoinette et redonna à l'*Armide* de Quinault cent beautés nouvelles. Fait pâlir la mienne.

Gombert (Nicolas), vers 1495-1557. Chantre de la chapelle flamande de Charles Quint, spécialiste du canon amplifié et de l'ostinato chanté.

Gondi (Jean-François-Paul de), 1613-1679. Aventurier coadjuteur, des ennemis de Mazarin. Le cardinal de Retz.

Grancey (Mme de). Belle, utile au plaisir des yeux.

Guéméné (Anne de Rohan, princesse de), 1604-1685. Frondeuse et turbulente maîtresse de Gondi.

Guerchy (Marguerite du Régnier, Mlle de), 1624-1680. Avantageuse poitrine de la garde rapprochée d'Anne d'Autriche.

Guglielmo. Mon oncle, un sans-cœur comme son neveu.

Guichard (Henri). Intendant des bâtiments de Monsieur, intrigant prompt au poison.

Guichard (Jacques). Père du précédent.

Guiche (comte de), 1638-1673. Âme damnée de la cour galante, amant de Monsieur.

Guillaume III d'Orange-Nassau, 1650-1702. Stathouder des Provinces-Unies, grand résistant nord-européen à Louis XIV.

Guise (duc de, dit Henri le Balafré), 1549-1588. Catholique intégriste occis sur ordre d'Henri III.

Guise (famille de). Clan rebelle aux Valois.

Guittard. Architecte de mon hôtel particulier de la rue Sainte-Anne.

Haendel (Georg Friedrich), 1685-1759. Compositeur européen, un temps le Lully du roi anglais, né Brunswick-Lunebourg, Georges Ier.

Harlay (Achille III de), 1639-1712. Premier président du Parlement de Paris, inventa le chausse-pied à bâtard pour légaliser ceux du roi.

Henri II, 1519-1559. Fils de François Ier, cas d'hypospadias.

Henri IV (dit le Vert Galant), 1553-1610. Roi bourbon de bonne compagnie, queutard par nature.

Henriette-Marie de France, 1609-1669. Fille d'Henri IV épouse de Charles Ier, roi raccourci.

Henriette d'Angleterre (dite Madame), 1644-1670. Fille des précédents, belle-sœur de Louis XIV. N'a vécu que pour avoir été déclamée morte.

Hesselin (Louis). Surintendant des Menus Plaisirs en 1653, déclaré auteur du *Ballet de la Nuit* mais dans l'ombre repris par Buti et Mazarin.

Hoquetot (Mme). Accommodante veuve du faubourg Saint-Marceau.

Hotteterre. Famille originaire d'Évreux. Remarquables facteurs de flûtes, hautbois, musettes et cromornes. Exécutants remarqués.

Humfrey (Pelham), 1647-1674. Espion musicien de Charles II d'Angleterre, rapporta la Lully *touch* à Londres et eut Purcell comme élève.

Iodée (Mme d'), 1610-1667. Précieuse marseillaise.

Jacob. Page de la maturité de d'Assoucy.

Jacques. Portier défiguré par la Justice.

Jacquin. Peintre en bâtiment, pochetron.

Janequin (Clément), 1485-1558. Chantre français.

Jansénius (Corneille), 1585-1638. Théologien de la faculté de Louvain, inventeur du jansénisme. Que ne se prit-il les doigts dans la porte !

La Caisse. Violon 2.

La Calprenède (Gautier de Costes de), 1610-1663. Auteur de romans à rebondissements.

La Chaise (François d'Aix, père), 1624-1709. Jésuite, confesseur de Louis XIV.

La Fontaine (Jean de), 1621-1695. Employé des Eaux et Forêts, versificateur des belles et des bêtes.

La Grange (Charles Varlet, sieur de), 1635-1692. Acteur comptable des faits et gestes de Molière.

La Guérinière. Maître d'hôtel particulier.

La Motte d'Argencourt (Mlle). Jeune corbeille que l'on espérait voir remplie par Louis XIV.

La Reynie (Gabriel Nicolas de), 1625-1709. Honni parce que lieutenant de police de Paris. Songea à paver, éclairer et sécuriser quelques rues, laissa les autres à la cour des Miracles.

La Rivière. Faux sourd-muet dans mon procès.

La Rochefoucauld (François VI, duc de), 1613-1680. Frondeur éborgné, moraliste fameux.

La Vallière (Louise-Françoise de La Baume-Le Blanc de), 1644-1710. Timide maîtresse de Louis XIV, mère de Mlle de Blois et du comte de Vermandois, chaussés par Harlay.

Labadoys (Marotte). Soprano de Sète.

Laisné (père). Prédicant.

Lalouette (Jean-François), 1651-1728. Copiste plagiaire.

Lambert (Madeleine), 1642-1690. Femme du ci-devant, fille du ci-dessous. Épouse de façade.

Lambert (Michel), 1611-1696. Ténor français, beau-papa.

Lamoignon (Chrétien-François de). Avocat général de mes ennemis.

Lassus (Roland de), 1532-1594. Polyphoniste dépressif.

Lavocat (Louis). Homme de paille pour incidents judiciaires.

Le Brun (Charles), 1619-1690. Peintre académique.

Le Camus (Étienne, abbé), 1632-1707. Libertin devenu saint à Grenoble.

Le Cerf de La Viéville. Thuriféraire et biographe galant.

Leclerc (Sébastien), 1637-1714. Graveur de médailles de poche.

Le Féron (Anselme). Homme à la robe chafouine.

Le Nôtre (André), 1613-1700. Architecte jardinier.

Le Roux. Violon 3.

Le Tellier (Michel), 1603-1685. Ministre, chancelier de France, père de Louvois.

Le Vau (Louis), 1612-1670. Architecte de Fouquet.

Le Vau (Jeanne). Son épouse.

Lenclos (Anne, dite Ninon de), 1616-1706. Courtisane à la française. Le bel esprit conserve.

Limozin (Jeanne). Femme de greffier, témoin de mariage.

Longueville (Anne Geneviève de Bourbon-Condé, duchesse de), 1619-1679. Célèbre pétroleuse, sœur de Condé.

Lorenzani (Paolo), 1640-1713. Compositeur italien, excellent dans le motet de cour.

Loret (Jean), 1595-1665. Fondateur de *La Muse historique*, votre *Voici* en vers.

Lorraine (Charles de, duc de Guise), 1571-1640. Père turbulent du suivant.

Lorraine (Roger de, chevalier de Guise), 1624-1653. Cadet de la branche Guise des Lorraine. Ce chevalier de Malte m'importa d'Italie.

Lorraine (Philippe, dit le chevalier de), 1645-1702. Mignon opportuniste de Monsieur.

Louis XIII, 1601-1643. Bougre roi, hypocondre et musicien.

Louvois (François Michel Le Tellier, marquis de), 1641-1691. Ministre qui ne m'a guère porté dans son cœur.

Ludres (Marie-Isabelle de), 1642-1726. Zozotante chanoinesse de Poussay.

Lulli (Caterina). Ma mère.

Lulli (Lorenzo). Mon père.

Lulli (Maldo). Mon grand-père.

Lully (Catherine). Ma fille. Elle eut le ventre fertile.

Lully (Jean-Baptiste II). Mon cadet, né le 6 août 1665, procréé le 13 décembre 1664.

Lully (Louis). Mon aîné enfanté le 21 décembre 1663, né le 4 août 1664.

Lully (Jean-Louis). Né le 24 septembre 1667. Comme il y avait comète en décembre, nous repoussâmes à la lunaison suivante.

Luynes (Charles Albert, duc de), 1578-1621. Grand fauconnier de Louis XIII, favori jaloux de Cinq-Mars.

Magny. Violon 4.

Maintenon. Voir Françoise d'Aubigné.

Mancini (Hiéronyma), 1614-1656. Patricienne romaine, sœur de Mazarin, épouse de Michel Lorenzo Mancini, astrologue et devin. Enfante cinq filles et trois garçons.

Mancini (Laure-Vittoria), 1636-1657. La mazarinette qui enfante les deux garnements Vendôme. À la mort (rapide) de leur mère, ils sont élevés par la tante mazarine Anne-Marie Martinozzi.

Mancini (Marie), 1639-1715. Mazarinette indépendante, figure de tragédie. Épouse le funeste Lorenzo Colonna, connétable de Naples.

Mancini (Marie-Anne), 1646-1714. Mazarinette mariée au duc de Bouillon, protectrice de La Fontaine, sombre avec l'affaire des poisons.

Mancini (Olympe, comtesse de Soissons), 1639-1708. Joueuse invétérée, mazarinette maîtresse de Louis XIV ; mariée à Eugène de Savoie Carignan, comte de Soissons.

Mancini (Paul), 1636-1652. Mazarinou, tué accidentellement par Mademoiselle.

Mancini (Philippe), 1639-1707. Mazarinou relevé duc de Nevers.

Manicamp (comte de). Bernard de Longueval, accompagnait le jeune Louis XIV chez Prudhomme.

Marais (Marin), 1656-1728. Violiste de mon Académie.

Marazzoli (Marco), 1600-1653. Compositeur harpiste et ténor du pape barberin Urbain VIII.

Marc Antonio. Castrat alto.

Marie-Thérèse d'Autriche, 1638-1683. Épouse de Louis XIV et reine de France. Fille de Philippe IV d'Espagne et d'Élisabeth de France, sœur de Louis XIII. Beaux cousins font bons mariages.

Marini (Biagio), 1587-1665. Violoniste compositeur de Brescia.

Martini (Rosa). Cantatrice.

Martinozzi (Laura Margherita). Seconde sœur de Mazarin. Il en a quatre en tout, plus un *fratello*, Michel, un temps cardinal archevêque d'Aix-en-Provence.

Martinozzi (Anne-Marie), 1640-1672. Fille de la ci-dessus. Cette mazarinette épouse Armand de Bourbon, prince de Conti, syphilitique

Matho (Jean-Baptiste), 1660-1746. Musicien breton m'ayant maté.

Maugars (André), vers 1580-1645. Violiste de Richelieu et fan de musique italienne.

Mazarin (Giulio Mazarini, cardinal Jules), 1602-1661. Cardinal sans prêtrise originaire des Abruzzes qui imposa la définition du népotisme. Cependant l'un des plus brillants ministres que la France ait connu.

Mazuel (Michel), 1603-1715. Impudent violeux.

Médicis (Marie de), 1573-1642. Épouse puis longue veuve d'Henri IV.

Médicis (Matthias de), 1613-1667. Frère du grand-duc de Toscane, général de ses armées.

Melani (Atto), 1626-1714. Castrat agent secret.

Mercœur (Louis de Vendôme, duc de), 1612-1668. Époux de la mazarinette Laure-Vittoria.

Mercure Trismégiste. Divinité pour occultiste.

Mérode (comtesse de). De mes gènes, connue de Proust.

Mersenne (le père Marin), 1588-1648. Franciscain réformé, le premier à avoir évalué la vitesse du son.

Metru, 1610-1663. Vieux tuyau crevé.

Miccinello (Pamfilo). Castrat de la chapelle pontificale.

Mignon. Vérolé beau-frère de Jeanne Le Vau.

Mimeuvre (marquis de). Adepte de la cour de Sodome.

Molière (Jean-Baptiste Poquelin, dit), 1622-1673. Ma vie l'a vaincu, sa mémoire m'a tué.

Monaldeschi (chevalier). Amant de Christine de Suède.

Monnier (Pierre). Chanteur de Montpellier.

Montauzier (Hector, baron de), 1600-1635. Intime du salon de Mme de Rambouillet, initiateur de la perruque. Louis XIII a suivi.

Montbazon (Marie d'Avaugour de Bretagne, duchesse de), 1612-1657. Frondeuse détestée par Mme de Longueville et maîtresse de Beaufort.

Montéclair (Michel Pignolet de), 1667-1737. Musicien de l'opéra, lullyste jusqu'au trépas.

Montespan (Françoise Athénaïs Rochechouart de Mortemart, dite Mme de), 1641-1707. Succède à La Vallière dans la faveur de Louis XIV, muse de caractère.

Montespan (M. de). Fameux cocu résistant.

Monteverdi (Claudio), 1567-1643. Autre auteur d'un *Orfeo.* Peut se confondre avec son frère Giulio Cesare.

Montpensier (Anne-Marie-Louise d'Orléans, Mademoiselle, duchesse de), 1627-1693. Fille de Gaston d'Orléans, cousine de Louis XIV. Ma première employeuse.

Morineau (Anne). Cousine d'Hilaire, témoin de mariage.

Motteville (Françoise Bertaut, dame de), 1625-1689. Confidente et mémorialiste d'Anne d'Autriche.

Muffat (Georg), 1653-1704. Musicien de Megève, qui passa par mon Académie et exporta la *Lully Anschauung* en Allemagne.

Naudé (Gabriel), 1600-1653. Bibliothécaire de Mazarin, esprit très critique.

Nemours (Charles-Amédée de Savoie, duc de), 1624-1652. Général de l'armée des princes frondeurs, amant de la Longueville et de la duchesse de Châtillon, faite cocue par Condé. Tué par Beaufort.

Nyert (Pierre de), 1597-1682. Musicien de la chambre de Louis XIII, mentor de Lambert.

Olivet (d'). Violon 5.

Olonne (Catherine Henriette d'Angennes de La Louppe, marquise d'), 1634-1714. Lucrèce devenue Messaline le temps d'une Fronde.

Oresme. Législateur médiéval.

Origène. Législateur prémédiéval.

Orléans (Gaston d'), 1608-1660. Frère cadet de Louis XIII, rêva longuement du trône, trébucha toujours sur la marche.

Ovide. Auteur de la bible païenne, plus connue sous le titre des *Métamorphoses.*

Palissy (Bernard). Rayon faïences et porcelaines.

Pasqualini (Marc Antonio), 1614-1691. Castrat soprano de la chapelle pontificale. Auteur de *La Galatea*, au service du cardinal Antoine.

Patin (Guy), 1601-1672. Médecin, mémorialiste, langue de docte.

Peri (Jacopo), 1561-1633. L'un des ancêtres florentins de l'opéra.

Perrault (Charles), 1628-1703. Écrivain, instrument du mécénat de Louis XIV et de ma béatification.

Perrin (Pierre), 1620-1675. À l'origine de l'opéra français ; volé par tous, dont moi, et oublié de tous, fors moi.

Petit (Guillaume). Médicastre.

Pétrarque. Poète mouillé par les eaux de la Sorgue.

Philidor. Nom adopté par les Danican, famille de joueurs de fifre, tambour et trompette marine.

Pierrotin. Page peu recommandable.

Pietro. Castrat qui n'en peut plus.

Pilou (Anne Baudesson, Mme), 1578-1668. Richissime concierge.

Pimientel (don Antonio). Ambassadeur de Philippe IV d'Espagne, trafiquant de mariages consanguins.

Politien (Ange). Poète amant de Laurent le Magnifique.

Poquelin (maître). Père contrarié de Molière.

Pradon, 1644-1698. Oubliable dramaturge normand.

Predo (Jean-Baptiste). Entrepreneur italien de maçonnerie.

Prie (Charlotte de), 1622-1700. Amie de jeunesse de Mademoiselle et de Mme de Sévigné.

Puget (Pierre), 1620-1694. Sculpteur, architecte, le Bernin de Marseille.

Pythagore. Mathématicien grec qui trouva le nombre d'or.

Quinault (Philippe), 1635-1688. Page de Tristan l'Hermite, brillant avocat, mon librettiste estimé, mon poète secret.

Racine (Jean), 1639-1699. Poète fort en bouche et faible en opéra.

Rambouillet (Mme de), 1588-1665. Reine des Précieuses, femme inestimable.

Rameau (Jean-Philippe), 1683-1764. Compositeur osé, Lully tout en ne l'étant pas.

Rebel (Jean-Ferri), 1666-1747. Musicien dynamique.

Retz (cardinal de). Voir Gondi.

Richelieu (Armand Jean du Plessis, cardinal de), 1585-1642. Premier ministre de Louis XIII.

Richelieu (marquis de). Neveu héritier du cardinal ministre.

Robert (Denis). Fripon juge fripé.

Rochois (Marthe), 1650-1728. Reine de scène, créatrice d'*Armide*, la meilleure cantatrice de mon Académie.

Rossi (Luigi), 1598-1653. Luthiste et chanteur de Torremaggiore. Carrière à Rome, église Saint-Louis-des-Français.

Rossi (Salomone), 1570-1630. Violoniste juif de Mantoue.

Rossignol (Pierre). Ténor méridional.

Roullé. Violon 6.

Ruckers. Famille anversoise de facteurs de clavecins.

Sablières (Jean Grenouillet de), 1627-1700. Intendant de la musique de Monsieur.

Sacrati (Francesco Paolo), ?-1650. Compositeur de Modène, spécialiste de l'opéra transsexuel.

Saint-Aignan (François Honorat de Beauvillier, comte puis duc de), 1607-1687. Le courage militaire élevé à la culture. Prodigue en tout.

Saint-Amant (Marc-Antoine de), 1594-1661. Protestant poète de cabaret.

Saint-Christophe (Mlle de). Chanteuse de mon Académie, créatrice du rôle de Cybèle dans *Atys*.

Sainte-Colombe (M. de). Violiste.

Sainte-Croix (Gaudin de). Professeur ès poison de la Brinvilliers.

Saint-Évremond (Charles de Marquetel de Saint-Denis de), 1614-1703. Écrivain polémiste aux opinions décapantes.

Saint-Mégrin (Mme de). Ces tétons de la tribu d'Anne d'Autriche furent aimés de Benserade.

Sauvré (Jacques de). Grand prieur de l'ordre de Malte.

Scarron (Paul), 1610-1660. Bel esprit en fauteuil roulant.

Scudéry (Madeleine de), 1607-1701. La Sappho des Précieuses et l'ancêtre des chiennes de garde.

Segrais, 1625-1701. Bel esprit, docte sans pédanterie.

Séguier (Pierre), 1588-1672. Chancelier de France avaricieux qui fut l'occasion d'un beau *Libera me*.

Seignelay (Jean-Baptiste Colbert, marquis de), 1651-1690. Fils de Colbert, ami de ma fortune.

Sévigné (Marie de Rabutin-Chantal, marquise de), 1626-1696. Épistolière, l'amie dont chacun rêve.

Sillègue (Armand de, seigneur d'Athos). Véritable mousquetaire.

Soubise (Anne de Rohan-Chabot, princesse de), ?-1709. Jeunesse de cour chevauchée par son roi.

Soubise (Mme de). Beauté de cour ennemie de l'ennui.

Sourdéac (Alexandre de Rieux, baron de), 1620-1695. Entrepreneur du premier opéra français, spécialiste en machines et machinations.

Souvré (Louis-Nicolas, marquis de). Fils de Louvois.

Strozzi (Barbara), 1619-1664. La Barbara vénitienne, fille du librettiste de Monteverdi et Sacrati.

Suptille (Catherine). Mezzo de Carcassonne.

Tallard (comte de). Scandaleux à particule, des environs de Gap.

Tasse (Torquato), 1544-1595. Le Victor Hugo des croisades.

Taulet (Pierre). Haute-contre de Narbonne.

Temines (Marie de La Noue, maréchale de), 1595-1652. Originale à l'odeur tenace.

Thianges (Gabrielle Rochechouart de Mortemart, marquise de), 1631-1693. Sœur aînée de la Montespan. L'ami Vendôme dit qu'elle ressemble à un perroquet mangeant une cerise.

Tiembrune (Louise-Henriette Rouault, Mlle de), 1628-1687. Fille d'honneur d'Anne d'Autriche.

Tilladet (chevalier de). Parent de Louvois, amant du comte de Vermandois, bâtard du roi.

Titon Du Tillet, 1677-1762. Thuriféraire à l'exacte anecdote (p. 480).

Tommaso. Ultime empêché.

Torelli (Giacomo), 1609-1678. Décorateur, le Steven Spielberg du baroque.

Tristan l'Hermite (François l'Hermite du Soliers, dit), 1601-1655. Poète inestimable.

Tuby (Jean-Baptiste), 1635-1700. Sculpteur romain, naturalisé Y en 1672.

Turenne (Henri de La Tour d'Auvergne, vicomte de), 1611-1675. Le Napoléon d'alors.

Uccellini (Marco), 1603-1680. Prêtre violoniste d'Assise.

Valois. Famille régnant en France avant les Bourbons. C'est une autre histoire.

Vatel (François), 1631-1671. Maître d'hôtel, cuisinier, ordonnateur des fêtes de Fouquet, puis de Condé.

Vauban (Sébastien Le Prestre, seigneur de), 1633-1707. Maréchal de France et commissaire général des fortifications.

Vendôme (César de), 1594-1665. Bâtard d'Henri IV et de Gabrielle d'Estrées, créé duc de Vendôme en 1598.

Vendôme (Louis-Joseph de Bourbon, duc de), 1654-1712. Arrière-petit-fils de Henri IV, prince légitimé, chef de guerre et bougre illustre, fils de Laure-Vittoria Mancini et du duc de Mercœur.

Vendôme (Philippe de Bourbon-Vendôme, dit le grand prieur), 1655-1727. Frère du précédent, chevalier de Malte à onze ans, débauché notoire.

Ventadour (Mme de). Inutile de cour.

Vergilio. Mon cousin lubrique.

Vermandois (Louis de Bourbon, comte de), 1667-1683. Fils légitimé de La Vallière et du roi.

Vertpré (Mlle). Première ballerine professionnelle et maîtresse en trio.

Viau (Théophile de), 1590-1626. Génie abîmé en prison.

Vigarani (Carlo), 1625-1713. Décorateur du duc de Modène, jaloux gourmand des deniers de Lully.

Villayer (Jean-Jacques Renouard, comte de), 1628-1691. Inventeur de la chaise volante, l'ancêtre de l'ascenseur. Élu de l'Académie française en 1658.

Villequier. Débauché de la bande à Sodome, homme de guerre.

Vincent de Paul, 1581-1660. Saint homme de l'Assistance publique.

Vivonne (duc de), 1636-1688. Louis de Rochechouart, frère de Mme de Montespan. Beau et plein d'esprit, vite abîmé par la vérole.

Vogüé (comte de). Mes gènes sont dans cette famille qui, si je ne me trompe, est propriétaire du château de Vaux-le-Vicomte.

Voisin (Catherine Monvoisin, dite la), 1640-1680. Faiseuse d'anges et de poison.

Voltaire (François-Marie Arouet, dit M. de), 1694-1778. Postérieur du Siècle de Louis XIV.

Wilmot (Henri), 1620-1660. Comte de Rochester.

Zoroastre. Prophète iranien zélateur du culte du feu.

ACHEVÉ D'IMPRIMER
EN OCTOBRE 2002
SUR LES PRESSES
DE
L'IMPRIMERIE F. PAILLART
À ABBEVILLE
POUR LE COMPTE
DE SABINE WESPIESER ÉDITEUR

NUMÉRO D'ÉDITEUR : 2
ISBN : 2-84805-001-2
DÉPÔT LÉGAL : AOÛT 2002